安平追想曲

王友輝劇作選輯

王友輝 —————— 著

序
創作之於我

　　2001年，曾經整理了開始舞臺劇本創作的二十年間，二十部中文舞臺劇本和一部劇作英譯版，總題為《獨角馬與蝙蝠的對話——王友輝劇作選輯》，選編為「劇場實驗」、「劇場旅程」、「劇場寓言」和「劇場童話」等四冊出版，大致上將先前的創作區分為四個類型，其中「劇場實驗」多為早期小劇場時代的作品，具有較濃厚的劇場實驗意圖；「劇場旅程」則是結構較為龐大的多幕劇，對於人物生命歷程及內在糾葛有一定程度的探索；「劇場寓言」是以改編劇本為主，包括了中國傳統戲曲的現代化演譯、西方莎劇和荒謬劇的在地化嘗試；至於「劇場童話」，則是針對兒童觀眾所創作的舞臺作品，意外開啟了現代劇場中較少人碰觸的創作園地，更沒有想到十餘年後，我會遠赴後山的臺東大學，在兒童文學研究所裡教授兒童戲劇相關課程，生命中的戲劇性發展竟有如此不可思議的伏筆。

　　回顧這些作品，除了展現創作早期的氣盛年輕、無所畏懼，以及對於劇場的無限想像與喜愛之外，其實更多的是無意間探問著自我生命中的許多疑問、憂傷、痛苦、溫暖、歡樂、喜悅和感動，以及在學院裡所深切感受到的劇場創作的分享真諦，那時候給自己「一年至少一個劇本」的功課，劇本創作成為生活中的一部分，儘管必然希望劇本可以演出，但卻未必為了演出才寫，更多時候是創作的衝動敦促著自己提筆，在暗夜無眠時獨自咀嚼、自我療癒。其實從很小開始，當自己一個人獨處時，會渴望有人相伴，但當身在人群中時，卻仍覺得孤單而想要逃離，這樣一種生命中強烈的孤獨感一直伴隨著我的成長，讓我開始碰觸並思考一些慘綠年少所擔憂的事情。事實上，生活中，我很怕與人不同，害怕自己顯得特立獨行；但同時，又會希望自己和別人有所不同，希望自己擁有別人沒有的獨特，這樣的矛盾就彷彿「獨角馬」和「蝙蝠」的無法歸類一般，始終存在於我的生命之中，也必然要為生命中的孤獨找一個出口。

　　於是，從三歲進入學校就讀開始，似乎便懵懂地瞭解，從閱讀中得以尋找到和自己一樣的孤獨身影，而伴隨著閱讀，進一步的階段便是中學之後的塗鴉寫作；在高中面對大學聯考的階段，幾經反覆，我第一次為自己的生命旅程做了抉擇，進入

大學之後才得以真正接觸到戲劇與劇場，為自己的孤獨打開了一扇窗，從那時開始，寫作，特別是劇本的創作便成為生命旅程中至為重要的轉捩點，更一路伴隨著我直到今日。做為一個戲劇科班出身的創作者，浸淫在經典大家作品之中，以及看到身邊多姿多彩的創作者，有時候不免對於所謂「天才型」的作家投以欽羨的眼光而私慕不已，但平凡有平凡的樂趣，平凡的好處更在於能夠從自我成長的一個一個腳印中，體悟到來自超凡力量的那種光芒。

曾接觸劇場的人多半會為舞臺上的演出著迷，暗想著自己能成為舞臺上出神入化的演員，進一層了解後亦或是想要成為指點江山的導演，劇場的魅力是如此無窮盡！這些我都曾經歷也付出過相當的心血，最終還是選擇劇本創作這條路，理由無他，在年輕時面對自己親手寫出的隻字片語能夠成為鉛字印出的一本書，那種悸動是無可言喻的喜悅和驕傲，儘管現如今已是人人可以出書、時時可以發表的網路世代，但是一本可以觸摸可以典藏的書籍的出版，足可以成為支撐一輩子無悔的力量。另一個層次是，劇場裡的表演藝術稍縱即逝，這樣一個朝生暮死的藝術形式，唯一能夠真正留下來的似乎只有劇本；隨著年齡增長，演員可能必須退出舞臺，導演可能交出權力，但劇本的創作卻可能更加精準且深刻，因此，即使長久以來相當享受表演的樂趣和導演全方位創作的專擅，最終我還是選擇劇本創作做為終身的志業，特別在年歲增長、漸漸成為必須到處奔波周旋的人之後，益發覺得能夠單純安靜地創作是多麼奢侈的一件事情，更遑論二十餘年間，我曾先後在六所大學專任、七所大專院校以及高職兼課，面對各種不同志趣的學生而驚覺並領受世代轉變的震撼。

唯一不變的還是劇場，仍是劇本的創作，而那些表演與導演的經驗最終還是成為劇本創作的無限養分，劇本創作時腦海中的舞臺視象得以栩栩如生，多半要歸功於過往的劇場經驗，那是割捨不去的寶貴資產。

回觀自己在編、導與表演之間的互動關係，最初很多時候是未受委託、單純而自我主動地為劇本而創作，有時不免也會因為立志參加劇本徵選獎項而創作，以前一階段二十個劇本來說，至今仍有一個刊登在報紙副刊的《銀河之畔》和《促織悲秋》與《悲愴》兩個得獎作品未曾真正搬上舞臺；其後，由於曾經參與劇團的展演創作，有不少劇本是編導合一的產物，或者更精準地說，其實是為了演出才展開思索而進行創作的。經過多年的劇場體驗，深深領悟自己興趣與專長方向，以及精力、能力亦有極限，於是漸漸選擇以劇本創作為主要的努力目標。

距離上一個階段的劇本出版，倏忽二十年過去，儘管持續舞臺劇本的創作，再增添了十餘個規模不同的作品，但明顯可見自己創作方向及創作形式與主動性上的變異。首先，或許劇場實驗性的追求已經相當程度內化在各種形式的作品之中，也或許隨著年歲漸長，走過了臺灣現代劇場前階段開疆闢土的所謂「小劇場運動」時期，對單純劇場形式的追求漸褪色彩，近二十年間自己小劇場式的實驗作品大量減少，或許是因為青春不再，或許是劇場的實驗已經轉向於非文字的創作，內在與外在的需求逐漸減少，也或許所謂「實驗」，其實已經以不同的形式轉化在各個劇本的創作之中；另一方面，當代臺灣兒童劇場專業劇團成為演出的主流，但劇團多半較少在劇本創作上尋求外援，而早年曾經數度獲得首獎，從得獎人變成各類文學獎舞臺劇本類的評審之後，似乎也不好意思再投稿參加比賽，因此近年來個人的兒童戲劇作品數量極少，這是較為遺憾的失落，某種程度也辜負了曾西霸老師生前對我的深切期望，只盼在兒童文學研究所任教的氛圍之下，除了引導研究生進行研究和創作之外，也能持續自我要求，希望能夠重拾童劇的創作彩筆。

但彼消此長，創作的能量有了不同的轉向，過去從未嘗試的音樂劇和歌仔戲劇本卻因為因緣際會地接受委託而大量增加，甚至也有不少機會受委託單獨撰寫音樂劇的歌詞，這種「命題作文」且必然在時限內即刻面對演出的創作，多少改變了一些過往以來自己的創作習慣和方向，從好處想，不可諱言地開拓了更多的創作可能性，同時也牽引出不少關於舞臺劇本創作的探問和思考。

近年，由於協助嘉義的阮劇團策畫主持「劇本農場」創作計畫和參與高雄春天藝術節歌仔戲劇本甄選的創作陪伴工作，有很多的機會與年輕創作者共歷劇本創作的酸甜苦辣，更深刻感受到劇本創作對劇場整體發展的重要性，於我自己而言更有著無法割捨的情緣，我相信，只要仍然籠罩在劇場創作的能量之下，即使偶爾沉寂，劇本創作之於我，曾經是，也將始終是此生不會改變的甜蜜糾纏！

在過去2001年出版的《獨角馬與蝙蝠的對話》四冊劇本選輯中，除了創作前期劇本的總整理之外，同時亦以較輕鬆隨筆的調性，書寫了二十則關於創作的筆記，提點了「實驗」、「閱讀」、「靈感」、「劇本」、「劇場空間」、「人物」、「情節」、「結構」、「衝突」、「高潮」、「改編」、「語言」、「細節」、「劇名」、「修改」、「童劇種類」、「童劇功能」、「童劇特質」、「童劇題材」以及「童劇語言」等不同層面的創作思考和體悟，權充是創作的自我剖析及創

作理論的探索，大抵呈現了四十歲以前的創作歷程和創作方向，以及在多年創作及教學期間，對劇本創作相關原理原則以及創作實務上的各種反思與回饋。這一次，該採取怎樣的自我剖析與創作理論的探索？這是長久以來一直縈掛心間而未能決定落筆書寫的困擾。

當再度審視自己近期二十年來的創作時，或可發現有其外在形式上的可被歸類，例如：音樂劇、歌仔戲、實驗劇、青少年戲劇等等，亦有題材意涵上的相互伏流連結，例如：經典傳說的演繹、歷史視野的形構、傳記題材的延伸，以及文學奇幻的想像等等，但不管是哪一種類型或是題材，隱隱覺得每一個作品在形成的歷程中，都會有一個內在的故事，成為自我意識下深埋的記憶，以致多年後回觀，那一個故事往往浮現眼前，透過劇本及相關文字的連結，再次感受到創作時的悸動，並與創作本身形成一種有機的互動關係與創作脈絡。

我想，除了距今最近的作品《白霧黑森林》，是一個即刻發想、立即創作的情況，而《KIAA之謎》及《沒毛雞》則是配合課程所創作的文本，三個作品都是較短的篇幅，除此之外，「時間」，當是連結其他三個作品創作脈絡的重要關鍵，以《鳳凰變》、《我是油彩的化身》、《安平追想曲》這三個劇本來看，儘管真正創作的時間有長有短，但其構思發想的隱藏時間前後卻竟然都經歷了約莫十年，劇本的創作為戲劇內在的時空背景留下不同的印記，時間的軸線同時也被生命的旅程拉開，而形成了一個獨特的文本。

目次

青少年戲劇

教學場域劇作

新編歌仔戲

Remembering

Collection of Yu-Hui Wang

An—ping.

新編歌仔戲的文學書寫

✦ 歌仔戲的劇場創作 ✦

歌仔戲創作的當代意義

活躍於當代臺灣文化場域的歌仔戲，多半由劇作家以文學之筆加以新編，對比於傳統歌仔戲表演藝術家們，或以口耳相傳方式不斷豐富歌仔戲演出文本，或以戲臺上經歷的歲月所沉澱的生命經驗，透過「腹內」的表達，在舞臺上直接面對觀眾所即興完成的活戲文本，兩者之間顯然具有不同的創作特質。

臺灣歌仔戲形成乃至於發展的過程中，常民性、生活化、俚俗化的語言及唱腔表達，是其受到歡迎乃至於成為大戲劇種之一的重要關鍵。發展至今，面對不同世紀的觀眾群，如何與當代觀眾溝通互動？另一方面，當文本的創作由講戲先生與演員共構的「活戲」即興表演，轉變成劇作者執筆撰寫為「定本」書寫時，又會帶來什麼樣的衝擊和改變？

如果我們借鑑臺灣京劇的現代化發展，特別是王安祈做為藝術總監帶領之下的臺灣國光劇團近年的創作歷程，應可發現劇本思想層面的現代化與作品「文學性」的增強，是其努力的方向，就思想的現代化而言，毫無疑問地，不論是哪一個劇種應該也都無法不面對，但「文學性」的增強是否也會是歌仔戲現代化或是精緻化過程中的必然或當然？

事實上，劇本，原本就具備了文學性與劇場性的雙重特質，劇作家所創作的歌仔戲劇本，必須經歷舞臺演出的「劇場性」考驗，而「文學性」的追求或許更是區別於活戲文本的一個面向。對當代的編劇而言，在文字書寫的當下，該如何呈現歌仔戲這個劇種所具備的性格與特色？又該如何傳遞歌仔戲演出文本文學性的同時，又不至於變成案頭之作？甚至只是華語「翻譯」成為閩南語的書寫而已？這些當是新編歌仔戲實踐過程中至為重要的課題。

對於臺灣歌仔戲發展的觀察和期許，臺灣學者曾永義教授早在1995年10月左右發表的〈臺灣歌仔戲之近況及其因應之道〉一文中，明確表達對臺灣當代所發展的「精緻歌仔戲」的六大訴求，包含了：（1）講求深刻不俗的主題思想、（2）情節

安排緊湊明快、（3）排場醒目可觀、（4）語言肖似口吻機趣橫生、（5）音樂曲調的多元豐富性，以及（6）演員的技藝應精湛、學養修為需精進等等，[1]並強調歌仔戲應該要展現其鄉土性格，語言和音樂方面要格外充實，展現共鳴的感染力，身段宜多從傳統戲曲如梨園戲、崑劇乃至於現代舞蹈汲取養分，並認為應適度保留「踏謠調弄」來維繫它原本傳達的鄉土情懷。[2]

　　曾經創作歌仔戲《邵江海》的學者曾學文則認為：歌仔戲的創作應把握歌仔戲劇種的個性、追求通俗語言中的美學品味，其中關於歌仔戲劇種個性上，認為應強調民間色彩和地域特點並追求質樸的表達方式，而通俗語言中的美學品味則以尋找通俗性中的深刻性、尋找本色中的機趣與文采，以及詠歎語言中的情感力度為核心。[3]

　　兩位學者事實上都有戲曲創作的豐富經驗，對於歌仔戲的發展長年以來也都相當關心，他們的觀點，應是新編歌仔戲的重要參考。

歌仔新調的探索

　　做為一個以現代戲劇為主要養成經驗以及創作養分，卻因緣際會進入歌仔戲編劇桃花源的「新」編劇而言，如何掌握歌仔戲文本創作上的「眉角」，創作出可演、好看，又能彰顯歌仔戲味道的劇本，一直是個人念茲在茲的學習方向與重要思考。從2005年至今，約十七年的時間裡，由於結識秀琴歌劇團，得以有機會共同經歷了劇團滿檔民戲演出之際，依然努力走向歌仔戲精緻化創作的歷程，「以身作則」的自我砥礪下，與秀琴歌劇團的合作歷程中，嘗試創作了三個歌仔戲劇本，其中《范蠡獻西施》、《玉石變》兩個劇本，先後入選財團法人國家文化藝術基金會（簡稱「國藝會」）所主辦的第二、第三屆「歌仔戲創作專案」，並各自經歷了外臺首演及後續內臺演出的洗禮。

　　2010年則以《安平追想曲》入選同為國藝會所舉辦的「第三屆表演藝術追求卓越專案」，《安平追想曲》2011年在臺南文化中心首演之後，成為劇團標誌性的里

1　參見楊馥菱，《臺灣歌仔戲史》，臺中市：晨星出版社，2002年12月30日初版，頁163～164。

2　曾永義，〈臺灣歌仔戲之近況及其因應之道〉，收錄於曾永義主編，「海峽兩岸歌仔戲藝術節」編輯委員會編輯，《海峽兩岸歌仔戲學術研討會論文集》，臺北市：行政院文化建設委員會出版，1996年6月，頁14～16。

3　參見：曾學文，〈歌仔戲劇本創作中若干問題的思考——以歌仔戲《邵江海》創作為例〉一文，收錄於海峽兩岸歌仔戲藝術節組委會編輯，《歌仔戲的生存與發展——海峽兩岸歌仔戲藝術節學術研討會論文匯編》，廈門：廈門大學出版社，2006年1月第1版，頁455～471。

程碑，其後2012年陸續在臺北兩廳院國家戲劇院、2014年於高雄春天藝術節中，在高雄文化中心至德堂演出，2019年並獲邀於臺灣戲曲中心大表演廳演出，分別經歷了三個城市四個劇場的演出實踐。

前述三個新編歌仔戲劇本的創作構思或有不同，但對於劇本文學性和劇場性的兼顧追求則是不變的，特別是創作之始標榜「歌仔新調」的《安平追想曲》，便是思考到劇團在臺南立足的在地性，以及歌仔戲碰觸當代民間傳說故事題材的可能性，對於戲曲文學性的本質追求具有一定程度的底蘊，在舞臺實踐上更結合當代劇場的多元跨界思維，賦予歌仔戲嶄新的舞臺風貌。

歌仔戲百餘年的發展後，當代歌仔戲的演出，除了古冊戲和胡撇仔戲[4]的既有形式之外，這樣一個充滿生命力的劇種，還有什麼新的表現可能性？特別是在現代題材的背景之下，將以何種面貌出現在觀眾面前？這是《安平追想曲》最為重要的創作動機，也是這樣的理念，開始在在地的故事題材中尋思創發。

創作的靈感首先從劇團在地的「臺南」開始，一方面從臺南的歷史與地理環境中找尋靈感，一方面則參考了「歌仔冊」乃至於當年流行的臺語唱片，最初想到的，除了〈安平追想曲〉之外，還有〈臺南運河奇案〉，甚至亦曾想過直接將以明鄭時期府城為背景的舞臺劇《鳳凰變》改編成歌仔戲版本。最終，臺語流行歌謠〈安平追想曲〉歌詞裡母女兩代的異國戀曲和船員飄泊的意象，開啟了我的創意想像，在命題上似乎也隱喻著臺灣乃至於歌仔戲的歷史意象，更是臺南具有在地人文地景般意涵的一首歌曲。

只是，單純的愛情故事在歌仔戲裡允為小生小旦相當經典的情節程式，對創作者的我卻不滿足，希望找到更多可以發揮、可以傳達的可能性。於是想到了歌仔戲發展史中，從民間流傳的錦歌[5]歌謠到落地掃[6]的表演形式，乃至於經歷了外臺與內臺演出的興衰起落，再加上皇民化運動時期旁枝衍生出來的胡撇仔戲形式，種種的變化都可能被交融在當代歌仔戲的舞臺上，於是萌生了「歌仔新調」的概念，意味

---

[4]　現今歌仔戲外臺演出有「日演古冊，夜演胡撇仔」的傳統，其中「古冊戲」亦稱「古路戲」，演出內容多半為歷史或稗官野史中的故事，服裝、道具、音樂和身段表演較遵循傳統表現；「胡撇仔戲」的「胡撇仔」有謂從opera音譯而來，另一種說法意指未依傳統身段表演，胡亂比劃一番，所演劇情亦較為激情誇張、光怪陸離，服裝、道具及音樂的表現也參雜許多當代流行的元素。

[5]　錦歌，亦稱「什錦歌」或「雜錦歌」，是很早就盛行於漳州一帶的民間小調，也就是臺灣所稱的「歌仔」。

[6]　「落地掃」，意思是指表演者在地上游走，褲腳及裙擺在地上「掃來掃去」，臺語稱為「土腳趖」，是本地歌仔最早在街頭的表演型態。

著當代的觀眾在劇場裡觀賞《安平追想曲》的同時，也如同當年不同時代的人們在戲棚下一般，共同參與著一個歌仔戲的新可能。

✦ 劇場歌仔戲的創意 ✦

從一首歌到一齣戲

〈安平追想曲〉是由許石作曲、陳達儒填詞，於1950年左右創作，1951年發表的閩南語流行歌謠，發表當時隨即轟動，其後傳唱不絕，並多次被改編成電影。歌詞中以徘徊在安平港邊的金髮混血孤女的愛情故事為主軸，表現出多情女子苦等船員情人的哀怨與孤單，更隱藏著上一代臺南安平女子與荷蘭船醫所發生的異國戀情，呼應著母女兩代在愛情中的漂泊與等待，成為臺南在地的安平傳奇。儘管後來填詞的陳達儒表示歌詞中的故事乃是想像虛構的，但是百年來在臺灣社會發展以及與國際接觸的過程中，如此的異國戀情和漂泊與等待，不會只是單一個案，卻一直會是扣人心弦的創作母題。

事實上，〈安平追想曲〉這樣一首流行歌謠始終帶給創作者無限的想像與靈感的觸發。1965年臺語電影興盛時期，便曾有《安平追想曲》的臺語黑白電影發行，後來，1970年左右又有《回來安平港》的拍攝，之後更有彩色版的《新安平追想曲》。1971年，太王唱片錄製了《人情悲劇——安平追想曲》黑膠唱片，後又有續集《回來安平港》，而在黑白電影和唱片中同時飾演兩代母女的便是後來歌仔戲界的天王小生楊麗花，電影中那位愛上荷蘭船醫的安平女子，名字相當巧合地叫做「秀琴」。同時，在唱片及黑白電影的故事中，混血孤女阿金由外公撫養長大，外公在臨終時交代阿金要去投靠歌仔戲班裡的舅舅。唱片中「歌仔戲戲班」、「秀琴」這兩個關鍵字給了創作極大的靈感，於是由此擴大聯想，在爬梳臺灣歌仔戲發展年代及其脈絡後，參考當代臺南文史研究和觀光資源中對〈安平追想曲〉史實的想像，重新勾勒出劇本的時空背景與人物設定，增添了「歌仔戲」百年發展歷史脈絡的另一表現內容主題，一方面企圖擴大本劇的文化視野，將虛擬的戲劇和真實的社會情境緊密結合，另一方面也讓本劇的表演形式，在現代的時空背景下，能與歌仔戲的傳統表演巧妙融合，在歌唱、舞蹈與戲劇三合一的本質中，創造一種嶄新的「歌仔新調」。

歌仔戲《安平追想曲》便是以此平易近人的閩南語流行歌謠作為整齣戲的基本

出發與架構，企圖在舊有的元素中重新包裝，形塑歌仔戲在當代劇場中的面貌。

故事大綱重組

　　《安平追想曲》從流行歌謠中的故事出發，然因創作目標的不同，而形成玉祿／阿祿仙這個貫穿全劇的主要角色，延伸出環繞在他身邊的安平女子玉梅與達利的異國戀曲、金髮混血少女與富家少爺志強的貧富孽戀，同時，更重要的，透過阿祿仙戲班身分所帶來的現實情境，將歌仔戲表現形式中的「戲中戲」，自然地展現在劇中，故事大綱如下：

　　　　1911年的臺南府城，日本的商船緩緩駛入安平港，船上久悶的船員們忙完了工作後，紛紛離船到岸上尋樂。在一群男人中，船上的荷蘭籍船醫達利對於燈紅酒綠並無興趣，金髮的他哼唱著歌劇《蝴蝶夫人》的曲調，獨自一人欣賞著這個對他來說相當陌生卻又充滿異國風情的府城安平小城。

　　　　關帝廟前人來人往熱鬧非凡，鑼鼓震天地敲響著，臺南迎媽祖的陣頭中演著落地掃，金家的少爺金玉祿和小姐金玉梅也被落地掃的表演所吸引。

　　　　達利與金玉梅就在落地掃表演中遙望著彼此；而金玉祿卻深深地被落地掃的歌舞所吸引，兄妹倆人各自沉浸在陶醉的情緒中。

　　　　隨著戀情的加溫，達利與玉梅兩人偷偷交往，濃情密意讓他們已經無法分開，玉梅甚至懷孕了。達利於是請媒婆登門提親，不料盛怒的父親將媒婆逐出家門。疼惜玉梅的玉祿瞞著父親，承諾帶著玉梅找到達利，達利決定明媒正娶玉梅，甚至決定在府城落地生根，為玉梅和她腹中的孩子建立一個完整的家。

　　　　為了讓玉梅風風光光出嫁，玉祿瞞著父親為玉梅舉辦婚禮，迎娶的隊伍彷彿迎神慶典般熱鬧，玉祿自己也在藝閣上粉墨登場扮演觀音，不料幸福的時刻卻被粗暴的日本警察破壞，達利被玉梅的父親控告誘拐少女而被強行驅逐出境，熱鬧的婚禮變成殘酷的生離，玉梅再多的淚水，也無法讓載著達利出港的大船稍作停留，只留下達利送給她的金十字架。而玉祿為了玉梅的幸福向父親據理力爭，他偷偷學戲更引起了金老爺更大的忿怒，父子強烈的衝突之下，玉祿被金老爺趕出家門，留下玉梅一個人孤單地面對日漸隆起的小腹，以及對丈夫強烈的思念。

從此，安平港邊每到黃昏，就會出現一個等待夫君大船入港的金小姐，她從大腹便便到懷抱嬰兒，落日的餘暉將她的身影拉長，彷彿是港邊的一塊望夫石……。

　　二十年時光轉眼過去，1931年，阿祿仙的戲班回到了府城，當年他為了演戲不惜離家出走，追隨著戲班行走江湖，如今近鄉情怯的他已是中年人，精湛的演技讓他繼承師父的戲班，而成為著名的阿祿仙。

　　在金家的大門外徘徊的阿祿仙，遇到了一位身穿花紅洋裝、金髮飄逸的荳蔻少女，她從破敗的金家大門走了出來，阿祿仙不但好奇於女孩的金髮黃膚，更讓他驚訝的是少女的面容太像他的妹妹玉梅了。

　　原來，少女正是玉梅的女兒，玉梅在達利被遣送之後生下了一個女嬰，取名思荷，金老爺也在達利走後原諒了女兒，而將玉梅和思荷接回金家。但是玉梅每天仍到安平港等待，希望達利能夠再回安平，但是沒想到苦等多年，卻只等到一封達利寄自荷蘭的信，信中說他已經在荷蘭結婚，希望玉梅將他遺忘。玉梅不久便抑鬱而亡，金髮混血孤兒思荷在金老爺的撫養下漸漸長大，二十年後的此刻，金老爺和乳母雙雙病逝而家道中落，思荷只剩下一只破皮箱，以及她母親留給她的金十字架。

　　甥舅相認後，阿祿仙便帶著思荷回到戲班，思荷的金髮自然引起了大家的注意，有人冷嘲熱諷，有人相當好奇，而思荷的心思卻全放在學戲，似乎只有在那哭調中，她可以找到情緒的解脫。

　　再經十年後，思荷漸成為戲班的當家苦旦，舞臺上的思荷綻放著迷人的魅力，受到觀眾的喜愛，不知有多少人為她著迷。這一天，散戲後下起了大雨，一位俊俏瀟灑的青年來到後臺，他是林志強，安平富商家的少爺，他對思荷一見傾心，前來邀請思荷去吃宵夜，思荷沒有答應，志強也不勉強，只是含情脈脈地望著她，思荷的心整個被牽引了。

　　志強和思荷總是偷偷地來到安平港邊約會，思荷告訴志強她的身世，志強告訴思荷他想要出海遊歷四方的夢想，兩人如同思荷的父母般，戀愛在安平港邊。只是，這對情侶的戀情卻命定似地不被祝福，林老爺知道志強竟然愛上了一個戲子，而且是漢荷混血的私生子，他相當震怒，百般阻撓兩人的

情感，甚至讓阿祿仙的戲班被禁演而無法生存下去，更為了拆散兩人，出乎意料之外地同意志強登船遠揚⋯⋯。

　　銅鑼聲響，遠遠的大船緩緩入港，它將帶走思荷的情人，卻意外地帶來了思荷的生父，那個荷蘭的船醫達利。

分場大綱建構

序　場　　　　2011年　　　　追想安平

歷史場景中的安平港，〈安平追想曲〉的樂音響起，夕陽西下，海邊一名穿著時髦的少女被風吹動著長髮，三三兩兩的情侶漫步而過，遠方的現代輕帆從水面駛去。

第一幕　　　　1911年　　　　府城蝴蝶夫人

第一場　情有所鍾

大船駛入安平港，剛下船的荷蘭船醫達利對純樸的安平小城充滿好奇，他心情愉快地唱著歌劇《蝴蝶夫人》的名曲〈美好的一天〉。隨即被喧天震響鑼鼓聲和鞭炮聲給吸引了，於是達利隨著遊行的隊伍繞行著安平小鎮。

金家少爺玉祿和小姐玉梅看著迎媽祖的陣頭中，上演著落地掃，在擁擠的人群中，玉梅與達利相互遙望吸引，而玉祿卻為落地掃的歌舞所吸引，兄妹倆各自沉醉在「愛」的世界中。然而，玉祿卻也發現，玉梅的眼神不同，不斷在人群中搜尋著，玉祿唱出了他不能表達的愛意。原來金家老爺的元配夫人無法生育，便收養了玉祿，後來原配病逝，金老爺再娶，續弦的夫人為他生了寶貝女兒玉梅，雖然是女兒，金老爺卻也相當欣喜而疼愛著玉梅。玉祿和玉梅兩兄妹雖然沒有任何血緣關係，但是從小感情甚佳，玉祿甚至暗中愛戀著玉梅，只是礙於兄妹的身分，他的愛似乎注定是沒有結果的。

第二場　異國之戀

玉梅遇見了達利之後，經常藉故到廟裡燒香而偷偷地和達利在安平港邊私會，雙雙墜入了愛河，甚至已經珠胎暗結。這一天，玉梅便希望玉祿幫助她，讓她

可以嫁給達利。

媒婆前來金府提親，金老爺原本很高興，但一聽到是金髮的外國人，臉色馬上暗沉下去，即使達利有意明媒正娶玉梅，金老爺不悅地將媒婆給趕走了。

玉祿心疼妹妹的遭遇，瞞著父親，帶著妹妹找到達利，達利承諾在府城落地生根，他要給玉梅一個安定的家。

第三場　金十字架

在玉祿的安排下，達利浩浩蕩蕩地抬著花紅大轎準備迎娶玉梅。玉祿也在藝閣上扮演觀音，心中為妹妹的幸福默禱。

迎親的隊伍被日本警察粗暴地破壞，原來是金老爺控告達利誘拐玉梅，達利當場被日本警察驅逐出境，只留下一個金十字架給玉梅當做愛的盟誓。

看著妹妹被父親強拉回去，玉祿臉上的脂粉也被淚水沖刷而下，他決心離家出走，為戲遠走天涯。

第四場　安平望夫石

玉梅小腹漸漸隆起，足月之後，生下了一名女嬰，但是孩子的出生並沒有帶給玉梅多少喜悅，她每天到安平港邊凝望著茫茫的大海，彷彿變成了港邊的一塊望夫石。

不久，玉梅接到達利的一封信，祈求她的原諒，因為，他奉母之命，在家鄉另娶了荷蘭少女。玉梅不堪打擊，把金十字架戴在小嬰兒的頸上，便在安平港結束了她的一生。

楔　子　　　　1931年　　　　歌仔阿祿仙

遠地來的戲班熱熱鬧鬧地在關帝廟埕擂起鑼鼓，返鄉還願的阿祿仙在戲臺上綻放著迷人的魅力，觀眾喝采聲不斷。

阿祿仙來不及卸妝便匆匆近鄉情怯地回到了金家大門口，卻發現家門破敗，而應門而出的思荷卻像極了當年的玉梅。甥舅相認之後，阿祿仙才知道家裡的遭遇，自責之下，決心將思荷帶在身邊，展開了思荷的戲班生涯。

第二幕　　　1941年　　　安平金髮少女

第一場　戲臺人生
阿祿仙帶著思荷回到戲班，思荷的金髮引起了大家的注意，有人冷嘲熱諷，有人相當好奇，而思荷的心思卻全放在學戲，她張大了眼睛在後臺看著，似乎只有在那哭調中，她可以找到情緒的解脫。

第二場　苦旦思荷
舞臺上的思荷綻放著迷人的魅力，不知有多少人為她著迷，她已是班裡最重要的苦旦。

散戲後下起了大雨，一位俊俏瀟灑的青年來到後臺，他是林志強，安平洋行的少爺，他對思荷一見傾心，前來邀請思荷去吃宵夜，思荷沒有答應，志強也不勉強，只是含情脈脈地望著她，思荷的心整個被牽引了……。

第三場　港邊苦戀
志強和思荷偷偷地來到安平港邊約會，思荷告訴志強她的身世，志強告訴思荷他想要出海遠揚的夢想，兩人如同思荷的父母般，戀愛在安平港邊。

志強的父母親聞訊趕到安平港邊，一方面強拉走志強，一方面羞辱思荷，獨留思荷一人在港邊獨自落淚。

第四場　黃昏戲班
失神落魄的思荷回到戲班，才知道阿祿仙的戲班因為堅持傳統戲路，在日本政府實施皇民化運動的大環境下，面臨解散的命運，有人默默收拾著戲箱，有人冷潮熱諷是思荷拖累了大家……。

思荷顯得茫然，但最後一臺戲依然必須演出，思荷為阿祿仙裝扮好，在《梁祝》的戲文中，阿祿仙想起了玉梅，恍惚之間，玉祿似乎便是梁山伯，思荷似乎幻化成再也不見的玉梅，哭調令人不禁潸然淚下。

在此同時，思荷接到志強的一封信，約她到港邊相會，在梁山伯淒涼的哭調中，思荷匆匆趕往港邊。

第五場　鑼聲若響

在港邊，大船進港的鑼聲響起，思荷卻趕不及見志強最後一面，茫然失魂，阿
祿仙也來到港邊，他安慰著思荷，自己卻忍不住想起玉梅。路過的人提到有一
位頭髮已白的外國人，尋找女兒而來，阿祿仙勸思荷與思念的父親相認，阿祿
仙望著思荷離去的背影跟蹌而行。

最後，思荷做出了她生命中最重要的決定……。

尾　聲　　　2011年　　　回到安平

港邊的現代情侶們，在〈安平追想曲〉的歌聲中翩然起舞……

✦ 文學書寫的創作手法 ✦

　　《安平追想曲》在歌仔戲劇本形式的創作過程中的創作手法，主要可從人物的
形塑、戲曲的互文、曲文唸白的書寫，以及場面營造等方面來看，具體做法大概具
備了以下四種面向：

人物形塑的當代情思

　　儘管歌仔戲的《安平追想曲》從臺語流行歌謠出發，但戲劇情節並不以荷蘭船
醫為上半場的主要角色，實際上「荷蘭船醫」在劇本中只是個背影人物，暗喻著過
往歷史中在臺灣這塊土地上來來去去的「外國人」，或許曾有著浪漫美好的愛情想
像，但實際上可能只是一個只堪想像的「背影」而已。

　　《安平追想曲》的人物形塑上，安平女子玉梅與思荷母女，做為一種鏡像映照
的角色，玉梅出身為生活優渥的千金小姐，在情感上有著自己的堅決意志與不畏世
俗觀點的勇氣，或許也是大小姐的嬌貴與任性，但面對現實時仍然是柔弱的，一方
面無法抗拒父親的全力阻攔，眼睜睜看著丈夫被驅逐出境，一方面殷殷盼望丈夫回
來卻陷入終生空等待的悲情，就角色特質上，有意塑造成類似歌劇《蝴蝶夫人》中
西方人眼中東方典型女性；而思荷則不同，她從小孤苦，嘗盡人情冷暖，儘管面對
愛情仍有自由的奔放卻多了一層思慮的陰影，依然宿命地在門當戶對的傳統觀念
下，和玉梅一樣成為愛情的受難者，思荷的另一個生命抉擇落在劇終時，情節上安
排她必須面對生、養親人之間的抉擇，而最終讓她選擇留在如同養父般的無血緣舅

舅身邊，對比於玉梅，命運看起來似乎相同，但透過自我的選擇，人生卻可以有所不同。

除了小旦之外，當代臺灣歌仔戲的小生對創作而言自然是更加重要且不可忽視的，在創作之初，曾想過讓小生張秀琴也同時飾演荷蘭船醫達利以及富家少爺志強，如此便可能和小旦莊金梅在兩代的關係上持續著歌仔戲傳統裡的生旦愛情戲，但最終放棄了這樣的安排，主要原因是母女兩代的感情事件事實上是極為相似的，就情節的發展來看，實在難以變形出兩種不同的愛情情節，因此必須另闢蹊徑，讓小生得以在更高的層次上展現她的唱功與表演本色，既有歌仔戲觀眾喜歡看的感情甚至是苦情戲，又能夠建構出不同於兒女情長而已的歌仔戲新風貌。

正如前述，是因為一張楊麗花和魏少朋所錄製的《安平追想曲》的唱片，讓我得到了新的靈感，創造出戲班班主「阿祿仙」這個角色，歌仔戲《安平追想曲》兩代愛情的主題之外的另一條主線便隱然成形。

這個喜愛玉梅、喜愛演戲的金玉祿的形象，在劇本創作時，確實有為演員量身訂作的思考。劇中的金玉祿一直偷偷愛著他的養妹玉梅，但在他還來不及表達愛意之前，玉梅已愛上了荷蘭船醫達利，並懷了達利的孩子。震撼悲痛且來不及療傷的玉祿不忍看玉梅傷心淚流，所以瞞著養父安排達利與玉梅的婚事，誰料最後還是被養父發現了，養父在震怒之下請日本警察將達利趕離臺灣，並將玉祿趕出家門，不再承認他這個養子。

玉祿與玉梅這對養兄妹之間曖昧的情感便可成為小生苦情戲的來源，他暗戀無血緣的養妹卻無法阻止玉梅的異國戀情，也是基於愛情與親情的糾結酸澀，他為了愛玉梅，毅然瞞著父親成全玉梅的婚事卻因而被養父趕出家門，卻也同時造就了二十年後的歌仔戲班主阿祿仙。這個角色以現實中的秀琴歌劇團團長張秀琴為想像藍本，寫她對唱戲的執著、對戲班經營的感嘆，也寫她對於愛情的內斂和隱忍。透過《梁祝》折子的互文，使得戲中戲的〈山伯臨終〉映照出玉祿對玉梅的絕望真情和無限思念，在劇本創作之初，便希望可以創造出不同於以往歌仔戲裡的小生形象。

在《安平追想曲》中，除了玉梅與思荷設計由同一位演員扮演母女之外，具有「三花」丑角特質的金財與金庫這對父子的角色，劇本中亦安排由同一位演員扮演，這固然有劇團演員陣容的現實考量，但是劇本中刻意書寫為父子兩代均做為一種「心腹」角色，一方面在悲劇的愛情故事中注入喜劇元素，調劑著全劇悲喜調

性，另一方面其實也是透過金財與金庫父子，克紹箕裘式地擔任僕人角色，諷諭著著玉梅與思荷這對母女的命運鏡像。

另一組在劇本中截然不同的角色，演出時亦安排由同一演員扮演的便是達利與志強，金髮的荷蘭船醫達利，在劇本的描寫中，始終以背影出現，而志強雖然以正面出現在觀眾眼前，然而他最後的棄思荷遠航，卻與達利被趕離府城，有著異曲同工之喻，事實上多少也暗示著一種情感背叛的輪迴，對照著玉梅與思荷，形成兩組殊途同歸的愛情悲劇。

在2019年的演出版本中，志強與思荷在港邊相互傾吐愛意時，特別為志強增加了一首獨唱曲，這固然與演員的唱功能力有關，但是綜觀全劇，身為下半場感情事件主要角色的志強，竟然只有一首離開時的獨唱可以表現，因此在與音樂設計討論之後，便新創了【有一個心願】這首歌，不僅僅是讓演員可以舒展唱功，事實上從角色的層面思考，也必然必須在有限的篇幅中，為他刻劃出青春夢想的情懷，如此對比於思荷生活上的身不由己與情感上的較為主動，應是較為完整的角色安排。

戲曲互文的隱喻延伸

歌仔戲《安平追想曲》在情節主軸外，以「戲中戲」的手法加以映照鋪陳，戲文的挪用或改寫，主要希望將傳統歌仔戲中觀眾耳熟能詳的戲齣，以折子的簡潔手法，將觀眾的觀戲經驗及情感連結到當代作品，並藉由唱腔的表現，將人物情感豐富化。戲裡戲外呈現不同層次，一是以〈安平追想曲〉流行歌謠中所刻畫的兩代愛情故事為主軸，書寫異國戀曲的淒美與波折，也寫愛情中貧富差距的無奈。二是以虛擬的「阿祿仙」為戲班人物主軸，在三角戀情的關係外，更透過不同階段、不同形式的戲中戲演出，企圖勾勒出臺灣歌仔戲百年發展的簡單脈絡，顯示從「落地掃」歌舞小戲開始，到全面歌舞精緻化大戲的簡單歷程。

另一方面，臺下的當代觀眾，也正在觀賞一個現代歌仔戲的全新嘗試，做為戲裡戲外相互呼應的精神連結。同時，更希望能夠擴大文化視野，將虛擬的戲劇和真實的社會情境緊密結合，在現代的時空背景下，與歌仔戲的傳統表演巧妙融合，以落地掃沿街搬演的《烏白蛇遇許漢文》、廟口外臺酬神謝戲的《平貴回窯》、內臺戲院告別演出的《梁祝》以及透過講戲表現的《薛丁山與樊梨花》等四折與愛情主題互文的「戲中戲」，透過歌仔戲發展歷史中的不同表演形式，在歌唱、舞蹈與戲劇三合一的本質中，創造一種「歌仔新調」場面意境的可能性。

舉例來說，《安平追想曲》在情感的命題上，以白蛇許仙的人蛇戀呼應玉梅和達利的異國戀曲，也呼應著思荷與志強貧富門第的愛情磨難：

落地掃演員、樂師：（唱）【落地掃1】
　　許漢文遇烏白蛇，相識西湖柳樹腳，
　　兩人目睭牽電線，互相意愛抵[7]心肝；
　　誰知天變烏雲罩，清明春雨落未煞，
　　漢文擎傘借您遮，雨絲變作姻緣線。
（音樂過門）
　　同心共擎一支傘，婚姻路上雙人行，
　　風風雨雨心若定，天地有情攏未驚；
　　同船共渡鴛鴦命，感情恩愛永不散，
　　有緣牽手天註定，許仙遇到烏白蛇。

這段落地掃的曲文，在下半場思荷與志強首度相遇的時刻，一方面透過思荷贈傘以及雨絲的意象，互文著白蛇與許仙故事文本中的西湖借傘，另一方面，也透過幕後歌唱的回音，再現了這段落地掃的曲文：

　　　　（思荷遞傘，志強緩接，仿若身段）

幕　　後：（唱，回音）
　　　　漢文擎傘借您遮，雨絲變作姻緣線……

而在此之前，曲文再現的【那個人】，將「金髮」的人物形象，從荷蘭船醫翻轉至他的私生女思荷，而志強唱出與上半場玉梅所唱的相同曲文，更暗示了志強與思荷在愛情上的一見鍾情與難以結合：

志　　強：（唱）

7　「抵心肝」意即「在心裡」。

那個人遠遠站在那，金色的頭毛光漾漾，

伊啊伊啊……咁是微微笑笑在看我？

　　另一方面，透過外臺戲班講戲所呈現的《樊梨花與薛丁山》，則是暗示著玉梅與思荷母女追求愛情的主動性；以石平貴回窯時，運用王寶釧不識伊人的情節，呼應阿祿仙誤認思荷為玉梅；而山伯臨終時念茲在茲的英台，則呼應著玉祿幾十年思念玉梅。

玉　祿：（唱）【七字慢】
　　　　　一別恐是百年身，只望能見夢中人，
　　　　　生死交關入幻境，……

　　　　（思荷的身影背對觀眾，彷彿呈現那個望夫石的玉梅身影）

玉　梅：阿兄，你敢知道，我足想你。（思荷起身，似乎有人叫她，離場）
玉　祿：（唱）猶原聽無伊叫兄、叫兄的聲音。

　　如此透過戲中戲的搬演，一方呼應戲中「異國／異族」的愛情命題，另一方面也希望鴻爪雪泥地勾勒出臺灣歌仔戲百年發展的流金歲月，並後設地暗示著當代觀眾在觀賞《安平追想曲》時，也正在參與著歌仔戲當代發展的歷史脈絡之中。

曲文唸白的臺語書寫

　　《安平追想曲》的曲文和唸白書寫，由於其主要故事的時空背景是設定在1911年到1941年間的臺灣臺南安平，因此在唸白上，採用了較為寫實而口語化的書寫策略，期使觀眾能夠不藉由字幕的觀看便能聽懂，但在曲文的書寫策略上，則有著不同的思考。

　　一般來說，戲中戲的部分，全以可以套入【七字調】、【都馬調】甚至不同哭調等傳統曲調的格律書寫，是較為規矩的或七字或九字，甚至是十一字的格律，另外有一部分劇中現實情境的場景，則採取臺語現代詩般的書寫策略，例如玉梅在廟會初遇荷蘭船醫達利所唱出的〈那個人〉：

玉　梅：（唱）【那個人1】

　　　　那個人遠遠站在那，金色的頭毛光漾漾，
　　　　目睭哪會對這晶晶看？
　　　　我的人靜靜站在這，為什麼心思攏未定？
　　　　頭擛擛[8]不敢斟酌[9]看，
　　　　看伊遠遠站在那，偷偷看伊遠遠看對這[10]，
　　　　伊啊……伊啊……咁[11]是微微笑笑在看我！

　　　　我從來未曾看過伊，為何親像[12]早就熟悉伊？
　　　　咁是哪一生抑[13]哪一世，曾經跟伊牽手行同儕[14]？
　　　　我從來未曾看過伊，為何親像[15]早就熟悉伊？
　　　　咁是兩人過去相欠債？生生世世得要作冤家？
　　　　那個人遠遠站在那，金色的頭毛光漾漾，
　　　　伊啊……咁是微微笑笑在看我！

　　同一個時間裡，玉祿追逐落地掃演出想要擲給賞金，卻因僕人金財遭扒手，只好回家再取賞金時，他站在一旁順著玉梅的視線望去而發現玉梅眼神的不尋常，便以相同的曲文格律唱出他的疑惑：

玉　祿：（唱）

　　　　玉梅遠遠站在那，迷人的眼神光漾漾，
　　　　目睭哪會對那晶晶看？
　　　　我的人直直站在這，為什麼心思攏未定？

8　「頭擛擛」意即「頭低低」。
9　「斟酌」意指「仔細」。
10　「看對這」意指「看向這裡」。
11　「咁」這裡意指「難道」。
12　「親像」意即「好像」。
13　「抑」此指「還是」。
14　「行同儕」意即「同行」。
15　「親像」意即「好像」。

我越頭¹⁶來佮¹⁷伊斟酌看，

看伊遠遠站在那，遠遠看伊偷偷看對那，

怹啊，怹啊⋯⋯怎會親像融去的冰山？

　　這樣的曲文格律自然是無法套用傳統曲調而必須新編，也因此其音樂上便偏向臺語流行歌曲的曲風，這是典型的歌仔戲中因曲文帶來歌曲新編的變通做法，但也同時創造了符合戲劇時空背景的音樂，並擴大了新編歌仔戲在音樂創意上的可能性。《安平追想曲》在演出後，音樂編曲編腔部分受到極大的關注與喜愛，與曲文書寫的策略，以及呈現出來的語彙的美感與詩意，當有著必然的關係。

　　此外，在臺語文的書寫上，則是以漢字的書寫使用為主，期盼在審慎地用字揀選之下，能有音、義雙贏地展現出臺語文的聲腔美感，這也是個人在歌仔戲以及臺語音樂劇的創作上，文字書寫的一種堅持。然而，臺語的諸多詞語往往有音無字，在借字使用的同時，便會在劇本中增加腳註，主要希望不懂臺語的人，透過文字的猜測與想像，可以真正走入歌仔戲劇本的語音世界與文字閱讀之中。

導演思維的場面營造

　　由於《安平追想曲》乃是編導合一的創作，因此，劇本書寫時即希望運用場面的現代化思考和技巧，創造情境的詩意化表達和作品意境的延伸。

　　首先，在場面的思考中，序場「追想安平」及尾聲「回到安平」，以時間跳出《安平追想曲》主體戲劇的時間軸線，設定為當代的2011年，這兩場以現代舞者演繹水手和情人的結合或分離意象，輔以歌劇《蝴蝶夫人》旋律改編的【序曲】，不僅與《安平追想曲》中的愛情故事互文，更是為臺灣這個島嶼的歷史文化意蘊做出詮釋。港邊身著水手服的男舞者與著長裙的女舞者，或成雙成對，或落單一人，就像是臺灣在中荷、中日等等不同時期的歷史光譜，一種帶有普遍性，又具獨特性的生命愛情故事。

　　劇中另有幾個關鍵性的場面，例如金玉祿與金玉梅在迎媽祖的廟會中觀看落地掃的表演，做為玉梅與達利第一次邂逅的場面，同時間玉祿隱隱感覺玉梅不尋常的情思舉動，創作時即思考到以剪影般的影像創造迎神賽會的時空背景，一方面希望延續著

---

¹⁶　「越頭」意即「轉頭」。
¹⁷　「佮」為「和」、「跟」的代字。

戲曲虛實交錯的美學，另一方面透過人物所在的區位，讓玉祿、玉梅以及達利三人，最終以三角形的區位關係暗示著情感上的三角關係。因而在舞臺指示中書寫著：

> （……玉祿忽然看見互望著的玉梅和達利，心中一驚）
> （燈光轉變，玉祿、玉梅和達利三人在各自的光圈中）

玉　祿：（唱）……

> （燈光轉變，只留下三人的光圈，隨後全暗，靜默短暫片刻之後，樂聲揚起，幕後歌聲唱出，以下舞臺畫面配合著歌曲流轉變化，呈現剪影的效果）

接下來便是玉梅與達利相戀的過程，劇中僅以一首歌曲表現：

幕　後：（唱）【春風微微】
　　　　春風微微安平港，海岸滄桑見洋行，
　　　　月暝清光照台江，梅開一枝花清香。

> （紅色太陽和一片霞紅，照映著金光閃閃的海面，背景的高處出現玉梅與達利在港邊遙遙相望的剪影畫面；燈光轉變）
> （玉梅與達利漸漸走近，達利伸手送出一枝玫瑰，玉梅羞怯伸手接了花，達利的手搭上玉梅的肩；燈光轉變）
> （兩人並肩坐在港邊，遙望著海的剪影畫面；燈光轉變）
> （兩人近距離側臉對望的剪影畫面；燈光轉變）
> （玉梅頭靠著達利的肩膀，達利輕攬著玉梅肩膀的剪影畫面；燈光轉變）
> （達利摟著玉梅雙雙漫步在港邊的剪影畫面；燈光轉變，剪影消失，只剩下一片海面上的銀白月光，海浪聲漸起，音樂隱隱透露著不安；燈暗）

在實際演出時，則是簡化了燈亮燈暗的繁複，將兩人情感的互動，透過走位和簡單的動作和道具，以一首歌曲的長度完成了戀情發展的過程。上面所摘錄的舞臺指示的動作描寫，即是配合著曲文，在一首歌的長度裡，做為導演思維之下，場面創造的想像依據。

而玉祿安慰著玉梅不急著婚配的場景裡，在玉祿的歌曲中，舞臺上呈現雙焦點的場面：

玉　梅：當然嘛不是你！（玉祿愣住）伊是一個荷蘭的船醫，這幾年攏隨著商
　　　　船在海面上生活，前沒多久，伊和大船來到安平港，……就是迎媽祖
　　　　那一天……
玉　祿：迎媽祖那一天……

　　　　（序曲主題漸漸揉進，燈光轉變，達利出現在遠方，乳母帶著一位媒
　　　　婆走近他，三人無聲地點頭交談著，達利相當高興，不斷握著乳母和
　　　　媒婆的手，讓乳母不知所措，媒婆則是笑嘻嘻地打量著達利，笑得相
　　　　當開心，而乳母卻有著無限的憂愁）
　　　　（在金家的花園裡，玉梅仍兀自對著玉祿訴說著達利的好，臉上充滿
　　　　了甜蜜和幸福；而玉祿，望著玉梅，心中卻有著說不出口的酸楚與
　　　　悵惘）

玉　祿：（唱）【酸澀愛意】
　　　　玉梅伊是我的好小妹，
　　　　酸酸澀澀意愛藏心底，
　　　　雖然不是同父同母生，
　　　　兄妹怎能姻緣來相配；
　　　　還有講未出嘴一句話，
　　　　伊不知……我是……

如此雙焦點的舞臺場面，亦出現在「楔子」中，當玉祿二十年後回到家鄉謝神演戲，演出〈平貴回窰〉片段，戲齣未結束，他匆匆披上斗篷欲回家見養父與玉

梅，透過平貴回窯見寶釧時的近鄉情怯與濃厚思念，呼應著阿祿仙相同的心境。而當阿祿仙走「圓場」的時空流動中，舞臺後方高臺上另一個飾演石平貴和王寶釧的演員替身，以背影繼續演出〈平貴回窯〉的戲中戲，同時更以投影方式呈現正面的石平貴與王寶釧影像，透過多層次的敘述方式，不但得以營造場面的表演性，更加深了以戲中戲互文的內涵詮釋。

這些導演思維下的劇本書寫，運用了現代劇場場面營造的技巧，乃是在劇本寫作時，便勾勒出舞臺場面的具體想像，也因為是編導合一的創作模式，便能較為確實地掌握導演二度創作時的精準可能性。

此外，臺語流行歌般的曲文寫作嘗試，除了語彙的現代化以表現人物的性格之外，另一方面也企圖勾勒出舞臺上的場面營造，透過曲文所傳達的想像，創造詩意化的戲劇情境和延伸作品的意境，例如第二幕第五場〈鑼聲若響〉中，玉祿得知年老的達利回來尋親，因為疼愛思荷，不忍她思念未曾謀面的親生父親，便不顧自己失去思荷將孑然一身終老的孤單，鼓勵思荷與生父相認，思荷離去後，玉祿轉身強忍悲傷，背影在月光下甚是淒涼，此時幕後唱出【風中之葉】：

> 幕　後：（唱）【風中之葉】
> 　　　　海螺唱著海的歌聲，
> 　　　　天星看到人的形影，
> 　　　　咱人啊！不過是樹頂
> 　　　　掉落來的一片葉啊，
> 　　　　只是咱攏莫知影。

以及最後，思荷決定留在玉祿身邊，她遙望陌生的父親身影，還是選擇與玉祿共度戲臺人生，與玉梅被迫與達利分開、玉祿被趕出家門時相同的【落雨聲】再度響起：

> 幕　後：【落雨聲2】
> 　　　　落雨聲，落雨聲，
> 　　　　親像伊聲聲叫著你的名，
> 　　　　落雨聲，落雨聲，

袂當阻擋您腳步向前行，

兩　人：雖然只是一個遠遠遠遠的背影，

　　　　貼心肝，這麼痛，

　　　　有時想起心會驚。

幕　後：女人是海，怎樣能靠岸？

　　　　思念的心，何時袂孤單？

　　　　大船返來銅鑼聲，等待誰人的形影？

　　　　是夢中人站在那？抑是生份的親爹？

　　　　是真？抑是假影？

　　　　一首歌，誰唱予誰聽？

　　　　一首歌，誰唱予誰聽？

　　一般而言，歌仔戲在外臺演出的時候，舞臺上的視覺美感或許無法達到細緻的美感要求，但當歌仔戲進入劇場，在舞臺、燈光、影像的創作和聽覺品質，都成為可以思考並掌握的元素，當歌仔戲保留了原本生猛有力的表演方式，再加上現代劇場純熟的技術，「歌仔新調」的創作便不會只是夢想。此外，既是戲曲的形式，音樂的創作自然也占了極重要的地位，遊走在傳統曲調和新編歌謠之間的比例思考，除了奠基於戲劇內容之外，更重要的必須能夠發揮歌仔戲的表演生命力，在現代題材以及不同音樂曲調的渲染之下，更希望能夠創造新的表演身段，奠定下一步歌仔戲表演未來的基礎。

　　《安平追想曲》所追求的「歌仔新調」，就劇本書寫的層面而言，乃是追求歌仔戲現代化的可能性，企圖找到形式與內容相互契合的當代面貌。歌仔戲本來就是一種很「活」的劇種，在其百年發展的過程中不斷吸收不同劇種與文化的精髓，可以說本質上就是一種具有跨界多元可能性的藝術形式，而《安平追想曲》思考的乃是讓歌仔戲的「活」轉而成為精緻化的「美」。

結語

　　每一個劇本的創作動機與背景，確實都訴說著自己的故事，而每一個劇本所娓娓道來的故事，根本上亦透露出這些劇本創作構思與創作當下的創作理念，將近十

年間，《安平追想曲》歷經了四度的演出，在戲劇文本上，自然會因為演出實際情況，以及各種需求而有著滾動式的修訂。透過舞臺上的實踐，身為劇本創作者，得以更客觀地審視作品，一方面來自導演及演員的二度創作所帶來的實務體驗與具象傳達，另一方面也有著現場觀眾的多層次反應與回饋，在演出排練之際與劇場演出之後，每一個劇本更皆有潤飾修改的機會，本書呈現的版本，則是綜合演出本與劇本獨立創作思維交互運作之下，所完成的最新版本。未來以此版本為依據再度演出時，必然也會因應導演與演員以及各設計的創意加值，產生另一個新的版本，這當是劇本創作最迷人也是最有機變化之處。

我喜歡獨自面對劇本創作的安靜，也喜歡劇場，喜歡在劇場裡和所有的人一起呼吸、一起感動，而這些年在教學之餘，已經習慣性地把劇場和創作當作自己生命中至為重要的幸福，我真的不知道自己離開了劇場還會剩下什麼？不能創作的自己又會是如何的模樣？但是在《安平追想曲》的創作過程中，也有著陰霾密布的黑暗時期，曾經因為劇本創作的停滯、因為個人其他作品的被質疑、因為自覺幾十年兢兢業業卻依舊被嚴重忽視而開始質疑自己的能力，當時讓我萌生退出劇場的倦勤之意，甚至很鄭重卻也滑稽地寫了一封信，準備要昭告天下。

可是就是那一天清晨，從恍惚的殘夢中醒來，儘管前一夜的淚痕依舊，儘管所有的事情不會因為太陽升起而變得不一樣，但很神奇地，那一個清晨就是不一樣，也不知道是什麼力量，讓我從床上爬起之後，直接就坐在電腦前，飛快地完成了半年之間日夜煎熬都無法落筆的《安平追想曲》的大部分劇本，那一刻，似乎天使的白色羽毛就在眼前。

《安平追想曲》成為一個作品，不論是個人獨自創作，或是在舞臺上群力完成，都要特別感謝秀琴歌劇團所有大大小小、老老少少，謝謝她們這麼多年來對我的信任，這一種無法言喻的信賴，讓我們彼此的承諾、彼此的夢想有幸得以開花結果！

創作過程中，曾有一首被刪去的歌詞，其實也是我多年來對於劇場的感觸，以此獻給劇場裡真情的大家，也為這齣對我自己和對許多人而言，都相當重要的一齣戲的重要註腳：

寄付自己的真情和人生，

唱唸別人的絕情和負心，

將苦情的一生，
予人笑予人嘻，
陪人侹陪人痛……

安平追想曲

場　景

人　物

玉祿

玉梅／思荷

達利／志強

金財／金庫

乳母

金父

媒婆

日本警察

志強父母

戲班演員

戲班樂師

藝閣、陣頭的表演者

安平百姓

現代情人們

✦ 序 場 追想安平 ✦

時 間：2011年

場 景：安平港

人 物：現代情人們

（紗幕後，空臺，只有背景海天一色的光影；海浪拍岸聲一波又一波傳來，片刻後，一聲長長的汽笛聲傳來，燈光漸暗，序曲音樂漸入）

【序曲】：演奏曲

（黑暗中傳來〈安平追想曲〉歌謠和歌劇《蝴蝶夫人》第二幕〈晴朗的一天〉樂音，兩個音樂主題交錯融合成的一首曲調特別的【序曲】音樂）

（燈漸亮，舞臺上場景變化，配合投影呈現出現代安平港的景象）

（情人舞者男的穿水手服，女的穿長裙，一對一對輕舞而出，他們撐起透明的傘，形成一個個美麗的畫面；隨後人漸分離，最後留下一個女人撐傘望著海港的剪影）

（大船入港的剪影淡入，與望海女人的剪影在對角線相互疊映）

（創作群字幕配合舞臺上的剪影一一浮現，最終出現「安平追想曲」書法字幕；音樂中，剪影消失，舞臺上的場景則如時光飛逝，逐漸轉換成1911

年的場景）

✦ 第一幕　府城蝴蝶夫人 ✦

第一場　情有所鍾

時　間：1911年春

場　景：安平市仔街

人　物：玉祿、玉梅、乳母、金財、達利
　　　　包括許漢文（小生）、白蛇（小旦）、小青（花旦）、船伕（小丑）等落
　　　　地掃演員及樂師，以及其他迎神賽會陣頭表演者、安平鄉親

　　　　（安平城三月迎媽祖的盛會，鑼鼓喧天，香煙繚繞，場面十分熱鬧，安平
　　　　鄉親人頭鑽動；場面上可以安排舞龍或是其他動線強烈的表演穿場而過，
　　　　或以投影影像配合音樂建構出熱鬧的場面）

幕　後：（唱）【迎媽祖】
　　　　安平三月迎媽祖，臺南府城趴地虎[1]，
　　　　街頭巷尾采[2]香爐，報馬仔轎前來探路；
　　　　神兵神將跟迢迢[3]，弄龍弄獅誰尚鰲[4]？
　　　　繡旗百百有了了[5]，延平街頭青煙嬝；
　　　　伊嗩鼓吹[6]我催鼓，子弟戲班踏腳步，
　　　　陣頭八音弄車鼓，透早鬧熱到下晡[7]。

　　　　（金家的僕人金財呼叫著少爺玉祿和小姐玉梅，他們在延平街邊自家洋樓
　　　　前觀看陣頭，奶媽則是在一旁焚香祈禱，金財興奮地指東看西）

---

[1]　「安平迎媽祖，臺南趴地虎」為諺語，意指安平的迎媽祖盛況空前，連臺南府城都比不上。
[2]　「采香爐」意即「擺設香爐」。
[3]　「跟迢迢」意即「緊緊跟隨」。
[4]　「誰尚鰲」意即「誰最行」。
[5]　「繡旗百百有了了」意即「有百種以上的繡旗，各式各樣非常齊備」。
[6]　「嗩鼓吹」意即「吹嗩吶」。
[7]　「下晡」意即「下午」。

金　財：祿少爺你看你看，子弟班來啊！

玉　祿：啊！這就是這陣尚時興的落地掃！

玉　梅：阿兄，什麼是落地掃？

玉　祿：恁[8]會唱歌仔，咯會比身段！一路上攏隨著陣頭在表演，所以叫做「落地掃」……咦……今日不知道是要演什麼？

金　財：哪還用講，看了就知嘛！

（遊行的隊伍中有人用竹竿圍成了四方形的表演場地，落地掃的演員搖搖擺擺走入圍場中互動地表演著《許漢文遇烏白蛇》，樂師在圍場外吹奏著，演員隨著歌詞詞意表演著身段）

落地掃演員：（唱）【落地掃】

　　　　　　許漢文遇烏白蛇，相識西湖柳樹腳，

　　　　　　兩人目睭牽電線，互相意愛抵[9]心肝；

　　　　　　誰知天變烏雲罩，清明春雨落未煞，

　　　　　　漢文攑傘借恁遮，雨絲變作姻緣線。

　　　　　　（音樂過門）

玉　祿：啊我知囉，恁是在扮許漢文與烏白蛇的故事啦！

玉　梅：許漢文……烏白蛇……這是什麼故事啊？

乳　母：哎喲！嚇死人，烏白蛇呢！玉梅啊，咱莫看莫聽……

金　財：乳母啊、梅小姐，免驚免驚，這咱祿少爺有跟我講過，這是一個真「羅曼蒂克」的故事……

乳　母：什麼鑼什麼褲？你嘛卡正經咧！

金　財：聽──我──說──來！

（正當金財口沫橫飛地解說故事時，場中的落地掃依然進行著；另一方面，穿著白色醫官制服的荷蘭醫官達利隨著遊行的隊伍移動，也擠在人群

8　「恁」意即「他們」
9　「抵心肝」意即「在心裡」。

中，挺拔的他一頭金髮，出現在人群中，觀眾只看得見他的背影；玉梅的眼睛不禁被他吸引而偷偷望向達利）

（續唱）
同心共擎一支傘，婚姻路上雙人行，
風風雨雨心若定，天地有情攏未驚；
同船共渡鴛鴦命，感情恩愛永不散，
有緣牽手天註定，許仙遇到烏白蛇。

乳　母：原來是安倷[10]哦！啊不過人佮[11]蛇亦不同種，要怎樣結親晟[12]？

金　財：吼，我講乳母啊，妳真正是……反正跟妳說這麼多，妳嘛攏聽嘸……啊！恁[13]看恁看，有一個紅毛仔呢！……咦！講是紅毛仔，頭毛[14]哪會是金色的？……嘿，人咯真胭投[15]，祿少爺，跟你有得比哦！他看向這邊來了，喂……Hallo……

（眾人不約而同地看向達利，玉梅卻彷彿被人發現似得，羞怯地低下頭；金財向達利揮手，熱情地叫著；達利也向他們揮手）

玉　祿：好了啦，你是佮人有識悉否[16]？

金　財：沒啦！我是在看一隻金毛的猴山崽！……啊！阮祿少爺嘛姓金，我不是在講你喔！

玉　祿：你哦！……行[17]啦，咱隨子弟班看恁還要扮什麼。

金　財：好啦！好啦！祿少爺，人是三月瘋媽祖，你哦！是日日瘋鑼鼓！

玉　祿：閒話莫講！行[18]！

10　「安倷」意即「這樣」。
11　「佮」意即「和」或「跟」。
12　「親晟」意即「親戚」；「結親晟」意指「結為夫妻」。
13　「恁」意即「你們」。
14　「頭毛」意即「頭髮」。
15　「胭投」意即「帥」。
16　「否」做為語尾助詞，為「是否」之意。
17　此處的「行」乃是指「走」的意思。
18　同註17。

乳　母：玉祿仔、大少爺，你……

玉　祿：知啦！知啦，妳莫俗我阿爸講就好！……金財，咁有[19]帶賞金？

金　財：安啦安啦，我金財什麼攏沒，我就是「真有財」！

玉　祿：呵呵，我看你是有肚臍啦！行[20]啦！

乳　母：唉……大少爺，唉……唉……等一下！

（落地掃的表演告一段落，遊行隊伍繼續移動，人群也隨之移動離開，達
利卻仍呆呆站在原地）

（玉祿和金財離去後，乳母也跟著追下去；玉梅獨自留在樓上，稍微大膽
地望著達利）

（以下這首玉梅的歌曲，可以在編曲上適時地穿插《蝴蝶夫人》中〈晴朗
的一天〉的音樂主題，但並不需要唱出歌劇的歌詞）

玉　梅：（唱）【那個人】

那個人遠遠站在那，金色的頭毛光漾漾，

目睭哪會對這晶晶看？

我的人靜靜站在這，為什麼心思攏未定？

頭擂擂[21]我不敢斟酌[22]看，

看伊遠遠站在那，偷偷看伊遠遠看對這[23]，

伊啊……咁是微微笑笑在看我！

（玉祿和金財下了樓，追著遊行隊伍離去，乳母看著追不上了，嘆了口
氣，回頭一看，看見玉梅愣愣地在樓上，循著目光，她發現了玉梅與達利
對望著，便急忙趕回樓上）

19　「咁」為閩南語的語助詞，「咁有」，亦即「有沒有」，若用在「咁是」即為「是不是」，「咁」
　　取其音，一般亦寫作「敢」。
20　同註17。
21　「頭擂擂」意即「頭低低」。
22　「斟酌」意指「仔細」。
23　「看對這」意指「看向這裡」。

我從來未曾看過伊，為何親像[24]早就熟悉伊？

咁是哪一生抑[25]哪一世，曾經佮伊牽手行同儕[26]？

我從來未曾看過伊，為何親像早就熟悉伊？

咁是兩人過去相欠債？生生世世得要作冤家？

那個人遠遠站在那，金色的頭毛光漾漾，

伊啊……伊啊……咁是微微笑笑在看我！

（場上淨空，彷彿全世界只留下一見鍾情的兩人，玉梅遠望著達利，達利始終以背影對著觀眾）

（玉祿和金財回返，玉祿氣嘟嘟，金財低著頭隨後跟著）

玉　　祿：吼……實在有夠見笑的，叫你要帶賞金也沒記得帶！

金　　財：我有啦！哪知道會去予剪溜仔[27]剪去！

玉　　祿：好好好，緊[28]去拿！我在這等你！你若再愆[29]就袂赴[30]啊！

（金財離去，玉祿忽然看見互望著的玉梅和達利，心中一驚）

（燈光轉變，玉祿、玉梅和達利三人在各自的光圈中）

玉　　祿：（唱）

玉梅遠遠站在那，迷人的眼神光漾漾，

目睭哪會對那晶晶看？

我的人直直站在這，為什麼心思攏未定？

我越頭[31]來佮伊斟酌看，

看伊遠遠站在那，遠遠看伊偷偷看對那，

---

[24] 「親像」意即「好像」。

[25] 「抑」此指「還是」。

[26] 「行同儕」意即「同行」。

[27] 「剪溜仔」意指「扒手」。

[28] 「緊去」亦指「快去」。

[29] 「愆」意指「耽擱、延誤」。

[30] 「袂赴」意即「來不及」。

[31] 「越頭」意即「轉頭」。

您啊您……怎會親像融去的冰山？

（燈光轉變，只留下三人的光圈，隨後全暗，靜默短暫片刻之後，樂聲揚起，幕後歌聲唱出，以下舞臺畫面配合著歌曲流轉變化，呈現剪影的效果）

幕　　後：（唱）【春風微微】
　　　　　春風微微安平港，海岸滄桑見洋行，
　　　　　月暝清光照台江，梅開一枝花清香。

（紅色太陽和一片霞紅，照映著金光閃閃的海面，背景的高處出現玉梅與達利在港邊遙遙相望的剪影畫面；燈光轉變）
（玉梅與達利漸漸走近，達利伸手送出一枝玫瑰，玉梅羞怯伸手接了花，達利的手搭上玉梅的肩；燈光轉變）
（兩人並肩坐在港邊，遙望著海的剪影畫面；燈光轉變）
（兩人近距離側臉對望的剪影畫面；燈光轉變）
（玉梅頭靠著達利的肩膀，達利輕攬著玉梅肩膀的剪影畫面；燈光轉變）
（達利摟著玉梅雙雙漫步在港邊的剪影畫面；燈光轉變，剪影消失，只剩下一片海面上的銀白月光，海浪聲漸起，音樂隱隱透露著不安；燈暗）

第二場　異國戀夢

時　　間：1911年
場　　景：金家花園
人　　物：乳母、金財、玉梅、玉祿、媒婆、金父

（海浪聲漸弱，被鳥鳴聲取代，場景轉換成金家的花園，搭配著鳥鳴，簡單的配樂襯底）
（乳母在場中焦急踱步，金財搖頭晃腦地一面哼著五音不全的北管腔調，一面比手畫腳地進場，金財與乳母相撞）

乳　　母：你這個猴崽囝，行路不好好行，你是在做啥咪？

金　財：（北管腔口白）「原來是乳母到此，金財這廂有禮」！

乳　母：講啥聽嘸啦！⋯⋯少爺怎麼沒佮你作陣返來？

金　財：（北管腔口白）「我緊緊走路趕在前，伊慢慢坐轎跟後面」⋯⋯

乳　母：我講你講啥我聽嘸你是聽嘸我講啥是否？

金　財：哦⋯⋯妳講我聽嘸妳講我講啥妳聽嘸⋯⋯（被乳母打）這聲聽有啊！少爺呢麼[32]就返來呀啦！嘿嘸[33]，來呀！

（玉祿躡手躡腳地走進，不斷往裡張望，看見乳母做了一個禁聲「噓」的手勢）

玉　祿：阮阿爸在找我是否？伊人在哪？

乳　母：不是啦，是我要找你啦！

（玉祿頓時輕鬆起來）

玉　祿：吼，害我驚一咧！（轉頭對金財）攏是你，尚鰲[34]黑白講，我等一下再找你算帳。

金　財：我知我知，我Get Out！（轉身做離開狀）

玉　祿：知就好⋯⋯乳母啊，妳找我啥麼代誌⋯⋯看妳憂頭結面[35]，身體不爽快是否？

乳　母：是玉梅啦！（正躡手躡腳想要溜掉的金財停下腳步，豎耳傾聽）伊最近⋯⋯

金　財：我知我知⋯⋯日頭落山咯一天，思思念念那個人，想要佮伊去遊港，⋯⋯

玉　祿：你又咯在黑白講啥⋯⋯

金　財：I know I know，Get Out! Get Out! 車畚斗[36]⋯⋯。

---

[32] 「呢麼」意即「稍等一下」、「馬上」。

[33] 「嘿嘸」意指「你看，在哪裡」。

[34] 「上鰲」意即「最會」。

[35] 「憂頭結面」意指「愁容滿面」。

[36] 「車畚斗」亦即「翻跟斗」。

（金財悻悻離開，乳母正想告訴玉祿她擔心的事情，玉梅已經出來，阻止乳母講下去）

玉　梅：乳母，妳哪會抑咯在這？妳緊去啦！

乳　母：玉梅！我想來想去……安徜敢好？

玉　梅：乳母妳放心啦！有阮阿兄在咧。

玉　祿：對啊對啊，有我在咧！

（乳母嘆了一口氣，只好轉身兀自朝家門外離去）

玉　祿：玉梅，是什麼代誌有我在咧？

玉　梅：阿兄，自小到大你都很疼我，我有一句話想要問你，你是不是會佮以前同款，什麼代誌攏會為我做主？

玉　祿：這還咯問？自妳細漢看妳到大，哪一項代誌阿兄嘸維護妳？放心，有什麼代誌妳盡量講。

玉　梅：就算不合禮數也沒關係？

玉　祿：這……只要不是殺人放火，阿兄攏會予妳做靠山。

玉　梅：阿兄，你是在講玩笑否，我哪會殺人放火啦！
　　　　（唱）【愛上一個人】
　　　　你是不是深深愛過一個人？

玉　祿：我……

玉　梅：你是不是每天思念那個人？

玉　祿：這……

玉　梅：這種感覺親像日時在眠夢，
　　　　想要時時跟伊作夥每一天。

玉　祿：我……確實深深愛著一個人，

玉　梅：我知影[37]伊有心佮我同船帆，

玉　祿：我……確實日夜思念那個人，

---

[37] 「知影」亦即「知道」。

玉　梅：我知影伊願意陪我過年冬，

玉　祿：那種感覺親像日時在眠夢，

玉　梅：我知影伊對我亦是情意重，

　　　　想要隨伊看顧愛情的花欉，

玉　祿：想要陪伊共度這生每一天。

玉　梅：真實咧？阿兄！你真正會當[38]體會我的感受？你實在對我足好耶！

　　　　（玉梅喜悅而天真地抱住玉祿，玉祿反而不知所措）

玉　祿：玉梅，講整半晡，妳是要跟我講啥？

玉　梅：我……我去愛上一個人。

玉　祿：啊……妳去愛上一個人……啊……伊是……

玉　梅：伊的年歲比我有卡大……

玉　祿：呃……這是當然的嘛！

玉　梅：阮每天攏會見面……

玉　祿：哦……安俗哦！（有點開玩笑地）伊人生做怎樣？

玉　梅：伊人高高，生做真胭投，有理想，咯真會曉唱歌……

玉　祿：（自喜）聽起來咯真熟悉。

玉　梅：而且，無論我要做啥，他攏會陪伴我……就親像阿兄你同款……

玉　祿：親像我？安俗講起來……（自言自語）就不是我？

玉　梅：當然嘛不是你！（玉祿愣住）伊是一個荷蘭的船醫，這幾年攏隨著商船在海面上生活，前沒多久，伊和大船來到安平港，……就是迎媽祖那一天……

玉　祿：迎媽祖那一天……

　　　　（序曲主題漸漸揉進，燈光轉變，達利出現在遠方，乳母帶著一位媒婆走近他，三人無聲地點頭交談著，達利相當高興，不斷握著乳母和媒婆的手，讓乳母不知所措，媒婆則是笑嘻嘻地打量著達利，笑得相當開心，而

---

[38] 「會當」意即「可以」。

（乳母卻有著無限的憂愁）

（在金家的花園裡，玉梅仍兀自對著玉祿訴說著達利的好，臉上充滿了甜蜜和幸福；而玉祿，望著玉梅，心中卻有著說不出口的酸楚與悵惘）

玉　祿：（唱）【酸澀愛意】
　　　　玉梅伊是我的好小妹，
　　　　酸酸澀澀意愛藏心底，
　　　　雖然不是同父同母生，
　　　　兄妹怎能姻緣來相配；
　　　　還有講未出嘴一句話，
　　　　伊不知……我是……（女身男面相[39]）

玉　梅：……代誌發生就是安俖！……阿兄、阿兄！你有在聽我講否？

玉　祿：是……是……是那個金頭毛的阿兜仔[40]？

玉　梅：（嬌羞點頭）是啦！

玉　祿：（唱）【兄妹爭辯】
　　　　伊是荷蘭的船醫，海上漂浪無根枝，
　　　　咯再講，恁兩人，
　　　　種不相同族不同，好比烏鴉配鳳凰，
　　　　姻緣結合空思想，望汝了解我～～，我的苦衷。

玉　梅：誰和誰的門戶是不相當？王寶釧苦窯等待平貴郎，
　　　　七仙女下凡塵為要嫁董永，我玉梅也是癡心女紅妝。

玉　祿：癡心女萬一遇到薄倖郎，巧巧人[41]有時嘛會變起俖[42]，

玉　梅：是你無理解才會這樣講，這種古板的道理講未通。

玉　祿：阿兄只是提醒妳這個夢中人，感情的代誌妳莫通放這深，

玉　梅：感情的代誌我是足認真，我想講你我兄妹會同心！兄妹啊會同心！

玉　祿：玉梅啊！（唸誦）

---

[39] 「女身男面相」這句在此並不唱出歌詞，但仍應有歌詞對應的音樂。
[40] 「阿兜仔」即「外國人」。
[41] 「巧巧人」意即「聰明人」。
[42] 「變起俖」意即「變笨」。

千千萬萬莫通來誤會，聽我苦心勸妳一句話，

婚姻攏是父母來婚配，怎有序小[43]主裁的餘地？

玉　梅：婚姻是咱個人的幸福，伊情我愛是時代的腳步，

咁講甘願幸福被耽誤，不願勇敢走出家己[44]的路？

玉　祿：勇敢咁就能走出家己的路？怎知日頭豔豔天未翻烏？

玉　梅：我甘願陪伊踏上天涯路，不願放棄這條感情的路。

玉　祿：（唱）【面紅珠淚含】

看伊啊面紅紅，珠淚含，我的心肝足莫咁[45]，足莫咁，我的心肝足莫咁，

玉　梅：咁是啊情債啊，情債欠，怎會心痛這未堪？這未堪，怎會心痛這未堪？

海風吹眼一陣鹹，

玉　祿：癡心真愛怎能嫌？

兩　人：情路有時霜雪蓋，情緣難解海底針。

玉　祿：玉梅，阿兄知影知心的人嘸好找，雖然婚姻是恁兩個人的幸福，但是妳嘛要顧慮到阿爸的想法，哪嘸序大人[46]的祝福，以後恁會足辛苦！妳年歲還少，慢慢啊來……

玉　梅：阿兄……我袂當[47]慢慢啊來……已經……已經袂赴了啦！

（金父闖入，玉梅驚嚇立刻將嘴裡的話吞了進去）

金　父：恁兄妹是在講啥？……什麼代誌袂赴？

玉　梅：嘸……嘸啦！我……要跟乳母去府城關帝廟拜拜，我驚坐渡船要袂赴啊！

金　父：妳啥麼時陣有興趣拜拜？（半開玩笑地）妳莫予阿兜仔抓去信耶穌就好。

玉　梅：（一驚）啊？……阿兜仔？

金　父：嗯？妳哪會這麼緊張？

玉　梅：嘸啦！我先來去囉！

---

[43] 「序小」意即「晚輩」。

[44] 「家己」意即「自己」。

[45] 「莫咁」意即「不捨」。

[46] 「序大人」意即「長輩」、「家長」。

[47] 「袂當」意即「不能」。

（玉梅匆匆離去，金父若有所思地看著玉梅的背影）

金　父：查某囡仔的心思真正是海底針，摸攏無！

（玉祿趁著金父沉思，正想偷偷溜走，被金父一聲喝住）

金　父：玉祿！來啦，阿爸有話對你講。

（玉祿乖乖地回轉）

金　父：當年我看洋行獨占的生理[48]會當做，就佮那些外國人有生理上的來往，嘛
　　　　算講賺得金家一門的富貴，莫咯……
玉　祿：阿爸，這些我攏聽嘸啦！你嘛知影我對做生理無興趣，你給我講這多，我
　　　　攏聽嘸啦……
金　父：莫管你是有興趣抑是無興趣，到這個時陣囉！我年歲也有啊！咱厝裡的生
　　　　理，也是要靠你繼續來扶起。人在講……
　　　　（唸）【四句連】
　　　　花紅百日是一時，人若吃老要看開，
玉　祿：阿爸一定吃百二，健康平安免懷疑；
金　父：惟望我囝知道理，
玉　祿：偏偏我就嘸愛做生理，
金　父：家業靠你扶根基，你若學習就知趣味；
玉　祿：莫驚[49]阿爸你來生氣，我欲隨子弟去學做戲，
金　父：哎，人講父母無聲勢，囝兒孫才去學做戲，
玉　祿：阿爸你講話我嘸同意，做戲不是什麼歹代誌，
金　父：做戲抹粉點胭脂，我不准你去做女兒。
玉　祿：這……這是嘸同款的代誌嘛！

48　「生理」意即「生意」。
49　「莫驚」意即「不怕」。

（場外傳來媒婆的叫喊聲）

媒　婆：金老爺！……金老爺哦！

（乳母有點心虛地帶著媒婆闖入了花園之中，媒婆一見金父，立刻上前）

媒　婆：金老爺哦！我知影你有卡嘸閑[50]，我就長話短講，我要給恁玉梅小姐作媒
　　　　啦！
金　父：妳真正是開門見山，一句話都攏無多講。莫咯阮玉梅年歲還小……
媒　婆：（唱）【說媒拒媒】
　　　　女兒長大就要嫁人做新婦[51]，
　　　　送伊出嫁莫咁是父母，
　　　　我知伊是金家唯一掌上珠，
　　　　莫嫁咁講是強留伊在厝內？
金　父：（唸）不是我要來相推，這陣無心講這多，
玉　祿：（唸）要嫁嘛是要適配，要講親晟哪一家？
媒　婆：（唸）人躼躼[52]，個性好，
　　　　面胭投，人呵咾[53]，
　　　　伊的醫術有夠鰲，
　　　　伊的體貼予人褒，
　　　　（唱）
　　　　嫁伊做某[54]尚可靠，
　　　　保證幸福免煩惱。
金　父：妳講整半晡，到底是哪一家的少爺？
媒　婆：啊嘟……一個荷蘭的船醫啦！雖然伊是荷蘭人，啊莫過是醫生呢……
金　父：妳啊！妳這個媒人婆太可惡，竟然要將阮心肝嫁紅毛，……玉祿！把伊趕

50　「有卡無閑」亦即「比較忙」。
51　「新婦」意即「媳婦」。
52　「人躼躼」意指「人身材高高的」。
53　「呵咾」意即「稱讚」。
54　「嫁伊做某」意即「嫁給他做妻子」。

出去！真是豈有此理！氣死人！

（金父拂袖怒斥而下，玉祿從懷裡掏了點錢，交給乳母並使了個眼色，乳
母也只好將錢塞入媒婆手中，一邊將她拉走）
（玉梅正巧進來，見狀驚慌）

玉　梅：阿兄，媒人婆伊哪會……
玉　祿：去予阿爸趕出去啦！妳看，我早就跟妳講過，這種代誌……

（玉梅放聲大哭）

玉　祿：小妹，代誌沒那嚴重，妳莫通安怎啦！
玉　梅：我……我……我已經……有身[55]啊啦！

（玉祿震驚）

玉　祿：妳講啥？妳講啥？！
幕　後：【晴天霹靂】
　　　　晴天傳來霹靂聲，晴天傳來霹靂聲，
　　　　是莫願還是不捨？
　　　　是生氣還是驚駭？
　　　　點薄呀[56]心肝酸澀，點薄呀心肝酸澀，
玉　祿：看伊珠淚滴落，我心疼，
　　　　看伊倔強著驚[57]，我不捨，
　　　　從此夢斷天涯，
　　　　守著自己的孤單，
　　　　我只有孤單陪伴，

---

[55] 「有身」意即「懷孕」。
[56] 「點薄啊」亦指「一點點」。
[57] 「著驚」亦即「受驚嚇」。

我只有陪伴孤夜，

我只能做伊的阿兄，

我只好用笑容安慰，自己的孤單。

玉梅，妳放心，有阿兄在咧，我來去找達利，阿兄予汝倚靠！

（玉梅哭倒在玉祿的懷裡，燈漸漸暗去）

第三場　金十字架

時　　間：1911年

場　　景：安平市仔街

人　　物：玉祿、玉梅、達利、金父、乳母、日本警察、藝閣、陣頭演員、安平鄉親

（黑暗中，嗩吶的聲音吹響，似喜悅又像是哀鳴，緊接著鑼鼓聲響，喜慶的樂音演奏著，鞭炮聲響起）

（燈漸亮，場上鞭炮的煙霧瀰漫，依稀可見陣頭的行列穿場而過，安平鄉親興奮地看著熱鬧，一方面也議論紛紛）

鄉親甲：這是哪一間廟的神明在出巡？這鬧熱？

鄉親乙：不是神明啦！是阿兜仔在娶某！

鄉親甲：咁有影？阿兜仔也會來這套？鼓吹哱嘸夠咯迎藝閣。

鄉親丙：不曾看過娶某有陣頭在開道！

鄉親甲：對啊對啊！這咁有合禮數？

鄉親丙：你管人那多！大戶人家就是有氣勢，聽講是金家玉祿替恁小妹安排的……

鄉親甲：啊……金玉梅哦？嘸采嘸采[58]，好好一個千金小姐去嫁阿兜仔。

鄉親乙：就是講咩！

鄉親丙：莫哪安俤[59]，伊金玉祿家己要咯在藝閣頂扮觀音呢！

---

[58]　「嘸采」意即「可惜」。

[59]　「莫哪安俤」意即「不只這樣」。

鄉親甲：有影[60]哦？我看那個金玉祿歸尾嘛是去做戲[61]，是講伊北管唱得不錯呢！

鄉親乙：啊！來呀來呀！

鄉親丙：哇！這個金玉祿扮觀音咯真有板[62]，法相莊嚴，不輸真的同款。

鄉親甲：你啊知影真的假耶？你有看過觀音哦？

（鞭炮聲更響，蓋過了鄉親們的談話，煙霧瀰漫中，玉祿扮成觀音，右手執拂塵，左手捻指，在煙霧中端坐在藝閣之上被抬出）

幕　後：（唱）【送親】

扛花轎，送親陣頭排，

扮觀音，坐上蓮花臺，

迎藝閣，高高看人海，

心祈禱，為伊巧安排；

望伊歡樂春天年年來，

望伊幸福花蕊年年開，

望伊真愛相隨日日在，

我的苦情苦戀苦心苦等待，

望伊知！

（緊接著，玉梅乘坐的花轎被緩緩抬出，嗩吶聲響徹雲霄，眾人歡呼，藝閣上的觀音轉向面對觀眾，花轎則轉向側斜背對觀眾，彷彿在對觀音禮敬，達利隨著花轎的方向依然背對觀眾，他開心地向群眾揮手致意）

（驀然一陣急促的吹哨聲傳來，眾人驚嚇，大家都停住了動作；金父帶著兩名日本警察衝了過來，乳母憂心忡忡地跟隨在後，金父衝上前，指著達利）

金　父：（日語）警察大人，就是伊，（臺語）這個紅毛仔誘拐我的查某囡！

---

60 「有影」意即「真的」。

61 「歸尾嘛是去做戲」意指「終究還是會去演戲」。

62 「真有板」意指「真的有模有樣」。

（日本警察吹哨，將達利雙手架著，像綁上了十字架般就要拉走，達利掙扎；玉祿從蓮臺上下來，用戲中唸白的方式說話，想要用開玩笑的方式化解金父的怒氣）

玉　　祿：哎呀！冷靜！冷靜！人講天下父母心……

金　　父：（奪過玉祿手中的拂塵，順手打了玉祿一鞭，金財護著玉祿）你這個了摺尾仔囝[63]，你想講我今啊日去府城辦貨，就可以偷梁換柱是否？枉費哦枉費我飼你一二十冬，煞未輸飼貓鼠咬布袋[64]，你怎樣忍心將你的小妹嫁予紅毛仔？

金　　財：老爺，少爺是疼小姐才會……

金　　父：你略講，我等一下再跟你算帳，閃邊啊去！（推金財一把）

玉　　祿：阿爸，恁兩人是真心相愛……

金　　父：（鞭打）真心相愛、真心相愛！我當作你是親生，煞換你的絕情對待！

玉　　梅：（上前與玉祿雙雙跪下）阿爸，請你成全阮好否？

金　　父：我成全恁？誰來成全我？我好好一個查某囝，是安怎要去嫁一個行船的紅毛？你不知道阿爸會莫咁是否？

玉　　祿：阿爸！達利伊有講過，娶玉梅以後，要在咱安平落地生根，要在這予玉梅一個幸福的家庭……

金　　父：幸福的家庭？伊憑什麼？伊憑什麼？恁這些外國仔，軟土深掘，哪一個把咱的家園當作是家己的厝在疼惜？（發現日本兵在身邊，口氣變軟）……伊憑什麼……？

玉　　梅：阿爸！伊跟別人嘸同款[65]，伊……

金　　父：有啥麼嘸同款？（拉起玉梅，對日本警察，日語）伊，誘拐我的查某囝，請大人依法處置，將伊趕離開臺灣！

（日本警察強將達利帶走，達利依然掙扎，拉扯中，金十架項鍊被扯斷掉落地上；玉梅眼睜睜看著達利被拉走，哭倒在地，撿起地上的金十字架；

63　「摺尾仔囝」意指「敗家子」。
64　「煞未輸飼貓鼠咬布袋」意即「卻好像養老鼠咬布袋」。
65　「嘸同款」意即「不一樣」。

玉祿仍要上前勸說金父，金父迎面一個巴掌打在玉祿臉上）

金　父：呀咯有你，既然你這麼不受教，愛做戲隨哉[66]你去做戲，莫咯自今啊日
　　　　起，不准你踏入我金家的大門，我就是斷囝絕孫，嘛袞咯[67]認你做囝！
　　　　（對乳母和金財）恁兩個，人給我抓好，若是再出什麼差錯，我就剝恁
　　　　的皮！

　　　　（金父指示乳母和金財拉著玉梅就要離開，玉梅哭著向玉祿求救，玉祿被
　　　　金父推開，滿臉是淚；響雷一聲，天空下起了雨，眾人閃避）

幕　後：（唱）【落雨聲】
　　　　落雨聲，落雨聲，
　　　　哭聲感動天落雨，老父猶原嘸停步，
　　　　緣斷踏上不歸路，放伊一人心艱苦。
　　　　落雨聲，落雨聲，
玉　梅：達利……
　　　　親像我聲聲叫著你的名，
幕　後：落雨聲，落雨聲，
玉　祿：袂當[68]阻擋阮腳步向前行，
兩　人：雖然只是一個遠遠遠的背影，
　　　　貼心肝，這麼痛，
　　　　越頭想起心會驚。

　　　　（玉梅被強行帶走，只留下玉祿一人孤伶伶地站著）
　　　　（玉祿望著遠去的父親和玉梅，雙膝跪地，朝向金父離去的地方拜了三
　　　　拜；金財偷偷拿來一只皮箱，雖不捨也無法阻止玉祿的離去）

66　「隨哉你」意即「隨便你」。
67　「嘛袞咯」意即「也不會」、「不再會」。
68　「袂當」意即「不能」。

幕　後：女人是海，怎樣能靠岸？
　　　　思念的心這孤單！
　　　　大船出帆銅鑼聲，
　　　　送走伊人的形影，
　　　　黃昏日頭漸落山，
　　　　日頭落山入孤夜，
　　　　寂寞？抑是心痛？
　　　　一首歌，
　　　　誰唱？誰唱予誰聽？

　　　　（影像漸漸暗去，歌聲漸杳，只留淅瀝的雨聲直到安靜）

第四場　安平望夫石

時　間：1911年
場　景：安平港邊
人　物：玉梅、路人、乳母

　　　　（時光荏苒，景物變遷，日落月升，四周景物不斷輪迴變化，只有玉梅的
　　　　身影始終不變地駐足在海港邊，改變的只有她的腹部，由小變大，由大再
　　　　變回平坦，海風吹動著她衣衫）

幕　後：（唱）【望夫石】
　　　　光陰如箭隨風移，夫君遠遠在天邊，
　　　　安慰只有金十字，癡心等待在港邊。
　　　　苦戀女，日日夜夜等待君一個。
　　　　手中嬰孩緩緩搖，搖啊搖，惜啊惜，
　　　　安平港邊望夫石。

　　　　（燈光漸亮，看得到玉梅手中懷抱著嬰兒，眼光仍然投向海的彼岸，沒有
　　　　悲傷，只是癡望著。乳母從玉梅背後興奮地跑近玉梅身邊）

乳　母：玉梅！玉梅！來啊來啊……

玉　梅：（一驚）達利返來啊？……達利！（回頭不見達利，失望）乳母，妳是在
　　　　跟我講玩笑[69]是否？（不理乳母，依舊望向海的彼岸）

乳　母：乳啊囡[70]耶，乳母哪會跟妳講玩笑啦！人未到，有批[71]來啊！

玉　梅：批？緊[72]予我看！

　　　　（玉梅急急地將手中的嬰兒給乳母，將信拿過來，攤開看著讀著，臉上的
　　　　表情先是欣喜，慢慢變了，成為茫然的哀傷，海浪聲及海鳥叫鳴聲傳來）

乳　母：（欣喜）伊批裡寫啥，妳嘛講予乳母聽。

　　　　（音樂悄悄揉入，燈光慢慢轉變，玉梅慢慢地將信紙摺好，放入信封）

乳　母：（焦急）是寫啥？妳嘛講予乳母聽。

玉　梅：佳在[73]阿爸有送我去讀書，會曉看這外國字，啊哪嘸，我就要在這憨憨啊
　　　　等，永遠嘛等無人。

乳　母：啊？伊……伊袂當返來是否？

玉　梅：（一面說一面拿下脖子上掛的金十字）對，伊未返來，但是不是因為袂當
　　　　返來，是因為……伊在故鄉已經娶別人啊！

　　　　（乳母著急，玉梅卻顯得冷靜，她慢慢將金十字架掛在嬰兒脖子上；嬰兒
　　　　啼哭聲）

玉　梅：乳母啊！我看思荷伊腹肚飫[74]囉，妳趕緊抱伊返去飼乳。

乳　母：是哦！……玉梅啊！妳萬事就要看予開！恁阿爸嘛已經原諒妳啊！他這麼

69　「講玩笑」意即「開玩笑」。
70　「乳啊囡」意指乳母稱自己奶大的女孩。
71　「批」即「書信」。
72　「緊」即「快」。
73　「佳在」意即「好在」。
74　「腹肚飫」意即「肚子餓」。

疼孫，妳毋免煩惱啦！

玉　梅：我未煩惱啦！妳放心，妳咧沒看到，我在笑啊！

乳　母：未煩惱就好！唉！若是玉祿在就好啊！伊嘛卡會曉予妳安慰！

玉　梅：阿兄……！我足想伊！（嬰兒哭）……思荷乖，莫哭，莫哭，阿母惜！

（玉梅忍不住抱回嬰兒，哼著歌，嬰兒停止啼哭）

玉　梅：（唱）【搖嬰歌】
　　　　提燈火，來照路，閃閃爍爍火金姑，
　　　　隨春去，過冬雨，烏面抐桮[75]面烏烏，
　　　　搖啊搖，惜啊惜，……

（隨著玉梅的哼唱，音樂聲揚起，玉梅親了親嬰兒，將嬰兒還給了乳母，她揮一揮手，要乳母快離去，嬰兒啼哭聲又起；乳母嘆口氣，離去）
（玉梅依然癡癡望著海的彼岸，音樂漸強，她拿出了懷中的信，慢慢將它撕碎，音樂高潮聲中，將紙片隨風揚起，漫天紙片飛揚如雪一般，在歌聲中燈漸漸暗去）

幕　後：（唱）【有一種心痛】
　　　　有一種心痛，永遠沒輸贏，
　　　　有一種思念，永遠沒終點；
　　　　分開是思念的開始，
　　　　等待是一首唱未完的歌詩，
　　　　每時每刻，每刻每時，
　　　　情迷心癡，
　　　　笑花落土心未死，笑花落土心未死……

（歌聲中燈漸漸暗去）

---

[75] 「烏面抐桮」即「黑面琵鷺」，「抐」指「攪動」，「桮」指其嘴的外型扁扁的像飯匙一樣。

楔子　歌仔阿祿仙

時　　間：1931年

場　　景：關帝廟埕野臺／金家大門口

人　　物：戲班演員們、玉祿、思荷

　　　　（關帝廟埕搭著野臺，鼓樂聲漸漸取代了淒楚的歌聲，八名旗軍熱鬧過
　　　　場，阿祿仙扮石平貴持馬鞭出場，耍身段，戲臺上搬演的是《平貴回窯》
　　　　的片段）

阿　祿　仙（扮石平貴）：（唱）【七字調】
　　　　身騎白馬[76]走三關，改換素衣回中原，
　　　　放下西涼無人管，思思念念王寶釧，
　　　　三姊對我情義重，苦守寒窯十八冬，
　　　　若不是飛雁將書送，我平貴險做負心人。

　　　　（群眾喝采聲不斷，戲臺旋轉，戲臺上的演出變成了影像，真實的玉祿則
　　　　是等不及卸妝，在鼓樂聲中檢場人拿來斗篷，玉祿披上斗篷便離開了戲
　　　　臺；唱戲聲漸遠漸無聲，遠處傳來小販叫賣麵茶的聲音和盲人按摩的笛聲）

幕　　後：（唱）【腳步沉重】
　　　　腳步沉重心躊躇，心躊躇步難移，

玉　　祿：當初時，老父不准我入家門，
　　　　到如今，思親念親，思親念親我淚紛紛。
　　　　光陰匆匆如飛箭，十年學戲我從頭起，
　　　　整班走衝咯十年，阿祿仙是我的名字，
　　　　回鄉謝神做大戲，戲未煞齣[77]我回家去。

---

[76] 這是全本《紅鬃烈馬》中〈平貴回窯〉的一折，有人唱「身騎烈馬」，也有人唱「身騎快馬」，以
　　對應「紅鬃」，但口耳相傳後來變成「身騎白馬」，這首七字調儼然成為歌仔戲的「國歌」，儘管
　　年代上有點不符合，此處從俗。
[77] 「戲未煞齣」意即「戲未結束」。

（場景再次轉變成金家大門口，只是此刻的金家已是一片蕭條的破敗景象，玉祿對眼前的景象簡直不敢相信）

玉　祿：腳步沉重心躊躇，心躊躇啊步難移，
　　　　二十年，思念玉梅我牽腸掛肚，
　　　　到家門，門前冷落我心疑問，
　　　　劍獅猶原護門楣，家園怎會變廢墟？
　　　　不知老爸佮小妹，如今到底在哪裡？
　　　　離家不過目一眨[78]，誰知我，竟然無家可歸，無家可歸。

（玉祿怔怔地看著家門，遠方某處悄悄出現戲臺上無聲搬演著《平貴回窯》的片段，平貴與寶釧多年重逢，平貴戲弄寶釧，彷彿玉祿腦中閃過的影像）

（破舊的門被打開了，裹著頭巾的思荷低著頭從裡面走出來，她抱著包袱，提著一只皮箱，她將門關上之後，一轉身被玉祿嚇了一跳，手中的東西掉在地上，玉祿和思荷四目對望，思荷自然是不認識玉祿，但玉祿卻以為自己找到了玉梅）

（影像正好出現平貴與寶釧拉扯的片斷，成為一種背景）

幕　後：（唱）【見面不相識】
　　　　以為自己悉識伊，見面不相識的哀悲。

玉　祿：玉梅！玉梅！
思　荷：你是啥人？我佮你咁有悉識？
玉　祿：憨小妹，妳怎跟阿兄在滾玩笑，阿爸和乳母呢？

（玉祿很自然地就想要上前拉著思荷的手，思荷驚嚇閃躲，手中的東西掉落在地上，兩人本能地都彎下腰想要撿拾，玉祿撿了包袱，思荷以為玉祿

---

[78]　「目一眨」意即「眼一眨」。

要搶她的包袱，於是追打玉祿）

思　荷：包袱啊還我！還我啦！……

玉　祿：莫打了，莫打了，……哎喲！莫咯打啊啦！

　　　（在拉扯中，思荷頭上的頭巾被拉下，露出一頭金髮，隨風飄著；玉祿看
　　　　傻了）

玉　祿：玉梅，……妳的頭毛怎會變成金色的？

思　荷：你管人家那麼多，我生來就是安倷啦！

玉　祿：你不是玉梅哦？……歹勢[79]，是我認毋對人啊！失禮失禮！

思　荷：青仔欉[80]，腳來手來。

玉　祿：歹勢啦！恁兩人生做一模一樣，我一方面當作妳是玉梅……

思　荷：你是講……金玉梅？

玉　祿：對啊！妳咁有悉識？

思　荷：當然有啊，伊是阮阿母……

玉　祿：……莫怪！莫怪！

思　荷：啊你咧？你又是何人？

玉　祿：我是金──玉──祿。

思　荷：金玉祿……你是……金玉梅是你的……

　　　（玉祿點點頭，思荷愣住，音樂聲起）

玉　祿：（唱）【聽到伊的名】
　　　　聽到伊的名，我心肝會疼痛，

思　荷：聽到伊的名，我目睭翻紅哭出聲，

玉　祿：叫一聲，玉梅伊的名，

思　荷：伊是我的阿娘，

79　「歹勢」意即「不好意思」。
80　「青仔欉」意指「輕狂的人」。

玉　祿：叫一聲，玉梅伊的名，

思　荷：思念的心情你咁知影？思念的心情你咁知影？

玉　祿：心中放未開這個名，

思　荷：伊放我孤單家己行，

玉　祿：玉祿是我的名，

思　荷：思荷是我的名，

　　　　我自小無爹無阿娘，

　　　　阿公乳母用心將我襁[81]，

　　　　雙雙過身[82]我孤女真歹命，

玉　祿：我啊我啊，二十冬的變化我心驚，變化我心驚。

（玉祿牽起思荷的手，幕後歌聲幽幽繼續唱）

玉　祿：跟隨阿舅到戲班，隨阿舅去做戲好否？

思　荷：……（點點頭）

幕　後：（唱）【海風啼哭】

　　　　海風微微哭啼聲，

　　　　一陣咯一陣，一陣咯一陣，

　　　　親像心內的落雨聲，

　　　　海風微微像歌聲，

　　　　一聲咯一聲，一聲咯一聲，

　　　　往事使人心疼痛，往事使人心疼痛。

（玉祿提起思荷的皮箱，另一隻手牽著思荷，兩人漸漸遠行；燈漸漸暗去，海浪聲一波又一波，在黑暗中縈繞）

（幕漸落，中場休息）

81　「襁」意即「撫養」。
82　「過身」意即「過世」。

✦ 第二幕　安平金髮少女 ✦

第一場　戲臺人生

時　　間：1941年

場　　景：臺南大舞臺

人　　物：思荷、玉祿、戲班人員（包括講戲先生和演員們）

（空臺，下半場啟幕樂喧騰而出，包含著鑼鼓，節奏較為輕快）

（啟幕樂後，十年光陰的流轉配合著歌曲，表現在影像的變化中，從大
自然到人文建築，緩緩變化著，歌仔戲舞臺的變遷也出現在影像中，最
後停留在臺南大舞臺的建築背景中，然後轉成了後臺一角）

幕　　後：（唱）【十年】

　　　　　十年的時間，春風少年已經老，
　　　　　十年的時間，烏絲漸漸變白頭，
　　　　　十年的時間，新曲變成古調，
　　　　　十年的時間，唱未煞的多情謠；
　　　　　同款的日頭，不同的水岸，
　　　　　同款的月娘，不同的府城，
　　　　　十年的時間，已經消逝在鑼鼓喧聲，
　　　　　十年的時間，阮的青春予恁唱成歌。

（在開場音樂及影像的變化中，已開始有人搬移戲籠上場，擺成一個後
臺的感覺，戲班人員陸續上場就定位，有的玩牌，有的閒聊。當音樂歌
曲還在進行，講戲先生已經比手畫腳地無聲講戲，大家一面聽著，一面
做著自己的事情，有人正襟危坐聽戲、有人一面化妝裝扮，也有人在耍
槍弄棍地比劃著，一切都是在習以為常的韻律中進行，思荷也在眾人之
中。音樂漸弱時，講戲先生的聲音才被聽見）

講戲先生：續下去第七臺，功夫不是對手，薛丁山予樊梨花抓回寒江關，樊梨花就

給伊求親，薛丁山不答應，樊梨花就罵伊，你若是不答應就是犯了三條
大罪，這，薛丁山就想講，好，女人獻出女人計，男人獻出男人謀，
好，我就答應妳，這嘛……人樊梨花就講，好，你這麼簡單就答應我，
我又沒在憨，你要咒誓給我聽，啊伊就講「咒誓若是有靈聖，世間什麼
人要討客兄？」，啊……人樊梨花就講，「咒誓若是無靈聖，啊世間的
神明什麼人要迎？」，哦按呢講這樣嘛有理……這段咒誓若是會唱就用
唱的，若是未曉唱就用講的……

（燈光轉變，講戲先生的聲音漸弱，思荷若有所思地喃喃自語）

思　　荷：是移山倒海樊梨花！十年前阿舅帶我來到戲班，還記得那天也是這齣
　　　　　《薛丁山與樊梨花》……（唱）【做戲人生】
　　　　　不同款的大戲臺，同一款的樊梨花，
　　　　　不同款的青春年華，同一款的一領衫[83]，
　　　　　純情人的運命，蓋靠負心人亂咒誓，
　　　　　這世人看未破，不相信命運是註定。
　　　　　當初時來到戲棚腳[84]，人生的苦酒我飲未乾，
　　　　　別人笑我雜種仔囝，空嘴嚼舌我哭出聲，
　　　　　十年學戲我真打拼，過著做戲人的生活，
　　　　　阿舅苦勸我心要定，不過我……還是會驚。

（音樂仍延續著；燈光轉變，一種非現實的感覺，講戲先生仍持續著無
聲地講戲，手勢配合比劃，有時有人提出問題，講戲先生則會狀似激動
地解說或是親身示範身段動作；傳來戲班演員議論紛紛的聲音）

演　員　甲：喂喂恁看，那個金毛的，那是啥人？
演　員　乙：伊昨暝跟阿祿仙返來的啦！咁哪是阿祿仙的親晟喔。
演　員　丙：有影就對，真正是金毛吶，足奇怪耶。

---

[83]　「一領衫」意即「一件衣服」。
[84]　「戲棚腳」意即「戲棚下」。

演員甲：毋知是誰人佮紅毛仔偷生的啦。哪會帶來這？

演員乙：啊，咱今天這齣戲內底的番婆樊梨花，予伊搬毋就剛剛好，頭毛攏免另外妝就親像番邦來的。

眾　人：嘻嘻，就是講啊……

玉　祿：有閒不去練功夫，略在這講東講西作啥麼？

（團員們迅速安靜，玉祿輕罵了團員，不經意地眼睛偷望著思荷，他或許也想起了十年前的往事，演員們的碎嘴彷彿是他腦海中的回憶；講戲先生聲音又漸清晰）

講戲先生：樊梨花三擒薛丁山之後，最後薛丁山咒誓，若是反背[85]伊樊梨花，就三步一拜、五步一跪，去到涵江關請罪。……（可彈性調整長度）

思　荷：那時阿舅佮我講……

（思荷望著玉祿，玉祿則是跟在無形的年輕思荷說話，兩人相隔在舞臺上）

荷／祿：思荷啊！以後你就跟我在戲班生活，跟我學戲、作戲，只要我有一嘴飯通吃，絕對不會予你枵腹肚[86]。只要我有一個遮風避雨的所在，就絕對不會予你吹風渥雨[87]。（頓）伊講啊……

玉　祿：我以前嘸法度做得到的，現在我會好好啊補償。

荷／祿：（唱）【寄身戲臺】
　　　　咱寄身在這個戲臺頂，
　　　　一齣戲就親像過一生，
　　　　欲哭哭出聲，欲笑免著驚，

---

[85] 「反背」意即「背叛」。
[86] 「枵腹肚」意即「餓肚子」。
[87] 「渥雨」意即「淋雨」。

化身戲中人，臺頂看人情，

有時人情薄，有時人情厚，

有時三聲笑，嘻嘻嘻，哈哈哈，

有時三聲哭，

喜怒哀樂難完全，貪嗔痴愛笑談間，

人生路途百百款，世事無常求圓滿，

求圓滿啊求圓滿，戲臺站起心就安。

思　　荷：不過我佮伊講，樊梨花伊佮我同款，攏予人叫作番婆。

玉　　祿：欸，黑白講啥，只要有情，管伊是仙、是妖、是人、是蛇，哪有什麼差別？管伊是中原人抑是外國人，總是——（停住）哎呀，思荷，你就安心佮阿舅學戲，安心跟阿舅，免煩惱啦。

（燈光轉換；思荷和玉祿現實時空中，講戲先生的聲音又被聽見）

講戲先生：恁兩個落臺了後，就換思荷出臺。思荷，你，番邦賊婆。

思　　荷：番邦賊婆？

演　員　甲：（清喉嚨）咳。

講戲先生：啊……我是講你作外邦女子，樊梨花啦。

演　員　甲：是啦、是啦，樊梨花。

（鑼鼓聲音響起，燈漸暗；昏暗中演員們離開舞臺區）

第二場　苦旦思荷

時　　間：1941年

場　　景：戲院後臺門口

人　　物：思荷、玉祿、志強、金庫、戲班人員

（鑼鼓延續著前一場的音樂，一生一旦剛下戲在脫衣服，是《陳三五娘》中五娘和陳三兩個演員在後臺無聲地起爭執，思荷和其他演員無語折衣）

（雨聲傳來，間或有一兩聲悶雷聲響，演員乙狼狽上場）

演員乙：吼，外面雨落足大咧，歸身軀攏澹[88]去啊。

演員甲：外面落大雨喔？

演員乙：對啊，喊落就落，抑嘸稍通知一下。

演員甲：啊，阿祿仙剛才出去不知有帶雨傘否？

思　荷：阿舅出去？阿舅是去叨[89]？

演員甲：啊知，看有去麵攤嘸，這囉天，伊上愛喝燒湯[90]。

思　荷：……不行，若去渥到雨就害囉，我來找去伊。

（思荷找傘，準備出門去找玉祿）

（志強和金庫出現，志強大步向前，金庫跟上）

金　庫：少爺，等一下返去，在老爺面頭前，你是千萬莫通講是我帶你來看戲的喔
　　　　——欸，不對不對，你連看戲這件代誌攏莫通講。

志　強：我知，你放心啦。

金　庫：欸，少爺，行卡慢咧，你人那騀，腳那長，我走不贏你啦。

志　強：你喔，等一下若占無好位，你就知。

（志強和金庫離開後，燈光轉換，【留傘調】音樂起，影像投影思荷的益
　春扮相和身段）

（志強與金庫手護著頭遮雨，悄悄走至後臺門口，一副既緊張又興奮的
　模樣）

志　強：你講彼位小旦就在這？

金　庫：是啊，這惗後臺。

志　強：行，入來去。

88　「歸身軀攏澹」意指「全身都濕了」。

89　「去叨」意指「去哪裡」。

90　「燒湯」意指「熱湯」。

金　庫：（阻擋）欸欸，嘸囉。少爺啊，你不是答應我偷看一下就來走，現在咯想
　　　　欲入去？莫通啦，你看，這雨等一下若落越大就慘啊。
志　強：話卡多過貓仔毛，倒底你少爺抑是我少爺？嘎？
金　庫：你緣投嘛卡齪，你少爺。
志　強：就是。

　　　　（欲走入後臺的兩人恰巧跟要出門的思荷撞在一起）

思　荷：唉呦。
金　庫：行路不看路，行這緊是欲作啥麼？
思　荷：歹勢歹勢，我一時嘸細膩[91]，真失禮。

　　　　（金庫看到思荷，用手肘頂了一下整理儀容的志強）

金　庫：少爺，你看。
志　強：看啥？
思　荷：歹勢，你有按怎否？
志　強：你是？
金　庫：就是剛才的益春喔，我是講臺頂彼位小旦。
思　荷：我是戲班的人啦，你有按怎否？
志　強：……
金　庫：電到了！（看著兩人）現在是咯在搬哪一齣？

　　　　（志強凝望思荷，思荷不解地回望）

思　荷：（唱）【那個人】再現
　　　　這個人憨憨站在那，身軀沃澹未畏寒？
　　　　目睭哪會對這晶晶看？

───────────────
[91]　「嘸細膩」意指「不小心」。

（金庫揮手欲打擾兩人的視線交集，卻被電到）

思　荷：我的人靜靜站在這，為什麼心思攏未定？

　　　　我捱頭來給伊詳細看，

　　　　看伊憨憨站在那，看伊眼中含笑看對這，

　　　　伊啊伊啊……咁是微微笑笑在看我？

志　強：（唱）

　　　　那個人遠遠站在那，金色的頭毛光漾漾，

　　　　伊啊伊啊……咁是微微笑笑在看我？

金　庫：咦？恁有熟悉喔？

志　強：啊，嘸、嘸啊。嘸識悉，不咯哪親像在哪看過。

金　庫：廢話，剛才伊在臺頂搬戲，咱在臺腳看戲，當然有看過。

志　強：嘸的確[92]頂世人有見過，才注定這陣會當行作伙。

金　庫：拜託耶，你戲看太多，恁分明就不曾相遇過。

思　荷：恁是啥咪人？這是戲班後臺，不行隨便入來的。

志　強：小姐妳好，我叫林志強，我在臺腳看恁演戲，妳演得真好，我實在足欽
　　　　佩，所以想講……想講欲請妳呷一頓宵夜，表示我對妳的——

（志強正欲脫口而出心中意愛，金庫連忙提醒不可輕舉妄動）

志　強：表示我對妳的……支持啦。

思　荷：這……毋好啦。

志　強：啊？

思　荷：我是講……戲班的規矩是袂當隨便跟別人出去，……阮阿舅嘟出去呢[93]，
　　　　馬上就會回來，我看抑是嫑卡好。

志　強：喔……

金　庫：對啦、對啦，這位小姐講得有道理，咱抑是緊來轉，莫咯在這顧人怨。

---

[92]　「嘸的確」意即「說不定」。

[93]　「嘟出去呢」意即「剛出去而已」。

（雨聲、打雷加大；金庫硬拉著志強要走）

思　荷：稍等咧。

志　強：（滿懷希望）小姐？

金　庫：你呀有啥麼欲交代是否？

（思荷遲疑了一下，將原本要帶給玉祿的雨傘拿給志強；音樂起）

思　荷：外面雨落真大，這雨傘恁拿去遮。

志　強：多謝。

金　庫：有意思，戲文內底搬的是許仙遊湖贈傘，今天顛龍倒鳳咱也遇到啊。呵呵，嗯嗯……面前可是白蛇娘娘（向志強行禮），我是青蛇，嘶嘶（學蛇吐信）。

志　強：莫亂講。——多謝小姐。

思　荷：免客氣。

（思荷遞傘，志強緩接，仿若身段）

幕　後：（唱，回音）
　　　　漢文擎傘借您遮，雨絲變作姻緣線……

（玉祿戴帽上場）

玉　祿：（喃喃自語）雨落嘎這大……欸，思荷。

思　荷：阿舅。

金　庫：唉呦，恐驚是法海來啊。

（志強示意金庫別亂說話）

玉　祿：（有點吃驚地看著金庫）金財？你是金財？

金　庫：我是金庫啦！……你悉識阮老爸？

玉　祿：你真正是金財的後生[94]？金財伊……

金　庫：早就過身去囉！留我一個人在林家做奴才。

志　強：你哪會按呢講啦！我從來嘸把你當作奴才啊！

金　庫：哎喲！人搬戲攏嘛按呢講！

　　　　（眾人笑）

思　荷：阿舅，你有渥澹[95]否？

玉　祿：嘸啦，行到一半就落雨，好佳在我有戴帽子，沒去渥到。金庫，恁是來看
　　　　戲的是否？

金　庫：嘸啦、嘸啦，阮只是經過爾爾[96]，不是欲來招伊去呷宵夜的——（趕緊
　　　　搗嘴）

志　強：喔，既然如此，我看阮就先來轉[97]，後會有期。

　　　　（玉祿、思荷點頭示意；志強、金庫走了幾步，志強忍不住停下腳步，轉
　　　　身回頭）

志　強：思荷？

金　庫：（拉志強）行啦！（哼唱留傘調）**志強拿傘欲離開，小姐眼神隨後面……**

　　　　（志強、金庫下場；思荷引頸望著志強背影，看到幾乎要跌倒）

幕　後：（唱）
　　　　為何心湖望春風？為何嬌羞面桃紅？

---

[94] 「後生」意指「兒子」。
[95] 「渥澹」意指「淋濕」。
[96] 「爾爾」意指「而已」。
[97] 「來轉」意指「回去」。

（玉祿看著思荷模樣，心中有許多感概，不禁嘆了口氣；舅甥兩人四目相
　交，但思荷並不知道玉祿的煩惱）

思　荷：咦，阿舅，你哪會一直看我……敢是我咯有妝沒洗清氣[98]？

（思荷趕緊用衣袖擦拭自己的臉）

玉　祿：嘸啦，足清氣欸。思荷，妳實在佮你阿娘生得足同面的，那個金庫嘛是同
　　　　款，跟恁老爸生做一模一樣。剛才一時間，我想起以前的一些代誌……
思　荷：以前的代誌？
玉　祿：喔，嘸啥麼、嘸啥麼。對啦，剛才妳佮那位少爺是講啥？
思　荷：伊啊？（害羞）喔，嘛嘸啥麼、嘸啥麼啦。
玉　祿：（喃喃自語）嘸啥麼？嘸啥麼就好，按呢就好。
思　荷：啊那位「金庫」的老爸，你真正有悉識哦？
玉　祿：是啊！伊卡早在咱厝裡做事，算起來是我當年的好朋友，嘸采……
幕　後：阿祿仙！雨那麼大，恁在門腳口[99]不趕緊入來，是在作啥麼？

祿／荷：（同聲）嘸啥麼、嘸啥麼。（相視而笑）

（玉祿點點頭，思荷入內，玉祿看著思荷的背影，嘆了口氣；音樂起，燈
　光暗轉，獨留玉祿一人在光圈中）

玉　祿：恁實在生做是一模一樣，人生不同，運命咁會相同？唉！

（燈光漸暗，玉祿離場）

---

[98] 「清氣」意即「乾淨」。
[99] 「門腳口」意即「門口」。

第三場　港邊苦戀

時　間：1941年

場　景：安平港邊

人　物：思荷、志強、林父、林母、金庫、路人

（海邊景象，男女情侶約會舞動）

幕　後：（唱）【日日春】

　　　　日日春，日日春，胭脂點嘴唇，

　　　　笑紋紋，笑紋紋，日落到黃昏，

　　　　你有份我有份，面紅燒滾滾，

　　　　無奈起風雲，風雨一陣咯一陣。

（歌聲結束男女離場，志強先上，等待，思荷後上）

志　強：妳看，有海鳥飛過咧。

思　荷：在哪？

志　強：在那、在那，有嘸？這安平海港的景緻實在真水[100]，日照海面，船隻來
　　　　往，實在真迷人。

思　荷：是啊……（輕哼）日照海面好色緻[101]，船隻來往兩相依……

志　強：思荷，人講「出口成章」，妳實在足厲害，確實有腹內。

思　荷：我初初到戲班時嘛驚一跳，想講怎會按呢講講咧就噯就臺去演，是要講啥
　　　　唱啥咧？

志　強：這叫做做活戲，對否？

思　荷：你咯知哦！（笑）

志　強：當然嘛知，我嘛想要了解妳啊，了解妳的生活、妳的夢想。

思　荷：我的夢想？

---

[100] 「真水」意指「真漂亮」。

[101] 「色緻」意即「顏色」，在此指好「風景」。

志　強：是啊！妳咁知影我為啥麼帶妳來海邊？

思　荷：是為啥麼咧？

志　強：思荷哇……（唱）**安平海港風微微，帶你來到海港邊，**

思　荷：有啊，（笑）**你唱歌仔真趣味，風吹微微真舒適。**

志　強：（唸）**妳呀，敢有聽到海湧聲？**

思　荷：你到底是想欲講啥？

志　強：思荷，我是想欲講……想欲給妳講……我想欲去行船！

思　荷：行船？你、你想欲出海？

志　強：（唱）【有一個心願】

　　　　　　有一個心願心中埋藏，

　　　　　　趁著少年出外往四方，

　　　　　　大船起帆萬里去漂浪，

　　　　　　海湧浮沉四海來走闖；

　　　　　　離開安平，追求理想，

　　　　　　男兒的志氣遠在他鄉，

　　　　　　衝破羅網，飛如蛟龍，

　　　　　　自由自在行船往四方。

　　　　　（白）我相信大海會當實現我的夢想，為著咱的將來……

思　荷：為著咱的將來？……

志　強：思荷，妳看我，每天綁在咱安平這，阿爹阿娘顧牢牢，叨位[102]攏袂當去，嘸親像妳，還可以隨恁阿舅和戲班四界去。

思　荷：四界流浪咁講就一定好？兩個人會當平平安安相逗陣[103]，總是勝過兩人分開，你咁知影放一個人去等待另外一個人，是足殘忍的。

志　強：哎呀，妳講去叨位去？我若去行船，尚多是一冬半冬，抑不是嘸要返來。

思　荷：我……唉……（欲言又止）

志　強：咁講妳莫答應？

思　荷：（拿起頸間的金十字項鍊）志強，你咁知這是啥麼？

志　強：這……這就項鍊啊。

---

[102]「叨位」意即「哪裡」。

[103]「相逗陣」意即「相守在一起」。

思　荷：對，這是我阿爹留予我阿娘的項鍊，這是一個有情人袂當相隨的證據。

（唱）【金十字】

乳母曾經對我有講起，阿爹伊是荷蘭的船醫，

天涯漂浪是命中的八字，水面浮萍沒根也無依，

臨行留下一支金十字，當作兩人愛情的遺記；

十數年目一眨已過去，娘親往生、阿爹嘸消息，

金十字啊金十字啊，伊是一支親情的鎖匙，

是阮父女相認的印記，

亦來證明拆散天倫、拆散愛情彼當時！

（思荷緊握著項鍊，志強安慰）

志　強：妳一個查某囡仔竟然要忍受這呢大的苦楚，實在是真辛苦。

思　荷：所以，我足驚這種要分開、被拆散的感覺，志強，你就答應我——

志　強：欸，思荷，咱就先莫講這些。……我跟妳講，咱已經識悉幾個月了，我打算要帶妳回我家，介紹妳予我阿爹阿娘。

（思荷一驚，猛地掙脫志強的擁抱）

志　強：思荷？咁講妳嘸願意。

思　荷：嘸啦……我年紀比你卡大……

志　強：莫要緊啦，人家說娶某大姊，坐金交椅……

（遠遠傳來林父和金庫的聲音，林父、林母和金庫出現在舞臺另一角）

林　父：恁少爺倒底是走去叨？咱在這個海邊仔找半晡連一個影攏找嘸。

金　庫：對喔，咱已經找半晡啊，先生、太太，抑嘸咱先來轉，嘸就袂赴呷暗頓[104]。

---

[104]「袂赴呷暗頓」意即「來不及吃晚餐」。

林　母：呷你一籠芋仔番薯啦，呷呷呷，就知影呷。

金　庫：我⋯⋯（遠遠看見志強和思荷，裝戲裡的報馬仔，大聲）報！前方來了賊頭佮賊婆，非常緊急，緊急非常，請速速迴避，免得死傷才是。

林　母：唉呦，這大聲欲作啥？

金　庫：嘸、嘸啦。

　　　　（志強聽聲發現是金庫與林父、林母，走近林父、林母，思荷緊跟在志強身後；金庫還試著打暗號）

志　強：咦？阿爸、阿母，是恁喔？恁哪會來這咧？

林　母：志強！

金　庫：這聲慘囉！

　　　　（林母看見思荷牽著志強的手，連忙上前撥開）

林　母：妳給我放開、給我放開。

志　強：阿母。

金　庫：唉呦，太太，按呢不好啦，歹看啦！

林　母：你在講啥麼痟話[105]？（將志強推至背後）你過來！你這樣黑白跟人牽手，別人若看到不知會按怎想？

志　強：會按怎想？男女交往，這本來就真正常啊。

林　父：呸，啥麼叫正常？你一個少爺跟一個作戲呀扯扯拉拉，成何體統？

　　　　（金庫想偷偷打暗號叫思荷離開）

林　母：揮甚麼揮？你手賤喔？

林　父：（轉向思荷）妳啊妳，原來妳就是人在講的那個「做戲呀」[106]。

---

[105] 「痟話」意即「瘋話」。
[106] 「做戲呀」即「戲子」。

（思荷一驚，不知如何應對）

思　荷：「做戲呀」？

林　母：欸，不對咧，哪會是金頭毛？是去佮外國人偷生的私生女喔？

志　強：阿母。

思　荷：私生女？

林　父：哼，原來是一個不明不白、臺頂搬戲的查某，就是妳去牽累到阮志強。

金　庫：老爺，搬戲抑嘸啥麼毋好啊！人伊攏呀未開嘴，恁都替伊寫好劇本啊？

林　母：（對金庫）你恬恬[107]啦！

志　強：阿爸、阿母。思荷伊是一個真好的查某囡仔，恁莫黑白給人講。

林　母：你嘛恬去。

思　荷：我……我不是……

林　母：妳不是啥？妳不是一個正經的查某這我知，咯敢誘拐阮囝，看未出來，妳
　　　　有這呢大的才調[108]。

思　荷：阿伯、阿姆，是不是恁對我有什麼誤會……

林　母：誤會？啥麼誤會？阮志強本是乖巧又有孝，留學讀書是註定做得到，這陣
　　　　煞來失目標，原來是妳佮伊跟迌迌……

志　強：不是，阿母恁聽我解釋，我嘸——

林　父：妳的身分是佮阮袂當比，天鵝怎能配蟾蜍，勸妳收煞莫糾纏，哼！人講做
　　　　戲仔是無情義，我看妳是用心計較想要錢。

志強／金庫：（同聲）阿爸！／先生！

思　荷：（委曲）恁講啥麼！我不是你想的彼款人。

林　母：咁按呢？（繼續打量思荷）阮是金枝玉葉人高貴，

思　荷：我也是出水荷花不染泥，

林　父：想要交往就愛門當佮戶對，

思　荷：我清清白白好人家的女兒，

林　父：與伊多講全然無意義，咱抑是趕緊返來去。

志　強：阿爸，恁太過分了，我佮思荷是——

---

[107] 「恬恬」意即「不要說話」！
[108] 「才調」意指「能耐」、「本事」。

林　母：是真心的？哼！這款話在戲臺頂聽真多囉，伊這個搬戲的，是專門的啦。
　　　　志強，你莫通未記哩，你身軀穿的、嘴內呷的攏是阮作父母予你的，你若
　　　　無阮，你哪有少爺當作？來，乖，聽阿母的，來轉[109]。
志　強：不要！我不要！

（志強跑到思荷身邊，牽起思荷的手）

林　父：（對金庫）你憨憨站在這作啥麼？抑不緊將少爺帶轉去[110]？
金　庫：喔。（拉志強）少爺，行啦。

（志強思荷不願分開）

林　父：抑不卡緊咧[111]！

（金庫用力拉志強，林母也上前去硬扯開思荷，拉扯中還把思荷的項鍊扯
　　到地上）

志　強：思荷！思荷！
思　荷：志強！志強！

（金庫和林母拉著志強，三人拉扯中離場）

林　父：你喔，真正是有父母生、無父母教。我勸妳抑是轉去好好搬妳的戲啦，恁
　　　　兩個這世人就親像彼囉啥……啊，梁山伯佮祝英台，同款嘸緣啦。

（金庫又跑回來）

---

[109] 「來轉」意指「回去」。
[110] 「帶轉去」意指「帶回去」。
[111] 「抑不卡緊咧」意即「還不快點」！

金　庫：老爺，那梁山伯後來死翹翹咧。

林　父：你厚話[112]啦。哼！

（林父氣沖沖地離開，金庫想安慰思荷，又不知道說什麼好，也只好悻悻
地離開；海風夾雜著海鳥的叫聲傳來，思荷撿起掉在地上的項鍊，緊緊捧
在胸前）

思　荷：有父母生，沒父母教？（傷心哭泣）

（燈暗轉場，音樂聲漸強）

第四場　黃昏戲班

時　　間：1941年
場　　景：戲院後臺門口
人　　物：玉祿、思荷、戲班人員

（音樂聲漸弱後，燈漸亮，戲班人員懶散地整理行李，玉祿則是自己一人
站在一個角落，若有所思，弦聲進）

演員甲：卡緊欸，家己的物件緊收收咧。

演員乙：咱真正欲走喔，今晚咯有一齣抑未搬呢。咱若按呢走去，剩阿祿仙欲按怎？

演員甲：我佮你講啦，現在是戰爭的非常時刻，日本政府那個皇民化運動哪火燒
　　　　咧，嘩散戲就散戲，呀嘸就噯做那個皇民化的新劇。那款新的阮未曉做
　　　　啦！欸，歸氣[113]轉來種田卡贏。

演員丙：不咯阿祿仙伊……（指了指看著一旁發呆的阿祿仙）

演員甲：這……阿祿仙比咱卡有才情，嘛比咱有辦法，我想……伊會有辦法啦。

演員乙：哪按呢……思荷咧？

---

[112]「厚話」意指「多嘴」。
[113]「歸氣」意即「乾脆」。

演員甲：思荷？講到伊我就氣，伊最近一天到暗[114]跟人一個少爺勾勾纏，人有錢人家老爺看嘸過去，去給警察密報，講咱攏不遵守規定……唉，你看伊出世就剋父剋母，我看嘸的確是伊命中帶衰，來拖累咱戲班。

演員乙：唉呦，你哪會按呢講啦，這鷲牽拖[115]，想太多。

演員丙：好啦、好啦，欲行就緊來行，等一下予阿祿仙看到，就不知按怎解釋。

眾　　人：對對對。

（眾演員正欲從門口離開，思荷失魂落魄正好回來碰上）

思　　荷：恁……恁是欲去叨？哪會攏抑未扮裝？等一下不是欲上臺啊？

演員乙：這……阮……

演員甲：喔，阮有代誌要辦，所以……所以要離開一下。

演員丙：對啦、對啦，有代誌要辦。

（演員甲乙丙三人急急忙忙離開，思荷滿腹疑惑，看到失神的玉祿）

思　　荷：阿舅，恁……

玉　　祿：（揮揮手）……

思　　荷：……戲欲開始啊，不咯恁人……

玉　　祿：好……咱家己的戲，家己唱乎煞，家己的故事，咱家己……家己搬。

思　　荷：這……

玉　　祿：（苦笑）莫要緊啦。思荷，我是想講現在時機嘸啥好，政府咯有足多規定，咱今晚搬完這齣，抑嘸嘛暫時先歇睏[116]一陣。

思　　荷：歇睏？咱嘸作戲是要安怎生活？咁講咱真正要把班收起來？

玉　　祿：這……嘸啦，我作戲作一世人，上有才調嘛是作戲，明呀仔[117]的代誌明呀仔咯再講。來，思荷，無論按怎，今天的戲咱就要嘎伊作乎煞[118]，來，來

---

[114] 「一天到暗」意指「整天從早到晚」。
[115] 「這鷲牽拖」意即「這麼會攀扯」。
[116] 「歇睏」意即「休息」。
[117] 「明呀仔」意即「明天」。
[118] 「嘎伊作乎煞」意指「把戲演完」。

去梳妝扮裝，這臺戲咱兩人就唱乎圓滿，唱乎煞。

思　荷：嗯。（頓）好！我替你把帽子戴好。

玉　祿：（微笑）好、好。

（樂師的鑼鼓敲響，幕後歌聲進；兩人走到後臺。思荷幫玉祿戴上帽子；
　燈漸暗）

幕　後：（唱）【四空反】
　　　　草橋結拜兄弟相稱，尼山三年同窗交心，
　　　　十八相送鴛盟巧定，奈何拆散真心癡情。

（舞臺上玉祿扮梁山伯上臺）

玉　祿：（唱）【都馬調】
　　　　真心癡情我梁山伯，只為伊人祝英台，
　　　　兩情相悅互相意愛，管伊是男抑是女裙釵……

（舞臺一角，思荷急急忙忙地正穿上英台女裝，金庫探頭進來）

金　庫：（神祕分分）小姐，是我啦。阮少爺嘸方便來找妳，交代這張批欲予妳。

（舞臺上的玉祿作山伯病重身段；思荷在臺邊看信）

玉　祿：（唱）
　　　　為何袂當作伊祝家婿？為何另嫁高門馬文才？
　　　　為何人生不平深似海？為何蒼天阻擋結和諧？
　　　　英台啊……

思　荷：志強……志強！

祿／荷：（重唱）【臺南哭】

今生已是／咁是，無希望？

我佮伊／伊佮我，本是可憐，本是可憐有情人，

好暝驚醒毋願放，

只求來世／來日，雙雙再作，雙雙再作青春夢。

（梁山伯勉力打起精神，持筆想要寫信）

玉　祿：（唱）【運河哭】

病中命殘只剩一口氣，擎筆寫批望妳來相辭。

（鑼鼓急響，梁山伯轉背臺，銀心聲音傳來）

銀心O.S.：小姐，小姐，梁公子派人送一封書信來，梁公子伊恐驚……

（梁山伯吐血身段）

思　荷：（悄聲）志強……志強……（唱）【七字快】

紅塵路上講好雙人行，你怎忍心放我這孤單，

無情風雨將咱來打散，我見無你一面，痛入心肝。

（思荷拿著書信，轉身在臺上做了身段，燈轉，玉祿跟蹌轉身）

玉　祿：（唱）【七字慢】

一別恐是百年身，只望能見夢中人，

生死交關入幻境，……

（舞臺上思荷的身影恍若玉梅）

玉梅O.S.：阿兄，你咁知影，我足想你。（思荷似乎想到什麼，離開）

玉　祿：（唱）猶原聽嘸伊叫兄，叫兄的聲音。

（燈暗，獨留弦聲幽幽地淒訴著）

第五場　鑼聲若響

時　間：1941年
場　景：安平港邊
人　物：思荷、玉祿、志強、金庫、達利、路人

（燈光轉亮，絃聲漸弱，港邊渡輪在遠處停泊，志強望著海的方向，金庫踱步著急，船笛聲鳴響）

金　庫：（暗自著急）奇怪？哪會到這時陣抑無看到人影？（對志強）少爺，這思荷小姐伊……
志　強：（掏出一封信）這張批你替我交予阮阿爸、阿母，請怹原諒我的不孝。
金　庫：（覆誦）喔，交予先生、太太，請怹原諒——（吃驚）少爺，老爺不是已經答應予你去走船兩年？哪會……
志　強：（苦笑）你想我若真正講出來，阿爸咁會答應？
金　庫：啥？我……這……唉呦，氣死有影。
志　強：免氣，我在這批內底攏有解釋清楚，阿爸、阿母未為難你。
金　庫：（喃喃自語）恁作主人的攏嘛按呢講，到尾我嘛是咯噯討皮痛。
志　強：（望）我看伊是不會來啊。可能伊抑咯在生氣。
金　庫：少爺，思荷小姐一定會來。咯有時間，咱咯等一下。

（船笛聲再鳴響）

志　強：大船就要開囉。我對不起思荷，對不起伊……
金　庫：少爺。

（志強揮手示意別說，提著行李，最後回頭一望，仍不見思荷。音樂進，

志強唱）

志　強：（唱）【海水來去】
　　　　　海水來來去去，難分難離，
　　　　　日頭起起落落，日子消逝，
　　　　　海螺聲聲句句，歡喜傷悲，
　　　　　月娘圓圓缺缺，生活過去，
　　　　　人會逗陣是緣分牽成所致，
　　　　　人會分開嘛是緣分來創致[119]，
　　　　　無須要流淚傷悲，
　　　　　無論去到海角天邊，
　　　　　妳知影我心內只有妳，只有妳，只有妳……
　　　　　（志強離場；唸，聲音加入迴音）思荷啊！請原諒我的自私，這一遍我袂
　　　　　講這是啥麼男兒的志氣，你就當作是我嘸清醒，當作我是……（唱）
　　　　　打落花欉的一陣雨。

　　　　　（船笛聲又鳴響，影像中輪船駛離）

金　庫：少爺，莎——喲——娜——啦——。

　　　　　（船笛聲響，思荷上場，找尋志強的身影。看到金庫，跑向前問）

思　荷：恁少爺咧？伊人咧？

　　　　　（金庫指了指海的方向，船笛聲遠遠傳來）

思　荷：我抑是袂赴，抑是袂當見你一面。（哭）哪會袂赴？哪會按呢？
金　庫：（安慰）思荷小姐……

---

[119] 「創致」意即「作弄」。

（玉祿上場，他拍了拍金庫的肩，示意這裡有他照顧思荷。金庫離場）

玉　祿：思荷！

思　荷：志強伊……

玉　祿：我知，我攏知。妳莫通太過傷心，妳傷心，我也會傷心，伊……嘛會傷心。

思　荷：伊？……

玉　祿：（想起往事）玉梅啊玉梅……

　　　　（唱）【夢中人】

　　　　以為我早將往事放，一聲玉梅我心茫茫，

　　　　原來妳猶原在我心中藏，

　　　　原來妳是我夢中那個人……

思　荷：你是咯想起阮阿母是否？

玉　祿：嘸啦，是卡早的一些代誌（望著思荷，頓）……唉，抑是莫講啦。……思荷啊，心內的彼個人離開，這款痛苦，我是真了解。但是有等待就有希望，有希望就會予咱繼續等待的勇氣。……

思　荷：不咯、不咯我也是足想欲哭欸。

玉　祿：莫哭，來，目屎擦予清氣，莫予人看見，人若知戲臺頂彼個尚水的苦旦原來在臺腳嘛這呢愛哭，人會講妳是一個愛哭包子。

（思荷破涕為笑；船笛聲又響起；路人甲乙丙邊走邊聊天走進）

路人甲：喂，我佮恁講，我嘟啊[120]遇到一個外國人咧！人朗朗，體格咯嘸歹耶！毋咯臭老嘎有看咧！

路人乙：唉呦，咁有影？

路人甲：伊哦頭毛白白咯金金、鼻仔啄啄[121]，有影有像阿兜仔。

路人丙：人本來就是阿兜仔，啥麼有像無像。

路人乙：伊要來這做啥？

路人甲：伊講「號鴨油」（How are you），「奶吸吐米酒」（Nice to meet

---

[120] 「嘟啊」意即「剛才」、「剛剛」。

[121] 「鼻仔啄啄」意指外國人的鼻子很高。

you），咯講「衫扯」（Thank you），「衫扯」。

路人丙：驚死人，買嘸鴨油就要吸奶吐米酒？咯要給人扯衫。外國番就是外國番，嘸講道理。

路人甲：你才在番咧，那是在打招呼啦！續落去，他講「密」、「密」（me；我），咯講「麥督特」！（my daughter；我的女兒）

路人乙：哎呀，這我知，伊頭一句是要吃麵，第二句就是講北京話，「買豆兒的」，買豆子的啦。

路人甲：啊伊是腹肚枵[122]，吃嘸麵要買豆子啦，走這呢遠，外國無豆子可買喔？

路人丙：就是講咩，有夠三八啦。啊伊有講伊叫啥否？

路人甲：啊知，伊咿咿嗡嗡講什麼「達利」、「達利」！咁哪驚衫去踏到會裂開咧！

（路人們嘻嘻哈哈地離場；玉祿聽到之後五味雜陳）

玉　祿：（自言自語）達利？……咁講，這麼多年過去，達利真正返來？……思荷，恁剛剛講的那個人……

思　荷：外國人？

玉　祿：是啊，恁講「達利」，伊、伊嘸的確就是妳的親生老爸。

思　荷：阮老爸？……你是講啥啦？

玉　祿：妳緊追去，跟伊相認，有那條項鍊，伊一定會記得，緊啊。

思　荷：你是講我阿爸？

（思荷遲疑地朝向達利的方向走了幾步，邊走邊回頭看玉祿，玉祿催促思荷離去，思荷離去，玉祿轉頭背對思荷忍住自己的情緒）

幕　後：（唱）【風中之葉】
　　　　海螺唱著海的歌聲，
　　　　天星看到人的形影，
　　　　咱人啊！

---

[122] 「腹肚枵」意即「肚子餓」。

不過是樹頂掉落來的一片葉啊，

只是咱攏莫知影。

思　荷：（轉回進來）……阿舅，我不要去了，我要留在你身邊跟你學戲、作戲，
　　　　在臺頂咱唱別人的悲歡離合，在臺腳咱就平平靜靜跟你過日子。

玉　祿：*毋咯*，妳不是常常思念妳的阿爸？

思　荷：是啊，我真想我阿爸，也真想念我阿母，啊不過，對我來講，你收留我、
　　　　照顧我，在臺頂咱會當變做任何人，在臺腳，你就是我的阿爸，就是我的
　　　　阿母……

玉　祿：*毋咯*──

思　荷：莫要緊，我代替阮阿母遠遠看伊一面，按呢就有夠啊。（強笑）阿舅，咱
　　　　的戲班莫當這麼早就收起來，我咯有真多故事還未唱呢。

玉　祿：（憐惜）思荷……

（玉祿牽起思荷的手，一如二十年前一般，兩人攜手行去）

幕　後：【落雨聲 II】
　　　　落雨聲，落雨聲，
　　　　親像伊聲聲叫著你的名，
　　　　落雨聲，落雨聲，
　　　　袂當阻擋您腳步向前行，

祿／荷：雖然只是一個遠遠遠的背影，
　　　　貼心肝，這麼痛，
　　　　有時想起心會驚。

幕　後：女人是海，怎樣能靠岸？
　　　　思念的心，何時未孤單？

祿／荷：大船返來銅鑼聲，等待誰人的形影？

玉　祿：是夢中人站在那？

思　荷：抑是生份的親爹？

祿／荷：是真？抑是假影？

一首歌，誰唱予誰聽？

幕　後：一首歌，誰唱予誰聽？

（燈漸暗，樂聲仍然持續）

✦ 尾　聲　回到安平 ✦

時　　間：2011年
場　　景：安平港

（海浪聲傳來，音樂漸漸揚起，投影畫面配合尾曲，如往日回顧一般，畫面流轉）

眾　人：（唱）【尾曲】
　　　　戲棚腳，人未散，人未散，
　　　　這臺戲，繼續搬，繼續搬，
　　　　這首歌，
　　　　安平追想一曲唱未煞，
　　　　這臺戲，繼續搬……。

（海浪聲持續，謝幕音樂漸入，謝幕）

舞臺歷史劇

Remembering

Collection of Yu-Hui Wang

An—ping.

舞臺歷史劇的當代書寫

臺灣入戲的想像

從「臺灣女人」出發

　　2000年左右，整併三軍劇隊而成立的國光劇團正進行一場京劇本土化的創作探索，陸續發表了《鄭成功與臺灣》、《媽祖》、《廖添丁》等歸類為「臺灣三部曲」的新編京劇，當時任職國光劇團的劉慧芬曾找我提交以「臺灣」為題材的新編京劇的創作企劃，儘管我從未寫過京劇劇本，但是挑戰全新創作形式的衝動，我興奮地開始了《鳳凰變》的創作前身。在思考團內演員情況之後，便構思以魏海敏為假想主要演員，希望在「臺灣女人」的概念下，於臺灣歷史中找尋可供敷演的人物。於是連橫《臺灣通史》列傳七的「列女列傳」，便成為尋找靈感的入門書籍，其中有一段文字吸引了我的注目，那是描寫陳永華的女兒：

> 陳參軍……季女某幼秉母教，習文史，年十八為監國世子克臧夫人。克臧治國，明毅果斷，有乃祖風，親貴皆憚。及遇害，夫人欲殉，董夫人勸之，不從。兄夢緯亦勸曰：「女娠未震，何存孤以延夫祀，不猶愈於死乎？」夫人對曰：「他人處常，可毋死；妹所處者變也，縱生孤，孰能容之？」遂縊於枢側，與監國合葬洲仔尾。臺人哀之。是又從容就義，百折不移，可以貫金石而泣鬼神者矣！……[1]

　　對這段文字，我所關切的其實並不是這位有父姓、有夫名，卻沒有自己名字的陳氏所謂「從容就義」的女子節烈問題，而是好奇，好奇是什麼樣的一種哀慟，會讓她如此決絕，寧可帶著未出生的胎兒，隨著冤死的夫婿逕赴死亡之境？這樣一段久不為人知的臺灣歷史中，還蘊藏著什麼樣的祕密？一位女性的死被史家之筆記錄在青史裡，一段歷史煙塵彷彿可以看見卻又帶著朦朧隱晦，便是這般的好奇，以及

---

[1] 連橫，《臺灣通史》，1013頁，臺北市：眾文圖書，民83年5月，一版二刷。

以女性為創作主角的思維，開啟了創作構思的動機。只是後來也不知道為什麼，和國光的合作無疾而終，企劃案便存檔塵封，另一方面卻持續引發我對臺灣歷史與人物入戲的一些想像。

關於臺灣歷史人物入戲的的創作命題，其實早在1993年左右，便曾草擬規劃過「芳華煙塵錄」這樣一個在歷史脈絡下、臺灣本土藝術家生命史為內容的系列作品的創作靈感，只是相當一段時間都只停留在片片段段創作筆記的天馬行空而已，卻沒想到許多年後，竟有機會陸續以鄧雨賢[2]、陳澄波[3]的生平為題材，進行了音樂劇的創作。而陳氏，某種程度或許更加符合傳統歷史主義概念下的「歷史劇」人物典型。

2000年學期終了時，倉皇而傷心地離開了學校的專任教職，曾經有一度妄想以舞臺劇本的創作為業，便重新檢視檔案資料，並申請了國藝會的創作補助，這個原本題為「海國紀」的創作計劃於是展開了新的旅程，成為以鄭氏家族據臺期間為背景的歷史舞臺劇創作《鳳凰變》，從某種程度來說，這一個劇本的創作意念雖啟始於形式命題的委託，最終卻成形於自主創作的內在追求，可說是延續了個人2000年之前自主創作的歷程。

在此之前，自己關於歷史題材的劇作只寫過以南宋權相賈似道為核心的《促織悲秋》，並曾以此劇獲得劇本徵選的首獎及高額獎金，但它除了頒獎典禮上曾有過片段的演讀呈現之外，始終被束之高閣，無緣在劇場裡和觀眾見面，另一方面，這個題材本身也與當代臺灣無甚關聯，在臺灣當代的劇場氛圍中，似乎也不是能夠受劇團青睞的作品。

一直以來，自己對歷史題材的劇本創作具有濃厚的興趣，儘管在臺灣劇場的現實環境中，歷史劇搬演的可能性幾乎是微乎其微，但相對而言卻是劇本寫作「練筆」的極佳機會。從京劇到舞臺劇，創作方向和情境的思考便有了些許微妙的變化，為了搜集資料，走訪臺南歷史現場和圖書館多次，在書卷翻閱和穿梭於歷史遺跡時，遂憶起1993年曾為了當年的華燈劇團編導排練《青春球夢》而駐留臺南，暇時曾登上府城的大南門遺址，看到碑石林立，一旁的說明文字寫著：「石堅不朽，勒石為銘……」，然而石碑上的文字卻已多半風化而模糊，花開花謝，堅石枯爛，

---

[2] 即臺語音樂劇《四月望雨》，最初提出的是客語音樂劇，後因製作單位遞案的改變而成為臺語，因當時事務繁忙，並未親自執筆劇本，而是由楊忠衡執筆，但劇本並未符合需求，便和導演楊士平共同討論，修改整體架構後，由楊士平完成演出本，我則書寫劇中的臺語歌詞。

[3] 即音樂劇《我是油彩的化身》，於民國百年的2011年演出。

人間真有不朽之事？或許真的只有藝術作品的凝視才得以捕捉不朽於舞臺上的瞬間。

只是，國藝會的創作補助如杯水車薪，《鳳凰變》劇本在2002年初農曆年期間完成之後，最終也僅僅是「結案」而已，如同構思前期同樣的命運，再度塵封在電腦檔案和自身的回憶裡，我的專職舞臺劇作家的夢想依舊遙遠而未能實現。其間曾有契機，於2004年第二屆「臺灣國際讀劇節」時，受邀發表新劇作，當時因應四十分鐘讀劇時間的限制，截取了《鳳凰變》劇本片段內容，藉助秀琴歌劇團的優秀演員們，以歌仔戲的唱念形式表現，儘管讀劇後觀眾反應熱烈，對全本的演出寄予厚望，但在主客觀因素都尚未成熟的情況下，也只能暫時歸檔在電腦資料夾中了。

沒有想到，到了2012年，因為轉至文化大學戲劇學系專任，受命執導文化大學創校五十週年校慶的藝術學院院展，《鳳凰變》做為我帶著學弟妹們回饋母校的作品，奇蹟似地重生於劇場！時隔十年又面臨導演二度創作的挑戰，我反而可以跳脫劇本創作時的束縛，以不同的角度略微客觀地審視自己的作品，同時透過排練場中演員的表演實踐，得以掌握語言書寫上的優劣，毫不猶豫地刪去較為冗長的對白，調整整體的戲劇節奏，同時在場面調度上增強了克塽生母昭娘無語言的遊魂形象，以呼應鄭經與克塽對昭娘的思念，同時突顯劇中董夫人、昭娘和陳氏等三代三個女人的差異對照，為劇本創作核心的女性角色拉開了更為具體的視角，無形中貼近了構思初始的創作意圖。

以臺灣歷史寫戲

歷史劇的創作，在臺灣現代劇場中始終闕如，究其原因，一方面或許因為臺灣現代劇場走出實驗性的想像之後，主流劇場偏向「類商業劇場」[4]的運作，對於歷史劇總有著票房上的顧慮與製作成本的考量，演出也相對較為困難，另一方面也或許是現代劇場去語言、重肢體、反線性敘事的流行前衛風潮，使得如此題材的類型被視為「傳統」形式而不願多所嘗試。

然而，歷史劇不應該只是一種成為「歷史」的形式與手法，早年李曼瑰曾寫過一些歷史劇，例如《漢宮春秋》、《大漢復興曲》、《楚漢風雲》、《漢武帝》和《瑤池仙夢》等一系列以漢代為主的歷史劇，但較傾向於傳奇故事寫法，背後仍隱藏著「復興祖國」的內在思維，對於歷史的反省與探討較為不足。之後張曉風曾寫

4　臺灣劇場的發展模式，雖有商業劇場的運作特質，但距離產業仍有距離，故稱為「類商業劇場」。

過《自烹》、《嚴子與妻》等劇，然其作品多半以強烈的宗教意圖為核心，歷史人物僅僅是一種取材而非著眼於史觀的建構。另有姚一葦曾創作《馬嵬驛》，何偉康曾創作《皇帝變》，二者在形式上仍屬傳統作法，語言仍不脫離古典，內容也是屬於大中國的歷史範疇，而汪其楣以真實女性人物為題材、傳記式的《舞者阿月》、《歌未央》和《謝雪紅》，以及同樣以謝雪紅為題材的劇本，包括田啟元的《阿女·白色瑪格莉特》、陳梅毛《少林派武當派蘋果派還有兩個左派——蔣經國與謝雪紅》，以及得到2012年臺灣文學獎劇本金典獎的詹傑的《逆旅 Self Re-Quests》等等，都與我想像中的「歷史劇」有些許距離。因此，個人發願發掘臺灣歷史中的重要階段，以人物為主體，歷史背景為經緯，運用現代劇場的創作觀念，希望能夠找到二十一世紀的歷史觀點，並呼應此時此刻的歷史。

　　事實上，臺灣歷史雖不長，但是仍有豐富的素材可以選擇，因此我選定臺灣近代發展的關鍵時刻，規劃以明鄭三朝的重要人物陳永華、鄭經及鄭克塽父子（包括董太夫人與陳氏）、施琅等人物，希望以三部曲的形式透視鄭氏王朝建設臺灣到敗亡的過程，其中，《鳳凰變》為其中一部，以鄭經之子鄭克塽的遇害為主軸，側寫董氏與陳氏兩位女性在王朝中的地位與彼此之間的微妙關係，以及鄭氏王朝之所以敗亡的關鍵。並不盡然是藉古諭今，而是希望創造一個戲劇場域，找尋到一種歷史觀點，並在劇本及演出形式上找到歷史劇的新可能。這對臺灣現代劇場來說，應是必要的創作題材，也是戲劇演出上一條寬廣的道路。

　　在創作過程中，資料的收集是首先遇到的困難，史書的記載因撰寫歷史者的觀點與政治立場不同，歷史遂成為一種眾說紛紜的政治手段，事實上難以還原歷史的所謂「真相」，因此，《鳳凰變》的創作便從新歷史主義的角度思考，最終選擇在正史與野史交互檢視的過程中，建構起「戲劇中的歷史真實」，並以個人的觀點加以鋪陳。

　　「歷史」是什麼？一方面是總稱時間軸中，過去所發生的事件和情境，以及這些事件和情境中的人物，另一方面則是將歷史視為對過去所發生的種種的一種「紀錄」，因其記錄方式的不同，最早以結繩做為一種符號意涵而記錄事件，後來便有透過圖像的雋刻繪製而留下「圖像歷史」的紀錄；或者是透過語言的講述與傳播，形成所謂「口述歷史」；抑或者是透過文字的書寫，成為可供閱讀的「典籍歷史」，因而我們之所以對過去的「歷史」有所認知，多半是因為這些歷史的「紀錄」，讓我們對過去所發生的事件以及事件中的人物，產生諸多想像，情感上透過

移情作用，彷彿置身於過去的情境之中，更進一步透過某種今昔對應的互動關係，對過往歷史有所理解，更因而產生了理性上的認同或批判。因此，歷史的紀錄成為我們認識過去、理解過去的一個媒介，沒有歷史的紀錄，對過去的認知將不會存在，更遑論所謂「鑑往知來」、「以史為鏡而知興替」或是我們這個世代所強調的「轉型正義」的產生。

然而，歷史該由誰來講述或書寫？又是誰有資格講述或書寫歷史？抑或者，誰才有能力面對歷史而加以詮釋？另一方面，被書寫或講述的「歷史」本身，究竟有多少「真實」？這一個基本的命題，成為新歷史主義最有別於傳統歷史觀的重要角度。新歷史主義以一種針對形式主義為主流的文學批評方法的顛覆，以及回歸傳統看待文學與歷史的關聯性的一種文學批評方法，介入了對「歷史」的不同觀點，在新歷史主義的觀點下如何看待「歷史」？歷史劇做為戲劇的題材類型之一，又會有何種視角？就美學邏輯上而言，亞里斯多德在《詩學》中便曾說：「詩比歷史更真實」，從這個角度來看，同樣是「過去」之事，歷史與新聞似乎都意涵著「過去」與「當下」的對比差異，然而，兩者實質上都是過去的舊聞，今日的新聞將成為未來的歷史，而歷史本身似乎也由一連串的新聞所積累而成。

連橫在《臺灣通史》序言中提到：「臺灣固無史也。荷人啟之、鄭氏作之、清代營之，開物成務，以立我丕基，至於今三百有餘年矣。而舊志誤謬，文采不彰，其所記載，僅隸有清一朝，荷人、鄭氏之事闕而弗錄，竟以島夷、海寇視之。烏乎！此非舊史氏之罪歟？……苟欲以二、三陳編，而知臺灣大勢，是猶以管窺天，以蠡測海，其被圍也亦巨矣。……夫臺灣固海上之荒島耳，篳路藍縷以啟山林，至於今是賴。……故凡文化之國，未有不重其史者也。古人有言：『國可滅，而史不可滅』。……」[5]

連橫書寫《臺灣通史》的豪情壯志，某種程度延續了自古以來對於「歷史」的態度。但是我們若從「時間」的角度思考時，在過去、現在與未來的時間認知中，似乎必須有個可以斷裂切割的獨特性，然而理論上，時間的軸線不斷延伸，每一個頃刻之間，「現在」不可暫停也無可阻擋地成為「過去」，當「現在」成為「過去」的同時，「未來」成為了「現在」。歷史與新聞的差別在於前者為昔，後者為今，然而今日的新聞會成為舊聞也即是明日的歷史，這是一種時間軸的延伸與發展

---

[5]　連橫，《臺灣通史》，頁5，臺北：眾文圖書，民83年5月，一版二刷。

之下的必然結果，而戲劇在時間的選擇上，乃是一種創作的手段，但不論在時間軸中如何選擇，舞臺上演出的戲劇，以觀眾觀看的角度來說，都是即刻、當下的現在進行式，哪怕是表現式的與記錄式的，「帶我們回到過去」只是一種時間的錯覺，劇場藝術本質上的即時性與現在進行式，已經將過去轉化為現在，將歷史轉化為眼前發生的「新聞」，將「新聞」所轉變成的「舊聞」換化成為當下的「新聞」，歷史在這樣的觀點與處理之下，成為戲劇最好的內容。

　　有趣的是，歷史題材的戲劇書寫，將「過去」所發生的事件，以「現在進行」的姿態，重回觀眾的眼前，最終，將歷史的未來想像定格在戲劇的現在。

　　歷史劇則是戲劇人物被放置於特定的歷史時空之中，因而有了戲劇人物行為模式與事件發展，帶來「歷史」的某種詮釋。傳統歷史的概念，包含了所記錄的事件、人物，在一種所謂大歷史的概念之下，特別是對於君王、國族等等的紀錄，新歷史主義打開了視野，讓我們看到傳統歷史底層的生活面貌，也從一個大概念之下的君王國族下放到個人。事實上也提供了歷史題材戲劇的多元可能性，因為戲劇恰恰需要更多的生活細節，才得以再現，需要不同的面向，才得以表現，戲劇的演出在時間的處理上一直都是現在進行式。

✦ 歷史與歷史劇 ✦

史料中的東寧王朝

　　過去在歷史劇的創作語境中，不免多糾纏於是否「忠於史實」的議論之中，也因為這樣，歷史劇被區隔出所謂的「正劇」、「戲說」等兩極，大致也可以類比於「正史」與「野史」之分，街談巷議對於歷史而言，似乎失之嚴謹，也脫離了大歷史敘述的範圍，然而，對於戲劇而言，恰恰卻是非常豐富的題材之所在。從新歷史主義而來的創作靈感，乃是一種「以戲劇建構歷史」的概念，運用所謂的各種「史料」，擴大歷史入戲的想像，突顯屬於空間意涵的「在地」，實際上乃是將「歷史」的時間範圍，從遙遠拉向當下，進而把面對歷史的空間條件，從遠方拉到近處，觀念上便由「他者」轉變成了「自我」，換句話說，便是以此時此刻的歷史觀介入原屬於過去的「歷史」時空環境及人物的境遇。

　　《鳳凰變》的創作緣起，既源自於鄭克塽的妻子陳氏，因此戲劇故事所參考的

背景史料便從連橫《臺灣通史》記載的鄭氏東寧王朝的歷史為主要材料，輔以江日昇所撰歷史演義小說《臺灣外紀》第二十五卷之內容為歷史舞臺之主要事件。

連橫《臺灣通史》卷二「建國紀」的資料如下：

> 三十五年[6]夏四月，彗星見。初，經西渡，委政永華，以元子克臧為監國。克臧年少，明毅果斷，有乃祖風，而永華又悉心輔佐，臺灣大治。內撫民番，外給餉糈，軍無缺之。及經歸後，諸將頗事偷惰。永華心憂之，請辭兵權，以兵交國軒，未幾卒。已而刑官柯平、戶官楊英亦相繼逝。五月，聞清軍有伐臺之舉，集諸將議。命天興知府張日曜按屯籍以十一充伍，得勝兵三千餘人。七月，彗星再見，仲冬方滅。十月，遣右武衛林陞率軍巡北鄙，墜雞籠城。經自歸後，不理國政，建園亭於洲仔尾，與諸將落之，驅飲較射，夜以繼日。又築北園別墅，以奉董夫人。諸事盡委克臧，軍民咸服。
>
> 三十五年春正月朔，監國世子克臧率文武朝賀於安平鎮，乃入謁董夫人，賀經於洲仔尾。經方命居民，將大放元宵。克臧聞之，上啟曰：「偏僻海外，地窄民窮，頻年征戰，幾不聊生。茲者屢聞清人整軍備艦，意欲東渡。大仇未滅，人心洶洶，何必以數夕之歡，而耗民間一月之食？伏乞崇儉，以培元氣，以永國祚。」經嘉之，即止。唯自張宴，與國軒諸將縱飲而已。居無何病革，顧命國軒輔世子。經薨，年三十有九。諸弟揚言曰：「克臧非吾骨肉，一旦得志，吾屬無遺類矣。」入告董夫人，即收監國印。國軒不能爭。克臧既幽別室，諸弟夜命烏鬼殺之。妻陳氏殉。乃立次子克塽為延平郡王，佩招討大將軍印。

其次是卷三十五「列傳七」〈列女列傳〉中關於董夫人與陳氏的資料。
關於董夫人：

> 永曆八年，王赴廣南，次平海衛。清軍猝入廈門，鄭芝莞無設備，師驚而潰，董夫人獨懷神主以奔，珠玉寶貨悉棄不顧，王以此賢之。

---

[6] 觀上下文，此處年份有所誤植，應該是明永曆三十四年，即西元1680年。

關於陳氏：

　　陳參軍夫人洪氏，小字端舍，亦同安人，賦質幽閒，有齊眉舉案之風；尤長詞翰。參軍治國，日不暇給，文移批答多出其手，頃刻而就，措語用筆，與參軍同，受者至不能別。季女某幼秉母教，習文史，年十八為監國世子克㙝夫人。克㙝治國，明毅果斷，有乃祖風，親貴皆憚。及遇害，夫人欲殉，董夫人勸之，不從。兄夢緯亦勸曰：「女娠未震，盍存孤以延夫祀，不猶愈於死乎？」夫人對曰：「他人處常，可毋死；妹所處者變也，縱生孤，孰能容之？」遂縊於柩側，與監國合葬洲仔尾。臺人哀之。是又從容就義，百折不移，可以貫金石而泣鬼神者矣！

除此之外，江日昇所撰之《臺灣外紀》亦是情節發展相當重要的參考資料：

　　康熙二十年辛酉（附稱永曆三十五年）正月元旦，克㙝率文武朝賀於臺灣之安平鎮。然後拜賀董國太，方過承天府洲仔尾朝經。經大宴飲，而歸。經欲以是月望日大放元宵，張日曜即傳街市居民構結燈棚，懸掛古董、竹馬故事，煙火笙歌，以供遊玩。克㙝聞之，上啟云：「偏僻海外，地窄民窮。屢年征戰，幾不聊生！茲屢報清朝整備戰艦，意欲東征，人心洶湧。何必以數夕之歡，而費民間一月之食？伏乞崇儉，以培元氣，以永國！……」云云。啟上，經嘉其能固邦本，約之，即為禁止。就於洲仔尾園亭，大張燈彩；與錫範、繩武、國軒、進功等，竟夕歡樂。

　　經因縱慾過度，痔瘡暴脹，大腸緊閉，醫治無效。克㙝日夜侍側，衣不解帶，督視湯藥。經忙不能起，傳國軒至牀前，指克㙝而言曰：「與君患難相從，意望中興；豈期今日中途而別！此子材幹，頗有所望，君善輔之！吾死，九泉亦瞑目也。」軒叩首曰：「藩主偶爾微疾，不過理其元氣，順則腫自消而愈。何用掛懷？至於翼贊公子，軒自當竭力以佐，豈有二心！」適錫範入，經又謂錫範曰：「吾不免矣！諸凡全賴君與武平協力，輔此孺子！」範曰：「此不過大腸火盛，散之，則腫消。藩主何多慮焉？」徐而脹痛難堪，叫喊遂卒，年三十九。克㙝躃踊號哭，令人飛報董國太。國太遂率諸子聰、明、智、柔與次孫克塽等咸至。錫範當於國太前謂曰：「儲君宜

守禮盡孝，視殮節哀！」克塽唯唯。範著禮官鄭斌等辦理喪事。隨密向國軒謀曰：「監國乃螟蛉子，安得承繼？」軒曰：「此鄭氏之家事，豈外人所預？」範曰：「自有成算，公勿左袒！」軒許之。文武各祭奠畢，用王禮殯殮。

六官會議，擇日嗣位。錫範密向聰、明、智、柔諸公子言曰：「自古承繼大統，嫡庶尚且有分；何況螟蛉？」鄭聰等曰：「公此言，真國之輔佐！克塽李氏之子，血抱撫養，人所周知；獨藩主為瞽者瞞昧。且此子狂悖剛強，苟與嗣位，將來有不利於邦家。」範曰：「吾正為此，不知國太如何？」聰曰：「國太，吾之事也。地方兵民，公當主持！」錫範點首而別。聰、明、智、柔共議，齊向國太啟曰：「外面鎮弁將士以及百姓，紛紛鼎沸！」國太駭然曰：「何由致此？」聰曰：「以監國非鄭氏血脈，故人心不服耳。」國太曰：「監國秉政兩載，兵民素所悅服；焉有是事？」聰曰：「監國雖然秉政，是藩主尚在，借其名耳。今藩主仙逝，欲承繼嗣位，人必較正，因此不服。此乃大事，國太不信，當召侍衛中提督問之！」國太隨遣人傳錫範、國軒議事。軒以病辭，不赴；差中舉金榮到安平鎮諂國太曰：「凡緊要事，要請聰二爺與侍衛酌議。」錫範正調換鎮將，更易弁兵，虛為聲勢。忽聞國太傳，遂趨謁。國太詢外面事宜。錫範曰：「兵民嗷嗷者，無他，以監國非藩主真血脈也。」語與聰等同。國太疑信參半，聰與明等又逼之曰：「國太當速主意；倘一旦有變，悔之晚矣！」國太時亦老邁，主意不定，虞其有變，即允易位。範會國太意，辭出。見文武紛紛議論，以「國不可一日無福，況國君晏駕，必有嗣位，然後發喪。豈有殯殮許久，尚虛其位？明係奸臣祕權，當相率啟講國太方可。」範聞言，對眾曰：「業奉國太命，令禮官擇日，奉監國嗣位。爾諸公不必多言！」眾乃散。

範初疑國軒有詐，迨接金榮啟國太之語，意遂無忌。復囑榮曰：「歸覆爾主，當祕之，勿露於陳氏人前（陳氏指華與繩武；塽，華之女婿），並禁止各鎮營諸路兵士離汛。」金榮回，以範言覆國軒，軒即按定諸鎮營兵將。但國太受聰、明、智、柔、錫範之惑，信以為然，令儀賓柯鼎傳克塽入內庭議事。錫範密令隨協蔡添同聰、明、智、柔等伏於堂之西廂。克塽至大門，守者不許其隨從總提轄監督毛興、總兵沈誠等入。塽至二門，方履中堂，而二門已閉矣。聰、明、智、柔與蔡添突出；各交口數其非鄭氏血

脈。璽見情勢兇猛，遂曰：「此非吾所得知。既不是鄭氏真血脈，願見國太，納還監國印璽。」聰、明、智、柔咸笑曰：「今日正奉國太之命，亦不由爾不納還！」以目視蔡添，添持刀挺身出，欲行兇。璽大罵曰：「蔡添匹夫！爾膽敢弒主？」而刀已刺入腹中矣。聰、明、智、柔四人各揮木棍助打，璽立斃於蔡添、聰、明、智、柔之手。（此康熙二十年事。璽之才幹果斷：可謂中興之賢明矣。國軒既受託孤之重，知錫範之謀意，當為排解遏阻；何乃託病不赴，此亦未為豪傑，不過一武夫耳！）克璽既死，聰即令烏鬼將璽屍拖於旁院。而毛興、沈誠二將在外守候，聞內有變，即欲率諸驍將奪門救主；云：「已死矣！」各羞恨而散，飛報監國夫人。陳氏突聞，躃踊長號，死而復甦者再。繩武亦馳至，見夫人暗眩倒地，慰勸之曰：「事已至此，且緩悲哭！」夫人曰：「速護吾進府見國太！」武曰：「此是正理。並看監國屍在何處？」夫人曰：「然。」繩武令人護送夫人到府，直入於內。董國太以諸子說克璽是螟蛉，不過欲易其位而已；豈意聰等賺入中堂，當下刺死。正在咨嗟追悔，忽見陳夫人悲號於前，跪請曰：「監國何罪至此？」國太曰：「事已至此，說亦無用！我兒毋自苦焉！亦因兵民不服，以監國乃李氏子，非鄭家真血脈耳！」夫人曰：「既非鄭氏血脈、孫婦亦安得知？既知非真血脈，國太應早遣歸宗！何國太作婆孫一十八載？既不是血脈，不得承繼，亦尚可為平民；何至賺入刺死？」國太語塞。第以永華素為國望，藉以慰勸。詢其所欲，夫人叩首長號曰：「願請監國收殮，相從於地下，為鄭氏鬼！願畢矣！」國太允其請。夫人遂出見監國屍，相抱號哭。國太令兒屍同夫人歸府，收殮，殯之中堂。遂自絕粒，日夜號哭。時夫人有孕，國太遣老嫗勸慰至再：「俟生男女，我自善待之。毋徒過戚也！」夫人曰：「成立之父，尚不能保其七尺軀！何況此呱呱那？」號泣悲咽，又對國太曰：「我今已矣：供飯三日，聊盡人事。我夫妻子母，自應相從於地下。」繩武、夢球諸兄弟咸壯之，轉請國太。國太嘉之，隨遂其志，令人結臺。夫人登，受文武祭奠畢，與諸兄弟拜別，從容投繯，顏色如生。觀者嗟異、悉為下淚：時有『文正公兮文正女』之歌褒之。余書至此，亦為之破涕！弔之以四絕曰：

欲問天高天不知，千聲血淚暗中啼！人間無意心灰甚，明月當空照冷闈！

一盞明燈一篆煙，傍徨燈影復相連。三朝茶飯盡人事，七尺樑間訂鳳緣！
雖然日月有時缺，難算今朝意外怨！自計此身無頓處，甘從地下結良緣！
縱有百年亦是死，何如七尺完吾生。此生了卻人間願，南郭樓臺北郭塋！

　　承上的幾筆資料，遂成為舞臺劇本《鳳凰變》的主要情節發展甚至是對話的內容。中國大陸戲劇學者譚霈生教授在〈中國當代歷史劇與史劇觀〉一文中曾指出：「歷史劇中對於歷史的『再現』，毋寧是做為一種戲劇化發展過程中的特定歷史時空背景，以引導觀眾的想像力進入歷史性的氛圍之中，進而得以完成其戲劇幻覺而接受舞臺上的歷史。」如此的史劇觀，正好是《鳳凰變》創作的重要概念，歷史的記載成為建構戲劇中的歷史情境與形塑歷史氛圍的元素，創作的構思中，乃是擷取歷史材料中的事件，想像出材料縫隙中空白之處，在戲劇情節的發展脈絡下填補空白之處，史料的記載或許簡略，但反而為創作主體的藝術想像提供了更大的空間。換言之，擷取階段性歷史中的重要人物，以他們的身分、背景和性格，以及各自的生命史中發生的事件，串聯結合戲劇情節發展的內容，同時重建或補強人物之間的互動關係，便成為《鳳凰變》中創作的重要手段。於是，創作的思考便回到了劇中人物的思維，對創作者而言正是：「在這樣一個情境中，他會怎麼做？」

史劇中的架構重建

　　根據前述的史料，以事件發生的時間軸為戲劇的時間發展，全劇主要選擇時間延展的形式，依照歷史順時間發展，以較遠的發生在廈門的關鍵事件作為序場，成為整齣戲的發端，而尾聲，則以陳氏自盡前，對腹中未出生的鄭氏後代之獨白心聲為主，將時空獨立於現實之上。序場及尾聲之間則以時間之相類與連續為分幕之原則，空間則依事件之發生做不同的變化，希望透過場景的多樣變化，以不重複為原則，暗示抽樣寫實的舞臺風格，同時增加演出時視覺上的變化可能性。這樣的時空處理，乃是希望建構與創造一個戲劇的真實，而非全然的歷史真實，因為歷史真實已如前述，是一種無法求得的虛擬真相，唯有戲劇的真實，才有可能呈現出一種歷史的觀點。

　　最初擬出的乃是不分幕多場次的結構，各場次標題及摘要如下：

　　Ⅰ、懲逆殺媳──1662年4月‧廈門（永曆十六年）

1.鄭成功賞賜藩令到，眾人慶賀董夫人得長孫。

2.格殺宣諭忽至，眾人慌亂，董夫人從眾議，殺昭娘。

Ⅱ、荒逸射獵——1680年8月・臺灣（永曆三十四年）

1.鄭經射獵，得雙鹿，鄭經想起昭娘，馮錫範謂已殺鄭泰、黃昭等人復仇。

2.董夫人召鄭經，斥鄭經前失國土，後逸樂荒淫，鄭經謂國事俱已交給克塽，董夫人感嘆鄭經不如克塽，鄭經不悅，母親面前只得隱忍。

3.鄭經以北園別館即將落成討好董夫人。

4.地聲如臚；雨雹如雞子。

Ⅲ、女子論政——1680年10月・北園別館

1.眾人遊北園別館，董夫人正高興植七弦竹時，工人鬧事討錢，克塽力陳應嚴逞不法貪汙之人，陳氏應和，董夫人不悅，斥陳氏，謂女人不干政。

2.董夫人嚴懲李景及蔡添，蔡添懷恨。

Ⅳ、彗星現兆——1680年冬11月・監國府書房

1.書房裡，克塽批奏摺，氣憤叔叔們賣官斂財，陳氏安慰之、支持嚴懲。

2.克塽憂心父親逸樂，姚啟聖建修來館招鄭軍降將。

3.克塽懷疑劉國軒，陳氏說明其之忠。

4.彗星出現（白氣長數丈見於西方）

Ⅴ、新歲賀朝——1681年正月・承天府大堂。

1.煙火，新歲賀朝。

2.馮錫範建議大放花燈去晦氣，克塽阻，鄭經表面上誇讚，克塽走後經馮錫範鼓動，氣憤。

5.施明良獻驢肉，鄭經大喜。

6.鄭經狂飲淫樂，痔疾發作。

Ⅵ、世子託孤——1681年正月二十八日寅時・承天府寢宮

1.臨終託孤，馮錫範暗示克塽的政治立場，鄭經默許授國軒尚方劍，若克塽獨立，殺之。

2.董夫人至，悲傷。

3.馮錫範請克塽守孝視殮。

Ⅶ、權臣奪印——1681年正月・北園別館

1.馮錫範與眾叔商議奪印，請來劉國軒密商，劉國軒默許。

2.見董夫人，董夫人同意。

Ⅷ、相約來世──1681年正月・監國府花園

1.克㙷與陳氏深情；從父祖皆三妻四妾甚至淫亂，引起對「女人」的思考
（人盡可夫與人盡可妻）這點上，克㙷比祖父誠實多了。

2.從童年時期的夢談到昭娘，陳氏知道，但不敢說，只說了一半（另一半
讓鄭智在克㙷死前明說）。

3.對子女的期望。

4.萬一克㙷死了，要求陳氏改嫁，不必守寡。

Ⅸ、監國遺恨──1681年正月・幽室

1.克㙷終於明白自己的身世。

2.克㙷力辯群臣建國復國之夢。

3.克㙷被蔡添以尚方劍殺之。

Ⅹ、三日茶飯──1681年正月・北園別館

1.董夫人夢見鄭氏三代同行而去。

2.陳氏見董夫人。

3.馮錫範殺蔡添滅口。

4.陳氏威脅再嫁。

5.陳氏走後，馮錫範再進讒言，請立克塽，董夫人允諾。

6.董夫人賜陳氏百日後白綾一匹，陳夢緯領命而去。

Ⅺ、玉碎相從──1681年四月・監國府

1.陳氏白衣縞素，與腹中之嬰哭訴。

2.陳夢緯領命至，陳氏不從，夢緯絞殺陳氏。

Ⅻ、亡國喪鐘──1981年2月承天府

1.克爽即位。

2.四個月後董夫人病亡。

在這個分場大綱中，對於歷史事件的檢選多半來自前引的材料，之後經過整理
並重新思考人物的性格與彼此之間的關係之後，刪去陳氏親兄陳夢緯勸說及絞殺的
情節，施明良獻驢肉之事集中到馮錫範身上，同時隱晦克㙷的政治立場，以避免落
入統獨的窠臼，最後在內容大抵不更動的原則下，重新架構為四幕十三場的情節發

展結構，時間以明永曆十四年四月（清康熙元年；西元1662年）至明永曆三十五年二月（清康熙二十年；西元1681年）之間的鄭氏王朝為背景，敘寫鄭克塽在鄭經薨逝後被害、陳氏殉節的過程，同時修改各場次的標題，以動物為象徵，提點出各場次的主要內容：

序　　場　　羊羔失恃

一幕一場　　鹿鳴呦呦

一幕二場　　舐犢情深

二幕一場　　殺雞儆猴

二幕二場　　鶼鰈相從

三幕一場　　歲在龍蛇

三幕二場　　馭鶴西行

四幕一場　　豺狼奪印

四幕二場　　三人成虎

四幕三場　　鳳去臺空

四幕四場　　鷹犬啄鯨

四幕五場　　鷸蚌相爭

尾　　聲　　凰分歸去

同時以此十三個標題，仿江日昇在《臺灣外紀》中的四首七言絕句形式，並取江詩中四句詩句加以修改，重新組合成劇終前的唱詞，運用歌聲唱出全劇情節綱要作為總結，試圖模仿雜劇傳奇中題目正名的形式風格，提示出該場的主要戲劇動作，希望透過這樣的處理，以呼應個人創作歷史劇的亦古亦今的特殊風格。或許，在創作潛意識中，也可能企圖保留創作之初，意欲為京劇書寫劇本的初衷。

羊羔失恃家法嚴，鹿鳴悠悠憶紅顏，舐犢情深誰堪憐，殺雞儆猴賢非賢，
鶼鰈相從意綿綿，歲在龍蛇驢鞭宴，馭鶴西行孤託奸，豺狼奪印匕首現，
三人成虎信讒言，鳳去臺空心相連，鷹犬啄鯨監國怨，鷸蚌相爭烈婦辯，
凰分歸去離恨天，東寧舊事鳳凰變。
一盞明燈一篆煙，徬徨燈影復相連，晨昏三朝茶與飯，七尺白綾訂鳳緣，

春秋青史俳優演，了卻此生人間願。[7]

　　只是，這段歌詞在後來真正排練時，發現確實過長而缺乏舞臺畫面，因此忍痛刪去只留下八句。

✦ 歷史人物的形象塑造 ✦

歷史人物的舞臺想像

　　這些歷史人物中，鄭克塽的妻子陳氏，為陳永華之女，連橫寫《臺灣通史》曾為其作傳，諷刺的是，只有姓氏，只知其為誰之女誰之妻，卻無名字可查，為了某種程度地「忠於歷史」，劇中避免提其名字，這不單只是創作上的困擾，更是歷史性的諷刺，重男輕女、女以父以夫貴的現象，令我在面對這段歷史時，總有悲涼之感。

　　根據所收集的資料，在明鄭三朝中，董太夫人[8]居於關鍵地位，陳氏與董太夫人之間，可能存在著似有若無的競爭關係，甚至像極了慈禧與珍妃的關係，因此我以現代女性的角度去描寫陳氏，盡量刻畫出一個新女性的形象。而鄭經的心態，對比於鄭克塽，我則側重於父子情感，以及彼此在王朝傾覆危難中無形競爭的描寫，希望透過這樣的比重，描繪出父子的情感。至於馮錫範與鄭經眾兄弟的塑造，則趨向類型化的人物，以其自私自利，對比出歷史王朝中權貴誤國的悲哀。

　　《鳳凰變》主要以「人物」的想像切入歷史事件，大致可分為五組人物：

第一組：鄭氏東寧王朝的男性，祖孫三代之父子

　　鄭成功：未出場的人物，概念性的人物形象，做為戲劇發展的導火線。

　　鄭　經：頹廢縱情的世子、多情的丈夫、自卑的長子、優柔的父親。

　　鄭克塽：嫉惡如仇的監國、柔情的丈夫、卓越的長子、夭折的父親。

　　人物的形塑主要將人物從帝王將相回歸到父子親情的描寫。

---

[7]　在2011年正式演出的版本中，將這首原為七言二十句的歌曲刪減為七言八句，並改為誦念。

[8]　在臺灣戲曲中，大多以「董國太」稱之，本劇思考人物關係的創作意圖，以及鄭氏家族仍恪守禮儀輩份的精神，因此選擇較為家庭的「董太夫人」稱之。

第二組：鄭氏東寧王朝的女性，祖孫三代之婆媳

董太夫人：堅苦卓絕的妻子、外剛內柔的母親、政治權力的藏鏡人。

昭　　娘：代罪羔羊的侍妾、難以子貴的母親、人倫悲劇的犧牲者。

陳　　氏：執子之手的妻子、碎心割捨的母親、政治爭鬥的犧牲者。

儘管書寫王朝「後宮」，但企圖從歷史舞臺回歸家庭場景，著重於夫妻、母子乃至於婆媳之間的情感糾葛。

第三組：鄭氏家族的旁支，是為權貴的代表

鄭聰、鄭明、鄭智、鄭柔四兄弟：情節阻礙的負面角色。

這四個角色在表現上雖略有差異，主體上乃是一種四合一的類型化人物，他們同進同出，隨聲附合。

第四組：鄭氏王朝的權臣

馮錫範：上下其手、兩面為人的權臣。

劉國軒：棄守正義、辜負所託的武將。

這兩位重臣，做為情節發展的關鍵人物，但亦有一種對比關係，馮錫範與鄭經之間，具有多重的身分，既是君臣的關係，是翁親關係，更如同兄弟關係；劉國軒主要做為與馮錫範的忠奸對照，性格上亦有強弱之分。

第五組：鄭氏王朝的小吏

蔡　　添：貪佞之徒、復仇使者。

李　　景：貪佞之徒、膽小之輩。

這兩位小吏，出現場次雖少，卻是情節轉折的類型化人物，蔡添更在關鍵情節中，賦予直接殺害鄭克𡒉的功能，最後自然也成為替罪羔羊。

歷史人物的語言書寫

歷史文本的現實語境，在歷史為題材的戲劇創作中，語言是一個特殊的掌握，特定的歷史時空環境中，劇中人的語言該如何處理？如何表現？

一般歷史的書寫是以全知的角度加以「敘述」，似乎不存在著語言使用的問題，但戲劇則不然，特別是「再現式」的表現手法，「怎麼說」的意涵中，存在著語言樣貌的掌握，就以《鳳凰變》的時空背景來看，現實語境下的話語為何？考察鄭氏家族的歷史背景和活動空間，在戲劇時空中，究竟該使用閩南語、福建話、還是明清朝代的官話？

以「臺灣」做為一個歷史題材的現實語境時，劇本語言的書寫至少有兩個內與外的層面，於內而言是劇中人物在其歷史情境之中應然的語言使用及模式，於外而言是觀眾所使用及熟悉的當代話語的必然使用。

因此討論歷史題材的當代書寫時，語言的分析便應該有三個面向，一是傳統的戲劇語言形式：對白、獨白與旁白；二是現實語境下，觀眾的語言慣習，牽涉到觀眾對於戲劇語言的理解與認同；三是藝術手法的考量，具有寫實性與詩性等不同的書寫可能。

在戲劇語言形式中，大抵上整個劇本均以舞臺劇傳統的對白為主，透過較為生活化的語彙模式，建構歷史再現的戲劇幻覺，同時，也透過對白展現人物性格以及帶來戲劇性的節奏變化。但是在【尾聲】陳氏殉節的情境中，則完全採取獨白的形式，以陳氏面對腹中尚未出生便要赴死的嬰兒，闡述她不得不然的心聲，這段獨白搭配著場面的處理，毋寧企圖創造出一種詩意的氛圍，一方面突顯淒美的特質，另一方面也是處理死亡場景的一種意象表達方式，因此，儘管這大段的獨白具有文青式語言風格的嫌疑，但是就場次收束的尾聲而言，應是可以獨立看待而不會太過影響整體戲劇的語言風格。

在現實語境和藝術手法的角度下，《鳳凰變》語言的選擇，基本上以擬古典的語言為主，但是並不拘泥於文言，而是在文白夾雜之中，最後統一於散文式乃至於接近口語的風格之中，特別是著重於人物的身分以及戲劇情境的特殊語境，希望創造一個可以為現代人說和聽的歷史劇語言風格，更期望在部分場景中，能夠帶有某種詩意的語法，展現歷史的幽古魅力。

然而在創作時，一直困擾的是，究竟應該採用河洛語為主？或是北京官話為主？

最後因為當時創作及閱讀的習慣，並顧及創作思路的順暢，依然採用北京官話。2011年搬上舞臺時，也因為演員的表演特質及語言能力，並未針對語言做修改，但在2004年第二屆國際讀劇節時，曾經將部分劇本內容改為歌仔戲形式，由當時甫認識的秀琴歌劇團讀劇演出，這個全為閩南語的語言表達方式，在南北兩個場次的演出時，亦有不錯的回饋反應。希望未來有機會再度搬上舞臺時，能夠重新思考人物在歷史背景下的某種可信的真實，以及劇種語言使用的慣習而做較大幅度的更動。

✦ 結語 ✦

對於《鳳凰變》的創作來說，以人物事件為主軸，以歷史背景為經緯，編織出屬於臺灣在地的歷史劇，在劇名上則是經過思考且有意涵的。

首先是「變」的意義，在此一方面指主要情節乃是克𡽪遇害的事變，另一方面也有著模仿「變文」[9]文體的說故事的意涵。

至於「鳳凰」，本意指臺南最為重要的花卉樹種「鳳凰樹」，當鳳凰花盛開時，整個城市景觀往往令人驚豔，因此，故事既以臺南府城為地理上的空間環境，選擇鳳凰花的意象，自然是相當具有代表性意義的。此外，「鳳凰」亦指涉克𡽪與陳氏鶼鰈情深的「鳳凰于飛」的意象，只是，2011年演出前，有演員提出質疑，疑惑於明鄭時期是否真的栽有鳳凰樹？因為在部分史料的記載顯示，似乎要到日治時期，臺灣才引進鳳凰樹種而遍植於整個府城。這可是茲事體大的疑問，倘若明鄭時期沒有此樹、不開此花，那麼克𡽪和陳氏最為浪漫的第四場中的綿綿情話，都失去了歷史情境的依據，為了解決這個問題，再度開始資料上的收集檢視，終於在森丑之助的《生蕃行腳──森丑之助的臺灣探險》中，找到「鳳凰樹」的記載而卸下了心中的大石：

> ……明治年代的安平熱蘭遮城舊址雖然已傾頹，但還保留著三百年前荷治年代詩一般優美的容貌。當年荷蘭人手植的馬尼拉麻和鳳凰樹老木，依然伸出茂盛的枝葉……

9　根據網路《教育部重編國語辭典修訂本》中指出，「變文」是唐代興起的一種講唱文學。變文文體是由散文及韻文交替組成，以鋪敘佛經經旨為主。內容為演繹佛經故事（如目蓮變文、維摩結經講經文）及歷史、民間故事（如伍子胥變文、王昭君變文）。

✦ 附錄：創作參考書目 ✦

1. 連橫，《臺灣通史》，臺北，眾文。
2. 臺灣省文獻委員會編，《臺灣史》，臺北，眾文。
3. 林再復，《閩南人》，臺北，三民。
4. 江日昇撰，臺灣省文獻委員會編，《臺灣外志》，南投，臺灣省文獻委員會。
5. 江日昇撰，臺灣省文獻委員會編，《臺灣外紀》，南投，臺灣省文獻委員會。
6. 夏琳撰，臺灣省文獻委員會編，《海紀輯要》，南投，臺灣省文獻委員會。
7. 阮旻錫撰，臺灣省文獻委員會編，《海上見聞錄》，南投，臺灣省文獻委員會。
8. 臺灣省文獻委員會編，《鄭氏關係文書》，南投，臺灣省文獻委員會。
9. 臺灣省文獻委員會編，《鄭成功傳》，南投，臺灣省文獻委員會。
10. 臺灣省文獻委員會編，《清代官書記明鄭氏亡書》，南投，臺灣省文獻委員會。
11. 臺灣省文獻委員會編，《臺灣鄭氏記事》，南投，臺灣省文獻委員會。
12. 臺灣省文獻委員會編，《裨海紀遊》，南投，臺灣省文獻委員會。
13. 臺灣省文獻委員會編，《賜姓始末》，南投，臺灣省文獻委員會。
14. 臺灣省文獻委員會編，《清聖祖實錄選輯》，南投，臺灣省文獻委員會。
15. 余宗信編，《明延平王——臺灣海國紀》，臺北，臺灣商務。
16. 郭廷以，《臺灣史事概說》，臺北，正中。
17. 種村保三郎著、譚繼山譯，《臺灣小史》，臺北，武陵。
18. 程大學，《臺灣開發史》，臺北，眾文。
19. 陳浩洋著，江秋玲譯，《臺灣四百年庶民史》，臺北，自立。
20. 胡友鳴、馬欣來，《臺灣文化》，臺北，洪葉文化。
21. 陳耕，《臺灣文化概述》，福州，海峽文藝。
22. 吳昭明，《夕照赤嵌》，臺北，傳文文化。
23. 湯錦臺，《大航海時代的臺灣》，臺北，貓頭鷹。
24. 林榮梓，《臺海歷史啟示錄》，臺北，觀音山。
25. 簡炯仁，《臺灣開發與族群》，臺北，前衛。
26. 王詩琅，《臺灣人物誌》（上），臺北，德馨室。
27. 李筱峰，《臺灣史100件大事》（上，戰前篇），臺北，玉山社。
28. 林衡道口述，洪錦福整理，《臺灣一百位名人傳》，臺北，正中。
29. 王偉昶、邱勝安、程君顒、林志興、孫大川、曾勤良合著，《探索臺灣》，臺北，黎明文化。
30. 王詩琅，《臺灣歷史故事》，臺北，玉山社。
31. 林文義，《關於一座島嶼◎唐山過臺灣的故事》，臺北，臺原。
32. 林藜，《閩海揚波錄》，臺北，稻田。
33. 李孚，《霸海家族》，臺北，大村。
34. 陳舜臣著，孫蓉萍、王秀美譯《旋風兒——小說鄭成功》，臺北，遠流。
35. 白石一郎，《亂世英雄：鄭成功》，臺北，商鼎。

36. 周宗賢，《逆子孤軍：鄭成功》，臺北，萬象圖書。

37. 張琦平，《臺灣祖鄭成功傳記》，臺北，武陵。

38. 何世忠、謝進炎，《鄭成功傳奇性的一生》，安平，開臺天后宮。

39. 周雪玉，《施琅攻臺的功與過》，臺北，臺原。

40. 王思治，《經文緯武定江山：康熙大帝》，臺北，萬卷樓。

41. 孟昭信，《康熙皇帝》，臺北，知書房。

42. 蔣兆成、王日根，《康熙傳》，北京，人民出版社。

43. 《康熙帝國》影帶一套50卷。

44. 周雪玉，《施琅攻臺的功與過》。

45. 楊雪萍，《南明研究與臺灣文化》。

46. 史語所，《清代官書記明臺灣鄭氏之事》。

47. 吳察密，《鄭氏研究關係文獻》。

48. 賴永祥，《明鄭研究叢輯》，臺灣風物社。

49. 楊友庭，《明鄭四世興衰史》，江西人民出版社。

50. 曹永和，〈鄭氏時代之臺灣墾殖〉，《臺灣早期歷史研究》，聯經。

51. 屏生，〈鄭成功與施琅之間的恩怨〉，歷史月刊38期。

52. 歷史月刊43期，〈海權與明鄭興亡〉。

53. 歷史月刊135期，〈論三鄭的海國英雄形象〉。

54. 鄭喜夫，〈鄭延平之世系與井江鄭氏人物雜述〉，臺灣文獻。

55. 施偉青，《施琅評傳》，廈門大學出版社。

56. 陳芳明，〈鄭成功與施琅〉，《臺灣史論論文精選》，玉山社。

57. 森丑之助原著，楊南郡譯，《生蕃行腳—森丑之助的臺灣探險》，臺灣遠流，2000。

鳳凰變

時間

明永曆十四年四月（清康熙元年；西元1662年）至

明永曆三十五年二月（清康熙二十年；西元1681年）

人物

董夫人、鄭經、鄭克𡒉、陳氏

馮錫範、劉國軒、李景、蔡添

鄭聰、鄭明、鄭智、鄭柔、鄭克塽

昭娘、黃昱、鄭泰、洪旭、毛興、沈誠、鄭克𡒉（襁褓中）

眾文武百官朝臣、侍婢、內侍、護衛兵勇、鄭氏眾親屬

場景

序　　場　廈門・大將軍府

一幕一場　臺灣・承天府洲仔尾園亭

　　二場　臺灣・安平董夫人府邸

二幕一場　臺灣・北園別館園亭

　　二場　臺灣・監國府花園

三幕一場　臺灣・承天府大殿

　　二場　臺灣・承天府行在

四幕一場　臺灣・馮錫範府邸

　　二場　臺灣・承天府城牆上

　　三場　臺灣・監國府中堂

　　四場　臺灣・北園別館天井

　　五場　臺灣・北園別館中堂

尾　　聲　臺灣・市街高臺

✦ 序場　羊羔失恃 ✦

時　　間：明永曆十六年四月某日（清康熙元年；1662年）

場　　景：廈門・大將軍府

人　　物：董夫人、鄭經、昭娘、黃昱

　　　　　鄭泰、洪旭、內侍、侍衛

　　　　　鄭克𡤉（襁褓中）

（鼓聲沉重地敲著，燈漸亮。董夫人居中，鄭經和懷抱克𡤉襁褓的昭娘跪地叩拜，起身後，洪旭、鄭泰等人及眾將圍過去，無聲地賀喜）

（唐顯悅蒼老的聲音伴隨著漸漸急促的鼓聲傳來）

唐顯悅：古人之禮，有所謂三父八母，乳母亦居其一，令郎與其弟之乳母私通而生孽子，不聞斥責反加賞賜，國姓治家如此不正，安能治國？

（鼓聲急促敲響，「大明延平郡王招討大將軍國姓，藩令到」聲音傳來，緊接著黃昱守捧藩令和寶劍疾步上，鼓聲停）

（眾人忙接藩令）

黃　　昱：著，東都兵部黃昱持大將軍藩令及尚方劍，諭戶官鄭泰監斬，殺逆子錦舍，殺陳氏昭娘並其孽種，取人頭來東都，董氏教子不嚴，令其自盡謝罪，不得有誤。

（眾人聞訊大驚失色，內侍扶著巍巍顫顫幾乎站不穩的董夫人，鄭經和昭娘跪地抓著董夫人的裙擺大哭失聲）

洪　　旭：太夫人和世子金枝玉體，豈可輕言妄殺。

黃　　昱：藩令如此，末將也是無可奈何。還望太夫人、世子恕罪。

洪　　旭：太夫人為國姓之妻，夫命不可不從；世子為國姓之子，父命難違；我等為國姓之臣，更不可以違抗君命。唯有鄭泰大人是國姓族兄，兄長可以抗拒

弟命。請鄭泰大人做主。

鄭　泰：這……

黃　昱：國姓爺此刻正在病中，如不從令，恐怕……

洪　旭：既然在病中，病中之命為亂命，亂命難以遵從！

眾　人：是啊！亂命不可遵從。

洪　旭：況且，我等今日若從亂命殺了太夫人和世子，一旦國姓爺病癒之後，深感
　　　　後悔，豈不釀成鉅變？

鄭　泰：只是，這樣一來，恐怕黃大人難以回返東都覆命。這……這如何是
　　　　好？……唉！我看不如這樣，殺是要殺，可是太夫人和世子自然不可輕言
　　　　斬殺，那就……殺了昭娘和嬰兒，取其人頭前去覆命吧！

洪　旭：大人此言甚是，還請太夫人定奪。

（眾人皆望向董夫人，鄭經驚愕跌坐地上，昭娘抱著克𡎚哭倒）

黃　昱：國姓爺一向令出必行，臣……

洪　旭：黃昱，你身受國姓爺一家厚恩，臨危之時豈能不思圖報？

黃　昱：末將只知奉命行事。

洪　旭：既是如此，得罪了！來啊！拿下黃昱，斬！

（侍衛上前架起黃昱，黃昱掙扎）

黃　昱：末將奉命行事，不敢有絲毫不敬之意。

董夫人：且慢……黃大人何罪之有？請至營中休息。

黃　昱：謝太夫人不殺之恩。

（侍衛將黃昱帶走）

董夫人：看來，只能依了大伯之策，但願國姓爺能夠諒解妾身和孽子之過。

鄭　經：不！母親，昭娘何罪？您的孫兒何罪？竟然要受這一刀之苦？

董夫人：逆子！你一人犯錯，誅連一家，有何臉面求情？還不閉門思過去。

鄭　經：母親，孩兒求您老人家放過昭娘和欽舍，孩兒的錯自己承擔。欽舍是您嫡
　　　　親骨血的孫兒啊！

洪　旭：太夫人息怒！欽舍畢竟也是鄭氏血脈，斬殺不得啊！

　　　（鄭經抱著不斷發抖的昭娘；昭娘跪爬著將克臧抱到董夫人面前）

昭　娘：太夫人，您看看他，看看他，他是您的孫兒啊！求您饒了這個無辜的孩
　　　　子，昭娘求您，昭娘求您了！

　　　（董夫人看著不懂世事的克臧）

董夫人：唉！家門不幸，我有何面目見先人於九泉之下。……也罷！就饒你這逆子
　　　　的孽種一命！可是昭娘啊，我不能不對國姓爺有個交代，妳明白嗎？這是
　　　　妳的宿命！

昭　娘：昭娘明白，昭娘但求太夫人照顧這個無辜的孩子。

董夫人：嗯！我不會虧待他的，妳放心。

　　　（鄭泰暗示侍衛將昭娘帶走，鄭經撲向昭娘，拉住昭娘裙擺，鄭泰抓住鄭
　　　　經，強行拉開）

昭　娘：兒啊！我的兒啊！

鄭　經：昭娘──！

　　　（董夫人懷裡的克臧此時放聲啼哭，哭聲震耳；鄭經倒地昏厥；燈暗）

❖ 一幕一場　鹿鳴呦呦 ❖

時　　間：明永曆三十四年五月某日（清康熙十九年；1680年）

場　　景：臺灣・承天府洲仔尾野外

人　　物：鄭經、馮錫範、侍從們

（燈亮前，飛馬奔蹄聲、吆喝聲不絕於耳）

（燈亮，馮錫範及兩名侍從上）

（梅花鹿哀鳴聲傳來，歡呼聲）

馮錫範：中了，中了！快！快去撿拾獵物。

　　（侍從下，片刻後，多位侍從簇擁近中年的鄭經上）

馮錫範：藩主果然神射！

鄭　經：幸虧本藩弓箭未老，差一點讓那梅花鹿跑了。

馮錫範：唉呀！藩主他日逐鹿中原必有斬獲，臣，賀喜藩主。

鄭　經：你這個錫範！不要再說什麼逐鹿中原了，唐山在海的那一邊，東寧遠在版
　　　　圖之外，你我君臣另闢乾坤，大明朝也只剩下這彈丸之地了。

馮錫範：以小搏大，歷史上中興明主彼彼皆是，臣誓死匡助藩主完成反清復明志業！

鄭　經：本藩自從歸返東寧以來，早就心灰意冷。國政有欽舍監國，陳永華輔政，
　　　　軍政則有你和劉國軒掌管，我呢，飲酒狩獵，做一個太上藩主，豈不快活？

馮錫範：藩主淡薄名利，實乃聖人之道也！

鄭　經：你看看你，左一句明主，右一句聖人，本藩沒有那個出息啦！哈哈……

　　（侍從上）

侍　從：稟藩主，適才藩主射中的是頭母鹿，母鹿身邊跟著一頭小公鹿，跪在母鹿
　　　　身邊哀哀鳴叫，不肯離去。

馮錫範：一箭雙鹿，這是吉兆啊！可喜可賀！

鄭　經：哀哀鳴叫，不肯離去？

侍　從：是！

馮錫範：稟藩主，將小公鹿活捉，取其活血，據說這公鹿活血，是壯陽補血的聖
　　　　品呢！

　　（鄭經沉吟了一會兒）

鄭　經：放了！

馮錫範：放了？……喔！藩主宅心仁厚，真是天佑我東寧啊！

鄭　經：錫範哪！你有所不知，親子人倫最大的悲痛，便是陰陽兩隔，骨肉分離啊！母鹿已死，本藩不忍見小鹿哀鳴，放了放了。

馮錫範：這……哎呀！臣該死，觸動藩主傷情，請藩主治罪。

鄭　經：哪裡是你的錯？不必這樣。

馮錫範：望請藩主節哀！……那奉命斬殺昭娘的黃昱和亂出主意的鄭泰，十七年前早就黃泉路上相伴去了，就是國姓爺也——呃，藩主殺妾之仇已報，哀痛也稍可平復。

鄭　經：哼！人死了，還能復生嗎？孩子生，我親眼所見，他母親的死，我也親眼目睹，豈是說忘就忘的事？……可憐的昭娘，如果她能看到欽舍長大，不知該有多好……唉，不說這個了。太夫人遷居之事辦得如何了？

馮錫範：俱已安排妥當，北園別館清幽別緻，亭臺樓閣一應俱全，太夫人一定十分歡喜。

鄭　經：太夫人操勞一生，也該好好頤養天年了。

馮錫範：藩主不但宅心仁厚，更是奉母至孝，真是一代英主。

鄭　經：走吧！隨我去探望太夫人。

馮錫範：那這小鹿？就放了嗎？

鄭　經：我說過，放了！

馮錫範：臣是擔心，小鹿尚在襁褓，缺少母乳哺餵，放牠回歸山林，反而讓牠無以維生，豈不可惜了藩主一箭雙鹿的神射？

鄭　經：也對……那你說呢？怎麼辦才好？

馮錫範：臣建議，放養在新建好的北園別館裡，待其長成，再取其鹿茸，飲其活血，豈不更妙？

鄭　經：那就依你之見，放養在北園別館吧！

馮錫範：是，臣遵命。

（燈暗）

✦ 一幕二場　舐犢情深 ✦

時　　間：前場稍後

場　　景：臺灣・安平董夫人府邸

人　　物：鄭經、馮錫範、董夫人、侍婢

（燈亮時，董夫人手持枴杖，不苟言笑地端坐在中堂之上）

鄭　經：母親安好！

馮錫範：太夫人安好！

董夫人：看你這一身，又去狩獵了是吧？

馮錫範：藩主今日狩獵，一箭雙鹿，真乃神射啊！

董夫人：你啊！急功躁進，連丟七府，將先王基業毀於一旦，回到東寧之後，又成
　　　　天飲酒狩獵，你要置國姓爺遺志於何處？置黎民百姓於何地？

馮錫範：藩主時時以萬民為念，雖將政事交監國掌理，仍日日垂詢家國大事，請太
　　　　夫人寬心。尤其今日狩獵之時，見一小鹿哀鳴，不忍多加傷害，傳諭令將
　　　　小鹿放養於北園別館中，一方面上察天意，一方面也表達對太夫人的孝
　　　　心，可見藩主之純孝至仁。

鄭　經：母親，吉日已定，還請母親移居北園別館，安養天年。

董夫人：知道了！錦兒……呃……馮錫範，你們都先退去吧！

馮錫範：臣先行告退。

（董夫人點點頭，馮錫範謙恭地退下，僕婢們也退下）

鄭　經：母親，兒臣也……

董夫人：等一下，娘想跟你說幾句話。你年歲也不小了，自己的身體要多留意，成
　　　　天飲酒逸樂，實在荒唐啊！

鄭　經：謝母親關心，兒臣的身體一向康健，請母親不必掛慮。

董夫人：你父王一生兵馬倥傯，未到不惑之年便撒手西歸，留下的是這復明的志業
　　　　和上萬的軍民百姓。如今你也將屆不惑之年，難道你就不能好好為國珍

重？不能為你的兒子做個好榜樣嗎？

鄭　經：兒臣知錯。

董夫人：還有，總制使陳永華是個人才，又是你的親家，此刻國家多難，正是用人之際，你怎麼會同意讓他辭去官職的？

鄭　經：兒臣也是萬般無奈，他三次上表請辭，兒臣實在不忍再議。

董夫人：那，欽舍監國呢？他未及弱冠，畢竟還只是個孩子，如今又沒有陳永華輔佐，我實在擔心他年輕氣盛，不懂治國之道啊。

鄭　經：母親請寬心，兒臣曾經調閱欽兒所批文武啟章，無不法理昭彰，嚴整有序，可以說是穩健得體，可以放心。

董夫人：你倒好，就可以這樣放心？萬一監國有什麼差池，一步差可是萬般錯，你將愧對先王，我也是難辭其咎啊！

鄭　經：兒臣知道。

董夫人：我說你啊，你怎麼就不想想，眾人都誇讚你的兒子有先王遺風，你把自己置於何地？

鄭　經：（稍有不悅）兒臣不才，有辱先王威名。

董夫人：如果你稍加振作，父子齊心為國，先王的志業不愁不能早日完成。

鄭　經：先王於我，是虎父犬子；我於欽兒，是歹竹好筍，哼！賢的是他，愚的是我，兒臣不肖，望母親寬恕。

董夫人：你看你，這不是意氣用事的時候，你這優柔寡斷的個性如果不改，青史留名的這第一個就不會是你。

鄭　經：罵名也好，遺憾也罷，兒臣是不在乎的。

董夫人：那你在乎什麼？鎮日笙歌不斷，縱情飲樂也能治國？

鄭　經：反正，成功不必自我，只寄望欽兒有所作為，能憑著東寧彈丸之地，將來還有匡復大明朝的一天。

董夫人：但願如此。……唉！我總覺得欽兒有君王之材，可是他那媳婦陳氏……嘿嘿！怕是不簡單之人哪！

鄭　經：陳氏身受其父陳永華教誨，又受其母洪氏影響，自幼飽讀詩書，聰明慧黠，是女中豪傑，兒臣才促成這段姻緣。

董夫人：夫妻恩愛本是不錯，但欽兒會不會太聽陳氏的話了？

鄭　經：難得欽兒和陳氏能夠舉案齊眉、相敬如賓。

董夫人：聽說洪氏經常為陳永華代筆文移批答，措詞用筆皆與陳永華相同，但願陳氏不會學她母親一樣越俎代庖，畢竟男女有別，倘若陳氏稍有私心，干預我東寧國政，這可不是好事啊！你應該多加留意才是。

鄭　經：請母親放心，兒臣知道。

董夫人：我總覺得，女人書讀太多……唉……哦！聽說，前兩日半路店下了雞蛋一般大的冰雹，可有此事？

鄭　經：兒臣知道，五月天下冰雹的確很不尋常。

董夫人：天象變化有跡可循，人間禍害卻無從預知，我看你還是沐浴齋戒，祈求上蒼保佑東寧無事。

鄭　經：兒臣謹遵母親訓示。

（忽然地震，聲如驢鳴，董夫人和鄭經都嚇了一跳；侍婢們倉皇奔出）

侍婢們：不好了，不好了，地牛翻身了。

（燈暗）

✦ 二幕一場　殺雞儆猴 ✦

時　間：明永曆三十四年十一月某日（清康熙十九年；1680年）

場　景：臺灣‧北園別館園亭

人　物：董夫人、鄭經、鄭克𡒉、陳氏

　　　　馮錫範、鄭聰、鄭明、鄭智

　　　　鄭柔、李景、蔡添、內侍們

（馮錫範領著董夫人、鄭經、鄭克𡒉、陳氏、鄭聰等人及內侍上）

馮錫範：太夫人您看，那邊那幾株，是紅毛子竊據臺灣時候，從南洋帶來的鳳凰木，即使現在時序已入隆冬，仍然一片翠綠，要是到了盛夏時分，花開一片如火，豔紅奪目，襯著這滿樹綠意，有如紅磚綠瓦，深具廟堂之相呢！

董夫人：嗯！美則美矣，就是太過俗豔了。

馮錫範：太夫人端莊賢德，若不習慣這豔俗姿色，臣明日就派人把樹給剷了。

董夫人：樹長這麼大，也會有些靈性，不必剷平了，我看就在這裡多種些綠竹，最
　　　　好是七弦竹，也好調和一下這些俗氣。

馮錫範：唉呀！太夫人真是一針見血！臣這就叫人去準備，太夫人何不親自種植一
　　　　株，他日綠竹成蔭，流傳後世也是佳話一樁。

董夫人：嗯！好，這個主意不錯。

馮錫範：臣遵命。

（馮錫範下）

董夫人：欽兒，你知不知道祖母為何要種些竹子呢？

鄭克𡒄：竹子有節，代表著高風亮節，而竹節中空，代表了虛懷若谷，有容乃大。

董夫人：那又為何偏要這七弦竹呢？

鄭克𡒄：相傳古琴為伏羲所創，原有五弦，周文王、周武王各增一弦，故有七弦，
　　　　七弦竹取其葉片似古琴而葉脈有七，聖人創立禮樂，是為了陶冶人性，教
　　　　化人心，祖母是希望我兒孫輩世世代代都謹記聖人的教誨。

董夫人：嗯！說得有理。

陳　氏：可是晉朝也有竹林七賢，崇尚老莊之學，放浪形骸，不拘禮教，七弦竹與
　　　　七賢同音，種了七弦竹，豈不違背了孔聖的遺教？

董夫人：（看陳氏一眼）欽兒，你這媳婦真是飽讀詩書，不愧是能臣的後代。

鄭　經：不管是七弦竹也好，竹林七賢也罷，總歸是高風亮節，都是聖人之道嘛！

董夫人：嗯！……

鄭　柔：母親住在竹林中，豈不成了觀音菩薩？觀音大士在上，請受弟子一拜！

董夫人：哈哈哈！看你說的，我這又成了觀音大士了。

鄭　智：母親大人千手千眼，聞聲救苦，這是我東寧之幸啊！

董夫人：好了好了，越說越離譜了。我只希望你們大家同心協力，謹記聖人遺教，
　　　　早日完成國姓遺志，救黎民百姓於水深火熱之中，那才真是功德一件。

（陳氏似乎還想說什麼，被鄭克𡒄暗暗拉住）

董夫人：嗯！這麼大的園林別館，花了不少銀兩吧？

鄭克塽：整建工程約計五十萬兩白銀。

鄭　經：這是兒孫們的一片孝心，希望母親大人在此頤養天年，只要母親滿意，兒
　　　　孫們縮衣節食，也要讓母親安泰舒適。

董夫人：東寧好不容易有今天這個局面，勤儉持家是一種美德，也是一種責任，你
　　　　們千萬要牢牢記住才是。

鄭　經：謹遵母親教誨。

（馮錫範領著李景，內侍拿了一株竹苗和鏟子上）

馮錫範：太夫人，李景前來拜見太夫人，這園子便是他和蔡添兩位監造的。

董夫人：嗯！辛苦了。

李　景：為太夫人效力，萬死不辭。

馮錫範：不知太夫人要將七弦竹種在何處？

董夫人：嗯……就……

（爭吵的聲音傳來）

馮錫範：何人喧嘩？

（蔡添匆匆進來）

蔡　添：請太夫人、藩主、監國恕罪，是一群無知刁民在鬧事，下官立刻將他們
　　　　趕走。

董夫人：為了什麼事情啊？

蔡　添：呃……

李　景：（搶答）區區小事，不足掛齒，這種枝微末節讓下官去解決就可以了，太
　　　　夫人還是種樹吧！

鄭克塽：我去看看。

蔡　添：不敢有勞監國，下官立刻前去處理。

董夫人：事有大小輕重緩急，你這監國可不是太監總管，讓蔡添去問問，我看無非是計較工錢，多給幾個錢就是了。

鄭克塽：祖母，銀錢事小，失去民心卻無可挽回。

董夫人：嗯！難得你小小年紀有這般看法？好，就你去吧！我倒要看看你是如何留住民心。

馮錫範：（使眼色）李景，你隨監國前去，別讓那些刁民冒犯了監國大人。

李　　景：是！

（鄭克塽和李景下）

董夫人：呵，我看欽兒年紀雖小，確實有先王的遺風。錦舍啊，你是真不如他有魄力哦！

馮錫範：藩主大處著眼，雄才大略，氣象自然是不同的。

董夫人：我自己的骨肉，還能不了解嗎？這也很好啊！賢臣名將愈多，東寧才愈有希望嘛！

馮錫範：太夫人所言極是。

董夫人：就把樹苗種在這裡吧！

（董夫人指著後方一塊空處，眾人立刻圍了過去，她象徵性地劇了劇土，立刻有人繼續完成種樹的儀式；眾人歡呼，獨獨陳氏默默不語）
（鄭克塽匆匆進來，李景惶惶不安地跟著進來）

鄭克塽：豈有此理！真是豈有此理！

李　　景：監國大人，你不能聽那些刁民一面之辭啊！

鄭　　經：怎麼回事？

鄭克塽：那些百姓是要工錢和材料錢來的，建造林園的銀兩已經全部從國庫支領，至今卻仍苛扣未給百姓。

董夫人：有這種事？李景，蔡添，中飽私囊的事你們豈能做得出來？

（李景和蔡添雙雙跪下）

李　景：太夫人容稟，下官以項上人頭保證，絕無此事，實在是因為物價狂升，下官仍在仔細盤算，所以暫時……

鄭克塽：那些百姓言之鑿鑿，你還有臉辯解？

蔡　添：監國大人明鑑，刁民們信口開河，只因為故意哄抬價錢，絕非下官之錯。

鄭克塽：那強搶民地又是怎麼一回事？你們為了建這林園，拆了地上住屋，趕走上百人家，讓那些百姓流離失所，無家可歸，這和滿清蠻夷在沿海三府強迫百姓遷界又有何差別？這樣的事，怎麼忍心做得出來？你們怎麼可以陷太夫人於不仁？陷朝廷於不義？

鄭　經：欽兒，這事與你祖母無關，你不要牽連過甚！

馮錫範：是啊是啊！太夫人宅心仁厚，如果知道這林園是這麼建的，當然不忍囉！可是不知者不怪罪嘛！我看這事就交給臣去辦，一定不會讓那些刁民再造謠生事的。

鄭克塽：祖母大人，孫兒忝為監國，如果不能夠秉公處理、賞罰分明，何以服眾？

董夫人：那你說，事情該怎麼辦？

鄭克塽：還地於民，嚴懲貪佞。

鄭　智：胡說！太夫人已經遷來別館，你這不是折騰老人家嗎？

鄭　明：房舍建都已經建了，這宮殿林園，一般百姓可是不配居住的。

鄭克塽：孫兒願將監國府讓與祖母大人居住，還請祖母大人委屈移居，讓孫兒和孫媳晨昏定省，就近侍奉。

鄭　聰：呔！這是什麼話！君臣有別，官民亦有別……你這不是辜負了藩主的一片孝心嗎？

鄭克塽：可是這不義取來之地，是為不義之居，祖母大人居住在此，恐怕也會不安。

董夫人：嗯！那監國你說，該怎麼處置監造之人啊？

鄭克塽：以國姓爺訂下的律法，貪汙擾民者，斬。

李　景：藩主饒命，太夫人饒命，下官也只是奉藩主諭命行事啊！

鄭克塽：律法條條不留情，王子犯法，本就應與庶民同罪，不但藩主應該遵守律法，恕孫兒斗膽，即使祖母也應該遵守律法。

董夫人：說得好！世子藩主，你說呢？

鄭　經：監國年少，血氣方剛，處事不夠圓融，請母親定奪。

董夫人：嗯！官府有錯在前，既然錯了就要承擔。好，依監國之見處理，我啊……

搬去監國府就是了。

鄭克𡒉：委屈祖母了。

李景、蔡添：太夫人饒命啊！

鄭　經：這……

（鄭經氣急敗壞，眾人也傻了眼，不知如何是好）

陳　氏：祖母大人，請聽孫媳一言。

董夫人：妳？妳懂什麼！

陳　氏：嚴刑峻法只會招致更多怨懟，當年國姓爺峻法森嚴，可是因此而叛逃降清
　　　　的人卻也不少……

鄭克𡒉：兩軍對陣，倘若令出不能行，還有勝仗的可能嗎？

陳　氏：這是當然，但是此事發生在平日，不在戰地。我父親生前奏請藩主建孔
　　　　廟，興儒學，就是為了教化民心，使軍民百姓知恥守禮，更重要的是要讓
　　　　百姓富足，富而後知禮，當……

董夫人：你們這是夫妻拌嘴還是怎麼了？軍國大政，不是夫妻吵架能解決的！婦道
　　　　人家論什麼律法國事？還大言不慚地批評國姓爺的作為？難道妳想垂簾聽
　　　　政不成？

陳　氏：孫媳絕無此意，只是認為上位者若不能以身作則，上行下效的結果，恐
　　　　怕……

鄭　聰：太夫人都已經說得那麼明白，侄媳還是少說兩句。

陳　氏：……建這林園所費不貲……

董夫人：妳真是高見。欽兒啊！我才說你有先王遺風，可我在國姓爺面前絕不會如
　　　　此造次，你明白嗎？

鄭克𡒉：孫媳無狀，祖母恕罪。

（陳氏還想辯解，鄭克𡒉拉住她的手，不讓她說下去）

馮錫範：我看就不必驚動太夫人，只要另擇空地，讓那些毀家的百姓有落腳之處，
　　　　再多賞些銀兩，不就皆大歡喜了。

鄭　經：馮大人的建議不錯，就這樣辦吧！至於這李景和蔡添，姑且念他們辦事辛
　　　　勞，就饒他們不死，罰俸半年吧！

李景、蔡添：謝藩主不殺之恩！

鄭克𡒄：光是罰俸恐不足以懲戒不法，他們苛扣官銀，事實俱在，兒臣認為應當先
　　　　重責二十大板，以儆效尤，再徹查貪汙之事，將所貪銀兩全數追回。

鄭　經：欽舍！你這是……

董夫人：不要再爭辯了。馮錫範，這件事就交給你辦吧！

（董夫人和鄭經、鄭聰、鄭明、鄭智、鄭柔、鄭克𡒄、陳氏及內侍們離去）

李景、蔡添：謝馮大人救命之恩。

馮錫範：嗯！好好的一樁事，給我添這種亂，你們差事是怎麼辦的？

李　景：大人哪！這差事不好辦啊！國庫空虛您是知道的，如果不用強的，哪有這
　　　　塊這麼大的地可以用？那一點銀兩又怎麼夠呢？

馮錫範：瞎說，你們這點心思我還不知道啊？貪了多少？從實招來。

李　景：這……

蔡　添：呃……下官已經為大人準備好了，今日就送到府上。

馮錫範：呵，這可是殺頭的罪哦！

李　景：大人，您不說，神不知鬼不覺嘛！

馮錫範：我什麼都沒聽到！

李　景：明白。

蔡　添：大人救蔡添一命，此恩千金難換！

馮錫範：知道就好。

（馮錫範揚長而去）

李　景：把我嚇的，膽都快跳出來了。

蔡　添：哼！給我記住，此仇不報，我誓不為人。

李　景：得了吧！人家是未來的藩主，你我還是皮繃緊一點。我看還得抓緊馮大人
　　　　當靠山才是真的。

蔡　添：等著瞧！哼，你們姓鄭的除了死去的國姓爺和你這個監國小子，有哪個不
　　　　貪？你擋了別人的財路，我就不信你不會被扳倒！

（燈暗）

✦　二幕二場　鶼鰈相從　✦

時　間：前場夜
場　景：臺灣・監國府花園
人　物：鄭克𡊨、陳氏

（皓月當空，鄭克𡊨站在月下仰望天空，蟲鳴）

鄭克𡊨：唉──！

（陳氏上）

陳　氏：夫君還在為白天的事不高興？
鄭克𡊨：沒有。我只是沒想到，妳這麼能說善辯，辯得我啞口無言，讓我對妳刮目
　　　　相看。
陳　氏：孟夫子說，予豈好辯哉，予不得已也。
鄭克𡊨：這下妳又搬出孟夫子來了。
陳　氏：同你說笑的。我的確是想辯，不為逞強，只為了提醒你一些事情。
鄭克𡊨：其實妳說的沒錯，嚴刑峻法並不能解決問題。
陳　氏：可是，違法亂紀又當如何呢？寬恕，能解決問題嗎？
鄭克𡊨：的確，以前我從來沒有想過這個問題，究竟應該如何，才是對的？
陳　氏：這個問題我無法回答你，我只知道，父親窮極一生，都在思考這個問題，
　　　　卻依然沒有答案。
鄭克𡊨：他在嚴刑峻法之外，更做了很多富國裕民的事，讓藩主西進無後顧之憂。
陳　氏：他要掌握的是民心，他知道民心向背，一向是最基本的治國之道。但是他

壯志未酬卻抑鬱而終。

鄭克塽：那是因為誤中馮錫範的奸計，交出大權，再也無從施力於國政。

陳　氏：我不認為如此，人有時候迫於形勢，會做出不同的選擇。父親一生正直無
　　　　私，方正敢為，卻不願意捲入爭權的紛擾之中。他更明白，他最多只能成
　　　　為第二個諸葛亮，卻無法讓東寧真正壯大，甚至光復大明。

鄭克塽：坦白說，妳認為，以東寧彈丸之地，真的可以和滿清相抗衡嗎？

陳　氏：我一個婦道人家，會有什麼看法？

鄭克塽：哎！我可不是祖母她老人家，我是真心在問你的想法。

陳　氏：（笑）等一下，說到祖母，你認為，祖母滿意你今天的做法嗎？

鄭克塽：（搖搖頭）我猜不到，雖是誇讚，我總覺得話中有話。

陳　氏：算你還不至於太遲鈍。

鄭克塽：所以妳才故意和我爭辯？

陳　氏：也不是這樣，聽到祖母說「我搬去監國府便是了」，我就知道她並不高
　　　　興，只是礙於情面，不得不然。人皆有私心，何獨太夫人能夠例外？

鄭克塽：都怪我太直率，想不到這點。

陳　氏：你知不知道，我父親當初為何會奏請藩主，封你為監國？

鄭克塽：倘若我無實權，令出不能行，縱有雄才大略也是無濟於事。

陳　氏：也對，也不對。讓你位居監國，的確是希望你擁有權力，可以壓制鄭氏族
　　　　人的跋扈不法，以今日的事情來說，我就不相信跟他們無關。

鄭克塽：所以我才要殺雞儆猴啊！妳卻阻止我……

陳　氏：你只知其一，不知其二，鄭氏一族從海洋起家，充滿了狂傲不羈的海洋性
　　　　格，就像沒有祖國的商人一樣，錢財在哪裡，就往哪裡去，又怎麼是國法
　　　　能夠牽制的？

鄭克塽：這樣的說法我倒是第一次聽說。

陳　氏：除了給你權力，更重要的，你是我父親的得意門生，他想借你之手，完成
　　　　他的理想。

鄭克塽：果真如此，他……他大可以取而代之。

陳　氏：不，他不能，他一生受儒學教化，絕對無法讓自己背負叛臣的罪名。

鄭克塽：所以，我只是一顆棋子囉？

陳　氏：他想嘗試改變你，讓你不同於鄭氏族人，讓你明白帝王之道。

鄭克塽：這我就真的不懂了。

陳　氏：我想，你應該明白，善惡只有一線之隔，有時候，善的背後隱藏著毀滅的
　　　　力量；惡，則或許埋藏善的種子。問題只在於，我們多半只想追求一種純
　　　　粹，卻忘記了背後的那股力量。

鄭克塽：妳的意思是說，我好惡分明，非善即惡？

陳　氏：你今天的表現，不正說明了你嫉惡如仇的性格？

鄭克塽：這是真的，想到那些無家可歸的無辜百姓，我的怒氣就不由自主地升上
　　　　來，如果不殺一儆百，難以平息民怨。

陳　氏：可是你忘了，讓人懼怕只會帶來更大的復仇力量，更何況，當臣民都懼怕
　　　　他們的主上，哪裡還能心悅誠服？

鄭克塽：軟弱更會帶來不幸，我想只要我有權力，便不怕他們了。

陳　氏：你的權力來自於藩主，倘若有一天，藩主殯天了，為了自身的利益，誰會
　　　　站在你身邊支持你？會不會像藩主當初即位一樣，再來一次藩位之爭？

鄭克塽：這……我是長子，繼承藩位理所當然，誰又會不支持我？

陳　氏：藩主不也是嫡長子？還是有人想取而代之。就算沒有人企圖取而代之，滿
　　　　清王朝，真的能夠讓東寧在海外逍遙自在？

鄭克塽：我其實是相信，與其西望圖中原，不如經略治臺灣；有朝一日，必能和平
　　　　共處。

陳　氏：所以我父親才希望能夠讓你早日面對現實，找到一條生路。凡君王必有手
　　　　段，明君有王道，暴君有霸道，不管王道、霸道，都可以成為朝廷存續的
　　　　手段，你有沒有想過，你有什麼？

鄭克塽：這……

陳　氏：我想祖母今天心裡也一定不會好受的。

鄭克塽：妳是說她不願意搬來監國府？還是我處事不當？

陳　氏：都不是，她在國姓爺身邊那麼許久，雖不為國姓爺所喜愛，卻得到國姓爺
　　　　的尊重，你不覺得，除了國姓爺，東寧就只有她能夠撐住一個局面？

鄭克塽：可是她無一兵一卒，又深居後宮，從不過問政事，今天她不是還罵了妳嗎？

陳　氏：她真的從來一點都不過問嗎？今日最後是誰做了決定？

鄭克塽：……嗯！她的確有許多影響力。

陳　氏：這就是了。你想，如果一朝一代只依賴一個人而存在，人故去了，國家還

能不能存在？

鄭克𡒉：可是，祖母對我疼愛有加，依然信賴。

陳　氏：這點或許不容懷疑，但是，祖母終歸只是個人，耳邊的聲音多了，難免會受到影響的。

鄭克𡒉：但願不會有那麼一天。

陳　氏：萬一真有那麼一天，你怎麼辦？

鄭克𡒉：從此不問政事，和妳做一對尋常百姓的神仙眷屬。

陳　氏：只怕……只怕我們無法全身而退。

鄭克𡒉：不會的，我相信不會有那一天的。

陳　氏：我希望不會，我實在希望我們能和孩子一起有個安安穩穩的家。

鄭克𡒉：孩子？

陳　氏：我……郎中把過脈，說是喜脈，已經有一個多月了。

鄭克𡒉：太好了，太好了，祖母和藩主知道了一定很高興。

陳　氏：可是我不希望我們的孩子成為一種政治的工具。

鄭克𡒉：怎麼會，孩子是我們的希望，也是東寧的希望啊！

陳　氏：不，孩子就是孩子，是我們的骨血所孕育，卻不該只是我們希望的寄託。

鄭克𡒉：好好好，一切都聽妳的，妳說什麼就是什麼。

陳　氏：你看那一輪明月如此圓潤，可是月有陰晴圓缺，人也有悲歡離合……

鄭克𡒉：但願人長久，千里共嬋娟。我鄭重地告訴妳，我要執子之手，與子偕老。

陳　氏：但願執子之手，能與子偕老……

（兩人攜手，烏雲漸漸掩月，天邊清楚可見一道白氣，白虹貫天直射在西方）

（鄭克𡒉和陳氏看著天空，然後憂慮地相視對望，燈暗）

❖ 三幕一場　歲在龍蛇 ❖

時　間：永曆三十五年正月新春（清康熙二十年；1681年）

場　景：臺灣・承天府大殿

人　物：鄭經、鄭克𡒉、馮錫範、鄭聰

鄭智、劉國軒、眾朝臣

（鐘鼓齊鳴，鄭克塽領著一班朝臣行禮如儀，賀歲聲不絕於耳）

眾朝臣：恭喜恭喜！

鄭　經：眾卿平身！大家恭喜了！

馮錫範：稟藩主，去年歲末出現白虹貫天異象，歷月餘方才散去，臣以為天象所
　　　　示，我東寧必將驅逐滿清蠻夷，收回失土，重建大明朝。

鄭　經：何以見得？

馮錫範：十一年前施琅妄想犯臺，當時就有彗星，如一把利刃指向西方，果不其
　　　　然，海面突然颳起了颱風，儘管那施琅號稱海霹靂，終究不敵狂風巨浪，
　　　　鎩羽而歸，實乃天助我東寧。去年歲末白虹貫天的方位也在西方，因此臣
　　　　敢斷言……

劉國軒：馮大人所言差矣，天象預言不可妄信。臣據報，福建總督姚啟聖嚴令遷界
　　　　禁海，並建「修來館」招降納叛，一方面又暗地裡儲備軍糧、建造戰艦，
　　　　東寧不可不防。

鄭　經：國軒你過慮了，遷界禁海只會招惹民怨，投敵叛降更是正人君子所不齒的
　　　　行為……哦！國軒你昔日是棄暗投明，當然大不相同啦！大不相同。

馮錫範：臣奏請藩主諭令百姓，元宵大放花燈，煙火笙歌，以供藩主觀賞，以茲
　　　　慶賀。

鄭　經：好好好！官民同樂，這個主意好。

（劉國軒無可奈何地望向鄭克塽）

鄭克塽：稟藩主，東寧地處偏僻海外，地窄民窮，多年征戰結果，民生凋蔽，百廢
　　　　待舉！劉將軍所言，滿清整軍備戰是事實，也從未放棄過渡海東征的企
　　　　圖，民心因此而惶惶不安。如今，藩主僅僅為了數夜的歡樂，要耗費民間
　　　　一個月的糧食，實在不妥。更何況藩主近日身體違和，還請為國珍重。

劉國軒：監國所言極是，伏請藩主三思。

（鄭經無言以對，馮錫範臉色鐵青，不發一語）

鄭　經：還是監國顧慮周到，很好很好，本藩就不放花燈，不放花燈了。眾卿就各
　　　　自回府過節去吧！

（眾朝臣皆叩首，準備退班）

鄭　經：馮錫範，你稍後再走，本藩有事相商。

（馮錫範留下，其餘人紛紛退走）

馮錫範：臣以為，既然花燈不放，飲酒聽戲總不至於犯了監國大人的忌諱吧？
鄭　經：當然，不放花燈可以，不飲酒聽戲怎算過年呢？你就留下陪本藩樂一樂。
馮錫範：臣遵藩諭。
鄭　經：花園擺酒，奏樂。

（立刻有內侍擺開筵席，南管樂人也就座偏側，開始演唱）

鄭　經：還是錫範你懂得本藩的心意，來來來，本藩要敬你一杯。
馮錫範：謝藩主隆恩。

（兩人飲酒，馮錫範進前斟酒）

馮錫範：藩主可曾聽過烏驢肉滋補？
鄭　經：呔！毛驢算什麼補物。
馮錫範：藩主不要小看了這烏驢，古有傳言，雄健高大的種驢最是壯陽，將此驢的
　　　　驢鞭生割餵狗，再將狗肉烹煮而食，不但滋味美妙，更有助於春宮祕戲。
鄭　經：真有此事？
馮錫範：臣已命人烹煮好狗肉，準備獻給藩主，慶賀藩主年年有春。
鄭　經：好好好，好一個年年有春……

（馮錫範一擊掌，狗肉放在金盤中，立刻被送了上來）

鄭　經：果然美味！嗯！喝酒喝酒！

（鄭經與馮錫範一杯一杯地飲酒，一口一口地吃肉）
（鄭經一時興起，拿起了筷子當鼓板，敲打起來，還跟著樂人一起哼唱，
並跑到場中扭腰擺臀，隨之起舞）
（正在歡樂時，鄭經突然滿臉通紅，大叫一聲）

鄭　經：疼死我了！哎呀！痛死我也！

（忽然鄭經就捧著臀部，大聲呻吟）
（馮錫範慌了，眾人也慌了，紛紛上前攙扶）

馮錫範：藩主！藩主！您怎麼了？

（鄭經疼得說不出話來，直指著自己的臀部）

馮錫範：快請太醫！藩主，入內歇息一下吧！

（眾人急將鄭經抬了下去）

馮錫範：撤了撤了，還奏個什麼勁啊！

（樂人們紛紛離去，獨留馮錫範一人在場）

馮錫範：傳言果然不假，不過這下補過頭，藩主的痔疾又犯了。唉，真是枉費我一
番苦心，可惜了那些狗肉。

（燈暗）

時　間：明永曆三十五年正月二十八日天將明（清康熙二十年；1681年）

場　景：臺灣‧承天府行在

人　物：鄭經、鄭克塽、馮錫範

　　　　劉國軒、董夫人、陳氏

　　　　鄭克塨及眾親屬、內侍

（鄭經躺在床上，鄭克塽隨侍在側，餵食湯藥；昭娘的一縷幽魂若隱若現，在四周遊蕩，直到馮、劉二人上場時才消失）

鄭　經：欽兒，看來本藩已經是油盡燈枯之人，來日已經不多。

鄭克塽：請藩主安心休養，必可痊癒。

鄭　經：這一個月來，你衣不解帶，隨侍在側，有子如此，我死也瞑目。

鄭克塽：這是為人子女的本分，兒臣恨不能代替藩主受此煎熬。

鄭　經：自從國姓爺薨逝以來，本藩征戰連年，幾無一日安寧，最後卻一敗塗地，連丟七府，將國姓爺一生血汗建立的基業毀於一旦，我，愧對國姓爺啊！

鄭克塽：勝敗本是兵家常事，藩主千萬不要耿耿於懷。

鄭　經：這一年多以來多虧有你，我才得以苟且偷安，難為你了。

鄭克塽：為藩主分憂是兒臣的責任，兒臣只怕自己做得不好，辜負了父親的期待。

鄭　經：你行事風格像極了國姓爺，有時候我恍惚之間，甚至覺得你是父我是子。

鄭克塽：兒臣惶恐，藩主千萬不要這麼說。

鄭　經：喊我父親吧！最後這一刻，我不要再當什麼藩主，我寧願只是你的父親。

鄭克塽：是，父親。父親還是少說些話，說話傷元氣哪！

鄭　經：我走了以後，太夫人和你的弟弟們都交給你了，東寧的百姓也交給你了，這一家，這一國，連同國姓爺反清復明的希望，都交在你手中。

鄭克塽：父親……

鄭　經：可是，高處不勝寒，你還年輕，要多體會這個道理。我這一生，前半輩子當足了紈褲子弟，後半輩子雖然力圖振作，卻仍然庸庸碌碌。如果當初不是我繼承藩位……唉！就不會有那一件終身遺憾的事了。

鄭克塽：……請父親……

鄭　經：讓我說完。你知道嗎？我這輩子身邊多少妻妾，卻只愛過一個女人，但她不但無名無分，也因我而慘死。

鄭克塽：（震了一下）父親——

鄭　經：那個女人無辜受累，我本當隨她而去，可是冥冥中，或許是上天有意懲罰我，讓我獨留人間受苦。你知道嗎？那是怎樣的錐心刺痛，我卻誰也不能說，誰也不能訴說啊！

鄭克塽：那是……那是……那是我的母親？

鄭　經：（點頭）是，你的母親。失去了她不久，國姓爺也走了，我承襲世子，萬人之上只有一個太夫人管我，可是母親還是寵我，雖然我更加放浪形骸，但始終對她念念不忘。沒有人會相信我的，我知道，但是我要告訴你，我要讓你知道，我對你母親的真情是心頭的一塊烙印。你能明白嗎？

鄭克塽：兒不敢有瞞父親，從小，我就常常夢見一個女人，我看不清楚她的臉，只聽見她不斷喊著「兒啊，我的兒啊」，那個聲音如此親切，縈縈在耳，卻常常讓我莫名地感到撕裂般的痛苦。

鄭　經：這是母子連心，母子連心啊！……比起江山，她在我心頭的重量比江山更加倍沉重！

（馮錫範和劉國軒上）

馮錫範、劉國軒：臣等叩見藩主。

鄭　經：你們來了？

馮錫範：乞望藩主福壽安泰！

鄭　經：欽兒，尚方劍和大將軍印都帶來了嗎？

鄭克塽：劍、印在此。

鄭　經：我今天，當著劉、馮二位的面前，將延平王名號傳位給你，劍、印暫交劉國軒保管，即位時再交你手中。你要好自為之，不要辜負了我對你的期望。……我死後，一切從簡，他日再將我遷葬故土。

鄭克塽：父親……兒臣謹遵諭令。

（鄭經伸手將劍、印交給劉國軒，並握住劉國軒的手）

鄭　經：國軒，本藩和你患難與共二十餘年，意在中興明室，誰知今日必須中途撒手相別。這個孩子頗有幹才，也甚得人望，希望你能好好輔佐他，我雖九泉之下，也能含笑瞑目了。

劉國軒：藩主偶染小病，調息養氣必當痊癒，不必過慮；至於輔佐監國，國軒願以性命擔保，絕無二心。

鄭　經：天命難違，我將不起，你善自珍重。

（劉國軒拜倒在地）

鄭　經：錫範啊！你我是君臣，是翁親，卻情同手足，我走後，東寧諸事全有賴於你和國軒同心協力，一起輔助欽兒。

（馮錫範跪在地上）

馮錫範：藩主只不過大腸火盛，去虛火則腫必消退，實在不宜多慮。

（鄭經閉上眼睛，不停地喘氣，不再說話）
（陳氏扶著董夫人，和鄭克塽等親屬同上，董夫人淚眼婆娑，亦顯老態）
（鄭克塽在鄭經耳邊輕聲言語）

鄭克塽：父親，祖母來看你了。

（鄭經睜開眼睛，掙扎著爬起身，跪倒在地）

鄭　經：母親，兒子不肖，先走您一步了！
董夫人：起來，起來！
鄭　經：母親疼我寵我，我卻始終讓母親擔憂，請受兒子三拜，來生銜環結草，再報母恩！

董夫人：錦兒——你這個孩子，娘心頭的一塊肉啊！

（鄭經三拜後，便倒地不起；鄭克塽急將鄭經扶上床，鄭經已然斷氣）
（眾人跪下，呼天搶地）

董夫人：錦兒！

鄭克臧、鄭克塽：父親！

陳　氏：公公！

（此刻馮錫範雖然也哭也喊，卻異常冷靜）

馮錫範：稟太夫人，儲君禮當守孝視殮，懇請節哀順變。

（董夫人望向克臧，點頭，泣不成聲）

鄭克臧：父親——

馮錫範：（對眾宣布）世子殯天，喪鐘誌哀！

（喪鐘敲響，燈漸暗）

✦ 四幕一場　豺狼奪印 ✦

時　間：明永曆三十五年二月某夜（清康熙二十年；1681年）

場　景：臺灣・馮錫範府邸

人　物：馮錫範、鄭聰、鄭明

　　　　鄭智、鄭柔、劉國軒

（燈亮，鄭聰坐著，其他三位鄭氏兄弟不斷來回踱步，甚是焦躁）

鄭　智：這個馮錫範究竟是怎麼回事，約我們到他府裡，到現在連個人影也沒見

到，讓我們在這裡乾等。

鄭　聰：你急什麼，藩主剛剛歸天，他們忙著布局一切，我們多等個一時半刻，礙不著什麼事情的啦！

鄭　智：我怎麼不急，眼睜睜欽舍那小子就要繼承藩位，一旦他大權在握，我們那些狗屁倒灶的事情，還逃得過他的追查？

鄭　柔：對啊！北園別館的修建案，還好是馮錫範主事調查，要換了別人，我們絕對一起到地府裡去賣鴨蛋。

鄭　智：就是，遠的不說，前年開始的增丁抽兩，他要是知道真相，我們有幾個腦袋可以掉啊？

鄭　明：那小子比起國姓爺來，狠勁更足，什麼情面也不賣。楊朝棟當初不過在官糧米斗裡做了點手腳，一顆腦袋讓國姓爺就這樣掛在旗竿上，嘿嘿，我們一二三四，正好掛上東南西北四座城門！

鄭　柔：我就說了，一個兵丁換一百兩，人命哪那麼值錢啊！依我看，臺灣百姓賭性堅強，我們還不如將整個東寧變成一個大賭場，朝廷做莊，百姓賭錢，那收的錢才多呢！哎，對了，五哥，你老實說，上個月抽兩一共收了多少，怎麼沒見到你的帳冊……

鄭　智：你的份都給你了啊！問你府裡的總管去。

鄭　聰：你們安靜點行不行啊？藩主都快給你吵醒了。

鄭　柔：啊？真的？那可真要小聲一點……

鄭　明：看你笨的……哈哈哈……

鄭　智：二哥，他們不來，我們也可以想想辦法啊？就一定要靠他們兩個人嗎？

鄭　聰：兵權在他手裡，只要他們肯跟我們合作，欽舍那個小雜種，敢不乖乖聽話？

鄭　柔：哎，欽舍真的是抱養來的啊？

鄭　明：問五弟啊，那小子的娘是五弟小時候的奶媽，問他吃奶的時候有沒有聞到什麼不一樣的味道？

（鄭明、鄭柔二人笑；鄭智恨得牙癢癢的）

鄭　智：提起這件事我就恨，我們那個藩主哥哥也太過分了，兔子不吃窩邊草的道

理都不懂，要也找別人的奶媽去，幹嘛跟我扯上關係啊！

（鄭明、鄭柔互相追逐，邊笑著模仿當年鄭經與昭娘捉迷藏調情的樣子，鄭智氣得要打他們兩人，三人追來打去鬧著）

鄭　聰：好了！你們還有沒有個樣子啊？

（三人安靜下來，仍竊竊笑著；馮錫範上）

馮錫範：什麼事情，這麼喧嘩啊？——四位大人久候了。
鄭氏兄弟：馮大人好。
馮錫範：國喪期間，還請各位「順便」節哀！
鄭　聰：兄弟們不知檢點，還請馮大人不要見怪。
鄭　柔：哎呀！你就別官腔官調了，現在是在你府裡，你最大。快說吧！什麼事情這麼急著找我們來？

（馮錫範不急不徐地整衣坐下，慢條斯理地喝了口茶；其他三人也都就座）

馮錫範：鄭氏一族除了太夫人以外，就屬四位輩分最長，難道四位甘心情願讓那鄭克塽坐上招討大將軍世孫的大位？
鄭　明：不是說了，藩主遺命讓他繼位嗎？我們還有什麼話好說？
馮錫範：鄭克塽監國這段期間，四位的日子好不好過？
鄭　智：那還用說，心驚膽跳還不足以形容呢！
鄭　柔：我都差點屁滾尿流了我。
馮錫範：如果他板起臉孔，六親不認呢？
鄭　柔：我說了嘛！我們就一起到地府裡去賣鴨蛋去了。
鄭　聰：九弟，少說兩句，聽馮大人怎麼說。
馮錫範：在鄭氏一族裡，聰大人年紀最長，輩分最高，難道就不想取而代之，成就不世之功？
鄭　柔：對啊！二哥，我們支持你！

鄭　聰：當年藩主襲位之爭，大家都親身經歷也親眼目睹，我身無寸鐵，無一兵一卒，玩不起，也不想玩。

鄭　明：有馮大人的親軍勇衛營啊！馮大人還不支持你嗎？是不是，馮大人？

（馮錫範笑而不答）

鄭　聰：馮大人位居藩前侍衛，此時此刻護衛責任重大，豈能輕易調動？

馮錫範：還是聰大人老成持重，此時此刻軍隊確實應該保持中立，維護承天府的安全。

鄭　智：哎呀！你葫蘆裡賣什麼藥，就快說吧！真是急死人了。

馮錫範：聰大人的高見？

（眾人望向鄭聰，鄭聰沉吟了片刻）

鄭　聰：欽舍絕不能讓他位登大統！這小子狂妄自大，剛愎自用，依我看他是無意反清復明的，恐怕有一天將會改朝易幟，據地稱王，那時候，東寧可就大禍臨頭了。再說，他素來與我們不合，一旦繼位，必然更加肆無忌憚，恐怕我們連身家性命也不保。

馮錫範：聰大人果然高見。

鄭　智：那二哥就該繼承先人遺志，永保國祚。

鄭　聰：我說過了，我無意爭權奪位，這個位子，我坐不起。

鄭　柔：那怎麼辦？

馮錫範：藩主嫡親骨血還有一位呢！

鄭　明：你女婿鄭克塽秦舍？他不過是個十二歲的小孩子，毛都沒長全，能掌什麼權？

馮錫範：那滿清康熙小子，八歲登基，十六歲親政，除鰲拜、撤三藩，幹得是轟轟烈烈，一個滿族蠻夷尚且可以，咱們漢人就沒人可比嗎？

鄭　明：說得也是，滿人可以，漢人當然更沒問題。

馮錫範：只是，倘若秦舍繼位，缺的是輔政大臣。

鄭　聰：我等皆可輔政。尤其馮大人，經驗老到，對東寧國務瞭若指掌，輔政大臣

非你莫屬。

馮錫範：哦不，我是外姓，不宜干政。

鄭　明：還有二哥啊！二哥當第一名輔政大臣，我們都服氣。

鄭智、鄭柔：對！我們支持二哥。

馮錫範：聰大人是當仁不讓的唯一人選啊！

鄭　聰：這個嘛！……那欽舍怎麼辦？

鄭　柔：對哦，把他給忘了。

馮錫範：有欽舍，就不會有秦舍；有秦舍，就不能有欽舍。

鄭　聰：我明白。只是，劍印在他手上，至少監國金印還在他手裡，我們名不正言
　　　　不順，恐怕遭到非議。

馮錫範：聰大人果然思慮周密。

鄭　智：難道就這樣便宜了那個小雜種不成？我跟他可是誓不兩立。

馮錫範：智大人說到重點了。螟蛉養子，豈能繼承鄭氏血脈的大統？

鄭　柔：可是那小子明明是藩主的……

馮錫範：欲加之罪，何患無詞？何況這件事，已經是死無對證的無頭公案了。

鄭　聰：馮大人說得對。謠言如風，而野火燎原，將一發不可收拾，我們應該善加
　　　　利用，局勢對我們有利。

鄭　智：那小子嚴刑酷法，殺人像殺豬一樣，就說他是從李屠戶那裡抱養來的，眾
　　　　人皆知，唯獨藩主被蒙在鼓裡。

鄭　柔：好耶！龍生龍，鳳生鳳，殺豬的配屠戶，絕配！

（眾人皆笑了）

馮錫範：尚方劍和招討大將軍印暫由劉國軒保管，我們不必擔心，眼前最重要的是
　　　　先逼他交出監國印，再設法除掉他，斬草除根，以免春風吹又生。

鄭　明：可是萬一他不肯交出金印，怎麼辦？

馮錫範：這就要太夫人出面了，只有太夫人能讓他乖乖地交出金印。聰大人可有
　　　　把握？

鄭　聰：太夫人那裡，有我們兄弟。憑我們四個兄弟，眾口鑠金，太夫人不得不
　　　　信。只是……還有一個劉國軒，是敵是友？

馮錫範：劉國軒那裡，有我負責曉以大義，諸位不必擔心。至於欽舍手裡的三千精兵，為保萬一，我已將承天府換防，戍守的都是我的親信，明日讓戍守官兵帶著百姓大聲鼓譟，各位再將此事稟告太夫人，太夫人自當出面，這樣就萬無一失了。

鄭　聰：馮大人思慮周密，佩服佩服！

馮錫範：不敢！還是聰大人有所為，有所不為，令人佩服。

鄭　聰：憑你的才幹，事成之後，必當奏請新主封你爵位，世襲罔替。

馮錫範：錫範但求為東寧效命，不計個人得失。

（內侍在門外喊：「劉國軒大人到！」）

馮錫範：劉國軒來了，各位請先迴避。

鄭　聰：有勞馮大人了。

（鄭氏四兄弟立刻離去；不一會兒，劉國軒上）

馮錫範：劉大人，深夜將你請來，不敬之處還請見諒。

劉國軒：馮大人言重，這幾天大人也辛苦了。

馮錫範：理當如此。大人請坐。

（兩人對坐）

劉國軒：不知有何要事相商？

馮錫範：夜已深了，我就長話短說。王位大統，非同小可，倘若不是鄭氏血脈，豈能繼承大統？市井間盛傳監國是螟蛉養子，非藩主嫡親骨血，倘若真由他繼位，只怕人心不服，釀成大亂。

劉國軒：市井傳言豈能盡信？再說，這是鄭氏的家務事，我們外人有什麼資格干預？

馮錫範：大人所言差矣！這關係著東寧的命脈，大明朝的將來，我們為人臣子，怎麼可以坐視不管？東寧之所以存續，民心之所以嚮往，滿清蠻夷之所以忌憚，就是這個正統，一旦名不正言不順，滿清東渡便師出有名，大人難道

還能高枕無憂？

劉國軒：滿清要是膽敢犯臺，我浴血保衛東寧，在所不辭。戰死沙場，不過馬革裹屍而已，又有什麼難的？

馮錫範：大人豪情令人佩服，只是，當年大人棄暗投明，歸順國姓爺，難道不是受此感召？今日又怎麼能說與己無關呢？

劉國軒：……

馮錫範：監國一向與那陳永華沆瀣一氣，不把你我看在眼裡，藩主當初將陳永華兵權交到你手中，陳永華不久便氣死，你又怎麼知道監國不會記恨於你而公報私仇？兔死狗烹，鳥盡弓藏，大人倘若大權旁落，再怎麼英雄，到時不但無用武之地，恐怕連性命都不保。

劉國軒：藩主臨終之前殷殷交代，我當面立誓輔佐監國，又豈能存有二心？

馮錫範：藩主舐犢情深，又被奸人蒙蔽，以為欽舍是他的真血脈。大人難道忘了，藩主尚有嫡親骨血，欽舍雖是長子，卻非嫡非親，此事再明白不過了。其實，我也瞭解大人的為難之處，大人只要保持中立，絕對不會讓大人的名節沾惹一點點灰塵的。

劉國軒：太夫人呢？太夫人怎麼說？

馮錫範：太夫人謹遵禮教，數十年如一日，我等當為太夫人分憂才對啊！

劉國軒：我……

馮錫範：大人不必言說，這碗茶，大人若喝，便是點頭，不喝，我自當明白。

（馮錫範拿了一碗茶，掀開碗蓋，將茶碗交給劉國軒）

（劉國軒捧著茶碗，沉默良久。最後嘆了一口氣，將唇在茶碗上輕輕一沾，立刻放下茶碗，轉身就走）

（馮錫範望著劉國軒的背影，露出笑意，將碗蓋覆蓋在茶碗上）

（燈漸暗）

✦ 四幕二場　三人成虎 ✦

時　間：前場次日

場　景：臺灣・承天府城牆

人　物：董夫人、鄭聰、鄭明、鄭智
　　　　鄭柔、馮錫範、兵勇們

（鄭氏四兄弟陪著董夫人站在城牆上，人聲鼓譟；燈亮）

鄭　聰：將士和百姓們如此鼓譟，憤恨難平，您不能不管啊！萬一釀成災變，豈不
　　　　是讓滿夷有機可乘？

董夫人：怎麼會這樣？

鄭　聰：眾人皆說，監國非藩主嫡親血脈，繼承大統人心不服啊！

董夫人：這是從何說起？究竟是誰在興風作浪、造謠生事？

鄭　聰：民間早有傳說，欽舍是陳氏昭娘從李屠戶那裡抱養來媚惑藩主的，藩主一
　　　　時不察，將屠戶之子視為己出，十八年來，一傳十，十傳百，到如今才真
　　　　相大白。

董夫人：真有此事？

鄭　聰：無風不起浪，如果不是真有其事，大家又怎麼會在這個時候如此鼓譟？

董夫人：可是欽舍監國兩年，兵民一向心悅誠服，又怎麼會演變成這種不可收拾的
　　　　局面？

鄭　聰：欽舍雖然監國，那是因為藩主尚在，如今藩主殯天，繼位大統事關重大，
　　　　東寧百姓深受教化，謹守禮法教誨，因此不服。

董夫人：倘若真是這樣，自然是以禮為先。可是……

鄭　聰：母親如果還有疑慮，可以宣召馮錫範和劉國軒兩位大人，他們一向受藩主
　　　　倚重，說的話自然不會偏頗。

董夫人：請兩位大人速速前來。

（鄭聰指派兵勇請人）

鄭　智：母親，當年國姓爺不是差點誤殺了您和藩主嗎？我想多少都和這件事情有
　　　　關哩！

董夫人：胡說，你那時才多大，知道什麼？過去的事情就不要再提起了。

（董夫人憂心忡忡，神情中還帶有一絲傷痛）
（人群鼓譟更大聲了，前去請人的兵勇上）

兵　勇：稟太夫人，劉大人病倒了，無法奉命前來。

董夫人：這個緊要關頭，他怎麼病了？

鄭　聰：劉大人兼管勇武衛軍，一向不辭勞苦，藩主殞天此刻，他身繫東寧安危，
　　　　想必是操勞過度的緣故。

董夫人：他有沒有交代什麼？

兵　勇：劉大人特別交代，凡要緊事，都要請二爺和馮大人商議後決定。

董夫人：那馮大人呢？

（馮錫範上）

馮錫範：有勞太夫人久候，馮錫範祈請太夫人恕罪。

董夫人：好了好了，馮大人就不要拘禮了。現在到底局勢如何？

馮錫範：錫範正因為四處安撫人心，所以來遲。

董夫人：果真有這麼嚴重？

馮錫範：兵民百姓之所以群情激憤，並無其他，只因為監國非藩主真血脈的緣故。

鄭　聰：母親要趕快拿定主意，眼前最重要的是穩住人心，否則東寧岌岌可危！

鄭　明：東寧一旦有變，大明國祚便將不保。

鄭　智：國姓爺一生志業將毀於一旦。

鄭　柔：母親啊，我們可擔不起這個罪名啊！

董夫人：你們不要逼我，讓我想想看！

（馮錫範暗地向城牆下揮手，鼓譟聲更大了）

董夫人：再這樣下去一定不可收拾！

鄭　聰：是啊！母親還是另立他人為要，您不要忘了，秦舍克塽才是藩主的嫡親血
　　　　脈啊！

董夫人：為今之計，也只好如此了，欽舍確實頗有幹才，讓他負起輔政之責，也是

可以的。……去，快去監國府，叫監國捧印來見我。

鄭　聰：謹遵太夫人口諭。

董夫人：天意如此，民心如此，唉！柔兒，智兒你們陪我到安平去看看。

　　　　（董夫人和鄭智、鄭柔離去）

鄭　聰：劉國軒那裡，沒有問題吧？他怎麼不出面？

馮錫範：聰大人放心，他只要保持中立，監國就孤掌難鳴了。

　　　　（幾人相視點頭）

馮錫範：但是千萬不可走漏風聲，否則功虧一簣。

鄭　聰：誰去監國府傳令？

馮錫範：讓儀賓禮官柯鼎去，不然會讓監國起疑心，只說太夫人要監國捧金印入府
　　　　議事。

鄭　明：萬一母親心軟了怎麼辦？她剛剛還說要讓那小子輔政，換湯不換藥，我們
　　　　豈不是白忙了一場。

馮錫範：這就怪不得我們心狠了……

　　　　（馮錫範與眾人耳語，燈漸漸暗）

➷　四幕三場　鳳去臺空　➷

時　　間：前場稍後

場　　景：臺灣・監國府中堂

人　　物：鄭克𡒉、陳氏、毛興、沈誠

　　　　（燈亮時，鄭克𡒉端坐堂中，神情凝重，監國金印放在几上；陳氏則站在
　　　　他身邊；沉默，音樂緩緩流瀉）

鄭克塽：夫人，妳看那園子裡的鳳凰木，此刻仍然一片碧綠，南風吹起，就會花開
　　　　滿樹，焰紅似火。我們的孩子，生男喚作丹，生女叫做彤，妳說好不好？

陳　氏：丹、彤皆如鳳凰花一般紅紅火火，好。

鄭克塽：當他們滿月的時候，該是鳳凰花開的季節，我們在鳳凰樹下擺酒設宴，酒
　　　　過三巡，抬頭一看，朱簷碧瓦就在眼前，豈不是人生一大樂事？

陳　氏：眼前一樽酒，看朱成碧顏始紅，喝醉了，就躺在樹下，鋪草為床，花瓣
　　　　為被。

鄭克塽：啊，我想起我們成親那天，掀開蓋頭，我看見妳臉上一抹紅暈，很是動人。

陳　氏：我第一次看見你，是在父親書房外，從窗格裡偷偷看到你氣宇軒昂、紅光
　　　　滿面，我就在想，我要跟這個人一輩子。

鄭克塽：一輩子能有多久？妳我夫妻一場，大難來了是不是也要各自飛？

陳　氏：我情願生死相從，滄海桑田不相忘。

鄭克塽：台江內海儘管波濤洶湧，有一天也會變成桑田，那時候，我們會在哪裡？

陳　氏：我們會棲身在這承天府的鳳凰樹上，結枝並蒂，花落花開。

鄭克塽：花開花落，化作春泥更護花。

陳　氏：夫君，答應我，此去不要強求，你說過要和我一起做一對尋常夫妻。

鄭克塽：妳卻說過我們很難全身而退。

陳　氏：所以我希望你，即使萬般無奈也不要強求。金印要追回，就還給他們，我
　　　　們還有孩子，男的要喚作丹，女的叫做彤。

鄭克塽：如果……如果……萬一我有去無回，千萬記得——

陳　氏：不，我要執子之手，與子偕老。

鄭克塽：……執子之手，與子偕老。

（鄭克塽握住陳氏的手，四手緊緊相握，二人雙目凝望，片刻後，兩人鬆
開手，各退一步，雙雙深深一鞠躬）

（鄭克塽捧起金印）

鄭克塽：毛興、沈誠！

（毛興、沈誠上）

毛興、沈誠：屬下聽令！

陳　氏：你們要小心防護，有任何變故立刻回報！

毛興、沈誠：夫人請放心，屬下必將監國大人安全送回。

鄭克塽：我們走！

　　　　（鄭克塽在毛興、沈誠的護衛下，捧印離開）
　　　　（陳氏跪在塵埃中，合十祈禱）

陳　氏：鄭氏列祖列宗，請你們保佑欽舍平安無事。父親，求你給欽舍智慧，幫助
　　　　他度過難關。

　　　　（燈漸暗）

⤞ 四幕四場　鷹犬啄鯨 ⤝

時　　間：前場稍後

場　　景：臺灣‧北園別館天井

人　　物：鄭克塽、毛興、沈誠、蔡添
　　　　　鄭聰、鄭明、鄭智、鄭柔、馮錫範

　　　　（黑暗中鼓聲敲響，傳來護衛和鄭克塽及毛興、沈誠的聲音）

護　衛：奉太夫人諭令，兵器乃不祥之物，國喪非常時期，刀劍不得入堂，隨從一
　　　　律門外候傳，監國大人，請。

鄭克塽：毛興、沈誠，門外候傳。

毛興、沈誠：這……監國大人！

鄭克塽：門外候傳！

毛興、沈誠：是，末將得令。

　　　　（一道光在黑暗中直直地從後方射向前方，鄭克塽捧印站在光區中，他抬

腳跨步緩緩穩重地向前走；鼓聲彷彿厚重大門關起的聲音；燈光轉變）

（鄭克壓抬腳跨步再往前走，鼓聲彷若厚重二門關起的聲音；燈光再轉變，鄭克壓站立在一方天井的光區中）

（鄭克壓正要跨步再往前走，左右竄出了拿著棍棒的鄭聰等四兄弟和蔡添）

鄭克壓：什麼人？

鄭　聰：想問我們什麼人？不如先問你自己是什麼人？

鄭克壓：叔父？你們……

鄭　聰：呸！誰是你叔父？你這個不知從哪抱來的野種，沾我鄭氏門楣的光，享我鄭氏基業的福，食我鄭氏官爵的俸祿，竟然還想竄我鄭氏藩主的權位，快把監國金印交出來！

鄭克壓：本是同根生，相煎何太急？各位叔父，克壓不明白為什麼？藩主剛剛殯天，你我應該同舟共濟，以家國大業為重，何苦做出親者痛、仇者快的事情？

鄭　柔：誰跟你親了？這筆帳我想算已經想很久了！

鄭　智：老子就是跟你有仇，此仇不報我誓不為人。

鄭　明：你不過是一個屠夫的野種，竟然登堂入室近二十年，今天叫你連本帶利還回來。

鄭克壓：各位，克壓的性命不足惜，藩主的權位更不足惜，可是先父的聲譽不容毀謗，鄭氏的門楣更不容汙衊，你們怎可為了一己之私，陷鄭氏家族於萬劫不復的汙點之中？

鄭　聰：你的存在就是鄭氏家族的最大汙點。

鄭克壓：為什麼？就為了這枚金印？你們就可以如此血口噴人？金印可以拿回去，面見太夫人之後，我自會將金印雙手奉還，可是鄭克壓的清白身世不容你們任意汙衊！

鄭　智：清白？老實告訴你吧！你老子和你老娘就第一個不清不白，你去見太夫人啊！去啊！太夫人當年就因為他們的不清不白，差點被國姓爺賜死，死裡逃生的太夫人若不是寬宏大量，哪裡還有你小子活命的機會？今天還用得著我們大費周章討回公道？

鄭克壓：住嘴──你們不可以──

（鄭克塽氣極，奮力向前闖，眾人立刻棍棒齊飛，鄭克塽左閃右躲，用金
印阻擋，卻無法脫身）

鄭克塽：太夫人——！我的祖母啊——

（大門外傳來重重的敲門聲，還有毛興、沈誠的喊聲）

毛興、沈誠：監國大人！監國大人！

（眾人怕事跡敗露，打得更猛了）
（鄭克塽被打得遍體鱗傷，倒臥在地上；眾人這才停了手）
（敲門聲依舊持續）
（蔡添搶去鄭克塽手中的金印，交給鄭聰）

蔡　添：二爺！金印在此。
鄭　明：老實告訴你吧！不管你是鄭氏的真血脈也好，不是鄭氏的真血脈也罷！今
　　　　天要你的狗命不為別的，只怪你平日耀武揚威，欺負我們鄭氏家族的人
　　　　太甚。
蔡　添：監國大人休怪下官無情，我早說過，擋人財路的事情還是別做得好！
鄭　智：這一棍我再打你，是洩我心頭之恨，憑什麼我的奶媽到最後卻變成了你
　　　　媽？害我被嘲笑了一輩子！
鄭　柔：我占人家的地怎麼樣？這東寧一島是國姓爺從紅毛子手裡搶回來的，還不
　　　　都是我們鄭家的土地，憑什麼要我還？我還你一棍！
鄭　聰：說什麼西圖中原不如經略臺灣，你也配？告訴你，東寧的前途由我們鄭家
　　　　決定，你省省吧！做你的千秋大夢！
鄭克塽：我……要……見……太……夫人！
鄭　聰：呸！這是太夫人的諭命，你到閻羅殿裡去喊冤吧！

（敲門聲停止了）
（鄭克塽抓到鄭聰手裡的棍子，搶了過來，掙扎著撐起身體；眾人嚇了一

跳，緩緩地向後退）

鄭克壓：（虛弱）你們這群不肖的亂臣賊子，藩主在天之靈，不會饒過你們的！

（馮錫範從暗處跑了出來）

馮錫範：太夫人在問發生了什麼事呢！——蔡添！

（蔡添會意，立刻從靴子裡抽出一把短刀，從鄭克壓身後刺了下去，鄭克壓大吼一聲，眾人紛紛丟了棍棒四散而去）

鄭克壓：太——夫——人！我的祖——母啊！——

（鄭克壓孤單地直立在場中，棍子撐住了他的身體）

鄭克壓：妳屈殺我也！……夫……人，妳要保重，我……我不能……執子之手，與子偕……

（鄭克壓斷氣了，卻立屍而亡）
（燈光轉變，夕陽的餘暉像染紅的鮮血般遍灑四周，哀樂響起；片刻後，燈漸漸暗去）

✦ 四幕五場　鷸蚌相爭 ✦

時　間：前場次日
場　景：臺灣・北園別館中堂
人　物：董夫人、鄭聰、鄭明、鄭智
　　　　鄭柔、馮錫範、蔡添、陳氏
　　　　內侍

（燈亮，董夫人坐在中堂之上，鄭聰等四人低頭隨侍在旁）

董夫人：我只說讓欽舍將監國金印交還，以杜絕眾人悠悠之口，沒想到你們……你
　　　　們竟然當庭行兇，讓欽舍命送黃泉。……天哪……這究竟是怎麼一回事！
　　　　為什麼一而再，再而三地發生不幸的事，難道真的是上天要亡我東寧？

（內侍上）

內　侍：稟太夫人，馮錫範帶蔡添求見。
董夫人：讓他們進來吧！

（內侍下；片刻後，馮錫範帶著蔡添上）

董夫人：你們查清楚了沒，是誰這麼大膽，敢在北園別館裡行兇？
蔡　添：稟太夫人，適才四位大人與我……
鄭　聰：母親有所不知，兒等在大門相候，本來也是好言相勸，讓他交出金印便
　　　　罷……
鄭　明：誰知他不但不肯交出金印，更口出無狀，說什麼他是藩位傳人，就算母親
　　　　也奈何不了他，……
鄭　智：還說母親早該頤養天年，不該至今仍然垂簾聽政於東寧國事。
董夫人：他不會這麼說的……
鄭　智：他就是這樣說的，大家都可以作證！兒等是氣不過他對母親的不敬，才想
　　　　出手將他擒拿……
鄭　柔：誰知道他拔出預藏的尖刀，在混亂中，也不知誰搶到刀，將他刺中……
鄭　聰：母親啊！兒等可都是為了東寧江山，更為了母親您的清譽。您可要為兒等
　　　　做主……
馮錫範：太夫人，說起來，這也是一樁意外。藩主發喪期間，任何人都不可攜械進
　　　　入承天府和北園別館中堂，可是，昨日監國大人不但口出狂言，和四位鄭
　　　　大人發生爭執，還仗著監國的身分想強行闖入，幸虧蔡添搜出這把刀，否
　　　　則還不知道他會做出什麼驚天動地的可怕事情。

蔡　添：監國顯然早有禍心，否則晉見太夫人為何私藏尖刀？四位大人和下官是為
　　　　太夫人安危著想，這才……

鄭　聰：他一定是害怕被母親拿回金印，想要藉機要脅母親，好保全自己的地位。

鄭　柔：對啊，不然我們也不會殺……（鄭聰急拉鄭柔一把，鄭柔立刻改口）煞費
　　　　苦心地蹚這趟渾水。

董夫人：孽子啊，真是你們手刃監國？……你們……何至於此啊！

（內侍上）

內　侍：稟太夫人，監國夫人求見。

董夫人：讓她進來。

（陳氏身穿重孝，神情哀戚上，她看到鄭聰等人，惡狠狠地瞪了眾人一
　眼，然後直直跪下）

陳　氏：孫媳叩見太夫人，求太夫人為監國申冤。孫媳不明白，太夫人一向禁止妄
　　　　殺無辜，監國究竟身犯何罪？為何今日太夫人要取其性命？

董夫人：妳……妳怎麼可以這麼說？

陳　氏：太夫人差人傳喚監國，監國捧印晉見，活著出門，卻全身血泊死在這中堂
　　　　之外，若不是太夫人有意縱容，求太夫人嚴懲凶犯。

董夫人：妳不要激動，我這不是正在問話嗎？

（馮錫範見狀，立刻向鄭聰等人使了個眼色，然後屬聲責罵蔡添）

馮錫範：蔡添，你好大膽子，竟敢謀害監國大人？你坦白說，你是如何在混亂中殺
　　　　了監國大人？

蔡　添：馮大人？你……太夫人……我……

鄭　聰：——呃，就是啊！蔡添，就算他不是鄭氏的嫡親血脈，不能繼承藩主大
　　　　位，還有太夫人做主，怎麼輪得到你動用私刑？

鄭　柔：是啊！我們想拉還拉不住呢！刀劍無眼，那可不是鬧著玩的。

（陳氏看了鄭聰等人一眼）

陳　氏：敢問太夫人，就算欽舍不是鄭氏嫡親血脈，就算他不能繼承藩位，也還可以做一個平凡的東寧百姓，為什麼鄭氏族人要下此毒手，非要奪他一命不可？

董夫人：我沒有要他的性命，只因為兵民鼓譟，我怕釀成災變，才決定暫時將監國印收回，以杜絕眾人悠悠之口，誰知道……

馮錫範：大膽蔡添，竟敢私自謀害監國。

蔡　添：監國夫人，我……馮大人……怎麼……鄭大人，明明是大家……

（馮錫範將手中作為證物的尖刀抹向蔡天的脖子，蔡添一手摀著脖子，一手指著馮錫範，然後倒在血泊中無法說話；董夫人大驚失色，鄭聰等人則鬆了一口氣，陳氏鎮定如常）

董夫人：馮錫範，你……

馮錫範：下官實在是義憤填膺，難以控制，請太夫人治罪……監國夫人，下官已經為監國報仇了……

陳　氏：哼！監國躺臥血泊之中，全身傷痕累累，又豈是蔡添一人所為而已？

馮錫範：侍衛親軍已待命在大門外，隨時聽令捕拿兇犯，請太夫人明示。

（馮錫範目光一掃鄭聰等人，董夫人愣住了，她猶豫著）

董夫人：這……

馮錫範：不管兇犯有幾人，也不管兇犯是否為王親國戚，馮錫範受命守護承天府，誓言必讓所有兇犯當場血濺五步，有如蔡添。

董夫人：這……蔡添既已伏法，將屍體拖了下去，爾等也該……

鄭　聰：太夫人，兒等願意配合馮大人調查，追查蔡添共犯。

鄭　智：是啊！馮大人，那我們就一起去調查吧！

（鄭氏四兄弟迅速離去，馮錫範指揮內侍將蔡添屍體拖走）

（陳氏冷笑一聲）

陳　氏：四位叔父神色匆匆，倉皇而去，莫非太夫人有意縱子行兇，隨便找一個替罪羔羊來掩耳盜鈴？……

董夫人：陳氏，妳好大的膽子，竟然敢這樣跟我說話？

陳　氏：哦！是了，我怎麼忘了，傳聞二十年前，太夫人已經做過一次，以保鄭氏子孫平安無事！妳是一個母親，為了保護妳自己的孩子，忍心將母親的奶水從嬰兒的口中奪走？

董夫人：……傳聞之事，豈能當真？

陳　氏：傳聞之事不能當真嗎？欽舍非鄭氏血脈不也是傳聞之事？太夫人又如何當真了呢？既然當真，又為何不讓欽舍認祖歸宗，惺惺作態做了二十年假婆孫，到如今才再掀波瀾，借還印之名，行殺人之實？

董夫人：我知道妳初聞喪夫噩耗悲痛異常，難免口不擇言，我不會跟妳計較。只是，死者已矣，妳要善自珍重。

陳　氏：夫君已死，我心已如死灰。

董夫人：妳父親素有眾望，愛屋及烏，別人不會對妳怎麼樣的，妳大可放心。妳腹中懷有欽舍的骨肉，不要過度悲傷了，生下這個孩子，我會好好照顧他的。

陳　氏：這個孩子的父親，生前高居監國之位，受人景仰，臨了尚且不能保全自己的性命，一個嗷嗷待哺的孩子，又有什麼力量去抵擋豺狼虎豹的吞噬？

董夫人：我認這個曾孫就是了，為了鄭氏的榮辱，妳就忍氣吞聲不好嗎？我這幾十年來，茹苦含辛為的是什麼？還不都是為了鄭氏門楣？

陳　氏：太夫人以鄭氏一家一族的成敗榮辱為己任，令人敬佩。但是，太夫人明明知道，我夫君能使東寧民富國強，卻忍心將他送入虎狼之口，太夫人啊太夫人，妳究竟在怕什麼？

董夫人：妳已經語無倫次了，我不想再跟妳爭辯。

陳　氏：妳是不敢跟我爭辯，因為妳心裡明白究竟什麼才是正確的。

董夫人：我的丈夫死了，我的長子死了，我的孫子也死了，妳以為我能夠再忍受多少次親人的生死別離？妳的悲痛我瞭解，因為我也曾經經歷過，但是，妳卻不明白我身處在何處，妳不會知道我多麼疲倦，多麼希望卸下這一肩的責任。

陳　氏：正因為我明白，所以敢於如此面對妳！

董夫人：妳想取代我是嗎？……果然沒錯，我看得出來，妳的野心寫在妳的眼睛裡。

陳　氏：不，我並不想取代妳，我只想做我自己。

董夫人：女人，能有自己嗎？

陳　氏：是妳選擇放棄了自己。

董夫人：我無從選擇，我從來就沒有選擇的機會。

陳　氏：所以妳也不讓我有所選擇對吧？

董夫人：妳把孩子生下來，這是妳可以選擇的。

陳　氏：哼！說來說去還是這麼一句話，我深深為妳感到絕望。妳應該明白，我苟
　　　　延殘喘不過為了爭一個「理」字，要我生下孩子可以，求太夫人以監國禮
　　　　厚葬欽舍。

董夫人：從妳所願便是了。

陳　氏：並要昭告天下，洗刷對我丈夫的汙衊，我不願我們的孩子一生下來就要承
　　　　受不明不白、莫須有的侮辱。

董夫人：唉！這是造的什麼孽啊！我全答應妳就是了。

陳　氏：多謝太夫人成全。

（陳氏深深一鞠躬，轉身悠悠離去）
（董夫人看著陳氏的背影，深深地嘆一口氣）

董夫人：陳氏性格之烈，超乎我的想像。

（馮錫範鬼鬼祟祟地進來）

馮錫範：太夫人！

董夫人：什麼事？

馮錫範：太夫人恕臣斗膽，倘若以監國禮厚葬，並且昭告天下，豈不承認了追回監
　　　　國印的決定錯了？

董夫人：你好大的膽子！

馮錫範：太夫人恕罪，臣剛進來，聽到陳氏對太夫人的威脅，深深不以為然。

董夫人：我豈會受她宰制？你不要錯估了我。

馮錫範：這個陳氏性格之烈確實超乎想像，可是陳氏之禍害，將來恐怕更難想像啊！

董夫人：你的意思是……

馮錫範：死了一個監國，雖錯已矣，倘若順了陳氏的意，新主即位後必然再起波瀾，難免有陳永華和監國的黨羽假義師之名興風作浪，到那時，恐怕就更無計可施了。

董夫人：這倒也是。

馮錫範：太夫人何不順水推舟，賜她白綾七尺，高臺一座，以杜後患。

董夫人：……我明白了。等孩子生下之後，賜她白綾七呎、高臺一座……唉！就為她立個貞節牌坊吧！

（燈暗）

✦ 尾聲　凰兮歸去 ✦

時　　間：前場三日後

場　　景：臺灣・市街高臺

人　　物：陳氏、鄭克塽、馮錫範、董夫人、鄭克𡐢魂

　　　　　文武百官、內侍

（燈亮，空臺，陳氏面向前方站在光圈裡，全身縞素，疊好的七尺白綾捧在她手中）

陳　氏：孩子，跟著娘，娘不願見到你迷失在寂靜無聲的黑暗裡，而你還來不及看到晨曦，來不及見到火紅的鳳凰花。你能明白娘的決定嗎？能原諒娘的決定嗎？請你試著聽我說，娘不會遺棄你，在生命消失以前，娘希望能夠給你一個答案。

（中隔幕升起，現出一座有階梯的高臺，一座貞節牌坊從天而降）

陳　氏：這個世界，一半的人認為另一半是善良，一半的人相信另一半是邪惡。為了追求善良的願望，我們以邪惡完成，卻讓邪惡控制了我們。我們不知道善良要付出多少代價，這代價卻不是我們能夠負擔。因而我們生活在假象中，虛假的面具背後，隱藏著真相。

（陳氏緩緩轉身，向前緩慢地走去，白綾一吋一吋滑落地面，在她身後拖成了兩道淚痕）

陳　氏：此刻，娘望著天空，聽見天空的嘆息；望著雨點，看見滑落的眼淚。娘曾經妄想征服命運，卻被命運愚弄，權力的掠食者，像橫行的野獸在門外徘徊；在大殿之後的陰魂，彷彿要侵入靈魂的眼睛，讓黑暗的夢魘永無止境。

（陳氏走上高臺，她站上高臺上祭壇一樣的平臺，貞節牌坊在她頭頂，她背對著我們）

陳　氏：娘的眼睛，曾經看見神聖的卑微的希望，看見超越明天的未來，看到悲傷之外的東西，但是眼睛的誓言是謊言，如果我聰明，我會開心地離開，可惜我不夠聰明，很難離開令人珍惜的回憶。

（馮錫範牽著鄭克塽從右側走出，董夫人由內侍攙扶從左側走出，文武百官則分別從兩側相對慢慢走出）
（昭娘從另一個角落飄然而出，她的聲音彷彿是陳氏的回音）

陳　氏：如果可以再活一次，你願不願意還是娘的孩子？願不願意寬恕希望破滅之後的改變？願不願意重建散落在風中的每一個夢想？願不願意，改變命運所粉碎的每一個希望？

（昭娘的身影隨她的聲音漸漸消失；陳氏將白綾掛在自己的脖子上，轉頭，看著遠方）

陳　氏：可是，現在已經別無選擇，我必須鼓足勇氣，像謎一樣的月亮，獨自在黑暗裡放光明。孩子，請你跟著我，跟著我走過刺痛的心靈，想像季節來臨時，焰紅似火的鳳凰花。

（鳳凰花瓣紛紛落下，鄭克𡒕出現在花雨中，他伸手向陳氏，彷彿接引）
（舞臺的另一角，鄭克塽居正中，董夫人在其左側，馮錫範在其右側，三人面對觀眾；文武百官背對觀眾，向鄭克塽跪拜朝賀）

歌　聲：凰兮歸去離恨天，一盞明燈一篆煙，
　　　　東寧舊事鳳凰變，徬徨燈影復相連。
　　　　三朝茶飯淚無言，七尺白綾了宿緣，
　　　　春秋青史俳優演，繁華落盡是人間。[1]

（燈漸漸暗去）
（劇終）

---

[1]　改寫自江日昇《臺灣外紀》第二十五卷卷末之弔詩，原詩為四首七言絕句。

音樂劇

Remembering

Collection of Yu-Hui Wang

An—ping.

多語音樂劇的詩情書寫

創作緣起和歷程

　　2010年，約莫是2月底3月初，甫到臺灣師範大學表演藝術研究專任教職的果陀劇場梁志民導演，找我為表演所創作一個學期製作演出的音樂劇劇本，由於當時表演所的研究生以女生居多，而鑑於之前音樂劇《四月望雨》和《隔壁親家》的臺語歌詞創作經驗，我便構思了名為《今夜星光燦爛》的音樂劇劇本，以一個罹患阿茲海默症的老太太為主要角色，描寫老太太女兒為了回喚母親昔日的記憶，齊聚她當年共同奮鬥的好友們，以倒敘手法回顧年輕少女追求歌舞夢想的故事[1]，期盼這樣一個劇本能夠讓表演所擅於歌曲演唱的研究生們有所發揮，當時幾天的時間便快速地交出完整的故事構想和架構。未料不久，志民導演急如星火地再度來電，要求我暫時擱置原先的計畫，改以臺灣前輩畫家陳澄波的生命故事為內容，全新創作一個音樂劇劇本，因為當時表演所有意遞案嘉義市政府文化局，爭取傾全力製作一齣史無前例的官方全出資的大型音樂劇演出。

　　是命運冥冥中的有意安排？抑或是創作內在伏流的巧合？其實，「陳澄波」早在我「芳華煙塵錄」系列創作構想的藝術家名單之列，而雄獅美術出版的臺灣美術家傳記系列中，林育淳編著的《油彩・熱情・陳澄波》，也早就收藏在我的書架上，只是，構想太多，十年間卻未曾有心力與動力真正進入實質的創作。

　　由於遞案時間緊迫，狼吞虎嚥地閱讀相關資料並在課業夾縫中親赴嘉義田調之後，4月初擬出初步的劇本構想，初以《蘭潭澄波》為名，之後與梁志民數次會議討論，在4月底便易數稿，確定以杜撰的人物「阿慶」這個類說書人的角色進出今昔時空、做為串連全劇並賦予當代意義的旁觀角度的外在形式，完成距離最終分場大綱不遠的版本，在5月初修改完成遞案使用的分場故事大綱及曲目表，後來雖經歷數次小幅度的修改，但以陳澄波畫作為核心的最初構思，仍是後來進行劇本寫作

---

[1]　這個構想最終因為《我是油彩的化身》的製作因此無疾而終，但後來卻成為衛武營戲劇院開幕戲《相思唱歌仔》的主要創作脈絡。

所依據的主要版本。由於如今嘉義地景標記的「蘭潭」風景區，澄波生時年代其實名為「紅毛埤」，因此劇名在家屬的建議和導演的私慕之下，改為陳澄波以油彩自擬的文章標題《我是油彩的化身》，那也是如今座落於嘉義市博物館旁、蒲添生後來為其岳父所雕塑紀念銅像的標題。

如今回顧這段構思形成的過往，儘管醞釀其實甚久，卻不免膽戰心驚於創意發想前置時間的短暫和快速，正如同每一次每一個劇本的回顧時，都不免訝異於創作當下不可思議、難以複製的情境，總也興起「如果換做現在，是否依然可能？」的懷疑和喟嘆，劇本的創作原是如此迷人且具挑戰性，但在創作的剎那之間便足以神遊永恆之境。

經歷了構思階段的短暫激情，5月底成功獲得製作權之後，劇本創作孤軍奮鬥的痛苦才剛剛開始。首先是時間的壓力，由於演出時程早已排定，將在民國百年的10月7日於臺北國家戲劇院首演，在那之前必須預留音樂家進行歌曲創作以及演員進行排練的時間，完整劇本及全部歌詞的創作曾一度被要求壓縮在半年的時間內必須完成，只是創作的激情不足以依憑，創作的沉澱似乎始終是必要的歷程，此時的我已不像年輕時可以擁有夠多的時間揮霍在劇本書寫的神遊之境，再加上那段時間一向健康的母親突然罹病臥床，嚴重到需要日夜陪伴照顧，學校授課之外的各種會議、評審、評鑑，乃至於早已排定的新劇本的創作計畫和擔任演員參與演出的排練更是接踵而至，每每拖著已是疲倦至極的身軀回到淡水住處，依然必須打開電腦，在暗夜中強撐眼皮，獨自面對劇本的書寫到天光漸亮，卻往往一字都未能寫出，以至於交稿日期一拖再拖，從2010年11月底延到了2011年2月底，而我依然未能完成完整的初稿。

其間，更因為第一次澄波家屬與製作單位見面時，雙方對資料提供和創作協助的溝通產生誤會，以及劇本遲遲未能產出交稿的困境，導致家屬對整個製作多有疑慮，甚至表達取消演出授權之意，身為編劇的我，只能在兵荒馬亂之中，忐忑地帶著幾頁劇本殘稿和幾首已完成的歌詞，負荊請罪式地到嘉義陳家說明當時創作的進度。所幸經過不斷解釋，並且朗讀了帶去的斷簡殘篇之後，家屬才稍有釋懷，也基於他們對於藝術家創作的尊重，那場仿若「鴻門宴」的歷險風波纔算暫息，但至今回想依然驚悸猶存。

臺灣音樂劇的創作

關於臺灣音樂劇的創作，大概可以回推到1987年，當時許博允的新象公司曾經製作了臺灣劇場史上第一齣原創的音樂劇《棋王》，文本改編自張系國同名小說，創作上結合了作家三毛的詞、李泰祥的音樂，更有影歌星張艾嘉、齊秦以及聲樂家曾道雄等人的參與演出，然而，一方面是作品本身仍不夠成熟，對於「音樂劇」或譯為「歌舞劇」（Musical）的創作及表演仍然模糊於「歌劇」（Opera）與「音樂戲劇」（Play-with-music）的尷尬形式之間，只能說是臺灣原創音樂劇開始摸索的起步階段；另一方面，當年的臺灣現代劇場正處於小劇場前衛實驗風氣初盛的年代，對於「音樂劇」這種帶有濃厚商業性質及通俗色彩的「非正統戲劇」，潛意識裡多少有所排拒，因此相關的歷史論述僅將其當作流行話題的劇場煙火秀，並未能真正加以重視。

直到1994年左右開始，「音樂劇」這樣一個歐美商業劇場中普遍受到喜愛的戲劇形式，由於綠光劇團的《領帶與高跟鞋》（1994）、《都是當兵惹的禍》（1995）以及果陀劇場的《大鼻子情聖——西哈諾》（1995）、《吻我吧娜娜》（1997）和《天使不夜城》（1998）等等作品陸續推出並在市場上站穩腳步，也讓觀眾看到了現代劇場不一樣的可能性，才逐漸受到臺灣觀眾的青睞，慢慢地形成這個世紀新一波音樂劇之觀賞與創作的風潮。本地的劇場專業創作者在形式上借鑑歐美音樂劇的同時，在題材上也逐漸摸索屬於臺灣原創的音樂劇作品，或從現代都會生活切入創作、或改編西方經典劇作及電影，或取材中國傳統戲曲故事、或找尋臺灣歷史人物的身影，將近三十年的努力，許多小而美的音樂劇團體冒出新芽，在臺灣現代劇場的舞臺上，漸漸開出了錦簇繁花。

然而，在音樂劇製作逐漸專業、表現日趨多樣、人才需求不斷增加的同時，除了個別劇團為了培植自身表演人才而開辦音樂劇表演訓練課程之外，臺灣戲劇教育重鎮的大專學府卻始終沒有跟上腳步，不論是編、導、表演（包含戲劇、舞蹈表演及歌曲演唱）、音樂創作或是舞臺視覺設計及技術等各個面向，都缺乏系統性規劃的音樂劇相關專業課程，而演出評論或理論建構的論述更是嚴重缺乏。

以音樂劇劇本創作的論述來說，其間可以討論的層面相當寬廣，另一方面，儘管戲劇和音樂劇在表現上有著一定的差異，也都有各自不同的強調重點，但是劇本創作的基本歷程和構思時對於情節鋪排、劇本結構、人物設定、對話書寫等等所應

注意之處，就基礎而言卻又大致相同，唯獨「歌詞」的寫作是一般戲劇中所沒有的部分，如果我們將音樂比喻為音樂劇的靈魂，歌詞應可說是音樂劇靈魂的乘載體，也經常是創作上讓創作者較為費心的部分。

✦ 音樂劇歌詞創作 ✦

歌詞的形式

在一般戲劇（drama）的劇本（play）書寫中，文字部分包含了語言（language；即「臺詞」）和舞臺指示（stage direction）兩大部分，而音樂劇的劇本，除了語言和舞臺指示之外，增加了「歌詞」（lyric）這個部分的書寫，這與「合歌舞以演故事」的中國傳統戲曲劇本中包含了道白、介及曲文三大部分的書寫方式有著相似之處。另一方面，當我們仔細觀察音樂劇劇本中的歌詞，更可發現，其與戲劇劇本語言的形式和功能特質有著極高的相類之處。

在音樂劇的創作歷程中，究竟是以歌詞為先的「作詞」？抑或是以音樂為先的「填詞」？何者為優？一般來說並無特別的定論，而是以個別創作者的習慣為主，但無論是詞先或是曲先，創作初始就應該規劃出一個完整的「曲目表」（scenes and musical numbers）卻是相當重要的關鍵步驟，在整個戲劇的發展中，誰（who）應該要唱？對誰（whom）唱？為什麼（why）要唱？在何時（when）唱？在何地（where）唱？唱什麼（what）？怎麼唱（how）？這些都是必要考慮的環節。曲目表的產生不單是戲劇層面的關照，更必須從音樂的角度思考，特別是音樂形式的運用，應是曲目表規劃時，不能夠忽略的重要關鍵。透過前述七個W的基本思考，將可完成曲目表的初步規劃，而後展開音樂劇劇本或歌詞的創作。

本文的討論乃是從「作詞為先」的概念出發，其主要原因在於將音樂劇中的歌詞，當作是劇本「語言」的一部分來看待，當然這也是個人創作上的習慣所致。

戲劇中的語言形式一般大致可分為對白、獨白與旁白三種主要形式，分別提示了人物與人物之間的對話（對白），人物自己與自己的對話（獨白）以及人物與觀眾之間的對話（旁白）；而音樂劇在歌曲形式的表現上，則通常包括了獨唱、對唱、重唱、合唱四大類[2]，因此，當我們將戲劇的語言形式和音樂的歌曲形式兩相

---

[2]　關於音樂劇音樂形式種類的看法，本文參考冉天豪在誠品講座〈創作音樂劇的樂趣〉中的觀點。

結合，便可以將歌詞的形式歸納為對話式、獨白式與旁白式三大類，對話式的歌詞表現為人物之間的對唱或重唱，含有情感交流與衝突互動的基本特質；獨白式的歌詞多為人物心聲表達的獨唱，抒情性較為強烈，但也可能帶來敘事的效能；至於旁白式的歌詞，則具備了相當高程度的敘述說明和議論性質，通常表現為合唱或是重唱的形式。當然，除了上述幾種基本形式之外，在整體音樂形式的變化需求下，往往也包含了彼此之間的混合形式，同時也會牽涉到製作層面的演員量能。

　　戲劇語言講究從人物性格出發，語言的內容和方式都應該要符合人物的性格、職業、身分、背景、年齡等等，而音樂劇歌詞不論是抒情、敘述或是議論，也都必須從人物的角度出發，才能夠貼切地讓劇中人發聲。同樣屬於歌詞的創作，一般流行歌曲的歌詞則未必具備「角色」的內在延伸，這正是音樂劇歌詞和一般流行歌曲的歌詞最大不同之處，也是中國大陸學者在論述音樂劇時，往往以「劇詩」的名稱取代「歌詞」的重要原因。只是，許多音樂劇的歌曲往往也可以獨立出來，成為流行音樂的單曲，有時甚至單曲先行在市場測試，音樂劇隨後才推出。同樣的歌詞做為單曲表演，儘管聽眾未必知道其出處來源，演唱時也沒有戲劇的「角色」或「人物」存在，但聽眾一樣會受到旋律與歌詞的感動；而當這首歌被放置在音樂劇的情境之中，由特定的人物唱出時，因為人物的形塑，這時候的歌詞便得以展現其在整體音樂劇中的特殊意義。以眾所熟悉的《貓》（Cats）裡的〈回憶〉（Memory），或是《微風輕哨》（Whistle Down the Wind）裡的〈無論如何〉（No Matter What）來看，它們在流行歌曲市場上所具備的魅力，並不會減損了成為音樂劇歌詞的優秀性，而因為音樂劇的劇中人物，賦予原本中性的歌詞更豐富的戲劇性意義，更加深了音樂劇歌詞所帶來的特殊美感，以及與戲劇人物結合時，更加鮮明的指涉色彩，這正是音樂劇的歌詞最為微妙也是創作困難之處。

　　對話式的歌詞儘管歌詞的書寫方式類似兩個人物的對話，但是卻不像一般戲劇中一來一往的對話那麼直接，毋寧是採取一種迂迴的方式，以呈現兩個人物之間的情感，歌詞中運用了大量的比喻，在文字上除了格律及押韻的文字修飾之外，句與句之間的對仗以及主要句子和句型的重複出現等等手法，除了表現出角色對唱之間的應和關係之外，就歌詞的屬性上，更呈現出音樂劇歌詞所蘊含的音樂性，並突顯了戲劇臺詞與音樂劇歌詞之間最基本的差異。

　　獨白式的歌詞主要是以獨唱的方式表現，是一般音樂劇中不可或缺的重要部分，就表演者來說，是展露其個人演唱能力和技巧的重要時刻，就音樂劇的劇中人

物來看，則是透露其心聲的關鍵時刻，具備了刻劃人物的重要功能。

至於旁白式的歌詞，其運用的方法與戲劇中的旁白也是類似的，採取一種全知或者旁觀的角度，直接面對觀眾唱出，這種音樂劇中旁白式的歌詞，往往表現為群眾場面的合唱或重唱，和希臘悲劇中的歌隊以及歌隊的唱詞則有著異曲同工之妙。

歌詞的功能

在上述對話式、獨白式和旁白式的歌詞形式中，依其在劇本中的功能差異性，大致可歸納出抒情性、敘述性、議論性等三種主要的功能，其中抒情性表現為感性訴情，敘述性表現為敘事描景，而議論性通常是說理辯論，廖向紅（2006）在《音樂劇創作論》一書中，也有著相同的看法。

不論是對話式、獨白式或是旁白式歌詞，都可能具備了上述的功能，換言之，不同形式的歌詞，或具備了敘事描景、感性抒情，或說理辯論等單一的特性，而在單一形式的歌詞中，亦可能同時具備兩種、甚至是三種以上的功能：

一、感性訴情之抒情性

這大概是一般音樂劇歌曲中最受歡迎的功能，例證也最多，在獨白式的歌詞和對話式的歌詞中，通常都會帶有濃厚的抒情意味，在人物情感的傳達上最具效果，對觀眾情緒的渲染力也最強，但我們必須注意的是，儘管抒情性的歌曲是音樂劇中相當重要的部分，也是一般觀眾最喜愛的部分，但是歌詞的抒情性並非音樂劇歌詞的唯一功能，創作者更應該掌握抒情之外的他種功能，唯有如此，音樂劇歌詞的戲劇性才得以在不同的配套組合中舒展開來。

二、敘事描景之敘述性

以敘述性來說，大約可分為敘事和描景兩種類別，這裡所謂的「敘事」，乃是簡單定義為說故事或是講述戲劇情境裡事件發生的經過，通常也是戲劇情節發展賴以推動之處，而描景，則是透過景物或場景的描述，投射給觀眾更多對於戲劇情境的想像空間。

三、說理辯論之議論性

說理辯論之議論性功能，在音樂上多半表現為人物之間的重唱，而歌詞則必須

掌握針鋒相對的語言特質，透過句型節奏上的變化，傳達出劇中人物的真正意圖與思想所在。

不論是抒情性、敘述性或議論性，皆有可能彼此交參而相互交融，在特定的戲劇情境中展現出劇中人物的情感和角色態度，同時勾勒出戲劇情境中的特殊氛圍。因此，上述三種功能只是歌詞功能的基本型態，如何加以變化以達到更加豐富的意境和創意，則有賴創作者深入戲劇人物與情境中，才能夠確實掌握。

歌詞的特質

歌詞在戲劇中有其各自的功能以如上述，而在書寫上則至少應具備文學閱讀性、口語表達性和場面表演性等三個重要的特質。

一、文學閱讀性

儘管歌詞在音樂劇演出時乃是結合了音樂被表演出來，一般觀眾很少能夠真正閱讀到歌詞的文字之美，但作為文字書寫的一環，歌詞的文學閱讀性仍是不可缺少的特質，然而歌詞文學性與閱讀性和一般的詩詞最大不同之處，即在於歌詞所強調的，未必在於文字的華麗與繁複或是樸拙與簡潔，毋寧應該更強調文字的節奏感與音樂性，以及透過文字被聆聽所能傳達出來的情思與意境，特別是中文單字單音組合的文字語音特性，與西方多音節拼音的語言結構有很大的差異，歌詞句型中詞彙的拆解往往產生了不一樣的節奏，例如，普通的七字一句的句型，最基本的可能拆解為「○○○○◎◎◎」的四三句，或是「○○○◎◎◎◎」的三四句，四三與三四的節奏感是完全不同的，其重音的落處也會有所差異，而與音樂結合時，自然也會產生音韻旋律上的差異。

此外，臺語歌詞的創作隨著臺語音樂劇的逐漸發展，在可見的未來應該也會是眾所關注的焦點，在一般的認知裡，臺語語彙中的部分詞句往往有音無字，在借用漢字表達的同時，其文學閱讀性更提供了我們認識河洛語和漢文的可能性，個人認為，在漢文讀音的基礎下，正可提供臺語音樂劇歌詞在文學閱讀性的掌握，《我是油彩的化身》中臺語歌詞的書寫，可以說是這個方向的嘗試。

事實上，中國大陸近十年來有不少學者開始關注音樂劇創作的論述，但是在歌詞的討論中，多半仍是標舉西方經典音樂劇的內容為例證，雖然仍有部分參考的價

值，但就創作主體的思考，特別是語言特性而言，確實有很大的闕漏與遺憾。

二、口語表達性

歌詞，最重要的是必須被唱出來，因此歌詞的口語表達性便顯得更加重要，好的歌詞必須可唱亦易懂，甚至讓觀眾容易記憶而朗朗上口，另一方面在語音上避免被誤解為其他同音的辭彙，在與音樂結合成為歌曲時更必須注重其聲揚、音收的變化，也就是所謂「開口音」與「閉口音」的差異。現今口語中文有所謂的四聲，其抑揚頓挫之間自然是創作者必須審慎思度的重要問題。此外，歌詞韻腳的使用，是創造口語表達性的重要關鍵，其與文學閱讀性也有著相互呼應的關聯，在歌詞創作時，能夠找到適切的韻腳，對於歌詞的實際寫作有著關鍵性的影響。現代音樂劇的歌詞創作，雖然沒有像傳統戲曲有所謂的「韻譜」可供直接參考，但也許可以從古典韻譜的辭彙組合中，找到間接參考的價值。

三、場面表演性

這裡所謂的場面表演性是指提供演員表演的可能性和導演創造整體戲劇場面的可能性，一般的歌曲，演唱者並不具備「角色」的身分，其表演性重點多半在於聲情的表達，但音樂劇的歌曲乃是透過角色傳送出來，因此歌詞所提示出來的表演可能性便與角色以及扮演有著相當密切的關係。

同時，歌詞所提示的不單只是單一角色，在整體戲劇場面的營造上也有很大的發揮空間，歌詞所塑造的戲劇想像世界，以及其敘事簡潔、轉場便利等特質，都是場面表演性中相當值得關注而應該特別掌握的部分。因此歌詞的創作當不只是文字的遊戲，更寬廣地來看，歌詞確實是音樂劇整體靈魂的承載體，唯有適切地掌握，方能創造出具有可看性、可聽性又具有美感深度的作品。

歌詞作為一種以視覺（文字）出發而以聽覺（歌曲）完成的文字遊戲，在戲劇人物與情境的框架中，創造了音樂劇舞臺多樣而豐富的想像。我們或許可以從一個字、從一個詞，也或許從一個句子，一首歌名，甚或是從一個意象觸發而展開歌詞創作的旅程；當歌曲完成時，我們可以透過唱誦與聆聽來檢驗歌詞和音樂的密合度，而文字與音樂相互撞擊時所產生的創作火花，將帶給創作者無限的樂趣。因為歌詞不僅只是觀閱的文字而已，歌詞能夠也必須超越詩的單純想像而落實在舞臺

上，成為一種立體多元的劇場風景。

✦ 生命情性的謳歌 ✦

資料收集與整理

　　《我是油彩的化身》的創作，除了時間的壓力，其實最大的困境是在於創作本身。個人在面對劇本的創作時，總會希望找到一個與內容相對應的形式。構想之初，手邊的相關資料有限，感覺能夠戲劇化的素材實在過少，但經過幾個月如雷達搜索的資料收集與閱讀之後，卻又驚覺資料龐雜而難以取捨歸整為一個戲劇結構，其實這正是歷史事件與真實人物在戲劇化過程的書寫困難之處，總是患寡同時亦患不均，如何拿捏與掌握自是一門戒慎恐懼的功課。

　　曾在赴嘉義初次田調時，以遊客的身分參觀過陳澄波文化館，經過熱心義工的介紹，以及親眼目睹澄波畫作複製原畫的感動，當下便決定以畫作為基底，勾勒出陳澄波一生追求並奉獻藝術的生命情性，除了描寫畫家的生命旅程之外，以音樂劇而言，更重要的必要將視覺性的畫作轉化為聽覺性的歌詞而得以在舞臺上被吟詠唱誦。

　　事實上，敘寫一個人物的生平故事，就戲劇創作而言，最大的困難在於人物生命事件的揀選，要從哪一個角度看待主人翁？該從哪一個生命情境切入戲劇的脈絡？要揀選什麼樣的事件以鋪排情節？這往往也顯示了創作者的價值觀與生命觀。以陳澄波而言，相信對其生平稍有認識的人，絕大部分可能都會選擇戲劇性最為強烈，也是在當代最為政治正確的「二二八事件」做為戲劇情節發展的敘事主軸，這自然也是後來有許多人，在議論音樂劇《我是油彩的化身》的成敗時，所持的觀點。只是，這對我而言，不啻是另一種意識形態作祟之下的主觀認定，畢竟，做為藝術家的陳澄波，他筆下所創造的圖像的世界，毋寧是更令我感動的。特別是後來二度到嘉義走訪，遍訪嘉義市區許多陳澄波昔日作畫的場景，透過擺置於各處景觀之前的畫架和畫作，事實上彷彿在故人作品的引導之下，重溫了畫家當年揮筆寫生的情境，繪畫的溫度暖如南臺灣的驕陽蘊藏入心，多少撫慰了後來創作困頓時的孤寂與不安。

　　因此，最後擬定以陳澄波的藝術生命為敘事主軸，描寫他一生中，即使生活困頓亦無悔於藝術創作之追求，卻因為政治事件之荒謬與殘酷而蒙塵受難，甚至幾十

年間湮沒於歷史的灰燼中。

曲目表的安排

　　就音樂劇的劇本創作而言，除了必要的情節架構，以及相關人物的設定之外，曲目表的規劃與制定，當是極為重要且必須先考慮的，音樂劇是歌曲與戲劇情節的結合，換言之，除了對話之外，歌曲也是推動戲劇情節發展，乃至於表現人物的重要元素，有時候，曲目表完成，便可大致看出整體情節發展的脈絡，對於分場大綱的撰寫，乃至於整齣戲的結構和場面想像，將會有非常大的助益。

　　由於《我是油彩的化身》劇中因為空間環境的變化，具有多種語言的特質，因此在曲目表中，除了演唱者之外，便將演唱的語言也加以註明，這對未來的演員選擇，自然也是一種必要條件的思考。在整體歌曲的規劃中，完成的曲目表如下：

曲目	場次	曲名	演唱者	備註
00	序	序曲	樂團演奏	演奏曲
01	1場	故事從這裡開始	阿慶	華語
02		展覽會之畫	樂團演奏	演奏曲
03	2場	熱鬧的嘉義市街	群眾	臺語
04		阿嬤的心肝孫	阿嬤、阿慶	臺語／華語
05	3場	做一個有路用的人	少年澄波、群眾、澄波	臺語
06	4場	小雨傘的姻緣	澄波、張捷	臺語
7-1	5場	熱鬧的嘉義市街～大消息	群眾	臺語
7-2		我希望有一天……	澄波	臺語
8	6場	上野連歌	澄波、群眾	日語
9		一種春天的色緻	澄波、群眾	臺語
10	7場	一張咯一張的批信	澄波、張捷、阿慶	臺語／華語
11		我是油彩的化身	澄波	臺語
12-1	8場	黃浦江畔	阿慶、群眾、澄波	華語／臺語
12-2		黃浦江畔～回家轉場	阿慶、群眾、澄波	演奏曲
13	10場	水墨風光	澄波、學生們	華語
14-1	11場	戰爭・爭戰1	群眾	華語
14-2		戰爭・爭戰（尾聲）	群眾	華語
中場休息				

曲目	場次	曲名	演唱者	備註
15-1	12場	間奏曲	樂團演奏	演奏曲
15-2		思念的人	張捷	臺語
16	13場	畫家之歌	澄波、群眾	臺語
17		遺憾	澄波	臺語
18	楔子	戰爭・爭戰2	阿慶、群眾	華語
19	14場	針線情深	澄波、張捷	臺語
20		慶祝日	群眾、阿慶、澄波小孩	華語／臺語
21	15場	戰爭・爭戰3	群眾	臺語
22		玉山積雪	澄波	臺語
23	尾聲	我是油彩的化身	澄波、阿慶、群眾	臺語
24	謝幕	謝幕曲	樂團、全體	臺語

情節結構設定

　　音樂劇《我是油彩的化身》在情節架構上以陳澄波的藝術生命為主軸，描寫從困苦中成長的他，面對生活的艱苦與平順，皆不改其對於藝術的熱情，以及無怨無悔的追尋。為了突顯藝術家生命的主體，也希望能有一個當代視角去關注到昔日的種種，因此虛構了一個大學美術系畢業生「阿慶」[3]，以他面對生命困境的徬徨映照出澄波的愛與勇氣，同時也讓阿慶得以穿越時空，帶領觀眾進入往昔的時空乃至於澄波內心深處的世界。分場大綱中，當代的時空以明體表示，過去的時空則以楷體表現，具體的分場大綱分述如下：

第一場：2011・嘉義

　　阿慶即將從大學美術系畢業，已經當過兵的他很徬徨，似乎畢業即失業，不知道自己接下來該往哪裡走，和交往多年的女友小潔在感情的路上，似乎也走到了一個瓶頸。偏偏就在這個時候，阿慶的父親過世了。

　　在阿慶整理父親遺物的時候，他發現了一封信，是他在當兵時父親寫給他卻未寄出的信，還有一本破舊不堪的日記，裡面夾了一些泛黃的剪報。

---

[3]　在資料收集時，發現有一張名片，是陳澄波在上海新華藝術專科學校西畫科擔任主任時所印的名片，在「陳澄波」右下方有字「慶瀾」，因此將此虛構的大學生取名為「阿慶」。

安靜的展場裡，阿慶獨自逛著，在濃厚油彩堆疊的〈嘉義街中心〉、〈嘉義街景〉、〈嘉義公園一景〉、〈淡水〉、〈清流〉……等等不同年代的畫作前面流連著，最後他坐在一張長條的椅子上，看著眼前的這些畫作。一幅一幅濃彩的油畫、水彩及素描像是電腦螢幕一般在眼前放大、滑過，然後變化，而阿慶身邊的景物也開始移動……。

景物則由素描般的線條轉變成立體的造型和色彩，阿慶已經置身在畫作裡二十世紀初的嘉義街上。

第二場：1908・嘉義

在熱鬧的市街裡，行人來往、小販叫賣，澄波的祖母也帶著澄波到街上做生意。澄波的母親在他出生時就因為意外而死，父親因再婚且長年在外教書，便將他託給祖母撫養，祖母與澄波兩人相依為命，靠著在街上賣花生油和雜糧維生。現在，祖母年歲漸大，澄波也已經過了應該要進公學校念書的年紀，便希望澄波的二叔可以擔負起照養澄波的責任，祖母交代他以後要更聽二叔的話，祖孫倆充滿孺慕之情。

第三場：1911~1915・嘉義

少年澄波在寄人籬下的生活裡，二叔規定他每天要上山去撿拾枯枝回來當柴燒，然後要到菜園裡摘蕃薯葉。這一天，他背回了木柴之後，拿了一枝枯枝在地上畫畫，被二叔發現，認為他在偷懶而打了他，澄波獨自啜泣。

闖進舊日時光的阿慶安慰著澄波，雖然澄波不認識阿慶，但他仍然很天真很有自信地告訴阿慶，他以後一定要做一個有用的人！

第四場：1918~1923・嘉義

喜慶的鞭炮聲傳來，人聲喧鬧後漸漸安靜，二十四歲的澄波已經從臺北國語學校公學師範部畢業，回到嘉義，在嘉義第一公學校擔任訓導，更在祖母的主持下，和出身嘉義南門望族的張捷結婚了，就在新婚之後，澄波發現妻子的額頭上有個淺淺的疤痕，從兩人彼此的記憶中，追溯到了公學校時代，頑皮的澄波意外地用雨傘打傷張捷額頭的童年往事，當時導師古川先生曾經戲言：「你們現在只知道一見面就吵鬧生事，將來說不定就誰討了誰當老婆，那時你們可有得吵的啦！」

可是澄波夫妻並沒有吵吵鬧鬧，相反的，兩人鶼鰈情深，珍惜著彼此的緣分。

只是，穩定的工作、賢淑的妻子和溫暖的家庭生活卻無法壓抑澄波心中那股投入繪畫的熱情騷動，他想起當年在國語學校時，受到石川欽一郎老師的影響，而立志要當個畫家的往事，終於，他決定赴日繼續他的繪畫學習，卻引起了岳父強烈的不滿，甚至收回了原本要供給他學費和協助維持家計的承諾。但是，現實的阻礙阻擋不了澄波習畫的決心，在取得妻子的諒解下，終於決定赴日。

第五場：1924・嘉義

嘉義米街上，大家議論紛紛，因為澄波要到日本念書，大家耳語著他要去學什麼，有人說學醫，為了幫祖母治病，有人說學法律，因為澄波始終很有正義感，當有人說到他去學畫時，一致的反應是，學畫為什麼要到日本？在錶錆店裡當學徒就好了呀！

澄波一家人到嘉義火車站送行，澄波有著複雜的情緒，夢想的實踐、親人的暫別、異鄉的憧憬等等都在他心中縈繞。

第六場：1926・東京／嘉義

東京美術學校附近的上野公園裡，澄波正在寫生，他用不一樣的眼睛看著世界看著畫。當澄波收拾著畫筆顏料，準備離開時，卻傳來了好消息，大家七嘴八舌地爭先告訴澄波他的〈嘉義街外〉入選了第七屆的帝展，記者也來訪問了，一時之間，熱鬧地像是春天裡百花綻放、百鳥齊鳴。

第七場：1929・嘉義／東京

嘉義家鄉的孤燈下，澄波妻子正在燈下縫補衣物，她想念澄波，在兩胎女兒之後，他們的第三個孩子即將出世，她知道澄波即將畢業，她肩頭所負擔的家裡的重擔或許就能夠稍稍減輕，她從一個千金小姐的身分，變成以女紅維持家計的家庭主婦，還要寄錢到日本供給澄波在日念書的費用，雖然從未有怨言，但是，堅強如她也不免希望丈夫能夠早日回到身邊。

其實，美術學校圖畫師範科即將畢業的澄波顯得心事重重，他知道家鄉的妻子有多麼辛苦，他也知道自己學業告一個段落就應該快快返鄉，擔負起一個男人的責任，但是心中對於繪畫追求的熱情卻不斷燙傷他的責任心。他寫信告訴妻子希望可

以繼續進入西畫研究科深造，甚至想要在未來能夠到法國巴黎去學習。

一封又一封的信，寄送在兩地之間，成為他們爭論與體諒的橋梁。

就在澄波研究科畢業的時候，接到王濟遠邀請他到上海任教的信件。最後，石川老師一封鼓勵的信，讓澄波決定接受王濟遠的邀請，到上海任教發展。澄波懷抱著夢想，他知道，自己就是油彩的化身。

第八場：1930・上海

一九三○年代初期的上海黃埔江畔，碼頭工人上上下下地搬貨、男女旅客來來往往，一派新興的繁華景象。澄波已經獨自來到上海任教一年了，此刻的他更為興奮的，是他即將見到久違的妻子和孩子。

一家人的團聚，對澄波來說是至為重要的，夫妻重逢、三個稚齡的孩子，他們將在上海共享一生中難得的天倫之樂。陳澄波關於上海港邊的畫作如日月交替般緩緩變化著，最後，上海的港邊景色變成了陳澄波一家人團聚的〈我的家庭〉。

第九場：1931・上海

澄波正為孩子們解說他的畫作和從中國傳統繪畫中習得的技法，並詢問孩子學習書法的情形，張捷則在一邊靜靜地縫著衣物，孩子們一面聽著澄波的故事，一面嬉鬧著。

澄波訴說著白蛇傳的西湖故事，孩子們聽得入神也漸漸睡著了，澄波告訴張捷他原本想要爭取擔任臺展的審查員，更想要到法國巴黎繼續深造，石川老師卻來信勸說他把握自己畫作中純真的性格，並利用在中國的機會，掌握東方藝術的精神，張捷笑著說石川老師真是了解她的想法，夫妻倆人在甜蜜中憧憬著未來。

第十場：1932・西湖／上海

澄波則是帶著學生在西湖邊寫生，男女學生圍繞著他們的老師，討論著構圖、筆法和色彩、書法、裸體和中國畫風。

戰爭的砲聲響起，上海一二八事變爆發了，戰爭的陰影隨著中日衝突加劇的消息不斷傳來。

澄波一家人於是先行逃到法租界，卻險遭不測，幸虧有學校的校工仗義搭救，一家人才免於劫難。於是，澄波急著送走張捷和孩子們。

第十一場：1933・嘉義

在嘉義家鄉等待著丈夫歸來的張捷的心總是懸著，原本來信告知的回程已經過去月餘，丈夫卻仍然音訊渺茫。張捷一面暗自落淚，一面祈禱上蒼保佑澄波平安歸來。直到澄波出現在面前，心頭壓的一塊大石頭才放下。

阿慶從祖父的日記裡得知，澄波在1933年6月回到了臺灣，開始了他生命中至為重要的自由創作期。

嘉義公園裡的澄波，已是名滿天下的畫家，他運用獨特的作畫手法，如鬥劍般地將自身融入在景色和畫作之中，並且用這樣的手法，將風景的氣勢和樹木的律動展現出來。

嘉義以及臺灣其他各地的風光轉變成一幅一幅的畫作，澄波依舊專心創作，仍然借別人的嘴說出他畫中的缺點而加以修改，他自許要畫出臺灣各地的景觀與人情之美，人來人往的公園裡，同樣的有人駐足觀賞，有人竊竊私語，有人看了他畫畫而立志要當畫家。

澄波帶著女兒碧女和他一同在公園裡寫生，碧女想去游泳而不專心，他嚴格地督促著，只因為他知道，為了不讓以後遺憾，現在就要把握當下的機會。可是碧女卻不能體會父親的苦心，抱著被父親塗黑的畫，哭著離開了公園。

楔子：1937・嘉義

太平洋戰爭的陰影開始籠罩著臺灣，美軍飛機的「爆擊」，在嘉義造成了很大的震撼。歷史的光影流動在舞臺上。

第十二場：1939~1945・臺灣／嘉義

即使在這樣困苦和物資缺乏的日子，澄波依然在臺灣全島旅行寫生；當澄波在各地旅行寫生時，張捷一針一線地縫補著衣物依然如昔，夫妻倆人的針線情令人感

動。而澄波女兒，也到了要結婚的年齡。

澄波從朋友那裡，好不容易拿到了一把藍色的洋傘，他要送給女兒當嫁妝，他用洋傘勉勵女兒情感不散，更用自己的婚姻鼓勵女兒要密密織縫著夫妻之間的「針線情」。

澄波還來不及體會女兒不在身邊的滋味，便傳來了日本投降的消息，澄波高興地寫下「吾人生於前清，而死於漢室者，實終生之所願也」。

嘉義市街上人聲鼎沸，鞭炮聲四起，〈慶祝日〉的畫面完成於舞臺上。可是，一列接收臺灣的中國兵從民眾眼前走過，落魄的模樣讓所有用力揮舉歡迎中華民國國旗的手漸漸停了下來。勝利日漸漸變調成為隱藏著凶險的危機，群眾們面面相覷，不知道該如何反應才好。

第十三場：1947・臺灣

一陣槍響，劃破了原本寧靜的清晨，人群驚恐地散去。

從二二八事件爆發開始，臺灣百姓又一次經歷的生存與生命的恐懼。爭戰？還是和平？澄波選擇了和平，成為談判的代表。但是，他企望的和平破碎了，就像變調的勝利日一樣，水上機場成了戰場與刑場。

在獄中，澄波已經知道自己回不去了，便將身上的手錶和一支筆轉託被放回去的參議員交給家人。他寫了兩封遺書，信中仍然掛念著嘉義的市民，感嘆著自己的藝術生命即將結束，他只希望女婿好好照顧家人⋯⋯

四週漸漸暗了，黑暗中槍響，一聲、兩聲！

尾聲：2011・嘉義

黑色籠罩著眼前，漸漸透露出光，線條、色彩一一加入，讓舞臺上成為繽紛色彩的陳澄波〈嘉義街景〉。

阿慶身在色彩繽紛的〈嘉義街景〉中，他深深地感動著，體驗到了畫家真正愛鄉土的情懷和具體行動，更明白了畫家最深刻的愛與痛，以及在無止盡的愛裡所帶來的勇氣。

前列的分場大綱，在開始創作劇本後，事實上會根據實際書寫的狀況略做調整，然而，分場大綱的這一步驟，對於掌握創作初心卻是非常重要的，它彷彿是建築房屋的重要藍圖，許多分場大綱中的敘述，在轉化為劇本的形式時，毋寧是戲劇化的重要過程，換言之，是必須轉化為劇中人物的生活情境與對話，而在音樂劇中，更可能轉化為歌詞加以表現。

✦　歌詞的詩情書寫　✦

城市記憶的圖像

　　在《我是油彩的化身》中，歌詞的書寫有一個非常特別的經驗，那便是有許多歌曲是從陳澄波的畫作，以及陳澄波生命故事所轉化而來的。下面便以都市記憶的圖像、人物形塑的手法，以及主題詮釋的提點等三個面向的六首歌詞為例，加以說明。

一、熱鬧的嘉義市街

　　陳澄波一幅名為〈嘉義街中心〉的畫作，表現了陳澄波所處的年代，恰是一個城市文明剛要興起的年代，因而陳澄波經常會將電線桿放在他的畫作裡面，畫中遠方還可以看到嘉義當時最有名的噴水池，它也是當時的市中心；而他的畫作裡面的人物，除了自畫像或是家人的畫像以外，非常多風景畫裡面的人物，都是背對著看畫的人、沒有正面的臉，似乎代表了一個群體。於是，便從這幅〈嘉義街中心〉所呈現出來的景像，去勾勒一個時代的背景，衍伸出下面的這一首歌詞，做為詮釋1895年之後，大概是1911年左右，嘉義市街的情境；同時，也提供進入正戲之前歌舞場面的可能性。

　　【熱鬧的嘉義市街】
　　日頭豔豔天青青，雲海遠遠在山邊，
　　南風輕搖大樹枝，田頂飛過了白翎鷥，
　　街頭巷尾趕開市，啤酒涼涼喝一嘴，
　　嘩玲瓏賣什細物，澎粉白白點胭脂，
　　豆花麵茶香又甜，也有好玩的布袋戲。

鬧熱滾滾的嘉義市[4]，漸漸翻新的都市，

洋樓一層一層起，電火條仔滿滿是，

對車站遠遠嘎看過去，就是時興的噴水池。

日頭豔豔天青青，雲海遠遠在山邊，

南風輕搖大樹枝，田頂飛過了白翎鷥，

街頭巷尾趕開市，啤酒涼涼喝一嘴，

嘩玲瓏賣什細，澎粉白白點胭脂，

豆花麵茶香又甜，也有好玩的布袋戲，

鬧熱滾滾的嘉義市。

二、水墨風光

　　看到〈蘇州〉這幅畫的時候，第一個映入眼簾的、非常重要的是中間這大片彩色的一條一條色彩鮮明的東西，它是什麼？找尋資料之後，才知道它是染過顏料的布，用竹竿掛在小河上晾乾，這樣情境真是色彩繽紛，讓整個畫面亮起來，最重要的是從畫中是讓人想像出那個時代的生活情境！就是從這幅畫當中，衍生出〈水墨風光〉這首歌。這首歌詞，除了描繪景觀之外，同時企圖將中國水墨畫的技法、水墨畫關於墨色的概念，巧妙地放入歌詞中，是以畫作中的畫面帶來的想像，轉換成具有韻律的文字。歌詞原本只有AB兩段，但在導演的要求下，添筆填詞增加一段成為ABAC的形式。

【水墨風光】

水墨風光，留白似白不是白，

濃淡點點染青苔，山嵐雲海不是海，

皴擦暈染花自開，柳絮生煙橋幾重。

橋幾重，綠水一彎過橋洞，

磚色紅，江風送晚鐘，

---

[4]　楷體為歌詞，明體則為口白。

西湖山水美人胎，扁舟搖向彩布中，
水墨風光入夢來。

水墨風光，留白似白不是白，
濃淡點點染青苔，山嵐雲海不是海，
皺擦暈染花自開，柳絮生煙橋幾重。

花一叢，春色正豔誰與共，
雨露濛，煙波垂釣翁，
青山婆娑蘇堤外，墨色五彩色不空，
水墨風光入夢來，水墨風光入夢來。

人物形塑的手法

一、小雨傘的姻緣

在閱讀陳澄波與妻子張捷的資料時，發現了相當有趣的小故事，他們小時候在公校念書時曾經認識、甚至因為澄波不小心用雨傘打傷張捷，導致張捷從此輟學，直到多年後，兩人因媒妁之言而結合，才因為張捷額頭上的那道傷疤彼此相認，這樣的一個小故事，編寫成兩人新婚之夜的歌曲，透過兩人的對唱，一方面有著敘事的功能，同時也完成了兩人成就姻緣的甜蜜情感。

這首歌原本曲名【這世人註定的緣】，非常巧地，因為首演飾演陳澄波的洪榮宏的成名曲恰巧是〈一支小雨傘〉，因此製作單位便將此歌曲改為【小雨傘的姻緣】。

【小雨傘的姻緣】
澄波：頭一遍睹到你，呀是懵懵懂懂的少年時，
張捷：咯再來識悉你，竟是吵吵鬧鬧的冤家時，
澄波：拿雨傘嘸注意，
張捷：將我的頭嗑到血流血滴，

澄波：我整面青筍筍[5]，

張捷：我額頭頂留著這個印記……

張捷：公校讀冊從此來做煞，

澄波：我也予先生罵嘎未煞，

兩人：咱一世人的緣分開始就自那，

　　　咱一世人的緣分同曆瓦。

澄波：一支小雨傘，

張捷：一支小雨傘，

澄波：沒意料先生戲言變先知，

兩人：誰知你我有緣結連理？親像針線萬針從頭起。

　　　一支小雨傘，一支小雨傘，

澄波：佳在沒把咱的姻緣來拆散，

兩人：世間的事自有伊的道理，

　　　咱一世人的緣分拆未離。

二、畫家之歌

　　這首歌主要描寫陳澄波從中國回到臺灣之後最重要的自由創作期，在歌曲間奏中，也適度夾著對白。這首歌的五個段落，表現出陳澄波對繪畫技法的領悟、對後進溫暖的提攜、對創作的謙虛，乃至於對家鄉景觀的熱愛，最後再歸結到創作的動靜心法，企圖以一首歌表現出人物在繪畫時的不同心境，更希望將人物的行動融入歌詞之中。另一方面，這首歌詞以大量的色彩入詞，直接描寫出陳澄波畫作中景物的豐富色彩運用，同時也將陳澄波作畫運用的筆法隱藏其中。

【畫家之歌】

層層樹葉，無風輕輕搖，

原來鳥仔步步躍（ㄅㄧㄡˊ），

運筆親像劈劍道，畫出樹影無風搖。

---

[5]　「青筍筍」即指「臉色慘白」。

心澎湃，感動人間大世界，

怎安排，取景入圖內？

噴水池邊小男孩，介紹圖景予伊知。

踏步入山，崎嶇山路彎，

田地一層一層高，樹皮有歲心不亂，

擦筆畫出百年歡。

紅厝瓦，青苔爬上白牆壁，

彎路埕，黃土半片灑，

金色日照淡水岸，淡水美景罩心肝。

山不動，山腰雲海不老翁，

水流動，水色不相同，

運筆如劍心感動，畫出畫中靜與動。

主題詮釋的提點

一、我是油彩的化身

　　這首歌的歌詞是由陳澄波的一篇文章所改編而來的，原本以日文寫成，經翻譯為華文，他以顏料自擬，表現出對繪畫的堅持，以及畫家生命的磨難的體認。這首歌在劇中分成兩次唱出，第一次表現在陳澄波即將畢業，嚮往繼續深造，但又受阻於家庭的責任和家境的困難，最終以油彩自擬「我是油彩的化身」，似乎透過歌詞，也坦然面對種種的磨難。第二次則是先由阿慶在劇終時唱出「伊是油彩的化身」，而後由群眾接續第二段，詮釋故鄉自然景觀入畫的感動，最終再由陳澄波詮釋出「奉獻於藝術」的主題所在。

我是油彩的化身（原譯文）

　　我是顏料。我不知道出生何處，不知道什麼時候有一群人將我運到了某一工廠，經過很多女工的手，我再一次被分解，終於變成像原料的東西。

從此有一陣子不問世事，不知不覺間被搬進了機械工廠。

嘰嘰叫的噪音中，轉眼間我已成了粉末。

自此備受折磨，許多同伴也成了犧牲者。

在咖嗏咖嗏聲中，通過長長的管子落入水中，有些浮出，來有些沉入水底，也有些半浮不沉。勞工們低聲地說：「如果不多淘汰些犧牲品，我們無法達到所期望的。」我們聽了都完全困惑了。然後，或放入油裡加工，或放在水裡加入糖分。接著才開始捶鍊，有了黏性後便成為一塊塊。

其次被塞擠入管內，再貼上青、赤、黃、紅等不同的名字，放入一定的箱內才送出世間。然後美術家把我買下，一面仰視山景，一面把我們從管內擠出，厚厚地塗抹在畫面上。

在美術展覽會場上擺出時，受到眾人的褒獎，「呀！真好哪！優雅的畫啊！色彩很美啊！」感覺很好，但是迄今我們所受的種種辛苦，實在不是三言兩語可以交代的。

【我是油彩的化身】（歌詞）
我是油彩的化身，
從來不知自己的出身，經過多少關愛的眼神，
經過多少拆散嘎重生，
心無怨嗟，浮浮沉沉，千錘百鍊，有時犧牲，
央願這生過得認真，因為我是油彩的化身。

向春天的風景借色彩，有紅有青色也有白，
看山看水天看雲彩，看花看楓葉看樹海；
畫一幅心中美麗的圖，感謝上蒼對咱看顧，
上親的是故鄉的人佮土。

我是油彩的化身，
將一生辛酸光榮獻予你，無人知影我的苦楚，
一生奉獻予我的理想，
（奉獻出你我一生一世的理想）

我是油彩的化身。……

　　在上面這首歌詞中，明顯可以看到透過格律字數及句型的變化，以及韻腳的設計，原本散文式的獨白被裁切成具有詩型與詩意的獨白式歌詞。

二、玉山積雪

　　〈玉山積雪〉是陳澄波生前最後一幅畫，歌曲〈玉山積雪〉則是劇中陳澄波擔任和平使者卻無故入獄，在面臨死亡威脅時所唱。首先第一段透過一連串不斷的詰問，企圖尋找生命的答案；第二段則是表現陳澄波對於家人的不捨，並暗示最後留下的是一幅一幅他用心畫出的畫作；第三段以畫作主題「玉山」的永恆，暗示澄波精神的永恆與守護家人、守護藝術的心願；最後的四句，可說是劇本創作者透過陳澄波的畫作以及他的生命情性的領悟，也是對於「藝術家陳澄波」最重要詮釋。

　　　日月為什麼輪流？玉山為什麼白頭？
　　　鳥仔為什麼啼叫？人生為什麼會有憂愁？
　　　要如何才是溫柔？要如何才能夠自由？
　　　要如何才沒冤仇？要如何才贏得過千秋？

　　　從今以後，如果天要起風落雨，
　　　我未當替你遮風避雨；
　　　從今以後，如果暗暝心情艱苦，
　　　我未當陪你談笑講古；
　　　從今以後，你心內若是有苦楚，
　　　請你看我用心畫的圖，
　　　溫柔的心，美麗的圖，
　　　伊會陪伴你一步一步，
　　　代替我陪你白頭到老。

　　　玉山高高高就天，靜靜遠遠在天邊，
　　　看顧山腳的百姓，伊永遠攏不咁離開。

有熱情才是溫柔，有勇氣才能夠自由，

有慈悲才沒冤仇，有藝術才贏得過千秋。

→ 結語 ←

《我是油彩的化身》在演出之後，有著不同的評價，有人很喜歡、非常感動，也有人罵得非常厲害，尤其在媒體評論及網路社群上，有人甚至說，這齣戲侮辱了陳澄波，雖然也有人說種種的好，但是對創作者的我來說，當時真的受傷嚴重，甚至感覺自己變成了另一個霸凌的受害者。

這麼多年之後，回過頭面對這個作品，再想這件事情，其實我更清楚地知道：

> 陳澄波之所以成為陳澄波，是因為他留下的作品，是他的藝術生命讓有形的生命化為無形的永恆。政治，是造成他早殞的原因，卻不是我們認識他的結果，更無法為他的藝術添加或減損一點什麼。[6]

這齣音樂劇的創作，從對畫作的感動開始，在畫作的感動中，將色彩、將視覺轉化為詩情的聲音韻律，再透過這些視覺與聽覺的交融想像，從而體認到畫家的生命情性，這樣一個作品，自然也寫出了它自己的故事。

6　這是當初在回應報紙上的評論時，所寫下的一段文字，當可做為我創作音樂劇《我是油彩的化身》的真正信念。

附錄：參考書目

一、劇本創作之參考書目

1. 雄獅編輯委員會，《雄獅美術：美術家專輯（八）陳澄波》第106期，臺北：雄獅美術，1979.12，初版。

2. 顏英娟，《美術館導覽9：陳澄波作品展》，臺北：臺北市立美術館，1992.2初版。

3. 藝術家編委會，《藝術家》雜誌第201期（34卷第二期），臺北：藝術家，1992.2，初版。

4. 李欽賢，《臺灣美術之旅》，臺北：雄獅美術，2007.11，初版。

5. 謝里法，《日據時代臺灣美術運動史》，臺北：藝術家，2007.9，6版。

6. 雄獅編輯委員會，《雄獅美術：陳澄波百年紀的反思》第276期，臺北：雄獅美術，1994.2，初版。

7. 蕭瑞瓊，《進入陳澄波的國度》，臺北：時廣文化，1994，初版。

8. 謝里法，《臺灣出土人物誌》，臺北：前衛，1997.3，臺灣版第四刷。

9. 陳重光，《我的父親》，臺北：格林文化，2010.2，初版。

10. 蕭瓊瑞，《神韻‧自信‧蒲添生》，臺北：文建會，2009.11，初版。

11. 顏娟英等譯著，《風景心境——臺灣近代美術文獻導讀》（上），臺北：雄獅美術，2001.3，初版。

12. 陳玉珠，《外公的塑像》，臺中：國立臺灣美術館，2006.12，初版。

13. 楊杏秀，《火焰畫筆》，嘉義：嘉義市文化局，2009.12，初版。

14. 賴萬鎮總編輯，楊杏秀執行編輯，《陳澄波‧嘉義人》（八十三年度全國文藝季嘉義市活動成果專輯），嘉義：嘉義市文化局，1994.5。

15. 林育淳，《陳澄波》（中國巨匠美術周刊），臺北：錦繡，1994.9。

16. 尊采藝術中心，《陳澄波、陳碧女紀念畫展》，臺北：尊彩國際，1997.12。

17. 艾米莉編劇、李俊隆漫畫，《油彩精靈陳澄波——臺灣美術菁英的生命傳奇》，臺北：新自然主義，2004.2，初版。

18. 陳長華，《臺灣美術家陳澄波》，臺北：臺灣書店，2007.10。

19. 林育淳，《油彩‧熱情‧陳澄波》，臺北：雄獅美術，2000.1，二版一刷。

20. 林育淳策劃編輯，《陳澄波百年紀念展》，臺北：臺北市立美術館，1997.8，初版。

21. 顏娟英，《臺灣美術全集　第1卷——陳澄波》，臺北：藝術家，1992.2，初版。

22. 尊采藝術中心，《璀璨世紀——陳澄波‧廖繼春作品集》，臺北：尊彩國際，1997.12。

23. 顏娟英，《水彩‧紫瀾‧石川欽一郎》，臺北：雄獅美術，2005.8，初版。

24. 黃小燕，《浪人‧秋歌‧張義雄》，臺北：雄獅美術，2004.12，初版。

25. 李欽賢，《色彩‧和諧‧廖繼春》，臺北：雄獅美術，2005.11，二版二刷。

26. 陳瓊花，《自然‧寫生‧林玉山》，臺北：雄獅美術，2000.11，二版二刷。

27. 李欽賢，《追尋臺灣的風景圖像》，臺北：臺灣書房，2009.6，初版。

28. 倪再沁，《臺灣美術論衡》，臺北：藝術家，2007.7，初版。

29. 蕭瓊瑞，《圖說臺灣美術史II：渡臺讚歌》【荷西、明清篇】，臺北：藝術家，2005.2，初版。

30. 李欽賢，《俠氣‧叛逆‧陳植棋》，臺北：文建會，2009.11，初版。

31.公共電視策劃，《臺灣百年人物誌1》，臺北：玉山社，2005.3，初版。

32.雄獅編輯委員會，《雄獅美術：美術家專輯（三）林玉山》第100期，臺北：雄獅美術，1979.6，初版。

33.王淑津等文、似鳥漫畫、閒雲野鶴繪圖，《美術臺灣人》，臺北：遠流，2002.6，初版。

34.莊永明，《臺灣百人傳3》，臺北：時報文化，2001.3，初版。

35.李超主編，《洋畫傳承：中國留日西畫家的藝術活動》，上海：上海錦繡文章，2009.1，初版。

36.臺北市立美術館研究小組編輯，《回顧與省思：二二八紀念美展專輯》，臺北：市立美術館，1996.4，初版。

37.簡君惠總編輯，《希望‧重生：二二八紀念藝文特展專輯》，臺北：北市文化局，2008.2，初版。

38.陳浩洋著，江秋玲譯，《臺灣四百年庶民史》，臺北：自立晚報，1992.5，初版。

39.遠流臺灣館編著，《臺灣史小事典》，臺北：遠流，2000.9，初版。

40.吳瀛濤，《臺灣民俗》，臺北：眾文，1980.2，再版。

41.王偉昶、林志興、邱勝安、孫大川、程君顒等合著，《探索臺灣》，臺北：黎明文化，1998.8，初版二刷。

42.李筱峰，《臺灣史100件大事——戰前篇》，臺北：玉山社，1999.10，初版。

43.于醒民、唐繼無，《上海：近代化的早產兒》，臺北：久大，1991.6，初版。

44.唐振常主編，《近代上海繁華錄》，臺北：臺灣商務，1993.9，臺灣初版。

45.張之傑總纂，《臺灣全記錄》，臺北：錦繡，1998.5，初版。

46.遠流臺灣世紀回味編輯組，《認識臺灣：回味1895-2000》，臺北：遠流，2005.1，初版。

47.戴國煇、葉芸芸，《愛憎二‧二八》，臺北：遠流，1992.2，初版。

48.鐘逸人，《狂風暴雨一小舟：：心酸六十年（上）》，臺北：前衛，2009.12，修訂三版。

49.鐘逸人，《煉獄風雲錄：心酸六十年（下）》，臺北：前衛，2009.12，修訂三版。

50.張炎憲、王逸石、高淑媛、王昭文採訪紀錄，《嘉義北回二二八》，臺北：自立晚報，1994.2，初版。

51.張炎憲、王逸石、高淑媛、王昭文採訪紀錄，《嘉義驛前二二八》，臺北：自立晚報，1994.2，初版。

52.褚靜濤，《二二八事件實錄》（上、下卷），臺北：海峽學術，2007.6，初版。

53.葉芸芸編，《證言2‧28》，臺北：人間，1980.2，初版。

54.二二八事件紀念基金會彙編，《二二八口述歷史補遺》，臺北：二二八基金會，2007.12，初版。

55.陳明芳編，《二二八事件學術論文集》，臺北：前衛，1991.1，臺灣版第四刷。

56.楊渡總策劃，王育麟紀錄片導演，《還原二二八》，臺北：巴札赫，2005.5，初版。

57.林柏維，《狂飆的年代——近代臺灣社會菁英群像》，臺北：秀威資訊，2007.9，初版。

58.藍博洲，《沉屍‧流亡‧二二八》，臺北：時報文化，1994.10，初版六刷。

59.王育麟、劉梓潔編劇、王育麟導演，《尋找二二八的沉默母親：林江邁》，南方家園文化。

60.胡文青，《臺灣的公園》，臺北縣新店：遠足文化，2001.7，初版。

61.王美玉總編輯，《臺灣久久：臺灣百年生活印記：政經一百年》，臺北：天下遠見，2011.01，初版。

62.王美玉總編輯，《臺灣久久：臺灣百年生活印記：人文一百年》，臺北：天下遠見，2011.01，初版。

63.王美玉總編輯，《臺灣久久：臺灣百年生活印記：玩樂一百年》，臺北：天下遠見，2011.01，初版。

二、創作報告之參考書目：

1. 居其宏，《音樂劇，我為你瘋狂》，上海：上海教育出版，2001。
2. 慕羽，《百老匯音樂劇》，海口：海南出版，2002。
3. 黃定宇，《音樂劇概論》，北京：中國戲劇出版，2003。
4. 張旭、文碩，《音樂劇導論》，上海：上海音樂出版，2004。
5. 廖向紅，《音樂劇創作論》，北京：中國戲劇出版，2006。
6. 邱媛，《Show Time！音樂劇的九種風情》，臺北：音樂時代，2006。
7. 文碩，《音樂劇的文碩視野》，北京：北京理工大學出版，2006。
8. Sheila Davis, *The Craft of Lyric Writing.* Cincinnati:Writer's Digest Books, 1985.
9. Aaron Frankel, *Writing the Broadway Musical.* Da Capo Press, 2000.

我是油彩的化身

人物表

阿慶

少年澄波
阿嬤：娘家姓林名寶珠，以七十多歲高齡賣花生油和雜糧撫養孫兒陳澄波
二叔：陳守愚之弟，陳澄波童年的寄養家庭

成年澄波
張捷：陳澄波妻子
來喜：張捷的隨嫁婢女，從小伺候張捷，直到成年後才由澄波夫婦將她嫁出去
媒婆及賀客們

上野公園裡的遊人
陳澄波的日本同學們
記者（阿慶扮演）

少年陳紫薇
幼年陳碧女
幼年陳重光
校工
上海碼頭的工人
上海碼頭的旅人
陳澄波的上海學生們

陳紫薇：陳澄波的大女兒
陳碧女：陳澄波二女兒
陳重光：陳澄波的長子
陳春德：畫家、陳澄波的朋友

嘉義公園及市街裡的人（包括年輕的張義雄、林務人員）

中國士兵

三位議員

其他必要的場面人物

◆ 第一場　2011・嘉義 ◆

曲目00【序曲】樂團演奏

（序曲音樂尾聲，大幕升起，舞臺燈光漸亮，阿慶在光圈裡收拾東西）

阿　慶：我叫阿慶，大學美術系剛畢業，有一個感情穩定的女朋友小潔。美術系畢
　　　　業之後，以為從此海闊天空，卻沒想到立刻受到了現實的打擊。

曲目01【故事從這裡開始】（華）阿慶

阿　慶：（唱）
　　　　前途茫茫，獨自站在十字路徬徨，
　　　　無法想像，如何在黑暗中看見光亮，
　　　　人生能夠有多少夢想？如何才能夠展翅飛翔？
　　　　啊……
　　　　我和小潔之間有了一些摩擦，而父親卻在這時過世了。父親很疼我，但因
　　　　為反對我念美術，我們一直處於一種緊繃的狀態。整理父親遺物時，我發
　　　　現了這本日記，裡面夾了一封寫給我卻沒有寄出的信……

　　　　（阿慶拿起一本陳舊的日記本，裡面有一些泛黃的剪報，還夾了一封信；
　　　　阿慶打開信紙，一張泛黃的剪報夾在裡面）

阿　慶：信裡夾著一張發黃的剪報……，上面的照片就是一直被我忽略的臺灣前輩

畫家，嘉義人——陳澄波！

信紙一張，隱藏我不懂的往日悲傷，

剪報一張，刊著我陌生的熟悉圖像，

（續唱）

時間洪流將往事埋葬，歷史都在煙塵裡流浪，

他是否也有相同夢想？他又是如何找到力量？

我想看清模糊的臉龐，我決心呼喚隱藏真相，

要找回生命可能方向，故事就從這裡開始啟航。……

（阿慶把日記、信和剪報放進背包裡，場景開始轉換，進入了畫展的現場）

曲目02【展覽會之畫】（演奏曲）

（阿慶走在安靜的畫展現場裡，耳邊傳來清清淡淡的【展覽會之畫】音樂，彷彿是展場中所播放的音樂，而陳澄波濃厚油彩堆疊的〈嘉義街中心〉、〈嘉義街景〉、〈嘉義公園一景〉、〈淡水〉、〈清流〉……等等不同年代的畫作，以及一些素描和水彩作品，依照舞臺視覺的需要，像是電腦螢幕一般在眼前放大、滑過，然後變化，阿慶身邊的景物也開始移動……，畫展中移動的作品最後停留在陳澄波早年所畫的素描作品上）

（景物再由素描般的線條轉變成立體的造型和色彩，阿慶已經置身在畫作裡二十世紀初的嘉義街上，畫中的人物則化身為角色陸續隨歌曲出現在舞臺上）

✦ 第二場　1908・嘉義 ✦

（在歌聲中，嘉義市街的景觀由平面到立體，景先出現而後人群慢慢進入，形成舞臺上的重要畫面，進入了1908年的嘉義市街）

曲目3【熱鬧的嘉義市街】（臺）群眾

眾　人：（唱）

　　　　日頭豔豔天青青，雲海遠遠在山邊，

　　　　南風輕搖大樹枝，田頂飛過了白翎鷥；

　　　　街頭巷尾趕開市，啤酒涼涼喝一嘴，

　　　　嘩玲瓏賣什細，澎粉白白點胭脂，

　　　　豆花麵茶香又甜，也有好玩的布袋戲；

　　　　（唸）鬧熱滾滾嘉義市，（唱）漸漸翻新的都市，

　　　　洋樓一層一層起，電火條仔滿滿是，

　　　　（唸）從車站遠遠尬看過去，

　　　　（唱）就是時興的噴水池。

　　　　日頭豔豔天青青，雲海遠遠在山邊，

　　　　南風輕搖大樹枝，田頂飛過了白翎鷥；

　　　　街頭巷尾趕開市，啤酒涼涼喝一嘴，

　　　　嘩玲瓏賣什細，澎粉白白點胭脂，

　　　　豆花麵茶香又甜，也有好玩的布袋戲；

　　　　鬧熱滾滾的嘉義市。

　　　　（歌聲中，小販開始叫賣，人群走動。阿慶也好奇地走在人群中東看
　　　　西看）

　　　　（一位紳士騎著腳踏車載著一位淑女穿街而過。母親帶著小孩沿街走過）

小 販 1：人客來哦！來交關[1]啦！

小 販 2：豆花！豆花……好吃的豆花！！……緊來買噢！

小 販 3：這是新的澎粉，幼綿綿白泡泡，咯真香哦！

小　　孩：阿母阿母，阮要吃豆花嘎粉圓！

　　　　（身穿和服的女子打著洋傘，在雜貨攤前看了看，沒買東西便離開）

---

[1] 「來交關」意即「來買」。

（寶珠阿嬤挑著扁擔蹣跚地走入，童年的陳澄波跟隨在阿嬤的身邊）

小　販　1：寶珠嬤！今日生意好否？
阿　　　嬤：馬馬虎虎啦！
小　販　1：恁澄波仔真乖，攏跟妳出來做生意！
阿　　　嬤：無聲勢哦！妳看，十三歲呀！公校攏沒能去讀。
小　販　1：雞公慢啼，以後一定會有出脫啦！

（場景開始轉換，人群漸漸散去，只留一棵大樹或是屋宇的一角）
（阿嬤和澄波在樹下屋邊收拾著扁擔裡所剩的貨物，阿嬤累得直喘氣，
澄波體貼地幫阿嬤拍拍背。阿慶慢慢走近祖孫二人）

少年澄波：阿嬤！你稍歇喘，這予我來就好。（接手整理東西）
阿　　　嬤：澄波仔真乖！
阿　　　慶：阿嬤！這是恁孫哦！
阿　　　嬤：是啊！阮乖孫！
阿　　　慶：伊叫澄波？是不是姓陳？
阿　　　嬤：是啊！你哪會知？……看你穿著像是外地人哦？
阿　　　慶：喔……是啦！……我是聽賣什細的阿伯講的啦！澄波怎沒跟伊父母住
　　　　　　作伙？
阿　　　嬤：伊喔！伊出世老母就來意外過身，老爸去外地教漢文，罕罕才回來，澄
　　　　　　波才會跟我作伙住在伊二叔的厝，賣這土豆油和雜糧勉強度三頓。

（少年澄波將整理好的東西搬進去，離場）
（在舞臺的另一區，出現馬關條約、1985年日本接收臺灣、各地反抗等
等歷史圖像或是舞臺畫面，配合以下阿嬤的歌曲交錯呈現）

曲目4【阿嬤的心肝孫】（臺／華）阿嬤、阿慶

阿　　　嬤：那是以前的代誌囉……（唱）

十三年前的古早代，二月初二澄波出世來，

那年阿本仔剛來臺，接收臺灣起初的年代，

伊的阿娘十月懷胎，不幸火彈將伊阿娘害，

老父再娶照顧不來，三歲我就晟養到現在。

（音樂持續著成為襯底，舞臺焦點回到阿嬤和阿慶身上，少年澄波抱了
一堆枯枝出來，放在地上，整理著枯枝將之一綑綑綁成柴火，阿嬤繼續
和阿慶聊天）

阿　　嬤：阮嬤孫相依為命，不過我嘛有歲啊，身體愈來愈未堪哩，澄波恐驚要交
　　　　　代伊的二叔來照顧囉。

阿　　慶：二叔咁會答應？

少年澄波：阿嬤，妳是不是不要我否？（低下頭）

阿　　嬤：我一個乖孫耶，憨囝仔，阿嬤怎會不要你？阿嬤毋咁你跟阿嬤這麼甘苦
　　　　　啊，……你有想要去讀冊否？

少年澄波：（點頭）阿爸是秀才，我當然嘛希望跟阿爸同款會曉讀冊寫字。

阿　　嬤：是啊！恁二叔雖然厝裡也不是太好，呀不過總比你跟阿嬤卡好點薄，這
　　　　　樣你也才有機會去公校讀冊啊！

少年澄波：阿嬤……

阿　　嬤：你以後事事項項攏愛聽恁二叔的話，現在吃苦，以後就會卡輕可[2]，知
　　　　　曉否？

少年澄波：（點點頭）阿嬤妳放心，我會乖乖聽二叔的嘴，你看，我今天撿柴撿很
　　　　　多呢！

（少年澄波依偎著阿嬤，阿嬤也疼惜地撫著澄波的頭，祖孫倆充滿孺慕
之情，阿慶在一旁也不禁感動）

阿　　嬤：（臺，唱）為伊我萬事來吞忍，澄波伊是我的心肝孫，

2　「輕可」意即「輕鬆」。

保庇伊會平安萬項順，澄波伊是我的萬金孫，
我目睭晶晶看金孫，毋咁予伊受苦吃無存，
我嘛有歲七十到這陣，不敢怨嘆萬事守本分，
望一天一天有好運，央望阮孫歡喜笑紋紋，
保庇阮孫平安事事順，敬天感恩大地回春，
敬天感恩大地回春。

少年澄波：阿嬤嘛愛保重身體，我後咧一定要予阿嬤吃好穿好。

阿　　嬤：好好好，阮澄波上乖啊！阿嬤進來去煮吃，等一下手面去洗洗咧！……
　　　　　啊這位……

阿　　慶：我叫阿慶。

阿　　嬤：你若是想要買雜糧要跟我講哦，會算你卡便宜咧！

阿　　慶：好啊，多謝！多謝！

（阿嬤和澄波離場，阿慶望著兩人的背影）

阿　　慶：看著他們祖孫倆，我隱隱地可以感覺得一種生命的力量，那是此刻的我
　　　　　所欠缺的，但願，我也能夠像他們一樣……

（轉場音樂漸入，燈光轉變，場上的燈漸暗，投影出現了嘉義公學校的
畫面，以及二十世紀初的嘉義，並交錯著日本與大清、民國成立等不同
的視覺符號，阿慶暫時離場）

✦ 第三場　1911~1915・嘉義 ✦

（燈漸亮，穿著公校制服但仍打著赤腳的少年澄波，手裡捧著一些蕃薯
及蕃薯葉上場，他開心地把蕃薯、蕃薯葉放在地上，將蕃薯上的土撥
去，然後蹲在地上，隨手揀起地上的一根柴枝，用柴枝在地上畫著；投
影出現簡單的似雲非雲，像樹非樹的一些線條，在空中飛舞著，澄波露
牙開心地笑著）

（二叔的吼叫聲傳來，二叔怒氣沖沖地上場，一手就擰住少年澄波的耳朵）

二　　叔：澄波仔，你在做啥？……叫你去讀冊之前要先去撿柴，你是怎樣，聽嘸否？跑去菜園趴趴走，……

少年澄波：沒啦！我是想講先去挽蕃薯葉，順煞撿一些番薯……

二　　叔：話不聽，你就咁吶知曉耗咕[3]啦！……過來！！……我過去你就知影！我昨咯聽講你在公校裡面帶頭相打，咯去給人委員的查某囝撞到流血，你是嫌自己拖累我還不夠麻煩是不是？早知道你這樣不受教，我才不理你咧！……

（少年澄波咬著牙沒有哭，默默承受著二叔的責罵和不時迎面來的痛擊，二叔將地上的蕃薯都拿走，邊離場口裡還是邊罵著）

二　　叔：……就像那個古川先生講的，你這種腳肖，要能考上中學，除非是日頭從西出啦……

（二叔下，少年澄波蹲在地上，強忍著淚，不斷用枯枝在地上畫著；阿慶走出，看著少年澄波，近前想要安慰，少年澄波深吸一口氣，露出白牙齒，擺出笑臉）

阿　　慶：澄波，你愛畫圖是否？

少年澄波：（點點頭）……

（阿慶蹲在少年澄波身邊，也拿起一根枯枝，在地上畫著，少年澄波瞪大了眼睛看，也學著描繪著線條，笑容出現在少年澄波的臉上；燈光漸暗，投影出現了更具體的圖形線條，最後是勾勒出陳澄波1915年所畫的馬的素描）

3　「咁吶知曉耗咕」意即「只知道吃」

少年澄波：……哇！阿兄，你足厲害耶！我以後一定要跟你同款，做一個有路用
　　　　　的人！

曲目5【做一個有路用的人】（臺）少年澄波、陳澄波

少年澄波：（唱）透早出門本來要去擔柴枯，想講蕃薯可賣咯可顧腹肚，
　　　　　先跑去菜園撿一些蕃薯顆，然予二叔誤會去迌迌[4]，
　　　　　日頭到下晡，會落西北雨，將我整身軀，渥嘎澹糊糊，
　　　　　轉頭不敢跟阿嬤嘩甘苦，驚伊為我操煩起心勞。
　　　　　敢講赤貧人我就攏無前途，我一定要走一條自己的路，
　　　　　要予阿嬤吃好穿好做輕可，可以整天快樂來畫圖。

✦　第四場　1918~1923・嘉義　✦

　　　　（間奏音樂中，青年陳澄波上場，此時他已是公學校的訓導先生，眾人在
　　　　歌聲中將他打扮成新郎）

澄　波：（唱）日頭到下晡，會落西北雨，將我整身軀，渥嘎澹糊糊，
　　　　　轉頭不敢跟阿嬤嘩甘苦，驚伊為我操煩起心勞。
　　　　　敢講赤貧人我就攏無前途，我一定要走一條自己的路，
　　　　　要予阿嬤吃好穿好做輕可，可以整天快樂來畫圖。

　　　　（場景轉換，一陣鞭炮聲響起，接著傳來鼓吹樂聲，眾人歡喜進場，對著
　　　　阿嬤道恭喜，場上一片喜氣洋洋）

賀客1：新娘來囉！新娘來囉！
賀客2：阮這個保正的查某囡呀保證水的喔！
賀客3：你看，新郎嘛是真胭投[5]！

---

[4]　「然予二叔誤會去迌迌」意即「被二叔誤會去玩耍」。
[5]　「胭投」即指「帥」。

賀客群：是啦！阮這個也是掛保證的喔！

賀客3：是啊！你看澄波仔，現在是一個公學校的訓導先生囉，這文官服穿起來是多嗆秋[6]！

賀客1：真是適配，這新娘不但人美也是足賢慧，聽講足鰲做針黹呢！

賀客2：寶珠嬤你真好命，吃苦到頭就出運，澄波仔咯有孝，你老好命啦！

阿　嬤：多謝多謝啦！今日我實在足歡喜……澄波伊老爸要是能夠看到他娶某，一定嘛足安慰！

賀客3：會啦會啦！他做仙去囉，一定會保庇你一家夥啊！

媒　婆：一拜天地成夫妻，二人結髮子孫濟[7]，

　　　　男女姻緣天來配，感情永遠無問題，

賀客群：沒問題啦～！

媒　婆：二拜高堂敬祖先，男女做陣是天緣，

　　　　良時吉日來合婚，妻賢夫貴萬萬年，

　　　　來哦！新娘牽入房，子孫代代出賢人[8]。

（行禮如儀的婚禮，大家都喜上眉梢，阿嬤顯得特別高興；張捷的隨嫁丫頭來喜攙扶著將新娘送入洞房之後，眾人漸漸散去，只剩下澄波和張捷兩人在場上，兩人並肩坐著，似乎都很害羞又開心，喜慶的音樂漸漸靜默）

（澄波呆呆望著張捷，心中的喜悅表現在臉上，卻不知道如何開口說話；新娘不經意地撥動劉海，澄波發現張捷的額頭上有個小小的疤痕）

澄　波：你額頭怎樣有傷？

張　捷：公校時留的傷啦！沒什麼！

澄　波：公校？你有去讀公校？

張　捷：是啊，有讀過，因為沒注意去予人嗑到頭，阮老爸就不讓我去讀了。

澄　波：是安呢哦！……啊！你的先生是不是古川先生？

張　捷：是啊！是古川先生啊……你怎會知？敢講你……啊！我想起來囉！

---

[6]　「嗆秋」意指「神氣」。

[7]　「子孫濟」即指「子孫多」。

[8]　「賢人」，「賢」語音似「ㄠˊ」，即「能人」、「出類拔萃的人」。本劇中亦使用「鰲」字。

曲目6【小雨傘的姻緣】（臺）澄波、張捷

澄　波：（唱）頭一遍睹到你，呀是懵懵懂懂的少年時，
張　捷：（唱）咯再來識悉你，竟是吵吵鬧鬧的冤家時，
澄　波：（唱）拿雨傘嘸注意，
張　捷：（唱）將我的頭嗑到血流血滴，
澄　波：（唱）我整面青筍筍[9]，
張　捷：（唱）我的額頭留著這個印記……

　　　　（音樂間奏中，澄波和張捷繼續對話）

澄　波：歹勢，我不是調故意。
張　捷：我知啦！那時大家攏嘛愛玩。
澄　波：你敢記得，古川先生講過的話？
張　捷：伊講，你們現在咁吶知道一見面就冤家，將來說不定就誰娶誰當某，那時
　　　　你們就冤未煞啦！（兩人笑，續唱）

張　捷：（唱）公校讀書從此來做煞，
澄　波：（唱）我也予先生罵嘎未煞，
兩　人：（唱）咱一世人的緣分開始就自那，咱一世人的緣分同厝瓦。
澄　波：（唱）一支小雨傘，
張　捷：（唱）一支小雨傘，
澄　波：（唱）沒意料先生戲言變先知，
兩　人：（唱）誰知你我有緣結連理？親像針線萬針從頭起。
澄　波：（唱）一支小雨傘，
張　捷：（唱）一支小雨傘，
澄　波：（唱）佳在沒把咱的姻緣來拆散，
兩　人：（唱）世間的事自有伊的道理，

---

[9]　「青筍筍」即指「臉色慘白」。

兩　人：（唱）咱一世人的緣分拆未離。

（兩人雙手緊握，燈光轉變，音樂仍持續著成為襯底）
（燈光再亮時，只有張捷挺著大肚子在桌邊縫著衣物；來喜匆匆進入）

張　捷：來喜，情形安怎？

來　喜：紫薇和伊外嬤玩得好高興……哦！我知，你是講先生，唉！有夠悽慘，伊
　　　　予老爺罵到臭頭，老爺伊講（模仿張捷父親的語氣和姿態）「你喔！若是
　　　　有心要去日本留學，看要讀醫科還是做生理，我攏可以完全贊助你，你留
　　　　在臺灣的家後和孩子我嘛攏可以替你看顧，予你放心，但是你若是去跟人
　　　　家學什麼畫圖，我絕對不答應！學那個是有什麼出脫？以後是通吃啥麼？
　　　　阮查某囡的幸福，和你厝裡的生活是要怎樣？我絕對不答應，你免肖想我
　　　　會給你贊助！哼！」

張　捷：妳哦，實在真笑魁，把阮阿爸學嘎這樣……有夠像。

來　喜：人家攏嘛講我若是細漢沒去恁厝做查某婢，一定可以去戲班做大戲。

張　捷：不過……澄波一定很傷心。

來　喜：先生這遍是去踢到鐵板了。是講伊在公校做訓導做了好好，近前調來水堀
　　　　頭嘛輕可很多，哪會這麼想不開要去那麼遠的所在讀冊？擱那麼愛畫圖。

張　捷：伊有真大的理想，那是咱不能理解的……來喜，來，我跟妳講。（來喜上
　　　　前，張捷耳語幾句）

來　喜：啊？……那是妳伴嫁的嫁妝呢，怎麼可以去當……

張　捷：妳照我的話去做就對了。

來　喜：……

（澄波憂愁地走進，張捷立刻示意來喜噤聲，來喜幫澄波倒了杯茶，將茶
端給澄波之後便離場，留下夫妻倆）

張　捷：澄波，阮阿爸的觀念卡保守，你毋免失志，應該愛去做你想要做的代誌，
　　　　我絕對會支持你。

澄　波：呀不過……

張　捷：錢的代誌我會發落，你要緊計劃，以免誤了入學的時間。

澄　波：咱第二沒多久就要出世，這個時間我哪會放心去那麼遠的所在……

張　捷：你放心啦，來喜會幫我照顧囡仔，我現在縫衣、針黹攏做得很順手，沒有問題的。

澄　波：你不只是我的好家後，你也是我的知音！

張　捷：說真的啦，你畫的圖我一點也不懂，但是我記得你跟我說過，師範學校的時候遇到石川先生，那時你受到伊的鼓勵，就發願要做一個畫家，我知道，畫圖那是你性命最重要的一部分，做你的家後，我哪能不支持你？

（澄波感動地將張捷擁入懷中，音樂漸漸揚起）

✦ 第五場　1924・嘉義 ✦

（音樂中，時間已經流轉至1924年，來喜拿著帽子和大衣外套，以及一個手提行李皮箱走進來，阿嬤跟隨其後進場；張捷幫澄波穿上大衣、整理衣領，阿嬤為澄波戴上帽子；澄波拿起行李走出場外，張捷、阿嬤和來喜隨後跟著；音樂間奏轉場，進入嘉義新店尾的場景，人來人往、小販林立，眾人穿梭其間，配合著音樂的旋律，以具有節奏性的韻律感說出下面的臺詞，但不需要變成唱歌。導演亦可依演員排練狀況打破格式處理成白話）

鄉親1：大消息大消息，一項大代誌發生在咱街市！

鄉親2：是啥麼大代誌？敢是昨暝溫陵媽廟發爐火？

鄉親3：隨在你黑白啼，我講是恁厝起大灶要炊粿！

鄉親1：你倥倥伊憨憨，是澄波伊要去日本咯讀冊！

鄉親4：澄波伊今年已經有三十歲，

鄉親5：哪會這陣想不開要咯去讀冊？

鄉親1：你管人那麼多？拜託咧咱借過，莫在那占位堵路咯相擠。

鄉親3：聽講澄波有心研究咯讀冊，是要做醫生給您[10]阿嬤來治病！

---

[10] 您，即「他的」，音似「ㄧㄣ」。

鄉親2：我看是要去做生理學出貨，想講要賺大錢養恁一大家夥！

鄉親4：我看是要去學法律分黑白，主持正義予歹人不敢再汙紗[11]。

來　喜：恁大家攏總猜不對路，先生是要去日本學美術學畫圖！

鄉親3：哪著去到日本學畫圖？以後敢是要去畫觀音媽漆做那途？

鄉親2：伊要去日本學畫圖？安怎敢會有前途？

鄉親4：無采無采，呀是轉去做訓導才是正路！

（音樂揚起，澄波一家人進場，鄉親眾人遂成為背景；澄波一家人來到了火車站旁）

曲目7【我希望有一天】（臺）澄波、張捷、阿嬤、來喜、送行鄉親

澄　波：（唱）轉頭看著一家人，阮的腳步真沉重，

　　　　　　　　大船等在基隆港，前面的路途走未輕鬆，

張　捷：（唱）火車頭前來相送，阮的目眶漸漸紅，

　　　　　　　　針黹一日一日縫，伊要返來不知哪一天。

張　捷：（唱）我希望有一天，會當完成伊的藝術夢，

來　喜：（唱）我希望有一天，會當一家團圓好年冬，

澄　波：（唱）我希望有一天，幸福會親像蜜相同，

　　　　　　　　不驚沉雷天會崩，我的肩胛頭會擔重；

　　　　　　　　我希望有一天，畫出我的故鄉我的夢，

　　　　　　　　我希望有一天，我會將恁放在手中捧。……

（在音樂的尾奏中，眾人揮手，澄波在眾人的注視下離去；舞臺上燈光、
投影變換，眾人如同旋轉舞臺般移動視點180度，最後背對著觀眾，背景
投影出現大輪船的畫面，眾人遂成為剪影，向著遠行離去漸小的船不斷揮
手，片刻後，一聲長長的船笛聲傳來，音樂漸止，燈光、投影也漸漸隱去）

---

[11] 汙紗：即「貪汙」。

（靜默的黑暗中，歌聲配合著背景投影漸入，是東京上野公園春夏秋冬四
　季輪替的景象，最後再回到櫻花滿開如雲的春天）

（在歌聲中穿著和服的女子們撐著紙傘和穿著學生制服的男子們魚貫在舞
　臺上出現，緩慢地歌舞著，彷彿櫻花盛開時，眾人賞花的情境；在眾人歌
　舞時，公園的一角，大約是舞臺前緣的角落，澄波早就架起畫架，專心地
　畫著眼前的風景，背景投影也彷彿是他筆下濃厚多彩的風景畫）

曲目8【上野連歌】[12]（日）群眾、澄波

群　　眾：（唱，日語）
　　　　　春風破寒冰，
　　　　　朝露點點透晶瑩，
　　　　　抬頭見垂櫻。

　　　　　雨停風靜蟬吟詩，
　　　　　水鳥徘徊不忍池。

　　　　　醉楓染紅雲，
　　　　　一葉翩翩落凡塵，
　　　　　臨秋惜黃昏。

　　　　　殘雪融融映朝陽，
　　　　　初芽枝頭弄新粧。

　　　　　滿園春又濃，

---

[12] 本首歌是新增的歌曲，是仿日本「俳句」組成的「連歌」格式所寫的畫面歌曲，全首分為四段，以
　　春夏秋冬四季為各段之題旨，最後再回到春天，本首可以用較接近漢文的臺語發音，但最好請專人
　　翻譯成日文演唱。

遠似富士白頭翁，
見花落懷中。

（歌聲暫止，音樂持續；阿慶出現在舞臺的另一角，他先是看著舞臺
上的眾人片刻，隨後對著觀眾獨白）
（當阿慶獨白時，賞花的群眾，則是在舞臺上形成來來往往的畫面，
有人行經路過、有人坐著賞花、有人圍觀看著澄波作畫，有人彼此之
間竊竊私語，澄波則指著畫架上的畫，不時謙遜地請教身旁的人）

阿　　　慶：澄波來到東京已經兩年，兩年多以前的1924年的3月25日，他以特等
　　　　　生的身分，通過了東京美術學校圖畫師範科的入學考試，像一塊海綿
　　　　　一樣，跟著田邊至等名師學習，夜間還自己走兩個小時的路，到川端
　　　　　和本鄉繪畫研究所隨著岡田三郎助等老師學習，課餘時間一有空，每
　　　　　天都會到附近的公園寫生，尤其是上野公園，更是他經常去的地方。
　　　　　澄波用他獨特的眼光看著眼前的風景，不但努力地畫著，也謙虛地請
　　　　　教身邊的人，不論是學長學弟還是陌生人，都是他請益的對象。春天
　　　　　的顏色，都被他畫入了畫作之中。

（音樂轉換再揚起，進入下一首歌）

曲目9【一種春天的色緻】（臺）澄波

澄　　　波：（唱）
　　　　　春天嬰兒的哭啼，從冬天的睏夢中清醒，
　　　　　一種春天的色緻，抹在藍藍的白雲天；
　　　　　青春是酸澀甜的記憶，笑容在少女的嘴唇邊，
　　　　　紅橙黃白青和紫，所有春天的色緻，
　　　　　勾勾纏纏，纏纏綿綿，攏在我的目睭邊，
　　　　　手中的彩筆一枝，畫未盡這春天的景緻。

（阿慶繼續說著；舞臺上的背景轉換成秋日楓紅時節，緩緩飄落著紅色的楓葉）

阿　　慶：上野公園的櫻花謝了，經過了夏季，到了秋天，天漸漸冷了，楓葉一夜之間就紅了，澄波身上已經洗得泛白的制服顯得更加陳舊，但他繪畫的熱情卻始終如新，像是秋天的楓紅一樣，不斷地在他心中燃燒著。

澄　　波：（唱）
　　　　　雖然遠遠到異鄉地，
　　　　　來到異鄉我未後悔，
　　　　　春去秋又來，四季輪迴，
　　　　　東京的日子，轉頭就過；
　　　　　雖然花謝，對時會略開花，
　　　　　像櫻花迎風凍露開在三月，
　　　　　還有經霜樹頭翻紅的楓火，
　　　　　葉落雖空枝，年年又孵芽。

　　　　　雖然和美景行作夥，一想到自己的年歲，
　　　　　不敢放輕鬆，不敢怨嗟，手中的筆，會卡打拼畫；
　　　　　牽線的風吹[13]，飛去會再回，思念的心煞不敢對故鄉飛，
　　　　　只有將故鄉的某因放心底，希望有一天，予您咯卡多！

阿　　慶：1926年的秋天，對遠赴異鄉求學的澄波來說，是一個重要而光榮的日子……

（一個澄波的同學們在澄波歌聲告一段落之後跑了進來，同學們之間忽然響起一陣興奮的歡呼聲和掌聲，澄波也似乎喜形於色）

---

[13] 「風吹」即「風箏」

阿　　慶：那一年十月，嘉義人陳澄波以一幅〈嘉義街外〉油畫，入選第七屆的日本帝國美術展覽會，那是嘉義的第一人，也是臺灣的第一人。父親日記裡夾著的剪報，正是得獎當時滿是笑容的陳澄波。

日本同學1：（日語）恭喜、恭喜，真是不簡單，看起來我們以後要更加努力才趕得上陳君的成就！

日本同學2：（日語）陳君真真的努力，白天上課，晚上還去畫室，我們是大大的慚愧啊！

日本同學3：（日語）田邊先生講的沒錯⋯⋯

阿　　慶：（切入日本同學3的談話，華語）澄波的這些日本同學開始尊敬他了，說他們的老師田邊先生曾經說過，澄波眼睛看到的和別人不同，一般人看到的只是眼前的風景，他看到的卻是風景後面的靈魂。我很好奇，這時候澄波心裡最想做的事情是什麼？

（此刻阿慶跑近澄波的身邊，像是記者般地訪問澄波的得獎感言）

阿　　慶：（日語）請問陳君，你現時最想做的事情是什麼？

澄　　波：（臺語）我⋯⋯我最希望將這個好消息告訴家鄉的妻子，還有一直鼓勵我的啟蒙老師石川欽一郎先生⋯⋯（阿慶表示疑惑聽不懂後，改為日語重複）我最希望將這個好消息告訴在家鄉的妻子，還有一直鼓勵我的啟蒙老師石川欽一郎先生⋯⋯

（有人拿了舊式照相機進來，為澄波拍照，鎂光燈一閃，陳澄波得獎的畫作、剪報和照片等等隨即投影在背景之中，眾人隱去，燈光也漸漸轉暗）

❖ 第七場　1929・嘉義／東京 ❖

（舞臺的一角亮起，一張桌子，場景轉到了澄波嘉義的家裡，童年的紫薇趴在桌子上寫字，桌上另有一封拆閱過的信，張捷則是挺著大肚子在紫薇旁邊車縫衣服）

童年紫薇：阿母，阿爸的批寫講妳寄去的錢伊攏有收到，伊講真予妳辛苦啊！……

阿母，阿爸是不是足厲害？

張　　捷：是啊！恁阿爸真賢，妳信內要給他恭喜哦！……你給伊講，阿母已經順

月啊，沒多久就要生囉……

（來喜端了茶進來）

來　　喜：人攏講看汝的腹肚這胎會生查甫，紫薇啊！妳就要有小弟啊，有歡喜否？

張　　捷：查甫查某攏好啦！……妳問妳阿爸要號什麼名卡好？

童年紫薇：阿母，我足想阿爸咧！伊每次放假都咁哪返來幾天呢[14]，伊什麼時陣才

會返來免再去？

張　　捷：你要寫講你和恁小妹和阿母攏足思念伊，愛恁阿爸畢業以後趕緊返來。

恁阿爸要是畢業返來，阿母就會卡輕可。

來　　喜：小姐，不是我愛講，咱一家夥這麼多口灶，要飼實在是不輕鬆，妳一個

千金小姐煞來給人做女紅持家，我是在足不甘[15]。……

張　　捷：來喜啊！莫通這樣講，我有妳陪伴，已經真幸福，我相信甘苦是一時的。

（對紫薇）妳緊寫寫咧，卡早去睏，要記得看恁小妹被子有蓋好否！

來　　喜：小姐妳放心啦！有我咧！

張　　捷：小心喔！還未乾喔！

（紫薇收拾桌上的書信後和來喜離去；張捷拿起了說上的書信，獨自一

人在孤燈下更顯得孤單。音樂起，在張捷的歌聲中，澄波和阿慶陸續進

來；澄波在東京，張捷在嘉義，而阿慶更在不同於兩人的現代時空中）

曲目10【一張咯一張的批信】（臺／華）澄波、張捷、阿慶

張　　捷：澄波，你敢知影，我足希望你可以緊返來。人講牽手牽手，我是你的牽

手，不過咱恁啊某拆分開的時間，煞比牽手的時間咯卡長。昨日，阿爸

---

[14] 「幾天呢」意指「幾天而已」。

[15] 「足不甘」即「真捨不得」。

有來看我，伊知道你的圖入選展覽會的消息，雖然嘴裡沒講啥，啊不過我知影，他心內一定會慢慢啊認同你的志願。請你放心，無論安怎我攏會在這扶這個家，等你返來。

（唱）雖然我看不懂你寫的批，我知影你心內想要講的話，

我一直用心扶這個家，從來不曾想著要後悔。

澄　　波：（唱）親像我寫予妳的批，沒什麼人可比恁的地位，

我想要追求美麗的夢境，恐驚是自己自私的理由。

澄　　波：師範科的學業就要結束，但是我真希望可以繼續深造研究科，我知影自己還不夠，美術的世界還有真多藝術的奧妙等待我去學習，甚至我希望可以去法蘭西巴黎繼續深造。不過厝裡的情形我也真了解，我妻的辛苦我也真感心，啊！實在予人足煩惱。不知道石川先生會予我什麼款的建議？

阿　　慶：（唱）日子一天一天過，

澄　　波：（唱）出業[16]的腳步慢慢近，

阿　　慶：（唱）日子一天一天過，

張　　捷：（唱）腹內囝仔已經到順月，

澄　　波：（唱）啊！未當控制我浮動的心，

理想嘎前途是怎樣才看得清？

三　　人：（唱）思念是一張咯一張的批。

阿　　慶：畫家終於還是鼓起勇氣寫信告訴了妻子，他想要留在東京繼續深造的計畫，失望的張捷一度為了想讓丈夫回國，不再寄錢到東京，後來還是心疼丈夫為了打工賺錢而生病，才又繼續支持著丈夫的夢想。一封又一封的信件在東京和嘉義兩地之間來來回回……

澄　　波：（唱）一張咯一張的批信，來來回回，

張　　捷：（唱）一遍咯一遍的關心，望伊知影，

---

[16] 「出業」即「畢業」。

澄　　波：（唱）一句咯一句的叮嚀，使我心疼，

捷　／　波：（唱）伊的真情伊的苦疼，

張　　捷：（唱）我會繼續來支持伊的夢，

澄　　波：（唱）我真感心。

　　　　　　（音樂漸漸張捷和阿慶的燈光隱去，澄波打開一封信，看著讀著，然後
　　　　　　興奮地走到桌子前，提筆寫信）

澄　　波：（華）……濟遠先生如晤，經過慎重的思考以及我的恩師石川先生的指
　　　　　　點，我決心接受你盛情的邀約，到上海新華藝專任教，和你們一起為美
　　　　　　術教育奉獻心力。啊，巴黎的夢即將遠去，但是我相信上海的一切，將
　　　　　　會帶給我新的體驗，豐富我的生命。

　　　　　　（音樂起，澄波起身充滿希望地望著天，背後的投影揉進了油畫顏料的
　　　　　　色彩以及筆觸，將背景妝點得繽紛多彩）

曲目11【我是油彩的化身1】（臺）澄波

澄　　波：（唱）
　　　　　　我是油彩的化身，
　　　　　　從來不知自己的出身，經過多少關愛的眼神，
　　　　　　經過多少拆散嘎重生；
　　　　　　心無怨嗟，浮浮沉沉，千錘百鍊，有時犧牲，
　　　　　　央願這世人過得認真，因為我是油彩的化身。

　　　　　　（音樂聲中，燈漸暗）

（舞臺上投射出1930年代初期的上海黃埔江畔碼頭，阿慶出現在舞臺一角的光圈，他的歌聲描繪著上海的繁華，碼頭工人上上下下地搬貨、男女旅客迎來送往甚是熱鬧，這些群眾在阿慶的歌聲中形成流動的舞蹈場面。畫面最後融入了陳澄波1932年的〈上海碼頭〉成為背景）

曲目12【黃浦江畔】（華／臺）阿慶、群眾、澄波

阿　　　慶：（唱，華）黃浦江上霞萬千，流金歲月似雲煙，

　　　　　　華洋交會風華現，十里洋場摩登先；

　　　　　　輪船進出吐青煙，霧笛聲聲催流連，

　　　　　　世紀西風文明變，百年滄桑轉眼間。

阿　　　慶：1930年代的上海，是中國進入現代化的指標之一，上海灘一片欣欣向榮的景象，碼頭上更是人頭攢動，江漢海關上的鐘樓每一刻鐘敲響一次，彷彿為這個忙碌的城市敲打著固定的節拍。

群眾、阿慶：（唱，華）

　　　　　　碼頭喲喝聲連連，汗滴滾滾落眉尖，

　　　　　　旅人舶船望穿眼，江漢鐘響上雲天；

　　　　　　箱籠貨擔一肩扛，人潮接踵穿梭忙，

　　　　　　銀行倉庫和工廠，外灘風情勝他邦。

　　　　　　外灘風情勝他邦。外灘風情勝他邦。

（歌聲間奏中，陳澄波進場，他焦急地望著碼頭，不時還看著手錶，阿慶在間奏中繼續敘述著）

阿　　　慶：在石川老師的勸說下而放棄繼續到巴黎深造的澄波，1929年春天來到上海新華藝專和昌明藝苑任教，除了教學之外，他依然努力地到處寫生作畫，上海的碼頭是他喜歡的寫生地點，他睜大了雙眼觀看著上海，他用心投入教學更無私地照顧學生，更積極擔任全國美展的西畫

評審，生活在忙碌中度過。唯一讓他掛心的，依然是留在嘉義故鄉的妻子和兒女，終於在1930年夏天，澄波將妻子兒女接到了上海，共享天倫之樂……

（輪船的汽笛聲響，音樂繼續襯底；旅客陸陸續續從舞臺邊走進舞臺然後離去，有人相擁、有人趕忙幫著提行李，也有人獨自而行。澄波看到了妻子和三個稚齡的孩子，迎上前去，幼年的碧女和重光雀躍地圍繞在澄波身邊，澄波一手抱起一個孩子，欣喜的神色滿布澄波一家人的臉上）

幼年碧女、幼年重光：阿爸！阮足想你耶！
澄　　波：阿爸也足想恁呢！……阿薇！！
紫　　薇：阿爸！
澄　　波：阿薇要跟阿爸一樣高了呢！阿爸有看到妳寫的批信，妳的字真美！
紫　　薇：多謝阿爸！

（紫薇害羞地低下頭，澄波放下幼年的碧女和重光兩個小孩，望著妻子張捷，兩人並沒有多說話，澄波緊緊握著張捷的手）

澄　　波：捷咧！……咱一家人總算在上海團圓囉！（張捷點點頭，微笑）走，阿爸帶恁返來看咱要住的所在，雖然有卡小間，不過二樓看出去，窗外風景不錯哦！
家　　人：好啊好啊！
澄　　波：師傅！師傅……！徐家匯天主堂，麻煩您一下。

（音樂揚起，澄波一手各提起一件行李，張捷一手牽著碧女，一手牽著重光，紫薇則是拿著一件行李跟隨在後，並不時好奇地看著四周，一家人開開心心地離開了碼頭。音樂中，陳澄波上海時期的許多風景畫作，包括上海碼頭、造船廠、公園等等畫作陸續投影在背景中，風景畫的最後是1930年的〈倚傴〉，隨即這幅畫縮小變成1931年〈我的

家庭〉畫作中右上角牆上所掛的畫，背景中呈現出〈我的家庭〉畫作的畫面，而後再轉變成〈家人小聚〉[17]的小幅水彩，並適時地較小幅地疊映著包括〈自畫像〉、〈祖母像〉、〈小弟弟〉、〈少女〉等等人物畫）

✦ 第九場 1931・上海 ✦

（場景轉換，舞臺上的場景也變成陳澄波上海的家，陳澄波正看著幾張書法，三個孩子圍在陳澄波身邊，張捷則是在一旁一邊刺繡縫衣，一邊笑看著澄波和孩子們的互動）

澄　　波：阿薇，這幾張字寫得不錯，有進步有進步！

幼年重光：阿爸阿爸，我以後也要學毛筆字，我嘛要寫得很美。

張　　捷：阿重真乖，真有志氣！

澄　　波：寫毛筆字要有耐心，手要放輕鬆……

碧　　女：（緊接）寫出來的字才會有感情。（一家人都笑了）

張　　捷：你看，你講到碧女都背起來了。

澄　　波：哈哈哈……真是「孺子可教也」（華語）！哈哈哈……對了，有一個好消息要跟你們講，我在臺展無鑑查展覽過的作品〈西湖／斷橋殘雪〉要代表中國去參加芝加哥世界博覽會。

碧　　女：芝加哥？是在叨位啊？

紫　　薇：芝加哥是在美國。

張　　捷：美國喔？這麼遠哦？想不到你的作品煞比你走卡遠。

澄　　波：哈哈哈，這是一個畫家的光榮，而且我還當選中國當代十二位代表畫家之一，我也要去芝加哥參加世界博覽會呢！

重　　光：阿爸，我有一個問題。

澄　　波：什麼問題啊？

重　　光：為什麼西湖為啥麼有斷橋，那橋斷去是要怎樣過橋啊？

---

[17] 《璀璨世紀——陳澄波與廖繼春作品集》第52頁之畫作。

碧　　女：對啊，為啥麼沒有人去把他修理好呢？

紫　　薇：哎喲，你真憨呢！那是名叫做斷橋，不是真的橋斷掉啦！

碧　　女：既然沒有斷掉，是安怎要叫做斷橋啊？

紫　　薇：那是因為大雪落在橋頂，橋的兩邊沒有被雪蓋住，橋中間煞予雪蓋著了，遠遠看過去，若親像橋斷掉同款。

重　　光：喔，原來是安佇。我還以為橋斷掉了，害我煩惱一下！

澄　　波：這就是一種形容，用藝術的方法去形容一個形影，就親像咱看到風景很美，但是在畫圖的時候，還要把看到的形影在頭殼內想過，然後再去捉住有價值咱去描寫的那個時陣。

（三個孩子若懂似不懂地點點頭）

紫　　薇：我還知道斷橋還有一個故事哦！

重　　光：啥麼故事？大姊你緊講！

紫　　薇：就是白蛇傳的故事啊，白娘娘和許漢文的故事。

碧　　女：大姊你緊講，我也要聽。

張　　捷：好好好，你聽恁大姊講故事，讓你阿爸稍歇睏一下。

（澄波和張捷看著天真活潑的孩子們，露出幸福的笑容，陳澄波和張捷繼續他們的談話）

澄　　波：這三個，實在真好玩呢！捷咧，近前我想要爭取擔任臺展審查員的機會，我有寫批去請教石川先生，但是先生苦勸我要把握我作品中純真的個性，而且利用這個機會在中國吸收中國水墨畫的方法。

張　　捷：我想安佇也很好啊，你就安心留在上海，咱一家夥也真不容易才生活作夥，安佇也真好啊。

（四周漸漸安靜，只有陳澄波夫妻輕聲的談話）

澄　　波：其實我日本研究科出業時，嘛也想過要繼續去法國巴黎學習，嘛是先生

苦勸，我才決定來中國，把握機會學習的機會。

張　　捷：呵呵，石川先生真是了解我的想法！呵呵！

澄　　波：我在這也認識不少藝術界的同人和畫社，這幾禮拜我去參加「決瀾社」
　　　　　的聚會，我感覺您那種為藝術「力挽狂瀾」（華語）的精神真使人感
　　　　　動，我嘛決心要加入這個畫社，在那可以識悉咯卡多的畫家，有您的建
　　　　　議，我相信對我作品的進步一定有真大的幫助，中國的水墨畫，確實真
　　　　　有意思……

　　　　　（舞臺上燈光漸暗，背景出現了彷彿水墨畫一般的西湖風景，場景轉換）

✦ 第十場　1932・西湖 ✦

　　　　　（舞臺上燈光漸亮，在西湖風景的背景中，人群漸漸進入舞臺畫面之中，
　　　　　最後形成陳澄波帶著學生在西湖邊寫生的景象）
　　　　　（本場語言全部用華語，甚至是帶有一點上海和蘇州腔的華語）
　　　　　（歌聲中，陳澄波正耐心地為學生解釋）

曲目14【水墨風光】（華）澄波、學生們

學 生 們：（唱，華）
　　　　　　　水墨風光，留白似白不是白，
　　　　　　　濃淡點點染青苔，山嵐雲海不是海，
　　　　　　　皴擦暈染花自開，柳絮生煙橋幾重。

　　　　　　　橋幾重，綠水一彎過橋洞，
　　　　　　　磚色紅，江風送晚鐘，
　　　　　　　西湖山水美人胎，扁舟搖向彩布中，
　　　　　　　水墨風光入夢來。

澄　　波：……我特別喜歡倪雲林和八大山人的作品，你看他們一個用潑墨，一個

則是用線描，這是和油畫技法很不一樣的，你們要多練習書法，體會運筆的感覺然後運用在繪畫當中。

學 生 1：老師，那留白呢？這個跟構圖有什麼關係呢？

澄　　波：留白不是空白，這也是中國畫很特別的地方，留白可以讓視覺更有張力，延伸畫面的想像。

學 生 2：哦！原來是這樣。那我們畫油畫的時候，能不能運用留白的觀念呢？

澄　　波：嗯，很有意思，你要不要試試看？

學 生 3：那會不會讓人家覺得作品沒完成啊？

澄　　波：在構圖時就把這種思考放進去，比如說大片的土地，大片的天空，說不定是可行的呀！

學 生 1：老師，可是像他就很偷懶，萬一他沒畫完就說是留白，那怎麼辦啊？

　　　　　（大家笑）

澄　　波：繪畫是感情思想的表達，只有自己知道完成了沒有！說到留白啊……

　　　　　（間奏後，音樂再起，陳澄波主唱，加入學生們的合唱中）

　　　　水墨風光，留白似白不是白，濃淡點點染青苔，

　　　　山嵐雲海不是海，皴擦暈染花自開，柳絮生煙橋幾重。

　　　　花一叢，春色正豔誰與共，

　　　　雨露濛，煙波垂釣翁，

　　　　青山婆娑蘇堤外，墨色五彩色不空，

　　　　水墨風光入夢來，水墨風光入夢來。

　　　　　（在歌聲結束時，背景的水墨風光染上了油畫的濃厚色彩，出現陳澄波以西湖、蘇州、太湖等地為主題所完成的畫作，例如〈禪坐〉便有著速寫留白的趣味）

　　　　　（有女學生低著頭走了進來，神情低落，彷彿哭過一般，陳澄波發現了）

澄　　波：同學，你怎麼了？遲到了哦！……有什麼事情嗎？

　　　　　（女學生搖搖頭，有其他學生自作聰明地猜）

學 生 1 ：她一定是沒錢買顏料啦！顏料那麼貴，可是最近日本人又在上海那邊鬧事，她父母沒辦法把錢匯過來……

澄　波：是這樣啊！那妳先用老師的顏料好了，來，不要客氣。

女 學 生：老師謝謝你，不是這樣的。

澄　波：那是怎麼了？

女 學 生：是……是……是因為……因為（小聲）人體寫生啦！

澄　波：人體寫生？哦，妳是說在課堂上的裸體模特兒？

（女學生點點頭，其他學生們七嘴八舌地討論著；此時，背景的某處，悄悄緩慢地漸次揉進了幾幅陳澄波的淡彩裸女圖）

女 學 生：我爹知道課堂上有裸體的模特兒，把我罵了一頓，說什麼傷風敗俗，不讓我來學校了。

學 生 2 ：唉喲！那是藝術耶！人家澄波老師也畫裸女畫啊！真是沒知識。

學 生 3 ：可是鄉下人就比較保守啊！……我其實也有碰到這種質疑啊！只是我都不管，我自己知道在追求什麼就好了。

澄　波：嗯……嗯！……我倒是沒想到會有這種反應。老師以前在東京習畫的時候，課堂上也有裸體模特兒，所以……不過這也難怪啊！風俗習慣不一樣，中國才剛剛開始現代化，難免會有不同的聲音啦！

女 學 生：我也跟我爹說啊，可是他都不聽。

澄　波：我了解，像以前要去日本進修，也是受到很大的阻力啊！要有耐心，慢慢溝通……

（驀然間，遠方響起了砲聲和爆炸聲，並有火光閃爍；有一些群眾匆匆經過，議論紛紛，驚恐的表情滿布臉上；同學生也感染了這種不安）

✦ 第十一場　1932．上海 ✦

（砲聲再度響起，背景投射出上海一二八事變的歷史影像流動著）

群　眾　1：打起來了，打起來了，三友實業社被放火燒了……

群　眾　2：軍政部已經發布非租界地區戒嚴令，趁天還沒黑，趕快回家，不然被抓
　　　　　　到就完蛋了。

群　眾　3：陳老師啊！聽說日本陸戰隊裝甲車已經要攻到松滬鐵路防線了，上海很
　　　　　　不安全哪！

　　　　（有學生被急忙跑來的家長帶走）
　　　　（音樂進，陳澄波協助學生收拾著畫具，擔憂地讓學生們都離去後，突
　　　　然想到自己的家人，急忙離開）

曲目15-1【戰爭・爭戰1】（華）群眾

群　　　眾：（唱）才聽遠方砲火聲隆隆，戰爭陰影已經來襲，
　　　　　　　　　　終戰紀念碑還立在那裡，和平變成奢侈的奇蹟，
　　　　　　　　　　勝利的女神的翅膀伸向天際，我們卻看不見天堂的蹤跡，
　　　　　　　　　　幸福的喜悅竟然遙不可及，戰爭結束遙不可期。

　　　　（場景轉變了上海法租界的邊界，有中國的士兵在梧桐樹下巡守，二
　　　　月天，仍有些寒意，梧桐樹的樹葉還沒長出，枯枝顯得更加蕭索）

　　　　　　　　　　武士精神的多禮之國，卻有最兇狠的掠奪，
　　　　　　　　　　為了自己有更好的生活，帶給別人最無情的災禍，
　　　　　　　　　　對戰爭恐懼也對和平懷疑，掠奪的霸氣讓忍耐有顧忌，
　　　　　　　　　　弱小的逃避難擋強大威逼，
　　　　　　　　　　和平希望遙不可及，戰爭結束遙不可及。

　　　　（燈暗，音樂的尾音在黑暗中慢慢拉長，營造出一種不安的感覺）
　　　　（陳澄波帶著一家人和許多民眾一起，正想要逃往法租界避難，過檢查
　　　　哨的每一個人都被士兵搜索，緊張和不安的氣氛瀰漫著）
　　　　（陳澄波被搜身後，行李也被翻開檢查，被放行後，陳澄波抱著重光，

張捷抱著出生不久的白梅，紫薇和碧女則是低著頭跟隨母親身邊正要過檢查哨，士兵指著張捷綁在身上的小包袱）

士　　兵：這個，拿下來。

（張捷聽不懂，看著陳澄波，正想開口問，陳澄波機警地拿下張捷身上的小包袱交給士兵檢查）

澄　　波：（臺，小聲地）伊要檢查你的包袱。
士　　兵：（大聲地）這是什麼？日本鬼子的錢？你們是日本人？

（從包袱中拿出一個日本的龍銀，大聲喝斥，幾個士兵立刻拿槍對著陳澄波和張捷一家人）

澄　　波：誤會了，誤會了，我們是臺灣人。
士　　兵：日本鬼子的間諜，老子斃了你。
澄　　波：不是不是，您誤會了！我是學校裡的老師，在新華藝專教書……
士　　兵：少廢話！通通都帶走！

（小孩子都要嚇哭了，張捷緊緊抱著紫薇和碧女，陳澄波則是護著重光，一家人被好幾支槍桿圍著，更有士兵作勢要用槍托打陳澄波）
（危急時，一個學校裡的校工衝了過來，他用身體護著陳澄波）

校　　工：軍爺啊！別打啦！別打啦！陳先生是好人！他是大好人哪！
士　　兵：你認識他？
校　　工：是是，陳先生是學校的老師，他人很好，鬼子兵打到上海之後，學校發不出工錢，要不是陳先生接濟我，我們一家都要喝西北風了。他是好人，他是好人啊！
士　　兵：嗯！那他為什麼有鬼子錢？
澄　　波：路上撿的，不知道那是日本錢。

校　　工：對啦對啦！他們不知道那是鬼子的錢。

（士兵半信半疑地再三打量陳澄波一家人，緊張的氣氛瀰漫著；旁邊過檢查哨的民眾低著頭偷偷看著陳澄波一家人，大家都怕惹事似得快步經過）

校　　工：軍爺，我向您保證，陳先生真的是很好的人，是咱自己的同胞啊！

（士兵終於點頭了，手一揮，陳澄波趕緊帶著妻小離開崗哨，老校工仍然不斷地對士兵打躬作揖，然後與陳澄波一家人在舞臺的角落相會合）

士　　兵：好啦！……走了！
澄　　波：老王，謝謝你，你救了我們一家人。

（張捷不斷向校工鞠躬致謝，孩子們也懂事地跟著鞠躬）

校　　工：陳先生您就別客氣了，要不是您的幫助，我們一家子七八口早就餓死了。
澄　　波：謝謝你！謝謝你！
校　　工：你們還是快走吧！法租界雖說暫時比較安全，可是鬼子兵不知道什麼時候發起瘋來，恐怕也是危險之地，你們要多保重。

（校工離去，陳澄波看著校工的背影，喃喃自語）

澄　　波：（臺）捷咧，看這個情形，上海真危險，我應該先把恁送返臺灣才對。（對張捷）我明天就去給恁買船票！

（陳澄波一家人在漸暗的燈光中離去，轉場音樂起）

群　　眾：（唱）**戰爭結束，遙不可期。**

　　　　　（舞臺上場景迅速轉換，背景則是出現了陳澄波較為沉鬱的上海後期畫
　　　　　作，最後是陳澄波1932~1933年所畫的〈上海碼頭〉）

　　　　　（幕漸落，中場休息）

曲目16-1【間奏曲】

⇥ **第十二場　1933‧嘉義** ⇤

　　　　　（燈亮時，場景回到了陳澄波嘉義的家裡，張捷正在教來喜刺繡的針法，
　　　　　陳紫薇慌慌張張地跑進來，看到張捷立刻就放聲大哭）

張　　捷：不對！這樣要多轉一圈了。
來　　喜：小姐，這樣就多轉一圈了。
張　　捷：這麼懶惰，阿吶會嫁不出去啦！（對紫薇）是安怎？什麼代誌？
來　　喜：大小姐，妳緩緩講，莫哭。
紫　　薇：我聽人講，阿爸返來臺灣的船遇到颱風，……翻船啊！哇……
張　　捷：妳是聽啥麼人講的？哪有這款代誌？
紫　　薇：是天順伯仔講的，伊講報紙攏有寫。
張　　捷：來喜，妳去問卡詳細咧。
來　　喜：好！我才在想呢！頭家兩個月前就寫批返來講要返來，怎會……

　　　　　（紫薇一聽到來喜這麼說，更是放聲大哭）

張　　捷：好了啦！莫在這猜來猜去，去問卡詳細咧再講。
來　　喜：好好好！

（來喜匆匆離去，阿嬤聽到紫薇的哭聲也蹣跚地跑了出來探究竟）

阿　嬤：是什麼代誌？唉喲！是啥麼人給妳欺負？我一個乖囝仔！阿祖惜惜！
紫　薇：阿祖，阮阿爸伊……
張　捷：沒啥麼代誌，恁免煩惱。近前也有謠傳講澄波送咱返來臺灣時，掉落去船
　　　　邊，那攏嘛是黑白講講的，戰爭時陣，話頭也卡多，咱心要抓乎定，啊無
　　　　整天煩惱就煩惱到破病。
阿　嬤：對啦對啦！吉人天相，阮澄波有福氣，嘸代誌，嘸代誌啦！
張　捷：紫薇，你扶阿祖去歇睏，自己去洗一個臉，看你哭嘎安偌，整面攏是水。

（紫薇抽抽咽咽地止住啼哭，扶阿嬤進去）
（看著紫薇和阿嬤的背影，張捷卻也免不了擔心起來，她不禁合掌向天
禱告）

曲目16-2【思念的人】（臺）張捷

張　捷：（唱，臺）
　　　　我相信天公伯仔有在看，伊未予善良的人這麼孤單，
　　　　伊未將幸福家庭來打散，我相信天公伯仔伊有在看！
　　　　自那天你牽我的手腕，我就知這條路咱愛行相偎，
　　　　自那天你擎起那支傘，風風雨雨咱攏未散。

　　　　思念的人是我的心肝，天公伯仔伊會祥細聽，
　　　　伊知影我聲聲叫你的名，伊知影咱夫妻會互相惜命命。

（歌聲結束，來喜跑進來，她上氣不接下氣地說不出話來，張捷看到來喜
的模樣，也不禁緊張起來）

來　喜：小姐小姐！我跟你講！小姐！先生，先生伊，伊……
張　捷：先生安怎了？妳緊講啊！

來　喜：伊……伊……

張　捷：緊講啊！

來　喜：伊……伊返來囉！

（突然的驚喜和緊張情緒的放鬆讓張捷頓時有些目眩，來喜趕緊扶住張
捷；陳澄波提著行李走了進來，夫妻倆人對望，陳澄波放下行李和畫架，
慢慢走近張捷，牽起她的手，而後輕輕擁抱；來喜悄悄地將行李和畫架帶
進去，張捷在陳澄波的懷裡，情緒激動地忍不住落淚）

張　捷：（清唱）我相信天公伯仔伊有在看！

（張捷唱完，幾乎泣不成聲，音樂揚起，燈光漸漸轉變，夫妻二人牽手慢
慢離場）

✦ 第十三場　1933~1937・嘉義 ✦

（舞臺的一角柔進一個光圈，阿慶走進了光圈）

阿　慶：1933年6月，澄波在家人的期待下終於從上海回到了臺灣。命運帶給澄
　　　　波很奇妙的安排，如果不是他平時待人寬厚，也就不會有後來在危難中
　　　　及時挺身而出的校工老王，當然也不會有後來的畫家和偉大的畫作。回
　　　　到臺灣後，澄波從此定居在這片他最熱愛的土地上，開始了他生命中最
　　　　重要的自由創作期。一年三百六十五天，只有三個月的時間能夠真正住
　　　　在家裡，其餘的九個月都在全臺各地旅行作畫。

（阿慶的光圈消失，阿慶走入舞臺上已經轉換成的嘉義公園場景中，成
為景中的人物。在接下來的場面中，陳澄波的畫架將隨著背景畫面的變
換以及戲劇的段落改變位置，彷彿在各種不同的地方，從各種角度將風
景繪入畫布之上）

（陳澄波騎著腳踏車，載著重光來到了嘉義公園中，擺好畫架之後，重

光幫忙提水之類的雜事，陳澄波則開始作畫，一支畫筆在他手中彷彿是一把劍，他揮舞著筆如劍，將自身融入在景物中，在歌聲中，漸漸有民眾圍觀，或好奇或感動）

曲目17【畫家之歌】（臺）澄波、群眾

澄　　波：（唱）層層樹葉，無風輕輕搖，
　　　　　原來鳥仔步步躍（ㄅㄧㄡˊ），
　　　　　運筆親像劈劍道，畫出樹影無風搖。

　　　　　（背景轉換成嘉義市街中心的噴水池，許多人在圍觀，年輕的張義雄在噴水池邊看到陳澄波的作畫，感動與驚訝充滿他的眼神，陳澄波暫停畫筆，將布局構圖的心得分享給身邊的民眾）

張 義 雄：我以後一定要像你一樣，做一個藝術家。
陳 澄 波：真好真好，安徐咱就是同行的藝術同人囉！
張 義 雄：安徐我以後就要叫你老師囉！
陳 澄 波：你太客氣了！

澄　　波：（唱）心澎湃，感動人間大世界，
　　　　　怎安排，取景入圖內？
　　　　　噴水池邊小男孩，介紹圖景予伊知。

　　　　　（背景轉換成阿里山林地，陳澄波走以登上山邊作畫，他擦著汗，看著自己的畫作，彷彿有所疑惑而思考，在歌聲將結束時，林務人員走近陳澄波身邊）

澄　　波：（唱）踏步入山，崎嶇山路彎，
　　　　　田地一層一層高，樹皮有歲心不亂，
　　　　　擦筆畫出百年歡。

澄　　波：借問一下，依你的經驗來看，我畫的這欉檜木，看起來有多少年歲？

林務人員：嗯嗯，上嘸也有六百年喔！

澄　　波：有影哦！安倷我就放心啊！我就是要畫出樹基的年歲！

（背景轉換成多幅淡水以及臺灣其他各地的風景畫，在不同的地方，澄
波熱情地和不同的人相互交流）

澄　　波：（唱）紅厝瓦，青苔爬上白牆壁，
　　　　　彎路埕，黃土半片灑，
　　　　　金色日照淡水岸，淡水美景罩心肝。

（場景再回到了嘉義公園，舞臺上的畫面漸漸安靜下來）

澄　　波：（唱）山不動，山腰雲海不老翁，
　　　　　水流動，水色不相同，
　　　　　運筆如劍心感動，畫出畫中靜與動。
　　　　　運筆如劍心感動，畫出畫中靜與動。

阿　　慶：全臺不斷旅行的澄波，將他對鄉土的愛，以及對於新世界的憧憬和期
待，都表達在一幅又一幅的畫作中，在他的風景畫中大部分有人物點
景，也有像母雞帶小雞、攤販等等點景，更不斷出現電線杆、洋傘等等
文明世界的東西，這些都是他所身處的環境，更是生活在他身邊的臺灣
老百姓，因為澄波不僅想要畫出好山好水，他也要把人情味和他南臺灣
陽光一般的熱情，都寫入畫作中。

（阿慶走入公園裡，陳澄波正帶著二女兒碧女在公園裡作畫；陳澄波依
然用盡力氣下筆如劍，而碧女則顯得心不在焉）

澄　　波：碧女，是不是身體嘸爽快？哪會這麼沒精神？

碧　　女：嘸啦！

澄　　波：卡專心點薄，妳安俀是畫不好的。

碧　　女：（小聲）人本來就沒想要畫啊！

澄　　波：妳講啥？

碧　　女：嘸啦！人在畫呀嘛！

澄　　波：妳看妳，這是在畫啥？不搭不漆，阿爸是安怎教妳的？

（碧女沒有回答，低著頭，很委屈的樣子）

澄　　波：妳還在想去游泳是否？

（碧女偷看了澄波一眼，發現澄波有些惱怒，趕緊低下頭）

澄　　波：妳怎麼這麼不受教？游泳是去迌迌……

碧　　女：人都跟同學約好了，你害人跟人失約……（快哭出來了）

澄　　波：那妳跟阿爸的約束呢？咱不是早就講好要出來畫圖？

碧　　女：啊不過……

（澄波沒有說話，只是瞪著碧女，碧女不敢再回嘴，心不在焉地在畫布上抹上顏料；澄波看見碧女幾乎是亂畫，生氣地拿著畫筆沾上黑色顏料，往碧女的畫布上抹了下去）

碧　　女：阿爸！

澄　　波：嘸想要畫歸氣攏莫畫，天黑一屏了啦！

（澄波氣得丟下筆，碧女哭了）

澄　　波：返去，返去厝內自己反省。

（碧女哭著離開了；音樂起，澄波望著女兒的背影，既心疼又遺憾）

曲目18【遺憾】（臺）澄波

澄　　波：（唱）希望少年的妳會當知，繪圖是一種幸福的光采，
　　　　　　機會是永遠無法度咯重來，人生的路途也噓步步哉[18]，
　　　　　　咱要知影如何把握現在，噓希望妳留著遺憾和無奈。

　　　　　　獵鷹飛高才看得到大海，菜籽落土才發得出芽，
　　　　　　心中若是充滿對土地的愛，一枝筆會畫出真多色彩，
　　　　　　用咱的心觀看這個世界，就會找到自己所愛的未來。

　　　　　（澄波默默收拾著女兒的畫架，長長地吸一口氣，提起筆，繼續他自己
　　　　　的作畫）
　　　　　（阿慶走進了舞臺，看著陳澄波作畫的背影，他有點感嘆地說）

阿　　慶：澄波的五個小孩中，也只有二女兒碧女遺傳了他繪畫的天分和興趣，也
　　　　　許是愛之深責之切，澄波只是想要告訴碧女，要把握當下的機會，否則
　　　　　就會有遺憾。……把握當下……把握當下……！用心觀看這個世界，就
　　　　　可以找到自己所愛的未來，這句話，彷彿也是在教導我，我似乎能感受
　　　　　到澄波仙那種熱情和對後輩的提攜和期待！

　　　　　（空襲警報響起，民眾奔走，陳澄波也迅速地收拾畫具，離開了舞臺；
　　　　　四周隨即響起了飛機和轟炸的爆裂聲音，煙硝瀰漫，場景轉換）

---

[18] 哉，亦即「穩當」。

➤ 楔子 1937·嘉義 ✦

阿　慶：1937年，太平洋戰爭爆發，作為日本殖民地的臺灣，無法倖免地捲入了戰
　　　　爭的陰影中。美軍飛機轟炸的「爆擊」，在嘉義造成了很大的震撼。

　　　　（阿慶的歌聲中，二次大戰嘉義地區的歷史光影在背景中流動著；對應著
　　　　背景的畫面，舞臺上也可呈現出配合的舞蹈場面）

曲目19【戰爭·爭戰2】[19]（華、再現）阿慶

阿　慶：（唱）好不容易才喘一口氣，還來不及休養生息，
　　　　爆擊的陰影就已經來襲，黃金年代還在記憶裡，
　　　　勝利女神的翅膀伸向天際，
　　　　我們卻看不見天堂的蹤跡，幸福的喜悅竟然遙不可及。
　　　　戰爭結束遙不可及，戰爭結束遙不可及。
　　　　（白）即使在這樣困苦和物資缺乏的戰爭年代，澄波也沒有放棄他旅行全
　　　　島作畫的意志，他為了推動美術教育，更創立了臺陽美術學會，像孩子一
　　　　樣地呵護著；而妻子則是全心支持著丈夫的藝術理想，經常在孤燈下，一
　　　　針一線地刺繡、縫補，以貼補家用，夫妻之間的針線情深令人動容。

➤ 第十四場 1939~1945·臺灣／嘉義 ✦

　　　　（在陳澄波的家裡，張捷為陳澄波打點行李，澄波看著妻子，有感而發）

曲目20【針線情深】（臺）澄波、張捷

澄　　波：（唱）有人寄付為了濟貧救苦，有人的奉獻是鋪橋造路，
　　　　　自細漢就想畫美麗的圖，鋪一條人生的藝術之路。

---

[19] 本首再現歌曲可依實際需求改為演奏曲，配合舞臺上的歷史影像即可。

張　　捷：（唱）我不知天有多高地多厚，我只知影我是你的家後，

　　　　　　為你晟養全家照顧嘎到，我只知影你畫圖上蓋鰲。

澄　　波：（唱）棉被有牽手的味陪伴我，

張　　捷：（唱）人生的針線縫未煞，

澄　　波：（唱）行走四方的男兒未孤單，

張　　捷：（唱）因為大船若行久總是要靠岸，

澄　　波：（唱）因為思念妳的心會安慰我，

張　　捷：（唱）做你的家後我嘛未孤單，

澄　　波：（唱）返去厝的路我會記在這，

兩　　人：（唱）咱的心親像針線連相偎。

（音樂襯底，張捷陪伴陳澄波走到了門口）

張　　捷：對啦！紫薇的嫁妝你有打算要安怎辦？

澄　　波：我會想辦法。

張　　捷：伊昨講想要一枝深藍色的洋傘，你去臺北時找看咧！若是有，就買給
　　　　　　伊，上嘛也是一項嫁妝。

（澄波點點頭，離去；場景轉換，張捷離場，陳春德上場）
（澄波走近陳春德身邊）

澄　　波：春德，我這回從嘉義出來的時，我大女兒想講要買一支深藍色的洋傘，
　　　　　　我全臺北找透透也看嘸伊愛的式樣，實在是真煩惱。

陳　春　德：聽澄波仙的意思，恐驚是知影有人拜託我從神戶買了一支深藍色的洋
　　　　　　傘，你想愛我讓予你是否？

澄　　波：歹勢歹勢，你嘛知影我厝內沒什麼財產，想要給女兒嫁妝也真有限，女
　　　　　　兒的心願若是能夠達成，也算是予伊伊有意義的紀念嫁妝。

陳　春　德：（假裝很為難）那是我坐五天渡輪才買返來的物件呢！

澄　　波：（抓抓頭，不好意思）歹勢歹勢，你嘛知影我疼女兒……

陳　春　德：歹勢啦！跟你沒大沒小開玩笑啦！看到做老爸的這麼疼女兒，我也真正

受你的感動！

（陳春德拿出了洋傘交給陳澄波，陳澄波不斷道謝後離去；場景轉換，
陳澄波回到了家中，放下行李）

澄　　波：紫薇、紫薇！妳來一下。

（紫薇出場，已是落落大方的大姑娘；陳澄波將洋傘藏在身後）

澄　　波：紫薇，妳猜看看，阿爸給妳帶啥麼返來？

紫　　薇：是……啊！我知，阿爸你真正找到了？
澄　　波：妳咯真巧，一猜就猜到。
紫　　薇：阿——爸！你的表情根本就藏不住祕密好不好！

（陳澄波將洋傘拿了出來，紫薇雀躍不已；陳澄波慈祥地看著紫薇，背
景中配合陳澄波的對白，悄悄揉進了〈清流〉、〈嘉義街景〉和〈駱
駝〉等幾幅畫）

澄　　波：紫薇，妳沒多久就要嫁予添生囉，阿爸有話想要對妳講。
紫　　薇：是，阿爸！
澄　　波：添生是阿爸的學生，也是阿爸幫妳選的子婿，我爸希望妳會當有一個幸
　　　　　福的婚姻，我嘛相信添生會好好照顧妳。阿爸卡憨慢，也未當傳啥麼嫁
　　　　　妝予妳，只有幾幅圖，和這支洋傘與妳做紀念，祝福妳夫妻感情永遠未
　　　　　散，家庭永遠幸福快樂。
紫　　薇：阿爸！……

（紫薇投入陳澄波的懷裡，父女緊緊地抱著，有很多的不捨）
（緊接著爆竹聲響起，喜慶的音樂響起，燈光場景皆轉換，背景出現了
嘉義噴水池的場景）

阿　　慶：漫長的等待過去了，戰爭結束，臺灣光復了，這對澄波來說，無疑地是像嫁女兒一樣的極大喜慶，他寫下了這樣一句話：「吾人生於前清，而死於漢室者，實終生之所願也」！

（嘉義噴水池旁的市街熱熱鬧鬧，人聲鼎沸，鞭炮聲四起，配合著歌聲，陳澄波也加入了慶祝的行列，大家拿著青天白日滿地紅的國旗，喜氣洋洋，最後，陳澄波1946年〈慶祝日〉的畫面在舞臺上完成）

曲目21【慶祝日】（臺）群眾、（澄波一家）

群　　眾：（唱）生在前清被殖民，嘸采[20]花紅聞沒味，
　　　　　光復以後做國民，春風微微花先香；
　　　　　慶祝日的歌聲電臺大放送，大家手擎國旗大聲唱，
　　　　　啊～～青天白日滿地紅！
　　　　　家家戶戶炮啊連續放整掛，街頭巷尾人人嘴角笑嗨嗨，
　　　　　歌仔戲布袋戲看嘛看未煞；攏在期待和平幸福的世界。

（正當大家喜氣洋洋時，一列接收臺灣的中國兵的剪影從背景走過，落魄的模樣讓所有用力揮舉「歡迎中華民國」標語和國旗的手漸漸停了下來，群眾們面面相覷，不知道該如何反應才好）

群　　眾：（唱）
　　　　　誰知，誰知，誰知，命運竟然如此的安排，
　　　　　日出天未光，日出天未光，
　　　　　一條光復的路那麼長，和平的夢呀咯遠遠遠！

---

[20] 嘸采，亦即「可惜」。

（一陣陣槍響，讓歌聲驟然停止，人群驚恐地散去；鼓聲齊揚，彷彿踐踏著人心的鐵蹄聲）

（二二八事件的影像投影在背景中，舞臺上場景轉換，一個男議員、女議員和陳澄波在一角談話）

男 議 員：有影哦？哎喲……

女 議 員：就是講啊！實在予人料想未到。

澄　　波：唉！兩邊這樣打來打去，整個嘉義市亂操操，咱這些老輩的若是不出面來協調，予代誌愈鬧愈大，這後果會不堪設想。

女 議 員：……那些政府官員被關在水上機場裡面，沒米沒水，講起來也很可憐。

男 議 員：咱是不是要派幾個人過去講講咧，大家互相有了解，莫通互相對立。代誌沒那嚴重嘛！

澄　　波：你這話講得有在理。咱這些做議員的，無論安怎，總是有責任予大家一個安定咯安全的生活。

女 議 員：咯安俗鬧下去，不知影會咯出什麼代誌，沒這樣啦，歸氣咱這些議員、再招幾個地方上有頭有面的人，去價他們講講，哪有自己人打自己人的道理？你講對否？

澄　　波：鴛鴦啊，妳的個性實在是不輸咱幾個查埔人，哪是北京話講就叫做「不讓鬚眉」。

女 議 員：那是當然！

男 議 員：是啊！澄波仙，你北京話講的這麼好，你應該做代表。

女 議 員：是啦是啦！像阮這些去是鴨母聽雷公，話嘛講不通，若是產生誤會就顛倒莫好。

澄　　波：若是為了嘉義市市民的安全，我是絕對不會推辭的。其實，人攏講四海一家，不管是在地、外地，平平是人，攏嘛親像兄弟姊妹同款，怎會安俗互相衝突呢？

男 議 員：我就知啦，澄波仙上有慈悲心啦！啊嘸安俗，咱個人款款咧，帶一些米糧和水果……

女 議　員：我去招柯議員、潘醫師，咱分頭找人，明早再會合。

澄　　　波：是，我們就這樣約定！

（兩位議員離去，陳澄波轉身走向家裡，燈光轉換；張捷幫陳澄波穿好
了西裝上衣，在做最後的整裝）

張　　　捷：澄波，街頭巷尾大家都在謠傳，講大陸那邊有大批軍隊要過來鎮壓，你
安倷去敢沒有危險？

澄　　　波：妳莫亂想啦！人攏講，兩軍交戰，不斬來使，阮是議員，而且是和平使
者，不會有問題的！放心啦！

張　　　捷：啊不過……

澄　　　波：捷咧，我知道妳會擔心，不過妳甘記得我寫過的一篇文章？人的一生，
就好像我畫圖用的油彩同款，在製作的過程當中，會浮浮沉沉，經過千
錘百鍊以後，真正留在畫布上才是有用的油彩。

張　　　捷：我記得啊！

澄　　　波：咱做藝術家就應該為藝術奉獻，現在我不只是一個畫家，嘛是一個議
員，做議員就應該為咱的市民、咱的鄉親奉獻才對！而且，咱在上海那
麼多年，這北京話應該是跟他們講得通的。

張　　　捷：你哦，我講不贏你啦！不過你知道，不管你做什麼事情，我永遠攏會給
你支持。

澄　　　波：放心！人在做、天在看！我相信天公伯啊伊會給咱看顧，捷咧，咱在外
地風風雨雨攏走過，咁講在自己的故鄉顛倒去予西北雨驚到？……日頭
落山我就返來呀啦！對了，我剛剛有聞到，妳是不是在燉雞，回頭我就
會回來吃了。好，我來去啦！

張　　　捷：人在做、天在看……

（張捷不得已目送陳澄波離去，陳澄波加入了另二位議員的行列，他們
提著米糧和水果，緩慢走著；場景轉換成嘉義水上機場前，防禦工事後
有持槍的士兵守著，陳澄波前去交涉示意）

士　　兵：幹什麼的！！！

澄　　波：我們是來……

士　　兵：廢話少說……通通帶走！！！……快！

（士兵突然把陳澄波等人都押解進去；其他在後面觀望的群眾驚恐地逃走，有人跑去告訴張捷，張捷力持鎮定，到處請託人）

曲目22【戰爭‧爭戰3】樂團演奏打擊樂

（舞臺的一處，和其他三位議員關在一起的陳澄波，蹲在地上，正在一張紙上用身上帶的一支鋼筆書寫，其遺書一字一句靜默地投影在背景中：「添生我的親婿呀！你岳父這次為十二萬市民之解圍，因被劉傳來先生之推薦被派使節經機場與市當局談論和平解決，因能通國語之故，所得今次殺身之禍，解決民族之自由絕對天問心不醜矣，可惜不達目的而亡，不過死後之善後，我家庭之維持如何辦法？請多多幫忙你岳父之不明不白之死，請惜愛紫薇等之不周，你岳父在天可能盡力有日來報。賢婿之惠恩不淺。嗚呼！我的藝術呀！終不忘於世者是，你岳父之藝術可有達之至哉。敢煩接信之際，快點來安慰你岳母之安康否，善後多多幫忙幫忙。」）

曲目23【玉山積雪】（臺）澄波

澄　　波：（唱）日月為什麼輪流？玉山為什麼白頭？

　　　　　鳥仔為什麼啼叫？人生為什麼會有憂愁？

　　　　　要如何才是溫柔？要如何才可以自由？

　　　　　要如何才沒冤仇？要如何才贏得千秋？

　　　　　從今以後，如果天要起風落雨，

　　　　　我未當替你避風避雨；

　　　　　從今以後，如果暗暝心情艱苦，

我未當陪你談笑講古；

從今以後，心內若是有苦楚，

請你看我用心畫的圖，

溫柔的心，美麗的圖，

伊會陪伴你一步一步，代替我陪你白頭到老。

（背景在投影出第二封遺書：「告于藝術同人之切望：須要互相理解不可分折為要，仍須努力，此後島內之藝術之精華永世不減之強力前進，為此死際之時，暫以數語永別無悔呀！我同道藝兄呀，再進一步之結果，為要呀，進退須要相讓勿可分枝作派，添生兄多少氣有稍強，敬煩原諒，老兄之志望也。鄙人的作品敢煩請設法，見機來作個展之遺作展也，希望三分之賣價提供于我臺陽展之費用。大概明天上午在嘉市離別一世呀！鳴呼哀哉我藝兄同人呀，再會！」）

澄　　波：（唱）玉山高高高就天，靜靜遠遠在天邊，

看顧山腳的百姓，伊永遠攏不甘離開。

有熱情才是溫柔，有勇氣才能自由，

有慈悲才沒冤仇，有藝術才贏得過千秋。

（陳澄波將身上的一只手錶和鋼筆，以及那兩封遺書，交給了同去的另一位議員，議員隨即被士兵押走，臨走頻頻回望陳澄波）

（背景中陳澄波生前最後一幅〈玉山積雪〉慢慢取代了遺書的文字，當畫面全是畫作後，疊映出「再後別了……祝你大家康健……洋服簡單即可以……兄妹和睦……」等字樣；）

（陳澄波等人被士兵押起，反綁著手，往舞臺深處走去，漸成剪影）

（在音樂的尾奏中，舞臺上空無一人，只留〈玉山積雪〉的畫面）

（四聲槍響，剎時間血紅的光染紅了畫面，燈漸漸暗去直到全黑）

（靜默片刻，黑暗中，背景出現反白的字幕：「一九四七年三月二十五日清晨，擔任和平使者調解嘉義二二八事件的陳澄波，未經任何審判，被槍殺於嘉義火車站前的廣場」）

（字幕隱去，音樂前奏悄悄揉入後，舞臺上從暗黑籠罩的深夜，漸漸露出曙光，線條、色彩一一加入，畫面中開始流動著陳澄波一幅一幅的畫作，繽紛的色彩，濃厚的情感）

曲目24【我是油彩的化身2】（臺）群眾、（阿慶）、澄波

群　眾：（唱）伊是油彩的化身，
　　　　　從來不知自己的出身，經過多少關愛的眼神，
　　　　　經過多少拆散嘎重生；
　　　　　心無怨嗟，浮浮沉沉，千錘百鍊，有時犧牲，
　　　　　央願這世人過得認真，因為伊是油彩的化身。

（間奏中，阿慶從群眾中走出，面對著觀眾）

阿　慶：我終於明白父親擔心的是什麼，但我從陳澄波這位前輩畫家的身上，體會到生命的執著和那足以燃燒世界的熱情。體會到他摯愛鄉土的情懷和永不放棄的行動，更明白了他最深刻的愛與痛，以及在無止盡的愛裡所帶來的勇氣。我知道自己該怎麼做了。

群　眾：（唱）向春天的風景借色彩，有紅有青色也有白，
　　　　　看山看水天看雲彩，看花看楓葉看樹海；
　　　　　畫一幅心中美麗的圖，感謝上蒼對咱看顧。
　　　　　最親是故鄉的人和土。

（阿慶退入群眾中，陳澄波出現在舞臺的最高處）

澄　波：（唱）我是油彩的化身，（油彩的化身）

　　　　將一生辛酸光榮獻予你，（獻予你）

　　　　但無人知影我的苦楚，一生奉獻予我的理想。

群　眾：（唱）奉獻出你我一生一世的理想。

澄　波：（唱）我是油彩的化身！

　　　（在歌聲中，最後完成了陳澄波1934年〈嘉義街中心〉的畫面）

　　　（燈漸暗，幕落）

　　　（劇終）

青少年戲劇

Remembering

Collection of Yu-Hui Wang

An—ping.

青少年劇場的奇幻書寫

✦   為青少年劇場書寫   ✦

臺灣青少年劇場

在王友輝〈臺灣戲劇教育及兒童劇場發展歷程〉[1]一文中曾指出：不論臺灣兒童戲劇的發展如何演變，文本和演出之間仍有其不可忽略的教育性、娛樂性、想像本質及童趣本質等四項特質，這不但是兒童戲劇之所以成為兒童戲劇的特質，恐怕也是兒童戲劇在發展歷程中，始終不能忽略的關鍵性因素，如何掌握兒童戲劇的特質、平衡兒童戲劇劇本創作中的文學性與劇場性、如何在傳統的劇本書寫形式和非傳統的排演中即興發展演出文本之間，找到相輔相成的創作可能性，將是未來臺灣兒童劇場發展中不可忽視的課題。

相較於臺灣兒童劇場幾十年來的不斷發展，儘管理論的建構與發展脈絡的研究仍有許多的空間，但陸續以來仍有許多專業劇場團體的誕生與創發，投入於兒童劇場的創作中，但是，做為兒童劇場延伸的青少年戲劇與劇場，毋寧是較為弱勢的，除了1970年代延續到1980年代中期的「臺北市青少年兒童劇展」中，每年有三個國民中學參與演出之外，鮮少有針對青少年族群為主要觀眾的現代戲劇展演活動。事實上，即使是「臺北市青少年兒童劇展」的活動，不管是在論述上或是在關注上，「青少年劇場」似乎只是聊備一格，居於旁襯的地位。

以臺北市而言，僅有張皓期、劉克華二人於1999年間登記成立的「新世代劇團」，該團一方面以青少年為主要團員，另一方面也是以青少年為主要觀眾對象，其在2000年創作展演了《愛情新世代》與《帶我飛翔》兩齣音樂歌舞劇之後，2001年即告停止活動。在劇團短暫的活動期間，亦曾規劃策展了首屆的「花樣年華青少年戲劇節」，邀請臺北市公私立高中職戲劇社團參與演出，後來成為高中戲劇社團積極參與的演出活動。其後，「青少年表演藝術聯盟」（簡稱青藝盟）在2001年成立，持續舉辦戲劇節，多年來展現了青少年戲劇的劇場能量，其影響力對整個社會

---

[1] 參見《中華民國兒童文學學會會刊》第20卷第6期，7~13頁、《閩南文化研究》第19期，1~13頁，以及增修臺北市《文化志》表演藝術篇之「現代戲劇」部分。

而言或許不大，但卻是極少數針對青少年族群創作並激起青少年參與劇場展演創作火花的表演團體之一。

　　近十年來，嘉義阮劇團自2009年起，每年春天舉辦的「草草戲劇節」，以青少年為參與對象，透過較長時間的戲劇活動及排練，讓青少年有機會體驗劇場的創作；此外，2010年在臺南成立的「影響・新劇團」，2016年在臺南市文化局的支持之下開始的「十六歲小戲節——青少年扮戲計畫」，在臺灣當代青少年戲劇與劇場的區塊中，均扮演了相當重要的角色。

　　似乎，對於青少年戲劇與劇場而言，由於青少年特殊的生理與心理成長期特質，劇場活動應該具有相當重要的創意發展空間，以青少年的能力而言，對於劇場創作的掌握，理論上比兒童時期更能夠接受展演製作各個層面的挑戰，因此毫無例外的，不論是晚近的阮劇團及影響・新劇場，或是已經持續多年的青藝盟的演出活動，皆是以青少年直接參與演出為主，這種由青少年直接參與創作的型態，固然是青少年戲劇與劇場相當重要的一環，然而，就藝術鑑賞與美學涵養的建構而言，不可諱言地，臺灣當代仍然缺乏專業劇團針對青少年族群創作出適合且重要的作品。對於青少年劇場這個兒童戲劇的重要延續而言，在升學壓力與身心發展等不同因素的影響之下，如何延續並持續地重視並發展以青少年為主要觀賞族群的戲劇類型，是不應忽視的課題。

　　基於這樣的理念，引發了為青少年劇場創作的強烈動機。

在臺東尋找創意

　　2013年，因緣際會之下，我選擇離開了母校文化大學戲劇學系，遠赴臺東大學兒童文學研究所任教，除了小部分現實層面的考量之外，主要還是希望重拾大學時代在兒童劇場劇本創作的靈光，延續自己研究所求學時期所開啟的臺灣兒童劇場歷史發展的整理，更重要的，希望進一步在兒童文學研究所的研究場域中，教學相長地和碩博士生們，開始攜手共同建構「兒童劇場」乃至於「青少年劇場」的創作理論，在臺灣兒童戲劇／劇場的歷史發展、理論建構與創作引導的幾個層面再行深耕，如此理想與憧憬長久以來依然深埋在心。

　　許多朋友知道我落腳臺東後，都說臺東的好山好水以及悠閒的生活環境，一定很適合創作。不知道是否因為在教學上，必須適應兒文所研究生們的殊質特性，重新找尋自己的教學定位與方法，以及大學部通識課程教學中堪稱「試煉」的不斷考

驗；還是因為年歲漸長，體能與變易性的弱化，有很長一段時間都一直處於適應山前山後、東西奔波的狀態之中；亦或是節奏較慢的舒緩大環境，反而讓人只想「停下腳步」而抵銷了創作的積極，因而從2013年下半年到2016年上半年之間，雖然課餘之時，依然積極參與西部南北各地的劇場事務，除了與往昔相同地看戲、審查、評審、評鑑等等工作之外，一方面以創作陪伴為核心，與嘉義阮劇團共同策展了「劇本農場」這樣一個劇作家的創作平臺，至今仍然持續經營；另一方面同一年也為臺北的國光京劇團策展了「小劇場・大夢想」的系列演出，創造傳統戲曲與現代劇場在演出中創意對話的可能，甚至拋磚引玉地執導了自己的作品《青春謝幕》；如此持續扮演著導演、演員、策展人等不同的身分，生活依然忙碌，但是，對自己而言最重要的劇本創作，不可諱言地處於停頓狀態而倍感焦慮，自1980年代之前便開始劇本創作之路以來，這一個暫時的停頓，恐怕是時間最長的休眠狀態。但，創作的渴望與衝動卻日趨強烈。

事實上，對於兒童及青少年劇場的創作，從大學時期一直以來俱是自我摸索，以創作實踐印證可能的理論，而研究所念書時所開啟的臺灣兒童劇場相關研究領域，也只能參考數量有限的國內外研究資料。到兒童文學研究所任教之後，最大的收穫乃是開啟了個人在兒童文學領域的視野，透過旁聽所裡同仁們的課程，在作品與理論的系統性閱讀中，以及幾位極優秀的碩博士生們在課堂中的相互激盪之下，一方面印證了往昔自我摸索所形成的兒童劇場劇本創作觀，釐清並豐富了自身在兒童劇場「教育性」、「娛樂性」、「想像本質」的特質論述之外，更增加了「童趣本質」的探討，同時亦從兒童文學作品的閱讀品味以及理論論述中得到些許靈感，勢必影響自身兒童及青少年劇場在劇本創作上的深層思考。

在東大的校園之外，其實因著文化部的各項計畫，不斷有機會和臺東縣文化處接觸，卻始終接不了地氣地開啟在臺東的創作歷程，一直到2018年，由於文化部場館營運活化的政策引導，縣文化處的表演藝術科提出了「自製節目」的構想規劃，並在表藝科科長的積極推動和承辦科員的執行之下，終於有機會打破創作停滯的困境，開啟一個新的創作故事。

或許真的是因緣俱足，當時縣府文化處的文化資產科新任科長，從中央文化部自願降調到臺東，他過去任職於文化部時，我們曾有幾面之緣，而在文資科每年例行的業務中，包括了國家人權博物館籌備處所賦予的「人權教育推廣」業務項目，科長希望打破展覽、參訪、研習、座談、電影賞析等等既有的活動模式，尋思一個

更具有藝術性與趣味性的創意可能性，「人權舞臺劇」的劇本創作命題於焉成形，並且極為難得地與表演藝術科自製節目相互結合，成為具有創意與文化意涵的節目規劃。

在有限的經費下，遂決定以小劇場的概念，編導創作一個表現形式上稍具實驗性、針對青少年乃至於親子共賞的劇本。會以「青少年」、「親子」為觀眾對象，一方面希望重拾兒童及青少年劇場劇本的創作樂趣，另一方面自然也是呼應自身在兒童文學研究所任教的專業命題，然而，「人權議題」對創作而言，特別是青少年與親子共賞的觀眾來說，確實是一個相當沉重的命題，但就創作者而言，自然希望創作出一個突破當代政治正確之外的作品。

✈ 走進黑森林的異世界 ✈

人權議題的多元詮釋

就主題而言，過往對於「人權」的認知，以臺灣來說，一向以來多著墨於二二八事件以及其後白色恐怖的時代悲歌與政治受難的生命故事，事實上，兒童文學研究所在2016年，亦曾由游佩芸所長主持，承接過「遲來的愛——白色恐怖時期政治受難者遺書特展」在臺東地區的展出，猶記得當時面對如此沉重的議題，該如何於兒童文學的創作中傳達與表現，在課堂中以及學生的創作計畫裡，有過相當熱烈討論與省思。

由於自己曾經創作過音樂劇《我是油彩的化身》，主要人物陳澄波的生命歷程即包含了政治受難的情節，因此這一次在創作構思時，不免希望能夠不重複地找尋更多元的題材可能，同時，更希望透過創作，傳達當代社會生活與語境下，不單單只有政治層面得以探討與追尋「人權」，在多元變化的時代中，似乎應該具有更全面性的多元「人權」概念。此時，閱讀成為最好的構思觸媒，接下來在環繞著「人權」議題的當代繪本與小說的多樣閱讀中，從人物角度發想的幾個關鍵字開始浮現：新住民移工、無國籍兒童、霸凌者與被霸凌者，因此，不單單是議題本身的延伸與詮釋趨向多元，主要戲劇人物的輪廓更因此而誕生，所幸也獲得了主辦單位的認同。

真實環境的異想空間

　　戲劇的環境場域是創作上的第二層的構思，由於自己在臺東的住處位於市區邊緣的森林公園附近，而森林公園過去由於海岸邊遍植木麻黃以防風，遠望之下一片漆黑而被暱稱為「黑森林」，這樣一個暱稱於我而言有著相當豐富的空間想像與意象的延伸，當時為了構思劇本，數次實際走訪森林公園，不騎鐵馬而完全步行的查踏中，特別感受到森林帶來的諸多想像，而一般遊客也相當驚豔的湖水風光與植物樣貌，對於查踏者而言，自然也是具有吸引力的，特別是一座長長綿延的「花架隧道」，帶來了在地地理環境成為戲劇發生場景的想像連結，於是便決定以「黑森林」做為戲劇開展的場景，同時也透過「黑」的詰問與討論，呈現出人們的偏見所帶來的種種問題。

　　這樣一個位在都市邊緣的森林公園，除了具有一般森林公園都會具備的特色之外，至少有兩個特殊的景觀帶來創作上極大的靈感，一個是花架隧道，另一個是公園裡地下湧泉形成的琵琶湖、原為沼澤濕地整治成為半天然湖的鷺鷥湖，以及人工興建的活水湖等三個湖。除此之外，便是尼伯特重創臺東之後，大量植樹種花的蝴蝶復育區了。

　　臺東的森林公園被臺11線公路分割成兩大區塊，在公路下的涵管中，便有花架隧道的穿越，走在其中，有別於其他地區的花架隧道，顯得特別地陰暗，然而就在這樣的環境中，依然有著植物緣壁而生的蓬勃生機，這不僅僅是一種植栽的現象而已，就戲劇的景觀而言，更有極為豐富的寓意。特別是觀察花架兩壁的水泥涵洞的凸起和凹陷的部位，讓人聯想到小說《哈利波特》（*Harry Potter*）中的「九又四分之三月臺」，於是它成為劇中人進入所謂的「祕密基地」的通衢。對於兒童與青少年來說，「祕密基地」似乎是一種極為普遍且重要的個人私密空間，它可以獨居，可以分享，對戲劇而言便是一個相當適合發展情節的重要場域。

　　除了花架隧道，森林公園的三個湖各有特色，在整個公園中更是休憩的好場所，只是，對我而言，湖水所帶來的想像不單只是湖面的風光，反而是湖底的想像，特別是森林公園裡最大的琵琶湖乃是湧泉所形成的，湧泉從何處而來？那裡會不會有一個特別的異世界，這便形成了「黑洞世界」的概念，而成為劇中人進入祕密基地之後，無意間闖入的異空間。在這個黑洞世界中，帶有異質空間裡的特殊能量，能將人類內心世界的黑暗面放大，於是可能造成人與人之間的衝突。但同時之

間，一種「湖底的星空」的想像也因此產生，如果湖底有一個顛倒的世界，真實世界的暗黑湖底卻擁有一片清朗星空，是否能夠帶來暗黑世界的救贖？

除了前述兩個由真實空間所想像的戲劇空間之外，森林公園中的蝴蝶復育區也帶來許多的想像。事實上，「蝴蝶復育區」在園中仍屬於創建階段，在劇本創作的構思階段並未能真正進入其中，因此毋寧是這樣一個名稱帶來的聯想，想像在特殊的異空間裡，會有滿天飛舞的白蝴蝶，這是戲劇場面的聯想與建構，取其空間屬性中的特殊情境，為戲劇的結束帶來場面上的奇幻特質。

✦ 奇幻文學的劇場想像 ✦

虛實人物的擷取挪用

飄洋過海的新住民移工、「透明的小孩」的無國籍兒童、「黑孩子」的霸凌者與被霸凌者，這三個人物的形象開始了《白霧黑森林》劇中最重要的人物設定，首先是劇中的小蒲，這個人物的形象發想自繪本《黑孩子》[2]，公仔這個角色則發想自於繪本《透明的小孩：無國籍移工兒童的故事》[3]，而英妹這個角色，一方面是從人權主題的概念所設定的人物，另一方面其實也是公仔這個角色所延伸出來的人物形象，最終，暗示了進入黑森林時已經懷孕的英妹可能是公仔的母親。在創作構思及收集資料的過程中，發現臺灣現行的法規對女性的移工有著相當嚴格的規定，一旦懷孕便必須被遣返回國，法規自然有其必須顧及的政策面和背後相當複雜的因素，但就「人權」的角度思考，便似乎有著不少討論的空間，因而成為《白霧黑森林》相當重要的人物背景設定，或許，戲劇並未能真正帶來社會環境的什麼改變，但至少這樣的議題透過戲劇傳達出來，在虛實人物的擷取和挪用之中，表現出創作關鍵性的創作思維。

小蒲、公仔與英妹的人物背景設定悉如前述，但取名仍有一層的思考，三個的名字合起來便是「蒲公英」，對創作者而言，毋寧寓意著他們三人有如「蒲公英」般的特性，或許飄洋過海，在異地落地，或許在生命的旅程中不斷飄零，無法落地生根，或許隨風在空中飛舞，不斷尋找可以生根的沃土。這樣的意象，在劇中乃是

---

[2]　財團法人孩子的書屋文教基金會，陳怡揚腳本、繪圖，潘昀仁文字，《黑孩子》，新北市：字畝文化創意：遠足文化發行，2017.8，初版一刷。

[3]　幸佳慧作、陳昱伶繪，《透明的小孩：無國籍移工兒童的故事》，新北市：字畝文化創意：遠足文化發行，2017.2.8，初版一刷。

由公仔以童稚的角度直接點破說出，或許，就創作而言是乃是採取一種方式讓觀眾得以延伸思考這命名的小小趣味吧！

除了三位主要的人物之外，還有一個虛擬出來的人物，就是所謂的「野人」，這個野人被設計成一個跨越時空，可能是某個空間的政治受難者，跑到了山裡面，跨越了一個奇異的時空，然後來到黑森林的深處，也或許就是黑洞世界中的想像人物。在野人與小蒲他們三人相遇了之後，暗示了這個不會或不想說話的野人，希望三人幫忙送一封信回家，但是這封信並不是真實寫的一封信，它只是一片樹葉，事實上是希望透過這樣的書信傳遞的感覺，讓這三個人體會到「寫信」這件事情的重要性，最終也成為他們回到現實世界的鑰匙。

在創作之初，原先構想由一位較資深的專業演員擔任野人這個角色，但是種種的意外，讓原始的構想有了變化，在選角過程中，素人演員間似乎無法找到適合的替代人物，因此劇本便有了微妙的轉變，野人的人物仍有一個具體的形象，但他的語言便被轉化為「歌隊」的多重敘述，這樣的改變，一方面解套了單一角色語言過重、演員無法負擔的困境，另一方面也創造了屬於歌隊敘述的語言模式所帶來的詩意表達。

除了具體的人物之外，在《白霧黑森林》的表現形式中，採用了六位歌隊，擔任語言上敘述性的串連，同時，也透過他們的肢體變化，創造出整個黑森林中不同場景、不同空間的劇場想像，這是劇本書寫時便構思完成的形式，同時也為了呼應奇幻的諸多元素的運用與連結。

基於前述的主題、空間以及人物的形塑，於是產生了如下的故事大綱：

在一座都市邊緣的森林公園裡，環境清幽，有林間步道、腳踏車道，也有澄淨的湖水，彷彿是個人間樂土，是遊客必選的休閒旅遊勝地。

小蒲是所謂的「黑孩子」，在學校裡受到同學的排擠，老師也視他為眼中釘，認為他只會闖禍，無法融入學校生活之中。這一天，他又受了委屈，憤怒的他從學校裡跑了出來，踏進了同學們口中的「黑森林」。

公仔是無國籍的移工孩子，雖然媽媽有時候也會來看他，但他不知道爸爸是誰，他很想找到他的爸爸，他聽說有一些移工會逃到森林裡暫時居住，於是他踏進了森林公園，也許爸爸在那裡。

英妹懷孕了，她是遠渡重洋來到臺灣移工，原本工作順利、雇主阿嬤

對她也很好，應該可以順利工作將錢寄回家鄉，但她當初和仲介簽下了契約，很怕被遣返而四處流浪躲藏，陰錯陽差地也來到了森林公園。

原本不相識的三個人，不同的年紀，有著不同的憂慮和問題，卻因為不同的原因，一起誤闖黑森林的異空間，發現了一個奇怪的野人。野人其實也怕他們，但終於彼此確認了對方並無惡意，開始了他們在黑森林深處的奇幻旅程。野人不知道自己在森林裡多久了，他只記得自己被軍隊追捕，逃進了黑森林，靠著野外求生的本事活了下來，他很想念家鄉，想要告訴家人他還活著，但是，他卻似乎走不出這個森林。這時大家才發現，野人的時間似乎和他們不同，他是好久好久之前的人了，難道他是民間傳說中所謂的魔神仔？

這時，大家才真正意識到他們被困在黑森林的異空間裡了，該怎麼辦才能走出這片安靜的森林？他們各自的問題該怎麼解決？

以這樣的一個簡單的故事大綱，逐步形成了下列七個場次及其標題，具體標示出屬於戲劇空間以及內容的可能發展：

第一場　黑森林是一種想像
第二場　祕密基地
第三場　黑洞裡的世界
第四場　森林裡的野人
第五場　湖水下的星空
第六場　寫給你的一封信
第七場　回到黑森林

奇幻元素的創造連結

在兒童文學的領域中，「奇幻文學」於我而言，原本就有著相當強大的吸引力，而當代諸多文學作品中，奇幻文學與戲劇、電影的結合更是令人津津樂道，充滿多彩想像的可能性。針對青少年而言，我私心以為沉重的議題若能包裝以奇幻的色彩，當可從現實的困境中開展想像的翅膀，進而解脫心靈上的桎梏。劇場的創作儘管無法做到影視的擬真與特效，卻能夠透過表演者的肢體與聲音，以及劇場光影

與聲音元素交互運作之下，產生一種奇思妙想醞釀出的劇場魔力與魅力，文學裡的奇幻色彩，正是劇場想像奔馳的土壤，於是我希望帶著沉重生命枷鎖的劇中人，在黑森林的在地地理環境中，進入一個情感奔馳的異想空間，在那裡尋找到相互取暖的安定，以及抬頭仰望天空的勇氣。

在《白霧黑森林》劇本中，在創造奇幻的元素上，其實是從現實世界中屬於「家」與「情感」這兩個重要元素出發的，包括了：

1. 唱一首童謠：在劇中特別選擇了印尼的歌謠做為空間上的連結。
2. 講一個鬼故事：主要著眼於青少年對於鬼故事的既愛又怕的興味。
3. 說一道難忘的菜：透過不同的菜的點菜說菜，突顯出文化差異所帶來的種種偏見。
4. 寫一封信，說一句重要的話，一方面做為情節發展的關鍵事物，一方面也創造一個時空交錯的對話可能性。
5. 折一個紙飛機：將信摺成紙飛機，對於白蝴蝶飛舞的異空間中射去，主要還是希望創造一種場面，在視覺的美感中產生詩性的奇幻美感。

由於臺東缺乏小型的例如黑盒子般的劇場，對於《白霧黑森林》的表現形式而言，因而沒有合適的劇場空間可以讓這個演出真正發生，於是便捨棄原本演藝廳觀眾席，將觀眾帶上大舞臺上，讓觀眾就圍坐在表演空間的其中三面，於是形成了一個兩百人的小劇場空間，而表演者便可在如此親密的空間中，輔以燈光的變化，以及簡單道具帶來的創意想像，創造出奇幻的戲劇世界。

✦ 結語 ✦

在創作提案之初，針對《白霧黑森林》的劇名，其實有著不同的顧慮，特別是在青少年眼裡，是否顯得單調而未具吸引力？是否需要一個與沉重議題反其道而行的創意劇名？經過審慎的考量，最終我還是願意挑戰觀眾對於劇名的慣習，同時也相信青少年對於如此簡單的劇名，是能夠有著一種獨特的理解與想像的。就意義上而言，「黑森林」如前所述，帶有在地性意涵與空間想像，而「白霧」，一方面希望藉由黑與白的對比，建構一種真實與虛幻的映照，另一方面也指涉了劇中時間與空間的奇幻本質，更重要的，希望暗示出劇中另一個神祕人物，在「白色恐怖」往

昔時代中，藏身迷霧般的森林裡的困頓靈魂，勾引青少年觀眾得以在文學底蘊的引導下，展開一場與「古之野人」心靈溝通的冒險。

由於《白霧黑森林》在創作之初便決定由我自己同時擔任編與導的工作，因此，在劇本創作的階段，已經摻雜了導演手法的劇場想像，也許不免會有創作上的盲點，但另一方面，卻也因為劇場元素運用的想像，實際上解決了場景集中的設定下，情節發展的可能困境。

附錄：創作參考書目

一般書目

1. 李石城著，《鹿窟風雲：八十憶往：李石城回憶錄》，臺中市：白象文化，2015.2初版；2017.10增訂版。

2. 李光福文，達姆圖，《我也是臺灣人》，臺北市：小兵，2008.11，初版，2017.7，初版十一刷。

3. 張正，《外婆家有事：台灣人必修的東南亞學分》，臺北市：貓頭鷹，2014.10，初版；2015.6，初版三刷。

4. 陳天璽著，馮秋玉譯，《無國籍》，新北市：八旗文化，2016.8，初版一刷；2016.9，初版二刷。

5. 龍紹瑞著，《綠島老同學檔案》，臺北市：人間，2013.1，初版一刷。

6. 林永發主編，《臺東的故事》，臺東市：臺東縣政府文化局，1993.12（民國92），初版。

7. 大衛·喬治·哈思克（David George Haskell）著，蕭寶森譯，《樹之歌：生物學家對宇宙萬物的哲學思索》（*The Songs of Trees: Stories from Nature's Great Connectors*），臺北市：商周出版，2017.9，初版。

8. 彼得·渥雷本（Peter Wohlleben）著，陳怡欣譯，《樹的祕密語言：學會傾聽樹語，潛入樹的神祕世界》（*Bäume verstehen: Was uns Bäume erzählen, wie wir sie naturgemäß pflegen*），臺北市：地平線文化，2017.11，初版一刷；2018.3，初版四刷。

9. 雅努什·柯札克（Janusz Korczak）著，林蔚昀譯，《如何愛孩子：波蘭兒童人權之父的教育札記》（*Jak kochać dziecko*），臺北市：心靈工坊文化，2016.10，初版一刷，2017.9，初版四刷。

10. 露薏絲·勞瑞（Lois Lowry）著，朱恩伶譯，《數星星》（*Number the Stars*），臺北市：臺灣東方，2016.7，初版。

11. 呂蒼一、林易澄、胡淑雯、陳宗延、楊美紅、羅毓嘉等著，胡淑雯主編，《無法送達的遺書：記那些年在恐怖年代失落的人》，新北市：衛城出版，2015.2.4，初版一刷；2015.3.6，初版三刷。

12. 社團法人台灣國際家庭互助協會編著《臺灣阿嬤與新住民姊妹的記憶食譜》，社團法人台灣國際家庭互助協會出版，2015.8，二版。

13. 史恩·亞緒爾（Shaun Usher）著，子玉譯，《私密信件博物館》（*Letters of Nore*），臺北市：臉譜出版，2016.9.20，一版四刷。

14. 劉揚銘主編，陳又津等七位撰稿，《說　他們的故事　讓我們改變：移工、新住民與台灣律師　生命交會的燦爛花火》，臺北市：財團法人法律扶助基金會，2016.7，初版。

15. 幸佳慧文，林家棟圖，《天堂小孩》，臺北市：玉山社，2016.7，初版一刷。

16. 顧玉玲著，《我們：移動與勞動的生命記事》，新北市：INK印刻文學，2008.10，初版；2016.12.20，初版八刷。

繪本書目

1. 洪蘭譯，《人人生而自由：世界人權宣言繪本》（*WE ARE ALL BORN FREE The Universal Declaration of Human Rights in Pictures*），臺北：聯經，2008.10，初版。

2. 莫妮卡・菲特（Monika Feth）文，安東尼・布拉丁斯基（Antoni Boratyński）圖，林素蘭譯，《擦亮路牌的人》（*Der Schilderputzer*），臺北：玉山社，2002.9，初版一刷。

3. 莫妮卡・菲特（Monika Feth）文，安東尼・布拉丁斯基（Antoni Boratyński）圖，林素蘭譯，《收集念頭的人》（*Der Gedankensammler*），臺北：玉山社，2002.9，初版一刷。

4. 莫妮卡・菲特（Monika Feth）文，安東尼・布拉丁斯基（Antoni Boratyński）圖，林素蘭譯，《七個稻草人》（*Die sieben Vogelscheuchen*），臺北：玉山社，2002.9，初版一刷。

5. 莫妮卡・菲特（Monika Feth）文，安東尼・布拉丁斯基（Antoni Boratyński）圖，林素蘭譯，《當顏色被禁止的時候》（*Als die Farben verboten wurden*），臺北：玉山社，2002.9，初版一刷。

6. 財團法人孩子的書屋文教基金會，陳怡揚腳本、繪圖，潘昫仁文字，《黑孩子》，新北市：字畝文化創意：遠足文化發行，2017.8，初版一刷。

7. 幸佳慧作、陳昱伶繪，《透明的小孩：無國籍移工兒童的故事》，新北市：字畝文化創意：遠足文化發行，2017.2.8，初版一刷。

8. 幸佳慧文、蔡達源圖，《希望小提琴》，臺北市：遠見天下文化，2012.5.21，一版一刷，2013.7.10，一版四刷。

9. 劉思源文、羅伯英潘圖，《西雅圖酋長》（*CHIEF SEATHL*），臺北：城邦，2001.3，初版一刷。

10. 伊莎貝爾・米紐奧斯・馬丁斯（葡）著，貝爾南多・P・卡爾瓦略（葡）繪，袁申益譯，《誰都不准過》，天津：天津人民，2017.1，一版一刷。

11. 瑪格澤塔・凡葛潔茨卡、伊沃娜・札別絲卡——斯達德尼克等文字著作、安妮塔・安潔耶芙絲卡、揚・巴特利克等十五位藝術家繪圖，林蔚昀譯，《人，你有權利》（*Masz prawa, czlowieku*），臺北市：玉山社，2017.12，初版一刷。

12. 國際特赦組織日本分部編、漢聲雜誌社譯，《世界人權宣言》，臺北：漢聲，民國80年12月，初版；民國90年8月，七版。

13. 阿朗・賽赫（Alain Serres）文、奧黑莉婭・馮媞（Aurélia）圖，陳怡潔譯，《我是小孩，我有權利》（*J'ai Le Droit D'être Un Enfant*），新北市：字畝文化創意，2017.1.11，初版一刷。

14. 威廉・威森（William Wilson）繪，陳皇玲譯，《小朋友應該知道的世界人權宣言》（*Declaration universelle des droits de l'homme*），臺北市：大穎文化，2006.10，初版一刷。

15. 托爾斯泰原著，盧千惠編寫，《鞋匠馬丁》，臺北市：玉山社，2015.12，初版一刷。

16. Nanami Minami文，盧千惠漢譯，日本國際飢餓對策機構英譯，《剛達爾溫柔的光》（*The Gentle and Compassionate Light in Gondar*），臺北市：玉山社，2004.7，初版一刷；2016.4，初版十三刷。

17. 濱田桂子文／圖，林靜譯，《和平是什麼》，北京：蒲蒲蘭文化，2012.1，第一版；2015.1，三刷。

18. 岑龍文／圖，《兩張老照片的故事》，南京市：譯林，2015.8，一版一刷。

19. 李億培文／圖，孫淇譯，《非武裝地帶的春天》，南京市：譯林，2013.4，一版一刷。

20. 田島征三（日）文／圖，夏河、林靜譯，《你能聽見我的聲音嗎？》，南京市：譯林，2013.4一版；2015.4，三刷。

21. 和歌山靜子（日）文／圖，林靜譯，《靴子的行進》，南京市：譯林，2015.8，一版一刷。

22. 蔡皋文，蔡皋、翔子圖，《火城——一九三八》，南京市：譯林，2013.4，一版；2015.10，三刷。

23. 姚紅文／圖，《迷戲：秦淮河一九三七》，南京市：譯林，2010.12，一版；2014.11，三刷。

24. 權倫德文／圖，《花奶奶》，南京市：譯林，2015.8.，一版一刷。

白霧黑森林

人物

敘述者：4~6人，有男有女，有高有矮，可以胖可以瘦，他們有時是敘述的旁觀者，有時候化身為劇中角色，有時候變身為一棵樹，或是一片森林，以及森林裡的白霧

小　蒲：被貼上標籤的「黑孩子」，他其實很單純，想要有一份工作，可以維持穩定生活的工作，照顧他的弟弟

公　仔：是個無國籍的孩子，媽媽就像英妹一樣，從遠方來，生下他之後就消失了

英　妹：她是從遠方來的移工，意外懷孕了，惶惶不安，約了男朋友到森林公園，那是他們第一次約會的地方，她想問男朋友怎麼辦

野　人：不知道自己在森林裡多久了，他只記得自己被軍隊追捕，逃進了黑森林，很奇妙地活了下來，他很想念家鄉，想要告訴家人他還活著，但是，他卻似乎走不出這個森林。由敘述者群體扮演

場景

都市裡的一座森林公園，被暱稱為「黑森林」

時間

現代，從黃昏到入夜

➤ 第一場　黑森林是一種想像 ➤

（放鬆的音樂；敘述者陸續出場，在表演區各自暖身，形成自己的身體樣貌）

敘述1：這裡，從前叫做「黑森林」。

敘述6：為什麼叫做「黑森林」？很可怕嗎？

敘述1：不是你想像的那樣，這裡有三個湖泊，琵琶湖、鷺鷥湖還有一個活水湖，名字都很美。

敘述3：琵琶別抱的鴛鴦會有活水嗎？

敘述6：是白翎鷥的鷥鷥，不是鴛鴦！你很瞎吔你！

敘述3：（臺語，唱）白翎鷥，傾畚箕，傾到溪仔垺，簸一倒，撿到一仙錢……

敘述5：等一下你教我唱。

敘述6：（瞪了3和5一眼）喂！……既然一點也不可怕，為什麼要叫「黑森林」？

敘述2：黑，就一定可怕嗎？

眾　人：黑道、黑洞、黑店、黑武士、黑寡婦、黑魔法、黑心商品、黑色星期五……你說呢？

敘述2：可是黑潮帶來豐富的漁群、黑豆很有營養、黑馬贏得勝利、黑珍珠蓮霧很甜、黑檀木很珍貴、黑頭髮黑眼睛是青春無敵的代表。

敘述6：我是說，既然一點都不可怕，為什麼要叫「黑森林」？

敘述1：別笨了，是因為木麻黃！

敘述2：木麻黃？我以為木麻黃是黃色的？是黑色的嗎？

敘述1：顏色有那麼重要嗎？

敘述2：很重要！像我喜歡紅色，可是我不敢穿紅色的衣服。

敘述4：因為怕變成「紅衣小女孩」嗎？

敘述2：因為我是男生！（眾人反應）

敘述6：男生就不能穿紅色衣服嗎？

敘述5：我們族人不論男女，都很喜歡穿紅色的呢！

敘述2：不是啦，只是……對喔，我也不知道為什麼，習慣吧！

敘述3：等等，為什麼從黑色變成黃色又變成紅色？

敘述5：如果這個世界沒有顏色，會怎樣？

敘述4：你希望這個世界是黑白的嗎？

敘述5：黑與白也是顏色好不好！

敘述2：那就……都透明好了。

敘述6：透明的東西很漂亮，可是被當成「透明人」，滋味並不好受。

敘述3：為什麼扯這麼遠？你們到底想說什麼啊？我都搞糊塗了。

（此時，英妹用她的母語講著電話，邊講邊走過場，看起來有點著急；敘述者們都安靜下來了，看著英妹離開；音樂漸入）

英　妹：（印尼語）……我已經找你找一個禮拜了，你為什麼都不接電話？讓我很
　　　　擔心耶……你趕快跟我聯絡啦……我現在在森林公園裡，就是那個……

敘述6：你們聽得懂嗎？（眾人搖頭）

敘述3：她在和她的男朋友講電話，他們以前在這裡約會過，現在……她懷孕了！

眾　人：（驚訝）你聽得懂？

敘述3：有必要這麼驚訝嗎？……哈哈，我亂猜的。

　　　　（眾人作勢要打，敘述3抱頭閃躲）

敘述3：要懂得觀察啊……你看她走路的樣子，重心和一般人不一樣……我在做表
　　　　演功課耶！

敘述6：好了啦，先不管她。言歸正傳，這裡，為什麼叫做「黑森林」？

敘述1：因為以前這裡為了防止風吹沙，種滿了木麻黃，遠遠地看起來就是黑漆漆
　　　　的一片……

敘述2：原來如此。

敘述1：這麼漂亮的森林，除了湖水，還有一個神祕的隧道……

敘述4：是祕密基地嗎？

敘述1：哦，不是，是一個神祕的……

敘述3：是那個花架隧道嗎？

敘述6：花架隧道通往祕密基地？

敘述1：你們怎麼都不把話聽完呢？我的意思是說……

敘述5：我對神祕的隧道比較感興趣。

敘述4：那是誰的祕密基地？

公　仔：（場外音）喂，小蒲你等等我嘛！

　　　　（音樂聲中，敘述者慢慢形成了樹林之姿，但是依然聽著小蒲和公仔的
　　　　對話）

　　　　（小蒲身背著書包，氣呼呼地跑進來，公仔在後面追著上場）

小　蒲：你不要再跟著我啦！我不想聽。

公　仔：好，我不跟你……那你陪我聊天總可以吧？

小　蒲：吼，你很煩耶！

公　仔：你又不是第一天認識我。

小　蒲：真是輸給你。

公　仔：好啦，別生氣。只是……你又被誰嗆了？

小　蒲：還會有誰？為什麼每次都不問清楚就怪我？然後說我不受教、不合群，只
　　　　會惹麻煩，真是受夠了！

公　仔：說真的，你還真倒楣……

小　蒲：對，我就是那種被叫做「黑孩子」的人，我很黑！

公　仔：可是你皮膚明明很白，我都比你還黑呢！我是黑皮，黑皮，Happy！

小　蒲：吼，實在很羨慕你，這樣你都能Happy得起來。

公　仔：不然怎麼辦？自己開心最重要。

小　蒲：你果然是樂觀派的。

（小蒲和公仔擊掌，公仔不小心碰到小蒲的背，小蒲縮了一下，臉上有痛
的表情）

公　仔：對不起……你爸又打你了？

小　蒲：對啊！自從他沒有工作之後，每天都喝醉啊，一回家就大吼大叫，要我再
　　　　去幫他買酒，可是我又沒錢，怎麼幫他買？那他就更生氣，叫得更大聲，
　　　　還摔東西。弟弟怕得要命，不敢靠近他，躲得遠遠地，他就更生氣，抽出
　　　　皮帶就打，我怕弟弟受傷，就抱住弟弟，皮帶打在我身上，痛死了。

公　仔：有沒有擦藥？

小　蒲：沒關係啦！

公　仔：那我陪你去公園的醫務室擦藥好不好。

小　蒲：不要！

公　仔：好啦！走啦！……看起來快下雨了，我們剛好回去。

小　蒲：不要啦！等一下她們又說我打架，又被黑一次，我才不想多作解釋！

公　仔：可是你……這樣會痛很久耶！

小　蒲：傷口結痂就不會痛了。

公　仔：真的不要去？

小　蒲：（沉默、搖頭）

（突然安靜了下來，森林的樹發出沙沙的聲音）

公　仔：我爸不知道會不會像你爸一樣……

小　蒲：你爸？你找到你爸了？

公　仔：我的意思是說，如果……如果我找到我爸的話，他不知道會不會打我？

小　蒲：你神經哦，又不是每一個人都像我爸那樣，喝酒喝到自己叫什麼名字都忘
　　　　記。不會的，你爸一定會很疼你的。你這麼「白」，你爸一定會很疼你的。

公　仔：反正，我根本不知道他是誰，也不知道他在哪裡……等一下，你說我
　　　　「白」？有沒有搞錯？

小　蒲：對啊，你很「白」，白癡又白目的白。

公　仔：你才白癡啦！

（公仔一揮手，不小心又打到了小蒲的傷口）

公　仔：啊！不好意思、不好意思。

小　蒲：別過來別過來……不然我不帶你去祕密基地了哦。

公　仔：祕密基地？你真的要帶我去你的祕密基地？

小　蒲：不然呢？我幹嘛騙你！

公　仔：那還等什麼！快走啊！

小　蒲：有這麼興奮嗎？

公　仔：我認識你這麼久，這是你第一次主動要帶我去耶！以前我怎麼求你，你都
　　　　不肯。

小　蒲：廢話少說，走！

（燈光轉變，隨著兩人的移動，森林也開始變化）

✦ 第二場　祕密基地 ✦

（音樂流轉，小蒲和公仔他們彷彿在花架隧道下穿越，樹林停止變化，他們似乎就要抵達祕密基地；然後，他們撞到蹲在路上的英妹，英妹嚎啕大哭；音樂聲止）

公　仔：我們有撞這麼大力嗎？她怎麼哭成這樣？
小　蒲：不會吧！我們又不是大力金剛。……對不起，請問……

（英妹突然停止哭泣，看著小蒲和公仔，她說著印尼腔的華語）

英　妹：沒事沒事，不是你們，是我自己。
小　蒲：需要我們幫忙嗎？
英　妹：沒關係，我找我的……沒關係。

（英妹看著手機，似乎有點不知所措）

小　蒲：這裡手機的訊號很弱，收訊不好。……妳怎麼會蹲在這裡？

（英妹一面看著手機，一面慌張地回答）

英　妹：我也不知道……這裡不能來嗎？我不知道這裡不能……
小　蒲：妳不要緊張，我的意思是說，妳怎麼會找到這個地方？
公　仔：這裡就是你的祕密基地？
英　妹：祕密……祕密……哦對不起，我不知道……（轉身似乎就要離開）
公　仔：（左顧右盼，有點失望）跟我想像得很不一樣。
小　蒲：這個花架隧道很特別啊，所有的樹葉長在花架上，可以照到陽光、淋到雨水，可是在涵洞下的這一段，陰陰暗暗的，陽光照不到，你看，很多樹葉都枯了，可是為什麼有的樹枝還是會繼續長出綠葉？而且還長得這麼好，那些葉子是從哪裡長出來的呢？

英　妹：（被吸引）這樣很奇怪的嗎？

公　仔：真的耶，好像不應該長得出葉子來。

小　蒲：很特別吧！有一次，我跑到這邊，靠在水泥牆的凹洞裡，然後我就發現……

（小蒲把身體靠在敘述者所形成的水泥牆之間，瞬間，他似乎消失了，公仔和英妹都嚇了一跳）

公　仔：小蒲、小蒲……

英　妹：人呢？人呢？

（小蒲瞬間又出現了，公仔驚訝地探看水泥牆面，英妹也怯怯地靠過去）

公　仔：這裡有個洞？

小　蒲：怎麼樣？我的祕密基地！酷吧！

英　妹：可是裡面黑黑的。我要走了。

（英妹轉身要離開，又停下腳步，突然想到聯絡不上）

英　妹：（著急又沮喪）可是我找不到人，我找了一個禮拜都找不到他……

公　仔：妳在找誰啊？

小　蒲：（小聲地）喂，不要問啦！

英　妹：我……我在找我男朋友，可是他都不接我電話，LINE他……

公　仔：「已讀不回」對不對？

英　妹：沒有。

公　仔：沒有？

小　蒲：他根本就沒有讀！

英　妹：你怎麼知道？

小　蒲：想也知道啦，他一定在躲妳。這種事情我經驗最多了……

英　妹：他為什麼要躲我？為什麼？我要找他，我很害怕……

（英妹「哇」一聲又哭了出來，小蒲和公仔都有點慌了）

小　蒲：對不起對不起，我不是那個意思……
公　仔：我看你比我還白目。
小　蒲：（對公仔）喂！（對英妹）不要這樣啦！

（小蒲側身指著英妹，對公仔做了一個噤聲的手勢）

英　妹：（邊哭邊說）我在這裡都沒有朋友，只有認識他，……阿嬤很好，阿公也
　　　　很好，可是老闆很兇，老闆會罵我……可是他會講笑話給我聽，他有帶我
　　　　坐火車去臺北，去吃印尼食物，還有去清真寺……我想家……

（英妹繼續邊哭邊用印尼母語喃喃地說著）

公　仔：（小聲地）喂，我知道臺東有一個印尼專賣店！
小　蒲：我怎麼不知道？你去過？
公　仔：竟然也有你不知道的地方。
小　蒲：（對公仔）說什麼啦！……（對英妹）好了好了，妳不要哭啦！弄得好像
　　　　我們在欺負妳一樣。

（英妹哭得更大聲了；公仔鼓起勇氣，過去拉起英妹的手，輕輕地搖了
搖，英妹先是甩開，公仔不放棄地繼續拉她的手，搖晃著手安撫她，英妹
漸漸止住了哭；小蒲有點驚訝地看著公仔，公仔略顯得意）

小　蒲：那妳現在怎麼辦？

（英妹一面啜泣，一面搖頭）

小　蒲：要不，跟我們一起進入祕密基地，怎麼樣？至少暫時忘記煩惱的事，很好
　　　　玩的哦。

（小蒲又是一閃不見了，公仔和英妹互看一眼，這次比較沒有那麼驚訝了；小蒲很快地出現了）

小　蒲：來吧！

公　仔：原來你都是用這招。

小　蒲：什麼意思？

公　仔：沒事就帶人去你的祕密基地啊。

小　蒲：那你不要去啊，白癡。

公　仔：偏要。走……咦，姊姊，不知道妳叫什麼名字耶？

英　妹：我叫英妹。

公　仔：英妹姊姊，好好玩。他小蒲，我公仔。走吧！小蒲你帶路。

英　妹：可是裡面好黑好暗。

小　蒲：沒事啦，裡面很特別的哦。這個叫什麼……柳、暗、花明……又一村！

英　妹：我不敢。

公　仔：那……那妳唱歌好了，唱歌可以壯膽。

小　蒲：對啊！

英　妹：唱歌？唱什麼？

公　仔：隨便啊，妳可以唱妳家鄉的歌。

小　蒲：我喜歡唱歌，我可以陪妳唱，如果我也會唱的話。

（英妹想了想，於是隨口哼唱，從怯怯地一個一個音，到可以聽出旋律，公仔和小蒲鼓勵著她；小蒲聽出了旋律，很興奮地跟著唱，一個用印尼文，一個用中文，但旋律是一樣的，〈甜蜜蜜〉音樂悄悄進入）

英　妹：你會唱這首歌？

小　蒲：嗯，有點老的老歌，我聽過。

公　仔：可是歌詞一樣嗎？

英　妹：這是我們印尼的船歌，划船時候唱的歌。

小　蒲：它叫作〈甜蜜蜜〉，鄧麗君唱過。

（他們開始唱歌，一個一個慢慢進入水泥牆間的凹洞，森林開始有了巨大
的轉變，音樂也隨之變化，最後淡淡流轉在回音之中）

✦ 第三場　黑洞裡的世界 ✦

（祕密基地裡看起來很暗，小蒲、公仔和英妹三人在敘述者敘述時，暫時
隱藏在黑暗中）

敘述1：這裡，又是哪裡？

敘述2：一片漆黑

敘述3：伸手不見五指

敘述4：有一點刺激

敘述5：有一點神祕

敘述6：有一點詭異

敘述1：在時間的夾縫

敘述2：在世界的角落

敘述3：好像有一種力量

敘述4：像樹根努力向下

敘述5：像藤蔓向上攀爬

敘述6：像樹枝左右伸展

敘述1：還有一種不尋常的空氣

敘述2：森林裡的芬多精

敘述3：下雨後的味道

敘述4：地底下的濕氣

敘述5：石縫裡的冰冷

敘述6：在這裡，感覺被放大了

全　體：（快速緊接）憤怒、愉快、悲傷、喜悅、恐懼、平靜、焦躁、溫柔、瘋
　　　　狂、理智……

敘述2：或者，僅僅是一點點希望的勇氣。

敘述4：這裡，又是哪裡？

敘述 5：裡面或是外面？

敘述 6：上面或是下面？

敘述 3：過去或是現在？

敘述 1：現在或是未來？

全　　體：穿越黑洞，抵達一個祕密基地。

（敘述者彷彿變成一堵黑色的牆，消失在眼前，小蒲、公仔和英妹現身在黑暗中，他們的說話似有回音）

小　　蒲：怎麼樣？沒有想到吧？我的祕密基地。

公　　仔：好黑，看不太清楚，沒有想到裡面感覺很大耶。好像有回音，喂～

英　　妹：（很正常的口音）有沒有手電筒？……對哦，我的手機……

（英妹打開她手機的手電筒功能，照向遠方）

英　　妹：看不出來大小，可是好像裡面什麼都沒有。

小　　蒲：不可能！我藏了一些東西在這邊，而且這裡可以看見星星……

（小蒲用力搶過英妹的手機，面對小蒲的粗魯，英妹嚇了一跳，但沒有說什麼；小蒲並沒有用手機照四周，反而是照著自己的臉嚇公仔，公仔尖叫）

小　　蒲：有這麼嚴重嗎？你太誇張了。（照四周）……等一下，怎麼會這樣？

英　　妹：怎麼了？怎麼了？

公　　仔：你不要再嚇我們了啦，小蒲。

小　　蒲：不對，這裡不是我的祕密基地，我的祕密基地有……

公　　仔：有什麼？什麼都沒有啊！……說不定有～鬼！有鬼耶！

小　　蒲：（暴怒）你說什麼啦！

（小蒲有點暴力地推開公仔，公仔愣住，英妹把公仔拉到身邊，兩人看著小蒲突如其來的暴怒，小蒲陷入一種奇怪的歇斯底里）

小　蒲：說什麼有鬼？不准你這樣說我。你什麼都不懂！

公　仔：我只是跟你開玩笑嘛！幹嘛這麼生氣？

小　蒲：……你很煩、很煩、很煩，為什麼要一直跟著我，放過我行不行！……

公　仔：我又不是說你有鬼，你很奇怪耶！

小　蒲：我不需要你的假好心，你離我遠一點。

公　仔：（生氣）我就知道，你根本沒有把我當作朋友。

小　蒲：我不需要你當我的朋友，我根本不喜歡跟你在一起。你根本就空氣，沒有
　　　　人看見你，一個飄來飄去的透明人……

公　仔：我知道沒有人喜歡我……可是……你……我以為你……（傷心又挫敗）

小　蒲：我誰都不需要，我很黑，很黑你懂不懂？……我自己一個人就好。我一直
　　　　都是一個人的你懂不懂？一直都是，一直都是……

（小蒲怒視著公仔，然後轉身用腳抵著地面；一股莫名的哀傷瀰漫，公仔
鬆開英妹抓住他的手，獨自走到一個角落，蹲下，用雙手把自己抱住，頭
埋在膝蓋間）

公　仔：反正我就是透明的，也不會有人真的看見。……可是我不想要這樣……我
　　　　想要念書，想要交朋友，想有跟別人一樣有爸爸有媽媽有一個家。

英　妹：你們不要這樣啦，都是我不好，我不應該跟你們進來這裡的。

（英妹轉身想找出口，但她卻發現似乎沒有出口）

英　妹：可是我不知道怎麼出去……

（英妹有點慌張，她閉上眼睛，努力平息自己的緊張，然後她）

英　妹：公仔，你剛剛說唱歌可以壯膽，我們唱歌好不好？我教你唱然後我們一
　　　　起唱！

（英妹開始唱童謠〈Rasa Sayang Sayange〉，像是回音般，空氣中瀰漫了

旋律）

（公仔慢慢抬頭看著英妹，他很奇怪自己好像記得這首童謠，他跟著哼唱，和英妹有著親密的互動）

（遠遠地漸漸有光亮的感覺，微微地，雖不明顯但確實有變化）

（小蒲的情緒也漸漸和緩下來，他轉身看著英妹和公仔；音樂持續襯底）

小　蒲：公仔，你怎麼會唱這首歌？你以前學過哦？

公　仔：你在問我嗎？

小　蒲：廢話，不然我在跟空氣說話哦！

公　仔：剛剛是誰說我像空氣一樣飄來飄去？

小　蒲：你在講鬼故事啦！

公　仔：你幹嘛對我說那些話？

小　蒲：我……我也不知道，大概是被鬼招住了。

公　仔：最好是啦！你才在講鬼故事。

小　蒲：那你也是啊，不是一直都很HAPPY的嗎？

公　仔：還不是因為你講那些話。

英　妹：好了，好了，你們沒事了啦……公仔，你竟然會唱我家鄉的歌？

公　仔：不知道耶，就是很熟悉啊，好像是小baby的時候常常聽到。

小　蒲：哦，那一定是關愛之家的阿姨們唱的啦！

公　仔：大概吧！

小　蒲：不過你還真厲害，聽說人要到三歲之後，才開始有記憶耶！哇，我們公仔是天才！

公　仔：你白癡啦。

小　蒲：對，我們是天才與白癡，絕配。

（三人都笑了，似乎化解了剛剛的衝突）

英　妹：可是我還是覺得怪怪的，這裡是不是什麼特別的地方啊？

小　蒲：我的祕密基地不是這樣的。

公　仔：誰知道，是你帶我們來的耶！

英　妹：不管怎麼樣，我們進得來就一定可以找到出口的。

小　蒲：等一下……英妹姊姊，妳講話的口音不見了。

英　妹：有嗎？我說話還是……一樣的……

公　仔：這樣不好嗎？這樣我們就不會誤會她的意思了！

小　蒲：不是不好，是為什麼會突然變了？

公　仔：那你剛剛也突然變了啊！

小　蒲：是你把我惹火了。

公　仔：我只是開玩笑啊！你幹嘛……

英　妹：好了好了，不要又吵起來了。……這樣說話很特別，很好玩。

公　仔：反正我和英妹姊姊一樣！

小　蒲：你們真是樂觀一國的，我還是四處看看到底怎麼回事。

（小蒲開始四處探看，英妹和公仔也四處張望；英妹看著公仔，感覺有點
親切）

英　妹：你好像我弟哦，我弟超喜歡聽鬼故事，他每天都要聽鬼故事才肯睡覺。

小　蒲：妳弟很變態耶～不是啦，很，很特別。

公　仔：妳也有弟弟？這下好了，（對小蒲）你有弟弟，（對英妹）妳也有弟弟，
　　　　只有我沒有。

英　妹：對啊，我有弟弟，我是因為想要幫家裡蓋一間房子，還要讓弟弟可以念
　　　　書，才來這麼遠的地方工作。（想起，從包包裡拿出照片）你們看，這是
　　　　我弟的照片。

公　仔：（羨慕地）妳都隨身帶著哦？那妳會不會想念他？

英　妹：（點點頭）想啊，可是沒辦法，我都好久沒看到他了，只能看照片。跟你
　　　　講很好笑哦，睡覺的時候躺在床上，我會對著天花板說故事，就弟弟在聽
　　　　一樣。

公　仔：那妳現在也可以講啊，我聽。

英　妹：真的嗎？你不怕？

（公仔伸伸舌頭扮了個鬼臉，於是英妹想了想，開始說了一個鬼故事）

英　妹：這是一個真實的故事，有一個人搬進了一棟很舊很舊公寓四樓的小房間……[1]

（敘述者開始配合英妹的故事，以剪影的方式，簡約地重塑了故事的氛圍，小蒲和公仔被吸引著，成為聽眾）

英　妹：有一天晚上他躺在床上卻怎麼樣也睡不著，他強迫自己閉上眼睛之後，立刻發現自己四肢動彈不得，耳朵卻聽見房門口的兩道鐵門接連「咿～咿」刺耳地被打開！可是他明明記得自己已經把鐵門都鎖住了，接著他就發現一坨霧霧濛濛的黑影站在他的床邊，他拼命想轉頭看清楚那團影子，可是一方面動彈不得，另一方面怎麼樣也看不清楚那團霧霧的黑影，然後耳邊就聽見「劈啪～劈啪」木炭燃燒的聲音，還有那團影子發出恐怖的笑聲：「嘻嘻嘻嘻嘻……終於等到了，終於等到了，嘻嘻嘻嘻嘻，過幾天就把你帶走吧～過幾天就把你帶走吧……」，話一說完，那個黑影「咻～」一下就不見了，他的身體也瞬間鬆開了。他立刻跳起來打開燈，發現兩道鐵門都鎖得好好的，根本沒打開，但是地上有一排黑色的腳印，像燒過的灰的痕跡，輕輕一擦就擦掉了。

第二天，因為很累，他很早就上床，就要睡著的時候，迷迷糊糊聽到「鏘鏘鏘～！鏘鏘鏘～！」的敲打聲，他只好起床悄悄地打開自己房間的兩道鐵門，想看看究竟怎麼回事，樓梯間的光線很暗，他只看見一個穿著綠色上衣的人影，在隔壁開門卻打不開，所以鑰匙在鐵門上不斷發出聲音，他正想開口詢問，卻看見綠衣人背後出現一團霧霧濛濛的黑影，黑影往綠衣人身上壓過去，他嚇得不敢動，那個綠衣人慢慢轉頭想要看他，綠衣人背後的黑影也好像轉過來要看他，他飛快地將房門關上，立刻打開室內所有的燈，躲進被窩然後嘴裡一直語無倫次地唸著各種神佛的名號，然後就迷迷糊糊睡著了。第二天，他發現兩道門的門把上都有黑色的灰。

過了幾天相安無事的夜晚，有一天當他正要下班時，老闆跟他商量，請他第二天休假日到店裡代班，他無奈地答應了，第二天早上他因為洗衣服耗

[1]　此處的故事參考網路批踢踢的〈萬華毛骨悚然異聞錄〉，故事的內容可因演員的發展而改變，重點在於最後的概念：從不同角度觀看與解釋靈異鬼故事。

去太多時間，到頂樓晾完衣服之後便急急忙忙地趕上班，臨出門前似乎聽見「劈啪～劈啪～」燃燒木頭的聲音，但因為上班來不及了，也沒查看就匆匆出門了。到了傍晚下班後回到公寓，發現公寓外圍了一堆人，地上也溼答答的都是水，他聽見鄰居七嘴八舌地說有人縱火，頂樓整個都燒焦了。他回到自己的房間之後，才猛然想到當時如果不是要加班，那他在頂樓晾衣服時，說不定就會身陷火海……那天晚上，他夢見那團黑影在他頭頂飄來飄去，還一直說：「這次讓你逃掉了！都是他害的！都是他害的……嘻嘻嘻嘻嘻嘻，下次一定要下次一定要！」

第二天也是一個休假日，他本來想好好補眠，沒想到接到一個朋友的電話，朋友說好久不見了，約他出去吃飯，雖然心裡不是很願意，他還是答應了，當他準備好要出門時，才發現手機根本是關機的狀態。後來和朋友吃飯時聊起來，朋友說他也不知道為什麼，就突然很想和他見面聊天，所以才打電話約的，可是電話直接轉語音，正想掛掉，沒想到電話就通了。他也沒多想，把話題轉到別的地方，還是聊得很開心。

那天他回家時，發現公寓樓下停了兩輛消防車，還拉起了黃色的封鎖線，他正想問圍觀的人，看見房東急急忙忙地跑來，房東一看見他就合掌不斷地唸阿彌陀佛，原來，他隔壁的綠衣人又縱火了，這次沒有那麼幸運，不但整棟大樓四樓以上都燒焦了，綠衣人也被燒死了……他在現場等到綠衣人的屍體被抬出來，被通知可以上樓拿東西時，他才找了朋友一起幫忙，當他走上樓，才發現自己家根本就燒得體無完膚，他什麼東西也沒留下，正想離開時，他聽到隔壁傳來「噴噴噴，噴噴噴～」然後是門被打開的咿呀聲，接著就是一連串恐怖的哭聲，伴隨著「被你給逃了被你給逃了被你給逃了被你給逃了……」，他正想問朋友，朋友說：「你什麼都不用說，我都聽到了！」說完兩個人拔腿就跑……

（燈光轉變，小蒲和公仔都聽呆了）

公　仔：很恐怖耶，那個人還敢住在那邊哦！
小　蒲：可是我怎麼覺得「那個靈」不是要害他，是在幫助他、一直在警告他。
英　妹：你也這麼覺得？還真特別。

小　蒲：（自嘲地）就不知道是天才還是白癡！

公　仔：你是「白目」的好不好！

英　妹：後來有人說，其實那個靈其實不是要害他，一直都在用各種方法提醒他，要他注意安全。

小　蒲：（自言自語）嗯，事情不是像表面看到的那樣。

公　仔：等一下，那邊那邊，那邊有亮亮的東西。

小　蒲：就跟你們說這裡可以看見星星。

公　仔：還是螢火蟲？

英　妹：不是星星，也不是螢火蟲……是……是……是一雙眼睛，啊～～。

（三人嚇了一跳，叫了出來，但又忍不住好奇，朝那雙眼睛探看；原本已經停住不動的敘述者們開始迅速移動；音樂淡入，森林隨之起了變化。）

✦ 第四場　森林裡的野人 ✦

（音樂聲中，森林最終將野人的形象從樹叢中「吐」了出來；野人低吼，虎視眈眈地看著三人，野人身後的樹叢仍然與他產生某種連結；小蒲等三人一方面努力保持鎮定，一方面小蒲用書包擋在前面，並用自己擋住公仔和英妹。）

小　蒲：你……你是什麼……東西？

野　人：（低吼）……

小　蒲：你不要過來哦……

（野人前進，三人後退，三人前進，野人就後退，他們就這樣一來一往，前進後退，接著變成了彼此繞圈地團團轉，有一點像老鷹抓小雞的感覺；有時野人會碰到他們，英妹便忍不住尖叫，她顯然更緊張了；追逐中，英妹弟弟的照片掉落在地上，他們並沒有發現）

英　妹：他會不會把我們吃掉？

公　仔：小蒲和我會保護妳的。

英　妹：他到底是什麼東西啊？

公　仔：我覺得他滿像人的。

英　妹：不會是狼人吧？

公　仔：可是今天好像不是月圓……

英　妹：還是什麼原始的野人？

小　蒲：輸給你們，都什麼時候了，你們還在聊天哦？

英　妹：如果是人，他幹嘛不說話？

公　仔：喂～～你會說話嗎？

（野人愣了一下，向前進，三人以為他要攻擊，便後退了幾步，但野人並未再向前，而是撿起了地上的照片）

英　妹：啊，我的照片。

（野人愣愣地看著照片，安靜地縮蹲在樹叢的一個角落；小蒲他們三人覺得很意外，竊竊私語）

小　蒲：他怎麼了？難道他認識妳弟弟？

英　妹：怎麼可能！

公　仔：也許長得很像吧！

小　蒲：喂，你是誰？你知道這裡是什麼地方嗎？

（野人還是愣愣地看著他們三人，然後伸手把照片遞向他們；英妹不敢伸手拿，公仔也不敢，最後是小蒲慢慢試探地靠近野人，拿到了照片，還給英妹，英妹寶貝地輕撫照片，收進她的小包包裡，大家彼此都鬆了一口氣）

小　蒲：你是從哪裡來的？

（野人搖搖頭，退縮）

小　蒲：你聽得懂我們說什麼嗎？

（野人沒有反應）

公　仔：他一定聽得懂！
小　蒲：你怎麼知道？
公　仔：英妹姊姊啊！
小　蒲：英妹姊姊？……哦，我懂了，你的意思是說，這裡可能有一種超級能量，可以改變我們的語言，讓我們心意相通？
英　妹：那他為什麼不回答？是跟我們一樣害怕嗎？

（也不知道哪裡來的勇氣，英妹試探性地慢慢走向野人，小蒲和公仔攔不住她；野人這次並沒有動，只是警覺地看著英妹）

英　妹：你是不是跟我們一樣害怕？不要擔心，我們跟你一樣，都被困在這裡走不出去。
小　蒲：英妹姊姊妳小心啦！
英　妹：我也是剛剛才認識他們的，他們只是小孩子，不要害怕。你如果聽得懂我們說的話，告訴我們你是誰，好不好？

（英妹和野人相當靠近了，小蒲和公仔有點緊張，輕聲呼喚著英妹）

小蒲、公仔：英妹姊姊，英妹姊姊……

（野人和他身後的樹叢開始有了聲音語言以及動作形象上的反應，回應著英妹的善意，彷彿每一個敘述者都是野人，也像是野人的一部分，形象也因此不斷變化）

敘述1：於是野人說了一個故事，一個關於自己的故事。
敘述2：他說自己曾經是一個有為的青年，努力讀書，拼命學習，期望自己能夠成

為一個有用的人，他以為自己看見了幸福的希望。

敘述 1：但是，就像是突如其來的一陣白霧，遮蔽了眼前的路，他竟然變成一隻被
　　　　國家追捕的野獸，只好鑽進了暗黑的森林之中。

敘述 3：他一直相信自己沒有做錯什麼事，他並不想逃，可是他知道自己如果不
　　　　走，一定會連累家人，會讓自己的孩子抬不起頭來，會讓自己建立的家支
　　　　離破碎，會讓未來的生活變成一場惡夢。

（敘述者變成森林的樣貌，闖入森林的人變成了野人）

敘述 4：當他跑進了山裡，無意間卻跨越了時間的黑洞，來到這座黑森林。

敘述 6：從此，他再也走不出去，卻莫名其妙地活了下來，最後彷彿變成了黑森林
　　　　裡的一個野人。

小　蒲：他的時間停留在過去，他想不起家鄉的名字，也想不起來自己的名字，所
　　　　有的記憶模模糊糊在夢裡，他夢見自己做了一個關於地震的夢，在地震的
　　　　夢裡醒來，發現自己變成一隻振翅飛在天空的老鷹，飛得高高地，他回頭
　　　　看見蜿蜒在森林裡的溪水，流入了太平洋。

（敘述者漸漸完成老鷹飛翔的形象）

敘述 5：跑進山裡的那一天，他一直跑一直跑，直到聽不見人聲聽不見狗叫，他才
　　　　敢躺在山坡的草叢裡，仰頭看著天。

（敘述者從野人的奔跑，漸漸轉換成安靜的森林；燈光隨之變化成夜空中
星光熠熠的氛圍）

敘述 1：天上有多多好多星星，多到數也數不清，看著星星，眼淚開始流下來，有
　　　　很多委屈在星空下變得那麼清楚，那麼真實卻又透明得沒有辦法掌握。

公　仔：他好想在這裡生起一堆火，他知道，有火就會有煙，有煙就表示有人，有
　　　　人就會傳來飯菜的香味。

（敘述者開始形成數個「最後一頓飯」的靜止畫面，然後又轉變成野人在森林裡的形象）

英　妹：他不知道日子已經過去多久，他說，他仍然記得離家前的那一頓飯，是9月秋天的夜晚，全家圍坐在一起，妻子端上來最後一道菜，蔥燒鯽魚，鯽魚的骨頭都酥軟了，嚼著嚼著就可以嚼出不同的滋味。

敘述2：後來在山裡，他經常回憶起魚鮮的味道，真的很奇妙。

英　妹：那時候他肚子很餓，可是，甚至還來不及吃一口，屋外的狗汪汪汪汪不斷狂叫，他放下筷子，什麼也沒帶，轉頭就匆匆離開，再也沒有回去過，再也沒有吃過家裡的一頓飯，特別是蔥燒鯽魚。

（森林恢復原來的樣貌，英妹鬆開握著野人的手，野人馴服地在她身邊，有些落寞、有些傷感，小蒲和公仔也站在野人的身邊，小蒲他們三人繼續對話時，野人睜眼看著他們，似乎聽得懂，但他並沒有參與對話，只是聆聽，偶爾若有似無地像是自言自語地回應著）

公　仔：我肚子餓了。雖然我不喜歡吃魚，魚刺好麻煩。

小　蒲：喂！你實在很煞風景耶！……其實我也餓了。

英　妹：現在到底是幾點了？

小　蒲：不知道，反正我隨時都會餓，好像沒吃飽過。

英　妹：在老闆家工作，我不敢吃太多，怕老闆會罵，可是吃不飽會沒有體力……

公　仔：我都會假裝自己在吃大餐……

英　妹：阿嬤對我很好，會教我切菜，可是她都不讓我拿鍋鏟……

小　蒲：我已經想不起來媽媽做過的菜，她在我很小的時候就離開了。

公　仔：我最喜歡蕃茄蛋花湯，好好喝哦，而且顏色很漂亮。

英　妹：我覺得她……嫌我手很黑很髒，洗也洗不乾淨。

公　仔：等一下，如果野人真的在森林裡這麼久，那他吃什麼？

小　蒲：森林裡應該有很多東西可以吃吧？

英　妹：（對野人）你有東西吃嗎？

（野人搖搖頭，三人驚訝）

公　仔：你都沒吃東西？
小　蒲：沒吃東西還能活下來？
英　妹：好好哦！不吃東西也不會餓。

（野人還是搖頭）

小　蒲：他為什麼一直搖頭？
英　妹：我也不懂他的意思。
小　蒲：肚子好餓……
公　仔：那我們來玩一個「點菜」的遊戲。
英　妹：那是什麼？
公　仔：就是隨便點一道菜，然後要說出那道菜的味道，好像真的在吃一樣。
小　蒲：我和公仔常常玩這種遊戲，其實很白癡，可是都會講到流口水。
英　妹：真的嗎？好像很好玩。
公　仔：我先，「王（黃）力宏湯」（香港腔）。
小　蒲：（搶著說，一面做著切蕃茄、打蛋、舀湯等動作）紅色的蕃茄微微酸微微
　　　　甜，已經燉到入口即化；黃色的蛋花，軟軟嫩嫩，咕溜一口就滑進喉嚨，
　　　　還有綠綠白白的蔥花，浮在湯上面，咬起來有一點脆，一點點辛辣……
公　仔：配上鮮甜的湯，好像雞湯的香味，不油不膩很清爽。
小　蒲：這道蕃茄蛋花湯的菜名就叫作……
公、蒲：「王力宏湯」（香港腔）
英　妹：（笑，然後吞口水）你們越說我越餓。
小　蒲：那就大口吞口水。
公　仔：想像妳真的喝下一大口湯。

（英妹照做，彷彿真的喝下一口美味的湯，小蒲、公仔甚至野人都怔怔地
看著）

小　蒲：英妹姊姊，那妳喜歡吃什麼菜？請點菜！

英　妹：我想吃「鴨仔蛋」（印尼腔）

公　仔：是鹹鴨蛋嗎？

英　妹：不是，是把孵了兩個禮拜左右，快孵化成小鴨的鴨蛋用開水煮熟，敲開蛋殼，加入鹽、檸檬等調味這樣吃。

小　蒲：孵了兩個禮拜？可是，那小鴨不是已經成型了？很野蠻耶！

英　妹：哪有，很補身體的呢！

小　蒲：可是，那樣不是會有羽毛和骨頭耶，妳敢吃哦？

英　妹：比起臭豆腐的臭味來，我比較能接受鴨仔蛋。

公　仔：可是臭豆腐很香……還有比臭豆腐更臭的食物吧？

小　蒲：臭的食物很多耶，起司很臭，還有榴槤，我一點也不喜歡！

英　妹：（陶醉地）啊，榴槤，一口接一口，讓人流連忘返。

小　蒲：這樣說起來，妳喜歡的，我不一定喜歡。

公　仔：所以你不應該歧視英妹姊姊喜歡吃的東西。

小　蒲：這樣哦，每個人喜愛的口味不同，好像有點道理。

公　仔：就像檸檬很酸……我不愛。

英　妹：我現在超級愛吃檸檬！

公　仔：苦瓜很苦……我也不愛。

小　蒲：現在苦瓜都不太苦了啦！

公　仔：辣椒很辣……

英　妹：臺灣的麻辣鍋是一定要吃的啦！

小　蒲：還有醃火腿很鹹。

英　妹：可是阿嬤燉湯都用醃火腿，很香呢。

小　蒲：甜的食物好像大家都比較喜歡，可是有沒有一種甜，會甜到讓人崩潰？

英　妹：怎麼會，我就喜歡甜點。

公　仔：甜得讓人崩潰？小蒲，你還真會形容，那是什麼樣的甜味啊！

（公仔和英妹互看一眼，搖搖頭）

小　蒲：英妹姊姊，那我要點一道印尼菜。

英　妹：（興奮地）Rendang巴東牛肉，咬一口沾滿醬汁的牛肉，好嫩好嫩，牛筋還有一點咬勁，好多膠質在口中化開，濃濃的椰汁混著好多不同香料的味道，舌頭有一點麻，舌根有一點點辣，把肉汁淋在米飯上……

公　仔：口水又滴下來了。

（水滴的聲音滴下，一點點回音；英妹仍沉浸在她的菜色中，野人有點傻傻地望著英妹）

小　蒲：不會吧，你的口水滴下來有這麼大聲？

（水滴的聲音再滴下，水的回音；大家抬頭望著上面）

公　仔：才不是我咧，我頂多肚子咕咕叫。

（音樂淡入，森林開始變化，燈光也隨之變化）

✦　第五場　湖水下的星空　✦

（敘述者背對著觀眾，形成一道弧形的牆，他們會在不同的時候接續扮演野人）

小　蒲：我怎麼覺得在滴水？
英　妹：是下雨了嗎？
公　仔：我就說快要下雨了嘛！
小　蒲：不是，不是下雨，是真的在滴水。

（野人雙手伸向天際，彷彿接著頂上落下的水，然後將手靠近自己的嘴，看起來像在喝水；微微地有著水光盈盈，但其實是星光，只是此時還不明顯）

英　妹：（輕聲）你看，他是不是因為這樣所以都不用吃東西？

小　蒲：可是那是什麼水？能喝嗎？

　　　　（英妹也學著野人，雙手伸向天際，但她似乎並沒有接到什麼水，她有點疑惑，然後學著野人將手靠近嘴邊，她似乎懂了，緩緩重複著伸手向天再將手靠近唇邊的動作，她一邊想著）

英　妹：（問野人）你不是在喝水，對吧？

　　　　（野人又是搖頭）

公　仔：他是不是只會搖頭？

　　　　（野人仍然搖頭，有一股神祕的微笑）

小　蒲：他的意思應該是他沒有在喝水。……奇怪，我怎麼有一種感覺，我們在湖水底下？

　　　　（野人終於點頭了，讚許地伸手向小蒲，做了個「來」的手勢，小蒲不知不覺走近野人；音樂流轉，敘述者變成的弧面牆慢慢移動，將小蒲與英妹及公仔隔開，英妹和公仔在弧面牆前；英妹的雙手靠在自己的在唇邊）

英　妹：很奇妙，我肚子裡有一個生命在慢慢長大。

公　仔：真的嗎？

英　妹：可是我真的能生下他嗎？

公　仔：當然啊，妳想，他會叫妳媽咪，他會像這樣靠著妳，躺在妳懷裡。

英　妹：如果生下他，生病了看醫生沒有保險，念書成績再好也沒有學歷，沒有屬於他的家，沒有身分證，沒有健保卡，沒有任何的權利，也沒有國籍，像一個四處飄啊飄的透明靈魂，那怎麼辦？

公　仔：像我一樣？無國籍的透明孩子？

英　妹：誰能夠幫助他？誰能夠幫助我？

公　仔：那我陪他啊！兩個人在一起，至少不會孤單，就像小蒲和我一樣。

英　妹：公仔，你真善良，而且很樂觀，我好喜歡你。希望我的孩子能像你一樣，
　　　　不行不行，不能像你……

公　仔：因為我很白癡嗎？

英　妹：不是啦！你知道我的意思。

公　仔：我知道自己幫不了妳，也幫不了妳肚子裡的baby，但是在妳身邊，我覺
　　　　得有一種不一樣的溫暖，就像我記得妳唱的歌，我好像好久以前就認識
　　　　妳了。

英　妹：你怎麼會這麼想？你真的都沒見過你的爸爸媽媽？

　　　　（公仔搖搖頭，他兀自哼起了那首童謠〈Rasa Sayang Sayange〉）

英　妹：你真的會唱這首歌呢！是誰教你唱的。

公　仔：不知道，說不定是我媽媽在懷孕的時候就開始唱給我聽了，所以我記得。

英　妹：懷孕的時候？

公　仔：對啊，（自想自樂）哇，在媽媽的肚子裡聽歌，好酷哦！

　　　　（英妹望著公仔，細細地端詳，一隻手輕觸著公仔的臉頰，〈Rasa
　　　　Sayang Sayange〉輕輕奏起，英妹另一隻手摸著自己的肚子，然後她看著
　　　　自己的肚子，再抬頭看著公仔，英妹突然懂了，將公仔緊緊抱在懷中，公
　　　　仔雖然有點訝異但並未拒絕，只是單純享受著一種彷彿來自母親的溫暖
　　　　擁抱）

英　妹：我想，我知道為什麼會遇見你了。……委屈你了，孩子。

　　　　（敘述者形成的弧牆轉動，將英妹和公仔隔在背後，小蒲出現在弧牆前，
　　　　和野人面對面；以下敘述者的語言可依據演員狀況調整說話的順序）

敘述1：你很勇敢。

小　蒲：為什麼這麼說？

敘述2：因為你有勇氣走出黑暗。

小　蒲：什麼意思？

敘述3：憤怒的火把你燒傷，像木頭一樣燒成焦黑。

小　蒲：我不懂。

敘述4：你不喜歡人家這樣看你。

小　蒲：是啊，我很黑，可是我一點也不喜歡。

敘述5：你有一件白色的袍子，上面有七彩的光閃亮著。

小　蒲：你在說笑嗎？還是跟別人一樣，換一種方式嘲笑我？

敘述6：我也有一個孩子，我沒有辦法在他身邊，看著他長大。

小　蒲：媽媽跑了，我還有爸爸，但有時候我希望我沒有。

敘述1：當爸爸的人有時候很辛苦。

小　蒲：他不可以讓我和弟弟一直很害怕。

敘述2：有時候爸爸比你還害怕。

小　蒲：我知道，我一直都知道，可是我不知道怎麼跟他說話，不知道怎樣告訴他
　　　　我們是一家人，不要害怕，因為我們是一家人。

敘述3：我曾經希望給你一個家……

敘述4：一個可以哭可以笑……

敘述5：可以撒嬌、撒賴、撒野的家。

敘述6：我從我父親的身上看到自己，也從你身上看到以前的我。

小　蒲：我不想變成你，我不想變成你！我想要有我自己的樣子。

敘述1：你不會變成我，因為你比我有勇氣。

敘述2：面對困難，我第一個想到的就是「逃」。

敘述3：可是你不一樣。

敘述4：你擁有我所沒有的。

小　蒲：最好我還有一雙翅膀啦！

敘述5：是的，從某一天開始，我們都會長出一雙翅膀。

小　蒲：最好是啦！

敘述6：也許很快，也許很慢，也許要到很久很久以後，我們才會發現那雙翅膀其
　　　　實已經陪著我們很久了。

小　蒲：你認為我會相信這種故事嗎？

敘述 1：你用身體幫弟弟擋住爸爸的皮帶。

敘述 2：你努力搬磚頭扛木頭。

敘述 4：你努力存下一塊錢兩塊錢。

敘述 2：你幫弟弟去買一包泡麵。

敘述 5：你放下拳頭從打鬥中走出來的時候。

敘述 6：你已經慢慢長出翅膀。

小　蒲：好了，就算我長出翅膀，大概也是那個黑天鵝的翅膀。

敘述 1：黑，就一定可怕嗎？

敘述 2：這個世界因為有不同的顏色才顯得繽紛多彩。

敘述 3：每一種顏色都不一樣，但都是一種顏色，像人一樣。

敘述 4：就像你很特別。

敘述 5：我也很特別。

敘述 6：我們都是特別的自己。

敘述 1：我們不需要因為別人和自己不同而害怕。

敘述 6：也不應該因為別人和我們不同而恐懼。

敘述 2：恐懼會像一條小蟲，鑽進我們的腦袋，

敘述 4：鑽進我們的心裡，

敘述 3：像是破裂魔鏡裡的一片碎片，讓我們的眼睛看不見世界的美好。

小　蒲：世界真的並不像故事裡，永遠那麼美好。

敘述 6：是的，就像我想要給你的世界，也不能如我所願地那麼美好！

敘述 5：但只要我們願意，一種叫做公平正義的東西，以及溫柔的慈悲，會讓我們的心更柔軟，讓我們的翅膀更有力。

敘述 2：就像蝴蝶的翅膀雖然很薄很脆弱，卻可以帶著希望飛向天空。

（片刻後，在彩虹般的光影中，敘述者形成的弧牆開始變化；敘述者再度形成森林之姿，小蒲三人重聚在一起，視線所及滿是湖水中閃動的星星）

✦ 第六場　寫給你的一封信 ✦

（在湖水閃動的星光底下，小蒲、公仔和英妹目瞪口呆地看著四周的美麗；彷彿森林樹梢的呢喃之聲）

全　　體：時間快到了……快到了，唱歌……唱歌……唱歌……讓你們的願望，帶你們離開這裡。

英　　妹：你們聽到了嗎？

公　　仔：野人可能知道怎麼離開這裡。

小　　蒲：如果他知道，那他為什麼自己不離開？

英　　妹：他……被自己困在這裡了，這種感覺我懂！

小　　蒲：可是我不懂他的意思，要怎麼做才能離開？

（森林轉換動作，一封信在敘述者之間傳遞，彷彿在空中飛舞，最後那封信由敘述者1遞給了小蒲）

小　　蒲：你的意思是……要我幫你送信？……送到哪裡？

敘述1：回家！

小　　蒲：送信回家？這是你的……信（小蒲打開信，看著）

敘述2：寫一封信，

敘述3：穿越黑洞，

敘述5：飛向你想要去的遠方。

敘述6：回家！

敘述4：回家！

敘述5：回家！

敘述1：回家！

敘述2：回家！

敘述3：回家！（如回音般迴盪的）

公　　仔：他會不會是要我們寫信回家？不會吧？我們會像他一樣留在這裡嗎？（自己想一想）不過好像也滿酷的。

小　蒲：說不定這就是帶我們回去的方法！寫信回家。

英　妹：可是我們哪裡有紙筆可以寫信？

公　仔：寫給誰啊？……這也太特別了吧！

小　蒲：啊，我書包裡有紙和筆。

　　　　（小蒲將野人的信折疊好，放進自己的書包裡，然後從書包裡拿出紙來，
　　　　分別給公仔和英妹一張紙和一枝筆，自己也拿著紙筆；三人想著想著，或
　　　　趴或坐，一面寫信，音樂起，森林變化著，三人將紙摺成了飛機；音樂襯
　　　　著三人唸出信的內容）

英　妹：委屈你了，孩子。原諒我沒有陪著你長大，但請相信，我不是故意要離開。

小　蒲：我會學習不被自己的情緒綁架，讓自己不被別人異樣的眼光所傷害。

公　仔：你們讓我的身世像一個謎，謎底就是我被封印的記憶。

小　蒲：有時候被人家做記號很討厭，但是，現在我知道了，記號有很多種，不一
　　　　定是傷害自己的。

英　妹：有的記號是一種記憶，有的時候是一種對未來的希望。

小　蒲：想對你說一句話……

公　仔：想對你說一句話……

英　妹：想對你說一句話……原諒我，我想念你！

小　蒲：對不起，我很愛你！

公　仔：謝謝你，我祝福你！

　　　　（小蒲他們三人把各自的信摺成了紙飛機，朝向深遠的暗處射去，立刻
　　　　地，遠處螢螢星光顫動的樣子，接著彷彿飛起了一捧一捧的閃動的蝴蝶；
　　　　〈甜蜜蜜〉的樂聲再度響起，他們一起唱歌，就在此時，時間軸產生了變
　　　　化，野人彷彿迅速變老，終究還是被樹林給吞沒了；而英妹，竟然也隨著
　　　　蝴蝶消失的方向，飛向遠方，最後只留下了小蒲和公仔。）

公　仔：英妹姊姊……

全　體：我們都生活在溝渠裡，但仍然有人抬頭，仰望星空。

➤ 第七場　回到黑森林 ➤

（燈光轉變，森林恢復了樹叢的樣貌，搖曳生姿；小蒲和公仔呆坐在地上，音樂消失，取而代之的是森林裡環境的聲音。）

（小蒲先意識過來，他起身看著四週，並沒有說話，他和公仔互相看著，充滿疑惑但又似乎心中有點明白。）

小　蒲：看樣子，我們回來了。

公　仔：我們真的回來了嗎？

小　蒲：也許我們從未離開。

公　仔：那剛剛發生的事情，到底是真的？還是假的？

小　蒲：我也不知道，說不定是做夢？

公　仔：我們一起做了同樣一個夢？怎麼可能。

小　蒲：也不是不可能啦！因為你白癡……

公　仔：你白目！

小　蒲：所以我們一起在白霧黑森林裡做了一個白色的夢，哈哈哈！

公　仔：那野人呢？

小　蒲：他是真的還是假的？

公　仔：等等，野人的那封信！如果他是真的，信一定還在，如果……

（小蒲趕緊在書包裡找那封信，但手中卻只摸出了粉末，野人的那封信已經化成粉末，從小蒲手中揚起、散落）

小　蒲：沒有了……都化成灰了。

公　仔：完蛋，怎麼辦？

小　蒲：這樣也不能證明野人是不是真的，……也許是一個活在很久很久以前、不知道在哪裡的古代人；也許，是我們一起想像出來的，我們共同的夢境裡的人，就像……就像網路世界裡的虛擬人物一樣。

公　仔：這樣說好像也有道理。

小　蒲：我們的相遇也許是偶然，也許是緣分，也或許就是有一個原因、一個理由。

公　仔：我知道了！你是小蒲，我是公仔，還有英妹姊姊！我們三個是白霧黑森林裡的蒲、公、英！

小　蒲：哈哈哈，公仔你不是白癡，是樂觀的天才。不管怎樣，野人一定是我們未來的共同記憶。

公　仔：那英妹姊姊呢？

小　蒲：你有沒有一種感覺，她其實很像是你的媽媽……說不定真的是，只是，我也不知道為什麼會這樣，也許她特別想見你一面，所以穿越時間的黑洞來看你。

公　仔：嗯！不管她是不是我媽媽，至少我知道我不是從石頭裡迸出來的人。

小　蒲：這座黑森林，真的很奇妙，哈哈，我真的很有眼光，我找的祕密基地是一個很特別的地方。

公　仔：吼，自己誇獎自己，很那個耶！時間好像很晚了，我們回去吧！

小　蒲：等一下！公仔，你幫我搬那個過來一下。其實，今天會帶你來祕密基地，其實是因為今天是……我的……生日，我知道你從來都沒有過過生日，所以，我想和你一起過一個特別的生日，雖然……（他從書包裡拿出一小袋看似已經壓爛的小蛋糕）它已經變成這樣了，但是，我從今天起就16歲了，我已經要變成大人了，以後每一年，我都會買一個蛋糕跟你一起過，從現在開始，我的生日就是你的生日，不管以後生活再怎麼辛苦，每一年我們都要一起過生日。

公　仔：哎喲，小蒲，我就知道你不是表面上看到的那樣……

小　蒲：那樣是怎樣？

公　仔：沒有啦！……生日快樂！

（小蒲做著從口袋裡拿出蠟燭，點上蠟燭的默劇動作）

小　蒲：生日快樂！

（兩人一起吹蠟燭，燈暗；他們身後的樹林裡，英妹在森林的深處，微笑地對著他們揮手，音樂揚起，蝴蝶飛舞，森林的枝葉輕輕搖晃著）
（燈光漸暗，劇終）

Remembering

Collection of Yu-Hui Wang

An—ping.

繪本劇場與閱讀的教學創作
──《沒毛雞》與《KIAA之謎》

　　自從在大專院校教書以來，曾經在六所大學的不同系所擔任專任教職，這六所學校有的是戲劇專業科系，有的是屬於藝術或文學類科的獨立所，所教的課程大約可分成三大類，第一類是創作實務的課程，包括劇本創作、表演、導演以及製作排演等等，第二類是理論與文本分析的課程，包括了劇本導讀、劇本分析、戲劇原理以及戲劇批評等等，第三類則是戲劇史類課程，包含了中國及臺灣傳統戲曲發展史、西洋戲劇發展史、臺灣現當代戲劇發展史等等。進入臺東大學兒文所任教以來，主要在研究所中開設兒童戲劇發展研究、劇本創作、劇本改編、表導演創作、兒少劇場研究、兒少劇本析論等課程，同時也支援通識相關的表演藝術、當代戲劇課程，以及人文學院所開的人文與藝術概論、山與海文學劇場等。這些課程除了環繞著個人專長所在的戲劇及劇場專業領域之外，有許多與創作相關的課程。

　　多年的教學經驗體認到，不管是研究生或是大學生，大家對於戲劇與劇場的認知都相當有限，先備經驗明顯與戲劇專業科系的學生有所落差，特別是創作類的課程，儘管興趣都相當高昂，但並不會因為年紀或是年級的差別而程度有不同，對於教學現場來說，基本上都是從頭教起。

　　因此，透過多年的教學經驗，以及自身創作的經驗，似乎也逐漸摸索出一條道路，在這些課程中，或許有課程目標的不同，但是在以身作則的認知下，經常帶來個人創作上的不同經驗，因此這部分的創作報告，將以在臺東大學兒童文學研究所及臺南大學戲劇創作與應用學系，教學過程中衍生出來的繪本劇場作品《沒毛雞》以及青少年戲劇《KIAA之謎》為討論重點，分別就繪本劇場的創作理論和實務，以及以閱讀做為創作根基的青少年劇場創作加以討論，期盼提供專業劇場之外的教學領域的不同創作思考。

➤ 童劇本質的創作思維 ➤

　　繪本（Picture Book），做為當代一種極為盛行的閱讀文本，深受不論小孩或大人的一般民眾所喜愛，特別是在以視覺圖像理解為主流的世代現況中，確實能夠吸引閱讀目光、引發學習動機，並且完成各種外顯與內蘊的教育目標。由於繪本兼具了故事[1]與圖像，某種程度比起完全文字化的故事描述，提供了較為豐富的視覺化想像，因此，依據繪本改編成戲劇，相較於劇本的原創而言，似乎可以是一種創作的捷徑，但是如何掌握繪本的內容精神，彰顯畫面構圖的意涵，當是繪本改編成演出文本時重要的思考，而適合於劇場演出、能夠提供表演者足夠的表現可能性，更是書寫時必須重視的問題。

　　另一方面，在原本就具有較為成熟戲劇傳統的歐美文化環境中，從上個世紀60年代開始，在許多學者的推動之下，亦逐漸將兒童戲劇（Children's Drama）列為兒童藝術教育、美感教育的重要課程，透過教學的實務經驗與研究的理解，兒童戲劇的參與和學習，被認為具有諸多的教育意義，特別是例如「創造性戲劇」（Creative Dramatics）、「教育戲劇」（Drama-in-Education，簡稱D.I.E.）等等，更是在專業成人演劇為主體的「兒童劇場」（Children's Theatre）之外，校園課室中相當重要的戲劇學習模式。

　　將繪本與戲劇兩者相互結合的「繪本劇」，理論上似乎具備了繪本與戲劇兩者之間的優勢，一方面提供繪本單純閱讀之外，立體化理解的可能性，另一方面也提供了戲劇展演創意來源的多元面向，由此角度理解「繪本劇」在當代的方興未艾，甚至可能烽火燎原的未來趨勢，自然是不難理解的。

　　以學術研究的現況來看，繪本的研究在兒童文學的領域中逐漸受到重視，而「繪本劇」似乎尚無學術上嚴格的定義，但是從其發展現況，以及被定名的字面意涵的理解來看，可以理解為「以已出版成書的繪本為內容底蘊，透過戲劇化的過程，以演出為最後呈現的方式，所發展出來的一種童劇展演活動」。兒童參與其中，不論是演出者或是觀賞者，舉凡大概念下的兒童戲劇能夠帶給孩子的正面意義，在繪本劇的創作發展以及展演過程中，理論上孩子應該都可能獲得。

　　然而，童劇的創作，在劇本寫作、排練演出等等層面，不可諱言地有其專業

---

[1]　當然也有許多繪本並沒有「故事」內容，而是單純以視覺圖象傳達創作概念。

性，確實具有一定程度的專業門檻，特別是從劇本到排練演出的原創歷程，對大多數非戲劇及劇場出身的創作者或帶領者（特別是教師）而言，不免有其難度。繪本中兼具了故事與圖像，某種程度比起完全文字化的故事描述，提供了較為豐富的視覺化想像，以繪本做為童劇創作展演的起點，似乎也較為容易，因而結合繪本與戲劇的創作方式，得以逐漸成為兒童戲劇領域在校園裡發展的一種趨勢。其實，除了校園，也有許多以朗讀或說故事為主的個人或團體，從單純的「說故事」發展成「說演故事」；抑或是以成人演劇為主的專業「兒童劇場」，以各種優秀的繪本為基礎，發展出動人的劇場作品，「繪本劇」做為一種兒童戲劇的展演形式與創作模式，可說是具備了相當程度的當代意義。

然而，在從事「繪本劇」的創作時，該有什麼樣的基本理念？該如何適度地將繪本與劇場結合？其創作歷程中的重要思考又會是什麼？在校園裡，非劇場專業的老師們，推動繪本劇的可能發展途徑為何？

本文將以前述的提問為核心，首先從兒童戲劇的角度切入，以童劇所應具備的特質回觀繪本劇，繼而以「場域」的概念，釐清繪本劇的發展目的，進一步再從創作的層面，提供繪本劇在創作的過程中的幾個步驟，對繪本劇在校園中的發展途徑提出個人想法以供參考。

最終，最重要的，仍是希望「繪本劇」的未來發展，在當代兒童觀的關照之下，能夠走向一個以「兒童本位」為思考的康莊大道。

從兒童戲劇的角度思考

考察臺灣當代兒童戲劇的發展，1980年代之前，兒童戲劇被定位為「由兒童所演」（by children）的戲劇，成人為兒童搭建起表演的舞臺，除了表演之外的編、導、設計等等劇場工作，皆由成人完成，如此「兒童演劇」的概念，主導了相當長一段時間的兒童戲劇發展，孩子們在成人的「指導」之下，儼然成為成人戲劇的縮小版，少數的菁英兒童演員根據大人寫定的劇本，發揮其表演的天賦，維妙維肖地模仿著成人演戲所形塑的角色，其題材更不外是教忠教孝等具有高度倫理性與政治性的內容，灌輸著一定的「教育」意涵；或有較接近兒童旨趣的，則是以童話、傳說等等為題材的演出，但整體演出形式上是相同的。這樣的演出模式不僅僅局限於校園，走出校園之外仍然是類似的狀況。

隨著臺灣當代劇場的改變，1980年代之後，一種創造性的、啟發性的，甚至是

遊戲性的兒童戲劇的觀念開始萌發，因而衍生出「為兒童而演」（for children）的「成人演劇」的概念，在1980年代中後期臺灣現代戲劇整體的發展脈絡下，邁向了成人演劇的「兒童劇場」時代，如今已成為臺灣兒童戲劇的主流形式，其劇場性的發展越趨專業，孩子們在較無心理負擔的情況下接觸到戲劇的形式與內容，建構出美感教育的一環。

到了2000年之後，由於教育體制以及藝術教育法的改變，將「表演藝術」納入正式的藝術教育課程之中，不僅中小學教育，包括學前教育也有了變化，創造性戲劇、教育戲劇等等的戲劇理念影響了另一波兒童戲劇觀念的改變，形成校園內、外不同的發展模式。某種程度來看，孩子們接觸到了較為多元的戲劇薰陶，但是在校園裡的演劇活動相對而言仍是較為有限的。

之所以花費了相當的篇幅概述臺灣兒童戲劇的發展歷程，主要想指陳出「由兒童所演」（by children）與「為兒童而演」（for children）兩者之間的微妙差異，然而不論是哪一種形式，所面對的主體觀眾應該都是兒童，因此，必然也存在著兒童戲劇所應具備的本質，那便是教育本質、娛樂本質、想像本質與童趣本質等四個相對於成人戲劇的表現更為重要的特質。

在兒童戲劇中，所謂的「教育本質」，當不只局限於知識技能的學習、社會規範的認知以及倫理道德的培養等傳統的教育概念，更應儘可能地聚焦於生命意義的探索、情意感知的培育、審美價值的建立、哲學思維的內化等等面向，另一方面，透過戲劇創作及表演活動的實踐參與，更應該呼應著自我覺察的喚醒、接納自我的鼓勵、獨立思考的引導、主動學習的啟發等等個人成長的脈絡，最終而言，兒童戲劇具備的最基本的教育意涵當是美學能力的涵養與創造潛能的開發。

兒童觀眾某種程度上是最誠實的觀眾，在觀賞戲劇時，其好惡分明、耐性有限，兒童戲劇不可能不藉助娛樂的手段以吸引兒童觀眾，因此在兒童戲劇「娛樂本質」的面向中，可透過文學故事立體化、光影色彩的吸引、音樂歌曲的渲染、形體律動的共鳴、遊戲互動的參與、故事敘述的引導、滑稽趣味的感染乃至於劇場藝術的驚奇等等手段，建構出兒童戲劇演出的藝術性表現，一方面吸引兒童的關注，一方面潛移默化其藝術的內在潛能。

而「想像本質」的特質，當是兒童戲劇極大不同於成人戲劇的特質，缺乏想像的兒童戲劇，毋寧是乾澀乏味的，然而兒童戲劇的想像並非是憑空幻想、毫無邏輯章法，仍應奠基於現實世界的角度以探索世界，同時在想像力的刺激與啟發之下，

延伸想像的眼界，開啟並擴大現實世界的視野。兒童戲劇的想像本質可表現於文學的、審美的、科學的、哲學的等不同面向。事實上，對兒童而言，想像是本能也是潛能，戲劇中的想像本質，毋寧勾動了兒童的本性，在現實與幻想的邊際中，碰撞出更多的生命火花。

最後，在兒童戲劇中相對也是至為重要的便是「童趣本質」，如果我們承認兒童有自己的世界，有自己的不同於成人的生活，兒童是在自己的生活和世界裡實現成長的，那麼在兒童戲劇之中，我們更應該以兒童的主體性為本質，從童心的角度出發，以孩子的眼光觀看世界、以孩子的邏輯理解世界、以孩子的價值觀詮釋世界，從而打開童心視界的另一扇窗，這樣或許才會是更為完整與理想的兒童戲劇。

以演出場域的概念釐清

「繪本劇」做為兒童戲劇的一種內容形式，自然不可能自外於前述的四大本質，事實上，由於優秀繪本所帶來的無限創意可能，繪本劇要掌握這些特質毋寧是令人感到樂觀的。但是我們卻不能忽略兒童戲劇「演出場域」所帶來的影響，換言之，在何種場合演出？其演出的目的為何？誰來表演？表演的對象又是誰？在不同的場域中進行繪本劇的創作與演出，其目的便可能不盡相同，在表現上自然也就會有所差異。

舉例來說，一個班級在課室中以有限的課時進行創作，最終面對課堂的同儕為觀眾完成展演，這樣的場域必然重視過程甚於結果，其遊戲性的表現可能會更加強烈，孩子是否能夠真正參與是最重要的考量也應該是最重要的目的，讓每一位孩子在玩耍遊戲中發揮創意潛能並樂在其中，便是一種相對理想的狀態，透過孩子以戲劇／劇場元素的親身體驗，在互助合作之下認識戲劇創作的歷程，最終完成一個包含所有參與者心血的作品，或許藝術性上不免仍有進步的空間，但是我們必須衡量孩子的先備能力、創作時間、表演場地以及環境空間等等條件，而不是一味地要求演出呈現的完美。如此教學場域中的繪本劇演出，便與在禮堂中面對全校師生、在展演比賽的舞臺上面對未必認識的混齡觀眾群，乃至於做為一種示範性的表演，或是兒童劇場中成人演員的專業演出等等皆有所不同，卻也都是在不同場域中完成其各自的目的。

因此，在演出場域的概念之下，我們應該可以理解：越是非專業的場地便會需要更多的創意可能與想像表現，越是專業的場地則越需要專業的協助；另一方面，

兒童演劇與成人演劇自有藝術性表現與專業性要求的落差，這並非指陳兒童演劇就缺乏藝術性與專業性，而是強調若要達成藝術性與專業性，兒童參與者便會需要相對更多時間的摸索與演練，以及劇場專業的協助，而且必然具有階段性成長的意涵，過程中成人的引導、陪伴、鼓勵與啟發也就益發重要。

因此，當我們面對校園裡的繪本劇，或許應該多多探問其目的是什麼？是文本閱讀的引導？或是圖文內容的深度探索？是在創造性戲劇活動中以繪本為題材所做的創作練習？還是最終為表演性的藝術展演活動？將繪本戲劇化的呈現是屬於藝術教育的一環？還是一種藝術創作的實踐？

當我們有了較為清晰的演出場域的概念，當能撥雲見日地以較為準確的態度真正面對一個繪本劇的創作及演出。

依劇場創作的層面思考

繪本做為戲劇化過程的取材，其所具備的優勢在於篇幅較為短小而不複雜，文字通常較為簡潔易懂並可能包含了敘述性說明和對話性語言，圖像中同時暗示了可能的場景與情境，提供了具象化的角色形象，而圖文之間的互動，更可能帶來超越書籍紙面的更多想像空間，提供戲劇化過程裡延伸發展的可能性。

因此，創作繪本劇前的閱讀便應該與一般性的閱讀有所不同，必須理解繪本圖像裡視覺傳達的意象，必須找到文字書寫的特質，衡量如何將文字的書寫轉化為戲劇性的語言表達，同時應該找到圖與文之間故事性的有無，以及圖文交織的表現中，是否帶來具有戲劇性場面的情境？在這樣的閱讀之後，自然也不能忽略繪本的主題關懷，同時應該自問戲劇化之後，要讓兒童觀眾觀賞什麼？透過這樣一個繪本劇的演出，希望兒童觀眾思考什麼？這自然也牽涉到繪本的選擇問題，若以校園而言，除了找尋現有已出版的繪本之外，或可思考繪本劇的創作前端，如何依據各校人文與自然環境的特性，創造具有獨特性的繪本，建構校園區域所在的特殊意涵與文化傳承上的深化意義，進而透過繪本的戲劇化，讓繪本劇帶來校園自我成長的更大可能。

這些基礎工作乃是創作歷程中繪本閱讀與理解的第一階段，接著應該考量繪本內容戲劇化的可能性與劇場表現的局限性，例如過多的場景或許不利於表現，跳躍式的敘述可能必須在留白處加以補強，從而進行繪本內容的延伸與發展，有時候可以依循著繪本原本的故事脈絡發展情節，有時候可以在原本既有的規模之中，以前

情提要或是後續發展的概念加以鋪陳，而考量演出規模及人力配置，更有必要依實際的條件和表現的完整性，對角色人物進行刪減、合併、衍生或重塑。同時，演出時的空間條件（什麼樣規模與形式的舞臺）和劇場技術條件（布景、燈光、服裝、音響等等）是否能夠表現出我們對於繪本劇的想像，更是必須在前置階段就加以衡量的。

　　當這些從閱讀理解到創意發想的前置作業整理完成，在編劇的階段，則有不同的劇場化手法可供參考，除了編劇者的自我創意想像之外，有時候亦可以透過劇場遊戲與集體即興創作的方式，提供具體的場面想像與事件發展的情節元素，以及口語對話的激發，回饋給編劇者加以運用。當我們面對成人或兒童的不同創作參與者時，方法或許相類似但引導可能需要視實際情況調整。一般而言，面對情節的發展的思考來說，可以運用如下圖的七個W作為解剖與發展戲劇故事的方法，亦即故事中誰（Who）與誰（Whom）、在什麼時間（When）、什麼地點（Where），發生了什麼事（What）、為何如此（Why），以及情境中人是如何面對與反應（How），依此類推，進而勾勒出整體的情境脈絡，加上語言對話之後，便可逐步完成一個可供排練的文本。

前述的創作思考，乃是一般劇場中的創作歷程，在於校園繪本劇創作的課室之中，當教師未必具備專業劇場的創作能力卻又必須帶領孩子進行創作時，除了教師本身必要的自我增能，並與學生共同成長之外，至少還有兩種可能的途徑可以參考，一種是尋求專業戲劇團體介入校園，透過專業團體劇場相關技能的直接教授，讓學生在教師全程陪同並從旁協助成長之下，以一齣戲的最終演出為目標，師生之間共同在專業的協助下完成一個創作的歷程，並以此做為創作能力的直接養成，為下一次自我創作做出準備。這樣的專業團體介入模式有其優點，但也不能不顧慮到劇場的專業未必具備教學的專業，因此，教師做為一個中介者，便必須時時以兒童本位為考量，注意兒童在過程中的身心發展狀況，以免讓孩子承受過多的壓力而適得其反。

　　另一種則是校園中進行統整教學的實踐，以創造性戲劇活動為核心，結合語文、美術、音樂、資訊等等的相關課程，透過不同領域的教師之間的協同教學，讓參與的學生在分科學習中進行整個繪本劇不同面向的創意發展與執行，同時在展演排練中整合各科目的學習成果，讓文學的／語文的、美學的／美術的、音樂的、表演的……等等教學面向相互統整，最終以繪本劇的展演完成課程統整的成果，如此便可兼顧創作發展與展演實務操作上的不同面向。

　　當然，這樣的操作方式對教師而言是相當辛苦且耗時較多的，當有賴校園裡教師之間的共識合作，以及行政主管的全力支持與配合協助，如此才能夠為繪本劇在校園的發展帶來新的契機。

✦ 從繪本到演出文本 ✦

關於「無言劇」與《沒毛雞》

　　戲劇的「劇本」相較於其他文學作品，最大的不同在於劇本具有文學性與劇場性的雙重特質，除了透過文字書寫出來之外，還必須經過劇場的二度創作，特別是經過演員身歷其境地扮演詮釋，衍生成另一個「演出文本」，創作才得以真正完備。因此，劇本在創作時必須思考到劇場搬演的可能性，這便與其他文學類別有了根本上的差異。而劇本的書寫，是以「對話」與「舞臺指示」做為表現內容的外在書寫形式，極少有如小說般敘述性的說明文字描述[2]，只能透過人物的對話和動作

2　當代作品中亦有許多戲劇作品以大量的敘述為語言主體，傳統的對話反成為較為邊陲的方式，但就戲劇劇本而言，一般仍以對話的形式做為判別劇本的形式考量。

以及相關的場面來表現，這也是劇本書寫難於其他文學作品的地方。但在當代劇場中，除了傳統的劇本形式之外，也有些重要劇作家，尋找不同的創作形式，有的便刻意擺脫語言的束縛，創作所謂的「無言劇」，例如以《等待果陀》（*Waiting for Godot*，1952）聞名於世的貝克特（Samuel Beckett，1906-1989），便曾別出心裁地創作了兩個「無言劇」作品，呈現出具有強烈劇場性性格的創意。少了語言表達的「對話」輔助，「無言劇」的書寫，自然必須改變策略，更加著重於肢體動作的表達和場面情境的創造，以及運用的意象連結來突顯內容，更必須運用角色形象或性格，以及角色之間的互動來傳達創作思維，相對於單純運用語言對話來表現情節內容，自然有更多的挑戰。

　　繪本《沒毛雞》是陳致元自寫自繪的作品，初版於2015年，在此之前，陳致元的作品包括了《想念》（2000初版；2018改版）、《小魚散步》（2001初版；2015）、《Guji-Guji》（2003初版；2016）、《一個沒有禮物的日子》（2003初版；2015）、《阿迪和朱莉》（2006初版；2014）、《熊爸爸去另一個城市工作》（2010初版；2014）、《很慢很慢的蝸牛》（2011初版；2014）等繪本，是一個質量均佳的文圖作者，其中《Guji-Guji》被翻譯成多國語言，是極受歡迎的暢銷書，更於2015年獲得瑞典國際兒童圖書評議會（IBBY）的「小飛俠獎」（Peter Pan Prize）殊榮，同時在不同的國家，也有不少劇團將其改編成戲劇作品，其中瑞典的大道劇團（Boulevardteatern）便曾到臺灣來演出過。

　　《沒毛雞》的改編創作，其契機有兩個，一是2015年11月18日，陳致元曾經在兒童文學研究所的學術週期間，受邀到臺東大學演講，當時對他闡述《沒毛雞》的創作動機頗有所感；另一方面，2016年8月兒童文學研究所主辦亞洲兒童文學大會，在會議進行其間，希望規劃與兒童與文學相關的演出節目，因此我便責無旁貸地擔負起童劇演出編導的責任，而陳致元當時亦慨然應允擔任大會主視覺的設計，更同意以他的繪本作品進行演出文本的創作，因此選擇陳致元繪本作品做為一種與兒童文學的多元連結，似乎也是順理成章之事。創作之初之所以捨《Guji-Guji》而選擇《沒毛雞》，一方面覺得《Guji-Guji》名氣已大，再做改編似有錦上添花之嫌，而個人認為《沒毛雞》的內涵更具普遍性，且畫風上有一種自己偏愛的水墨趣味和詩意想像，當然，更重要的是繪本《沒毛雞》給我的劇場畫面想像是更加多元、更加豐富的。

　　於是便在104學年度第2學期，於兒童文學研究所首度開設「兒童劇場表導演創

作」課程，主要目標是讓學習者經歷童劇表演與導演的創作歷程，《沒毛雞》戲劇作品的整個創作過程便與課程進行有了密切的結合，在期末演出呈現之後，更成為暑期亞洲兒童文學大會會議期間的演出項目之一。

《沒毛雞》的演出有其場域上的特殊性與限制，可以說是一種命題創作，亦即它一方面是為課堂的期末呈現，一方面則是一個會議場合的席間演出，因此演出長度設定在20分鐘左右，演出的場地便會是在教室與會議場合，均屬非傳統劇場空間的演出場地，再加上經費的限制，劇場設備條件上自然是有所不足的，因此就創作層面而言，便必須低度依賴劇場技術條件，而將整個演出建構在演員的表演主體之上；其次，由於是國際性的學術會議，與會者除了使用華語的臺灣與中國大陸地區學者專家之外，更有來自日、韓、港等不同語言的學者和專業人士，如何讓觀眾可以無障礙地觀賞？自然也成為一種創作上的必要思考。

基於上述的種種原因，最終便決定以「無言劇」的形式呈現《沒毛雞》的演出。而既是以無言劇做為表現形式，繪本的主角又是動物，因此動物擬態的肢體表現，以及動物聲音的模仿，便可能是演出文本中重要的表演元素，使得兒童觀眾較能認同劇中角色，也會有更多的創意與趣味性。

同時，由於課程開在研究所，表演者勢必是成年人的研究生們，但是選課的研究生們除了少數幾位之外，卻少有真正戲劇表演的經驗，因此關於肢體表演與聲音傳達的開發與訓練，便成為課堂上重要的學習內容與過程，這部分確實輔助了演出文本的創意啟發和內容形構，某種程度在演出之前，劇本創作者便可透過排演場裡演員實際扮演練習的實驗，帶來劇本書寫內容預先得到印證的機會。

從原著出發的情節重塑

繪本《沒毛雞》全書在版權頁之後，共有16個主要跨頁，作者便是運用這16個跨頁頁面，表現了沒毛雞的故事內容，故事大綱如下：

> 美麗花叢裡有一顆不知道是從哪來的蛋，破殼而出的是隻全身沒有羽毛的「沒毛雞」，牠很容易著涼感冒，會對花粉過敏而不停地打噴嚏。
> 有一天，孤單的沒毛雞碰見四隻羽毛鮮豔卻很高傲的雞，因為沒毛雞沒有漂亮的羽毛，因此被拒絕同行去湖裡划船。
> 傷心的沒毛雞淚眼模糊地被石頭絆倒，全身沾滿爛泥，頭上還套了一個

空罐頭；風一吹，落葉和一些雜物都黏在牠身上，沒毛雞覺得自己身上多了許多裝飾，像極了那四隻漂亮的雞，因此也學牠們，頭抬得高高地往湖邊走去。

此時的沒毛雞受到四隻雞大大的讚美，並邀請牠一同划船。

在湖面的小船裡，大家炫耀著自己的羽毛，沒毛雞因為聞到牠們身上的香味而開始過敏，打了一個很大的噴嚏，小船劇烈搖晃之下，大家都跌進了水裡，激起了很大的水花。

湖面平靜之後，首先浮出水面的是恢復光禿禿原樣的沒毛雞，當牠正擔心時，沒想到陸續浮出水面的雞們，各個一樣都是光禿禿的沒有羽毛的雞，五隻雞看著彼此的模樣，不禁笑成了一團。

大家上岸之後，沒毛雞邀約其他四隻雞第二天再一起去划船，大家想了想也都答應了。最後，五隻一模一樣沒毛的雞，列隊一起往森林走去了。[3]

在這個故事裡，作者以一種時間延展而順時序的敘事方式，直述沒毛雞從破殼誕生、想交朋友而被拒絕，乃至於意外「變身」之後受到歡迎，卻因一個噴嚏讓大家現出原形的一連串過程，在故事的發展中，諸如：自我的認同、友誼的渴望、虛榮外表的裝飾與剝離等等命題躍然於紙上，因此在改編的過程中，首先面對的自然是如何透過情節表現，呈現原著的主題關懷與精神內涵？

同時，對於一齣童劇而言，儘管《沒毛雞》的兩次主要觀眾大部分是成人，但是創作的定位仍希望以兒童觀眾為主要考量，因此，希望給兒童觀眾看什麼？希望兒童觀眾想什麼？兒童觀眾會喜歡什麼？兒童觀眾能理解什麼？便成為創作構思的重要基礎原則。

原著的故事相當簡單而脈絡清晰，故事發展過程裡有意外也有轉折，更有危機與轉機，結構上大致包含了七個段落：

1. 沒毛雞的誕生與體質介紹；
2. 沒毛雞因為沒毛而遭到拒絕；
3. 沒毛雞因禍得福而華麗蛻變；
4. 沒毛雞受邀加入遊湖的行列；

---

[3] 此故事大綱由作者根據繪本整理而成。

5. 沒毛雞讓大家都掉落湖水中；

6. 原來大家一樣都是沒毛雞；

7. 雞群們相約明日再划船遊湖。

按照原本的故事來發展戲劇情節，應該是最為簡便的方式，然而在構思起始，戲劇的情節發展是否要遵循原著的故事發展軸線？有沒有打破原故事敘事軸線，卻依然能夠彰顯主題意識，甚至延伸原本命題的可能性？這幾點思考始終縈繞在腦海中。

當不斷閱讀繪本之後，透過畫面的觀察，又浮現幾個問題：孵出沒毛雞的「蛋」從何處來？需不需要在戲劇中交代？沒毛雞未來會怎樣？是從此過著幸福快樂的生活？還是仍然孤單？另一方面，在沒有語言輔助說明的情況下，如何有效地傳達沒毛雞的「孤單」，以及「渴望友誼」的心情？換言之，「孤單」、「渴望友誼」均是戲劇人物心理過程的活動，也是抽象的概念，必須將這種心理過程和抽象的概念轉化為具體的情節加以表現，才是戲劇創作的根本。

依賴言說以闡述意義，往往是某些強調教育意涵的童劇在表現手法上的便捷之道，但是，耳提面命的訴說經常讓戲不像戲，不但少了戲劇的興味，也使得戲劇輕易成為道德教訓的傳聲筒，既降低了戲劇演出的娛樂效果，更減損了美感建立的體驗，事實上，所謂教育意涵的傳遞，在這樣直說且說白了的戲劇中，效果其實也是有限的。《沒毛雞》的改編既是選擇無言劇的表現形式，先天上就無法依賴語言，儘管缺少了對話的表現可能性，但是相對地也擺脫了，或者說恰好避免了過度依賴語言言說的窠臼，因此，將前述較為抽象的心理過程轉化成可以表演的情境，便成為創作之初的重要思考。

此外，原著中沒毛雞的「蛻變」是相當關鍵的轉捩點，牠是因為傷心而摔倒而沾滿了爛泥巴，再經過風吹雜物甚至是垃圾等等髒東西的「加工」，才成為彷彿有美麗羽毛而被雞群接受的雞，這樣的描寫一方面極具童趣與遊戲的特性，另一方面當然也有其諷刺的意涵，只是，在一個相當陽春的舞臺條件中，如何表現髒與美的對比？在有限的時間中，這些東西又該如何沾黏到沒毛雞身上？另一方面，當大家落水後都浮出水面時，又將如何讓雞群們都能迅速地褪去美麗，成為光禿禿的沒毛形象？這些顯然都是有技術條件的挑戰。

而眾雞的划船遊湖以及翻覆落水，既有動作表現的可能性，亦有場景變化的趣味，情節上也帶來危機的產生，就實務上而言，划船遊湖以及落水的情境，不論是

以寫實道具或是借用京劇的寫意表現，都是可以處理的，但對創作者而言，卻希望可以再多一點表演以及創意的可能性，至少在空間上能夠擺脫小小的「船」的束縛，尋找更多場面情境發展的可能性。

正是基於上述的一些思考，最終有了新的結構意識，決定在原著故事的基礎上另闢蹊徑，重新架構情節的發展，因而有了以下八個場次的分場大綱：

場次	標題	主要內容	原著情境比較	新結構特色
一	廣場上的雞群	六隻不同性格與特質的雞占據自己的地盤，分別展現自己的魅力。	四隻美麗羽毛的雞出現在沒毛雞面前。	增加雞數量與雞群的個別性格或特質，帶來雞簡單但較具體的表演可能。
二	沒毛的闖入者	沒毛雞出場，對雞群示好，卻被大家排擠。	雞群拒絕沒毛雞同遊。	增加被拒絕的次數，強化沒毛雞的孤單。
三	沒毛雞的幻想	孤單的沒毛雞想像／夢見和雞群們一起歡樂遊戲。	原著無	將抽象的概念轉化為情節內容加以表現，同時將兒童遊戲置於戲劇情境之中。
四	沒毛雞的蛻變	沒毛雞跌倒而自幻想中驚醒，被狂風吹得四處亂竄而沾滿了各種羽毛和樹葉。 兩隻路過的雞驚豔於沒毛雞的美麗，架著地離開。	沒毛雞因跌倒而全身沾滿爛泥巴，風將垃圾吹黏在沒毛雞全身。 四隻雞邀請沒毛雞加入划船遊湖的行列。	修飾情境
五	香雞城的舞會	沒毛雞成為舞會中受到矚目的佳賓，更受到王子的青睞而共舞。	五隻雞划船遊湖。	將場景情境改變，創造外在的「華麗」場面。
六	午夜鐘聲12響	午夜鐘響，驚慌失措的雞群們各個褪去華麗，先是驚恐後來發現大家都一樣後彼此笑開懷。	沒毛雞因過敏打噴嚏，使小船不穩而導致大家落水。 發現大家一樣之後，彼此笑開懷。	將場景情境改變並連結熟悉的童話經驗，轉化表演可能性和趣味性。

場次	標題	主要內容	原著情境比較	新結構特色
七	沒毛雞戀愛了	眾雞散去，沒毛雞發現一隻孤單的雞正在哭泣，牠對那隻雞伸出友誼的翅膀，雙雙攜手離去。	沒毛雞約眾雞次日再遊。	增加角色以強化情感層面，表現沒毛雞的溫暖。
八	花叢中的一顆蛋	在花叢中，沒毛雞興奮地舉起一顆蛋，眾雞群分享歡樂。	在故事起始點直接設定蛋的存在與沒毛雞的誕生。	新結構的結束乃是原故事的開始。

（本表格由本文作者所整理）

　　這樣一個嶄新的文本結構和原著的簡單比較，已如表格內所顯示，是否能夠比原著具有更多劇場性的表現或可受評議，但至少對於創作者而言，找到了一個故事敘述的基點，以及透過戲劇情境以表現意念的具體方法。

　　事實上，在創作之初，沒毛雞的蛻變形象，是否要如原著中以廢棄物為主，一直是創作時的掙扎，最後，捨棄原著的諷刺意涵，選擇了較為直接的「美麗」的意象，採用晶晶亮亮的金蔥條披掛在沒毛雞身上，以建立所謂華麗的形象，這樣的選擇，相對來說也較能解決演員穿上與脫去的技術問題；而使得眾雞群褪去美麗外衣的方法，原本想借用與湖水相同質性的「雨水」沖刷，但是依然碰到劇場具體表現上的難度，經過集體的討論發想，借用了灰姑娘午夜鐘聲十二響之後恢復原貌的情境，因而在聽覺感受甚至表演節奏上，都有較為細膩和趣味的表現可能，也因為如此，遊湖便順勢轉化成香雞城的舞會，畢竟群雞跳舞，在表演上也能建構出不同的場面形象，另一方面也能夠讓童話故事的場景得以結合在《沒毛雞》原著改編的新創情境之中，創作的企圖乃是希望藉由熟悉童話的挪用，使得兒童觀眾產生更多的共鳴。

　　這樣的安排，對於原著故事而言，產生了一個循環結構的可能性，換言之，演出文本可以視為繪本的前情提要，也可以是繪本的輪迴，某種程度上，在有限的戲劇篇幅中，補充了原著的部分內容，進而創造一個從原著出發，卻又有新意的演出文本。因此，在《沒毛雞》的改編創作中，最重要的思考，乃是取原著的精神意涵，而非全然套用原著的故事內容，同時，更為劇場性的考量乃是轉化情節重點，以創造表演的自我文本。

角色形塑的思考與選擇

　　《沒毛雞》演出文本對情節場景的重塑，固然有許多來自於劇場處理與現實條件的考量，但是，如果缺乏人物性格與角色特質的配合，便可能產生不合邏輯的狀況，很容易陷入「為表演而表演」的僵化與矛盾，對觀眾來說，戲劇中的人物便無法在既有的情節場景之中，產生可信的有機互動。以沒毛雞在原著中的圖像描繪來看，牠的外貌其實和其他剝去外表偽裝之後的四隻雞一模一樣，但在文字的描寫中，牠身體的特質被清楚設定為體弱多病、容易感冒，同時體質上對花粉過敏而會不停地打噴嚏，這樣的設定，一方面對應牠因「無毛」所產生的生理特性，形塑牠可能弱於其他角色的生命事實，因而產生自我否定的自卑感便是合理的假設；另一方面，應該還是為了後來與大家同遊划船時，大打噴嚏而導致落水危機的情節「急轉」（Reversal of Situation）[4]，預先製造合理的伏筆。在沒毛雞因為被拒絕而傷心，因為傷心而跌倒，卻意外地戴上空罐頭、黏上樹葉與其他東西，而有了「華麗轉身」的契機，當牠外貌有所蛻變之後，似乎也就有了自信，便學著其他雞抬頭挺胸、闊步前進，進而才得以受邀同遊，卻因意外的發生，澈底揭露了眾雞皆同的真相，進而使得沒毛雞得以融入群體之中而成為不被排斥的一分子。繪本即是透過了一連串的畫面，突顯著沒毛雞找到自信的「成長」歷程。

　　一般而言，「孤單」的情緒感受，有一部分來自於自身與他人的相異，因感知自己與他人迥異的獨特，而惶恐而產生了自我否定的孤絕，這是自我認同與自我否定的互動過程，繪本中沒毛雞因外貌的改變而有了自信，這本是人之常情，卻也突顯了社會中普遍崇尚「外貌協會」的荒謬性；此外，人的孤絕感還有一部分來自於對於友誼與伴侶的渴望，這也是人類與生俱來的群性的特質，在演出文本中，沒毛雞的設定，確實淡化了體弱與過敏的特質，而替代以強調其本質上的孤單與渴望，希望透過如此的變動，更加突顯人性特質的普遍現象。

　　然而，在繪本的畫面上，沒毛雞的成長蛻變過程，卻有一種因倒楣而產生的滑稽感，因而後來被雞群的接受，便有了明顯對比的嘲弄，這些都是原著帶來的角色想像，以沒毛雞而言，確實具備了角色的豐富性與深刻性，而關於沒毛雞因角色特

---

[4]　亞里斯多德《詩學》裡指出，「急轉」乃情節的有機部分，參照姚一葦《詩學箋註》裡的譯文為「急轉在戲劇之中為自然事件的一種狀態轉變到它的反面，此種轉變亦正是吾人所謂的在事件的發展中構成蓋然的或必然的關聯」，換言之，情節的急轉必須符合邏輯才會是理想的情節鋪排。

質帶來的意涵，在演出文本中，事實上也給予情節發展的想像空間。

除了原著的設定之外，演出文本中的沒毛雞，強化其渴望同伴的孤單、增加受邀與朋友們遊戲的幻想（亦或是夢境），目的也是希望具現牠的內心渴望與傳達孤單的心理層次；而沒毛雞的蛻變，在演出文本中則是以魔法般的想像情境為表現手法，將狂風具象化，透過三位黑衣人拿著長紗巾穿梭而過，為沒毛雞帶來外觀上的轉變，用以取代跌倒於爛泥中意外黏上異物的寫實情境；不同於繪本中最後五隻雞列隊一同離去，演出文本是以眾雞群邊笑邊各自散去，留下依然孤單的沒毛雞，以突顯繁華落盡後的荒謬；只是，在孑然一身的孤單之外，沒毛雞發現了與牠相同的孤單身影，透過沒毛雞以自身無毛的缺陷，安慰並逗樂因自卑而哭泣的「害羞雞」，強調了沒毛雞本質上的溫暖，這是從繪本的意涵上延伸出來的角色設定，某種程度也是希望在演出文本中，帶來一種詩性情境的可能性，換句話說，希望透過這樣的角色處理，能夠進一步真正傳達出原著中所具備且相當重要的文學氣質。

在原著繪本中，除了沒毛雞之外，還設計了四隻雞做為共同發展故事的角色，牠們的描繪和特質上，採取一種通用式的類型化處理，儘管四隻雞的外在偽裝有所不同，但是本質上乃是一體適用的角色形象，只有共性而無殊性，具備了虛榮、驕傲、勢利乃至於輕易被外貌所欺的共通性，明顯是一種類型化的角色，主要突顯了繪本作家的人生觀：「原來大家都是沒毛雞，彼此之間並沒有什麼差別」[5]，只是對於演出文本來說，這樣的規劃可能弱化了角色形塑的多樣性可能，也減少了個性化和特殊性表演的可能性，因此，在演出文本中，儘管依然採取類型化角色的處理，但是透過諸如醉雞、葉問雞、戰鬥雞、神經雞、害羞雞、高貴雞、王子雞、三姑六婆雞等等雞名綽號的設定，儘管觀眾事實上並無法聽見或看見這些具有影射趣味聯想的雞名綽號，但是確實帶給演員在表演上的諸多提示，在創作時，透過雞名的選擇，除了帶給演員表演的想像，同時，也因演員的表演呈現，反過來也帶來雞名綽號的修改，演出時對觀眾而言，依然可以透過演員的表演，看到屬於角色特性的外在形貌與動作表現，而帶來相當正面的角色聯想與共鳴。

除了角色性格上的確立之外，另一個文本書寫時關於角色的思考，即是考量演出時將以何種方式呈現「雞」的外在形貌？之所以必須在文本創作時，便考量原本屬於視覺設計層面的部分，乃是因為雞的形象設計牽涉到沒毛與華麗羽毛兩種形

---

[5] 　在作者陳致元2015年11月18日在臺東大學的演講中，清楚傳達了這樣的人生觀察與信念。

象，沒毛雞經歷兩次變身，而其他的雞則至少有一次的變身，這些變身原則上都應該在舞臺上呈現，即使是在演出過程中，讓演員躲到幕後處理變裝問題，也仍有快速換裝的必要性，更重要的，這些增加華麗與褪去偽裝的過程，均會影響到情節的發展，因此在演出文本寫作時便應該加以思考。

由於經費的拮据，勢必不可能在服裝造型上以雞的寫實形象出現，因而透過肢體動作與聲音的模擬，便成為較為可行的表現方式。因此在前置的肢體開發的表演課程中，便有意識地設計了動物身形動作模仿的探索和練習，從真實的雞的觀察，到透過演員身體和聲音的寫實模仿，再到取其神而雕塑出具有擬人化特質的雞的神韻，最後簡化成雞翅的拍動、雞頸的晃動以及雞腳的走動等三個角色形塑的特質，配合著帶有喜怒哀樂情緒特質的雞的不同叫聲，逐漸建構起演出文本中雞的形象。此外，所有扮演雞群的演員，均身穿黑色長袖緊身衣，以長袖覆蓋住手臂和腿部，而以此黑色底服，形成沒有羽毛的雞的基本意象。

為了彰顯前述三個角色形塑的特質並方便肢體的表演活動，最後便決定以花色披肩或大圍巾披在肩膀上、尾端綁抓在手中的方式，表現雞翅的線條，用以創造視覺變化與表演可能性；以棒球帽反轉帽緣，形成雞喙並在帽頂縫上雞冠的鮮紅造型，塑造出雞頭的樣貌，簡易地建構角色的外在形貌；最後以赤腳並在腳指甲塗抹指甲油或是貼上貼紙的方式，以表現雞腳的造型，同樣是為了輔助提示角色的外在形貌。同時為了方便變身的操作，沒毛雞的變身以「加法」披掛增加金蔥條，而眾雞的卸去偽裝，則以「減法」各自脫去披肩或是金蔥條，露出黑色的底服，當作是光禿禿「沒毛」的形象。

當這樣的設計定調之後，所有情節中的角色互動與動作發展便成為具體可行的設計，反過來亦可對表演的精緻度產生進一步的要求。

當然，做為一個演出文本的創作者，書寫時或許不必然要將前述角色與服裝相關的問題納入寫作思考，但是毫無疑義的是，有了這一層的定調思考，一方面在創作者腦海中將自然形成舞臺表演的視覺想像，幫助創作者更精準地掌握舞臺呈現的可能樣貌，另一方面，也將更進一步有助於演員發展表演的細節而更加豐富了整體的演出效果。

童話場景與兒童遊戲的運用

前面兩節所討論的情節與角色，是一般劇本創作主要且是必要的元素，接下來

所要討論的「童話場景」和「兒童遊戲」，卻未必是劇本創作時的必要元素。只是如前所言，《沒毛雞》的演出是以兒童觀眾為主要設定，且為不使用語言的「無言劇」特殊形式，因此在演出文本的創作過程中，除了傳統的戲劇元素之外，「童話場景」和「兒童遊戲」，確實激發了許多創意靈感，帶來一定程度的想像連結，同時也為後來舞臺上的呈現，產生了許多豐富畫面和表演可能性的功效。

這裡所謂的「童話場景」，簡單來說是指童話故事中，令人印象深刻的經典情境，例如：〈賣火柴的女孩〉裡，小女孩分別點亮三根火柴的情境、〈白雪公主〉裡，壞皇后在魔鏡面前探問「誰是世界上最美麗的女人」的情境、〈小紅帽〉裡小紅帽和偽裝成祖母的大野狼互動的情境等等，這些經典情境對兒童或是大人觀眾而言，都存在著一定程度的認知共鳴，也都有一定程度的場景想像，因此不論手法上是挪用或是諧仿（parody），新舊兩個作品之間，都可能產生一種巧妙的互文關係，為觀眾帶來不同的聯想和觀賞趣味，而演出文本創作時，這樣的聯想恰恰可以帶來創造性的創意變化。

在此借用藍劍虹〈安徒生和醜小鴨的祕密〉一文中的一段話來說明「童話場景」在劇本創作時的可能作用：

> ……透過故事的閱讀，透過對敘事的理解與熟悉，我們得以想像另一種情境，另一種生活的可能性，進而在我們自身身上去創造新的生活。[6]

倘若這段文字將「故事」替換為「童話場景」，「生活」替換為「演出文本」，便成為以下的文字：

> ……透過「童話場景」的閱讀，透過對敘事的理解與熟悉，我們得以想像另一種情境，另一種「演出文本」的可能性，進而在我們自身身上去創造新的「演出文本」。

如此正可呼應著童話場景對演出文本創作上的啟發作用。

---

[6] 參閱：藍劍虹〈安徒生和醜小鴨的祕密〉，收錄於《最真誠的安徒生童話：轉化與蛻變》導讀，新北市：木馬文化，2013.4初版。

在〈醜小鴨〉的故事裡，有兩個情境令人印象深刻，一是醜小鴨出生後遭受兄弟姊妹和其他動物甚至人類的「霸凌」（bullying），牠因為跟別人不一樣、個頭太大、醜得太過分等等理由，被鴨子咬、被母雞啄、被小女孩踢，不但被家禽驅逐與虐待，甚至醜到連獵狗都不咬牠，醜小鴨被推擠與嘲弄的情境，建立了一個鮮明的角色形象；另外一個情境則是醜小鴨長大後，看到漂亮的天鵝朝牠游來，牠自卑地低下頭，卻看見水中自己的倒影，這才發現自己原來是一隻天鵝，這個情境紓解了牠被欺凌的鬱悶，也帶來一種找到自我的喜悅。

在《沒毛雞》繪本原著裡，四隻美麗羽毛的雞面對沒毛雞好奇詢問牠們要去何處時，先是頭也不回地丟下「去划船！」，既而直接拒絕沒毛雞同遊的請求，牠們說：「喔！不！我們不跟身上沒有漂亮羽毛的雞一起玩！」[7]

儘管只是語言上的拒絕，程度似乎較輕，仍然很容易讓人聯想起〈醜小鴨〉裡被霸凌的相關情境，事實上，在演出文本創作過程中，思考到情節發展時，為了強化沒毛雞的心路歷程、強化牠的孤單，類似醜小鴨被霸凌的情境，便被認為是有必要呈現在舞臺上的。但是，又不希望對兒童觀眾產生反教育[8]的作用，因此，才有強化不同雞各自的特性，讓演員創造出與沒毛雞不同互動方式的構想。

而〈灰姑娘〉的童話場景對《沒毛雞》演出文本的創作啟發則較為明顯，可以說是一種童話場景元素的直接挪用，其一是王子舞會的情境，其次是午夜鐘聲十二響之後，一切會恢復原貌的情境，這兩個情境直接轉化為沒毛雞被三姑六婆雞帶到王子的舞會，引起大家的驚豔，以及王子的垂青，於是大家翩翩起舞；而鐘聲十二響的魔咒，不僅僅讓沒毛雞恢復原貌，事實上也讓所有的雞都「打回原形」，彰顯了「大家都是沒毛雞」的主題。

從上述的兩個例子中，便可理解童話場景在《沒毛雞》的文本創作中帶來的靈感啟發。

兒童遊戲之於《沒毛雞》演出文本的創作，主要可以分兩個層面來看，一是從兒童戲劇具有遊戲性特質的角度來看，其次便是從舞臺上再現兒童遊戲情境的角度來看。

---

[7]　引自：陳致元，《沒毛雞》，竹北：和英文化，2015.6，初版一刷。

[8]　這裡所謂的「反教育」是指許多戲劇情境的安排，原本目的在於正面的教育意涵，但卻因為舞臺上處理的思考不夠周全，導致了負面的教育效果，例如：原本為了「反霸凌」或「認識霸凌」而在戲劇中安排了霸凌的情境，但兒童觀眾卻可能在戲劇情境的移情作用或是不經意的暗示之下，反而會模仿學習霸凌行為的狀況。

陳晞如在兒童戲劇「遊戲性」特質的論述中指出：「所謂的遊戲性，通常被解釋為演員與觀眾互動的一種表現方式」，事實上，演員與觀眾的互動是當代兒童劇場的常用手法，一般而言也受到兒童觀眾甚至成人觀眾的歡迎，甚至有許多兒童觀眾進入劇場之後，對演出未必關心卻相當期待臺上臺下的互動。這種演員與觀眾互動的做法，就兒童劇場的特質而言，其實可以納入兒童戲劇的娛樂本質來看待，其操作模式有著不同的做法，自然也就有不同的優劣層次，主要還是應該和戲劇情境相互配合，否則往往喧賓奪主，只為互動而互動，便失去了劇場中互動的意義。

　　《沒毛雞》演出文本創作之初，確實也考量到是否要運用與觀眾互動的手法，但衡量戲劇情節的發展與情境的安排，並不認為具有互動的可能性與必要性，因此最後僅僅是在開場時，安排六隻具有各自性格特色的雞群，從觀眾席的四面八方走進表演區，一方面凝聚觀眾的焦點，一方面勉強算是一種最低度的互動了。

　　《沒毛雞》中更重要的兒童遊戲處理，其實是在戲劇情境中安排角色共同遊戲的場面。當沒毛雞被大家所排拒之後，傷心的牠於是想像（或是夢見）自己受邀和大家一起玩遊戲，因此，透過遊戲真正要傳達的是一種拒與迎、傷心與歡樂、單獨與群體的對比，以突顯沒毛雞現實中的渴望和孤單。因此，遊戲的選擇首先便必須具備「大家一起玩」的特性，同時能夠具備追、趕、跑、跳等等活潑動感的特性，在舞臺上才能夠揮灑開來，反映出遊戲中的歡樂。

　　因此「一二三木頭人」、「城門城門雞蛋糕」[9]、「老鷹抓小雞」、「剪刀石頭布」、「拔河」，以及「跳房子」等等大家熟悉的兒童遊戲，都成為選項。在經過排練的測試之後，最後捨棄了「跳房子」，主要是因為這個遊戲一次只能有一個人玩，參與者必須依序至少經歷九格以上的跳躍才能完成，在共同遊戲和時間耗費上，都難以置入戲劇情境之中，因此儘管「跳房子」有「家」的聯想，但最終還是被捨棄了。比較弔詭的是，這幾種遊戲除了「拔河」和「老鷹抓小雞」之外，都有相配合的語言或童謠，在演出中，演員卻完全以無語言的方式，也不採用比手畫腳的默劇式表現，而是動作自然地隨著音樂不同的節奏進行著遊戲。

9　　〈城門城門雞蛋糕〉這首搭配著遊戲的童謠，在中國大陸不同地區流傳著較有邏輯的不同歌詞版本，但對臺灣土生土長的人來說，從小唱著玩著，雖不明白歌詞的意義，但似乎毫無疑義地默認接受了。在演出文本發展和排練時，由於有幾位陸生參與，大家才知道第一句是「城門城門幾丈高」，然而，審視「城門城門雞蛋糕，三十六把刀，騎白馬，帶把刀，走進城門滑一跤」的歌詞，卻覺得有著無稽詩的趣味，更突顯了動感的童趣。因此本文仍使用「雞蛋糕」這個更能引起兒童嘴饞的詞。

本文從情節重塑、角色形塑、童話場景和兒童遊戲的運用等四個面向，闡述無言劇《沒毛雞》從繪本原著到演出文本的創作思維，說明以原著為基礎，以劇場演出為考量，重塑情節的可能做法；其次，分享了透過人物性格特質的掌握，以及服裝造型的輔助思考，可形塑出更精準的角色形象，最後，童話場景和兒童遊戲帶來演出文本更具動能的表現可能，在整個演出文本的創作中，更帶來許多靈感創意的啟發。

　　不論是何種繪本劇的發展路徑，也不論是哪一種形式或內容的兒童戲劇，我們都不應該低估孩子無限創意的潛能，也不應該忘記孩子可能的身心局限，別急著讓孩子變成閃亮亮的小戲骨明星，更不應該忽略了每一個孩子個性與能力的差異，更重要的，應該謹記孩子們不是為了取悅大人而表演！讓孩子們在遊戲中成長、讓孩子們在體驗中學習；在整個創作展演的過程中，請不要急著告訴孩子們該怎麼做，我們應該聆聽孩子們的心聲，讓他們擁有探索的權利與機會，必須相信滿足孩子探索的好奇心，更重於滿足大人的虛榮心！兒童戲劇如是，繪本劇的發展更是如此。

　　希望藉由本文的說明，提供改編繪本為演出文本的可能做法，一方面豐富劇場創作的題材選擇，一方面也延伸繪本的創意能量，在廣義的兒童文學領域中，啟動跨界交流的更多可能性。

✦ 從閱讀啟航的創作教學之旅 ✦

戲劇專業科系的創作

　　「劇本創作」做為戲劇本科的一門正式課程，有其應具備的教程與教學方法，然而或許因為「劇本」這種文本形式具備了文學性與劇場性的雙重性格，創作本身亦具有藝術上的自由性與個人性，因此在教學現場的實際狀況便存在著多樣的可能性。事實上，劇本創作是一種創意表達的方式，就教學而言，究竟該怎麼教？是否有可教之處，或是也有不可教之處？藝術的深刻哲學層面當屬教之不易，創作的創意觸動似乎也是極為個人而難以真正「教」的部分。一般而言，劇本創作通常會有一個創作的想法（idea），這是創作的動機，通常也是創作的原始衝動，也可以說是創作的靈感。靈感的取得可能從一篇文章，可能從一個社會真實事件，也可能從閱讀的一個故事、一段歷史、一個人物、一個觀念甚至是一種生命的態度中產生，有了靈感，並且選擇了「劇本」這樣的創作形式做為手段以表達想法之後，一連串

的創作過程便可以展開。但是該如何將靈感落實在創作過程中呢？這種屬於創作技巧的部分，則應該是可以在課堂上加以講授、練習的。

就一般很典型的教程來說，首先當是創作方法的介紹、寫作步驟的規範、戲劇理論及作品的解析與印證，然後是寫作的實踐，再透過劇本的讀劇活動，檢驗作品在聽覺實踐以及劇場想像的適切性，最後則是同儕之間的討論與回饋，上述過程大概是一般對於劇本創作教學的標準模式。但是創作原本就屬於相當私密與個人的，而創作的目的與目標則會因為對象的不同而有了不同的訴求與要求，以劇本的創作教學而言，是落實在普及教育中的劇場體驗學習，還是進行專業教育的藝術劇場創發？換言之，在一般高校或是在專業的戲劇科系，教學上所面對的學生是不同的，其教學方法甚至成果的要求自然也應該有所不同。然而不管是哪一種藝術教育的角度，在這樣一個教學歷程中，存在著一個一般不太會注意也不太會思考的問題：教師的位置到底在哪裡？能夠在教學歷程中發揮怎樣的功效？

若以「劇本創作」做為一套課程的核心來看，或許可以勾勒出一個較為清晰的「課程地圖」（參見附錄一）：前導課程是以劇本的導讀與分析去建構對於戲劇文本的認知，其中自然包括了劇本的形式與內容的探究，而在劇本的導讀與分析的同時，戲劇／劇場史與戲劇理論的知識基礎自然是必要的；而與「劇本創作」課程平行為「創作」的「表演」和「導演」兩種課程，是形塑劇本劇場性的重要課程，必須和劇本創作相輔相成，以作者個人創作的歷程和經驗來說，由於對表演、導演均有所涉獵，在劇本創作時心中便有著極完整的「舞臺視象」來輔助劇本的形成。接著，當劇本創作產出之後，其所連結的就是後端所謂的二度創作，也就是演出製作的部分，既是文字劇本真正落實於劇場的完成，也是一種劇場立體化的過程。而演出製作延伸出去的更是教育的推廣、作品的評論等等發展課程。

2008年，作者時值任教於臺南大學「戲劇創作與應用學系」，其前身為「戲劇研究所」，2006年起增設四年制的大學本科。從其系名即可認知到該系的設系目標，一方面在於戲劇創作的學習與實踐，另一方面則是著重於「應用戲劇」的推廣與實踐。在2008年初的當學期，作者須帶領該系大學本科二年級學生進行「戲劇製作與演出（一）」課程[10]，這也是該系創系之後首度的學期製作課程，以一個班級的成員為主，共有二十五名學生選修這門課，該班是該系的第一屆學生，這也是他

---

[10] 該系課程從2007年草創至今已經數度修改，本文僅以當時課程做為討論之依據。

們在校的第三個學期，之前除了一般戲劇文史的基礎課程之外，學習過兩學期的「表演」（一上、一下）、一學期的「劇本創作基礎」（二上），在「戲劇製作與演出」課程的同一個學期正同步修習「兒童及青少年劇本創作」（二下）。「戲劇製作與演出」課程的學習目標是希望透過課程的進行，讓學生實際經驗一個演出的製作過程，換言之，便是透過從無到有的歷程以了解整個演出的創作流程。然而這樣一個課程在學生先備經驗、演出經費預算、時間與空間條件、劇場技術條件以及配合師資等方面都面臨了無可迴避的限制。

就學生先備經驗而言，雖是戲劇專業科系，但是甫經過兩個學期的學習，學生的劇場及創作相關專業課程相對而言是比較少的（第一學年通識必修科目占了相當大的比例），尤其在舞美、燈光、音效與服裝等設計及技術上的訓練，僅有基礎的認知而較缺乏實際操作的實習歷程和技術層面的操作執行能力，更由於是第一屆，並無學長、姊的支援。即使是劇本創作，學生或可創作出小品的劇本，但對於六十分鐘的長劇而言仍是相當困難的。

另一方面，由於臺南大學是一個綜合性的大學，雖有音樂、美術等相關系所，但對於戲劇演出製作上並未被允許編列必要的經費預算，因此課程首先面臨的第一個命題，便是必須向外尋求製作經費的奧援，機緣巧合的情況下，接觸了位於臺南縣[11]歸仁地區的「南區服務中心」，這是一個類似大型社區服務中心的官方機構，服務中心裡有一個鏡框式的舞臺，將近一千個座位的觀眾席，藝文活動的推廣也是他們的業務項目之一。這一年他們為了配合政府政策，年度計畫剛好要做一個「推廣閱讀」的相關活動，於是便與學校建立了建教合作的關係，由中心提供演出場地和新臺幣二十萬元的製作經費以及部分的文宣品製作，學校則必須在距離學期2月開學之後的5月中旬，製作一齣與閱讀相關的戲劇演出，僅在該中心演出一場。以時間而言，大約三個月的時間裡必須從無到有地產出一個約為六十分鐘長度的演出。在「閱讀」相對的命題限制之下，經過師生以及服務中心同仁的討論，設定了青少年為主要觀眾群，自然也就區隔出了與成人、幼兒觀眾等皆不盡相同的創作目標。

在課程開始的時候，首先面臨的便是劇本的問題。一般說來，演出製作課程時劇本的挑選不外乎幾種情形，第一是直接選擇一個現成的劇本進行排練，第二是由老師或學生創作出劇本之後再做排練演出。但是，以「閱讀」為主要意涵、以青少

---

[11] 由於行政區域的重劃，臺南縣在2010年併入原本的臺南市。

年為主要觀眾、角色數量及演出規模均適合班級人數的現成劇本，基本上是極難找尋的，因此，我們就決定自己從文本開始創作。此時，「閱讀」從一個創作的命題，變身成為創作教學之旅的啟航密碼。

閱讀做為創作之導航

在整個演出製作的建構過程裡，兒少劇場的理論與史觀、兒少劇本的閱讀與分析成為必要，搭配的另外一個課程就是「青少年兒童戲劇劇本創作」課程。原本期望能夠由學生透過小組編創的方式，在劇本創作課程中創作出可供演出製作課程使用的劇本，但實際上學生的經驗有限，兩門課選修的學生未必相同，且時間壓縮的壓力也一直存在，因此該課程也僅能成為學生認識兒少劇場的先備課程，創作還是必須回歸到演出製作課程中進行，此時，教師的身分除了導演之外，更被賦予了更多劇本創作引導的功能。

由於觀眾群鎖定在青少年，因此在找尋創作故事的時候，透過師生的討論，決定以青少年較感興趣的「英雄歷程」為主要構思方向，如此也容許較多的想像成分存在，同時又不願英雄歷程的故事架空於虛幻而希望與青少年的生活之間有一個現實性的連接，因此對故事中青少年的生活應該有一定程度的著墨，至少希望能夠從現實的生活中出發，碰觸到青少年成長中所可能面臨的一些問題。

這群參與演出製作的大學生們儘管距離青少年雖不近，但也不遠，因此我們在創作故事時，首先便從自身經驗出發，透過學生們生命經驗的分享，多角度、多層面地探討「閱讀」這件事情與個人的關係，於是我們得出很多很有趣的事情，例如討論中說有人想起，自己到圖書館或是書店的時候，只要看到一排一排的書，就會開始肚子痛、想上廁所，這樣一個特殊的經驗竟然在學生群中得到了不少共鳴和印證，這樣的結果讓我們感到興奮，於是便開始整理出自身與閱讀相關的經驗，以做為劇本內容的可能資料庫。

除了過往的親身經歷之外，由教師提供書單，讓學生在課餘時間較專注地閱讀，這個書單原本只有三類，第一是閱讀主題類，第二是青少年心理類，第三類則是經典和當代的少年小說。由於書單中的書籍數量不少，二十五位學生便分組分批閱讀，每個人在限定的時間內閱讀一本書，然後在課程中做口頭報告。「閱讀」在這個過程中不是為了故事的取材與改編，這些書籍的內容也未必是未來戲劇故事的內容，但卻在閱讀中成為創作內化的資料庫。

舉例來說，在閱讀的過程中，我們發現學生中有人是有「閱讀障礙」的！「閱讀障礙」，不論是字面上的表面意涵或是臨床的各種症狀，就閱讀的創作命題而言都是相當具有戲劇性指涉的，這不啻為劇本的創作帶來突破性的靈感。再經過進一步資料的找尋，發現了一本名為《聰明的笨蛋》的書籍，是一個閱讀障礙患者的生命故事，這除了打開與閱讀相關的視野，也讓我們具體增加了第四類關於「閱讀障礙症」（dyslexia）的相關書籍，綜合整理之後，最後形成了附錄二中的閱讀書單。

　　以「閱讀障礙症」來說，那不是藉口也不是不認真，確確實實是一種生理上的疾病，主要是名為kiaa0319這個基因有所缺陷，因此閱讀障礙多半是會遺傳的，而且特別會出現在男性身上，患者看到文字，儘管認識也可以讀出，卻沒有辦法理解文字的意涵，也沒有辦法透過文字的組合理解句子的意義。此外，這個基因的缺陷也讓患者在情感的接收和表達上有所障礙，換言之，很難體會一般人都很容易感受到的「感動」是什麼。治療閱讀障礙症的方法之一稱為「杜耳運動」，將單腳金雞獨立般站立，兩手則互相拋接球，透過這個簡單的運動可以刺激小腦，幫助改善閱讀以及情感流露方面的缺陷。於是，「閱讀障礙」在後續的故事創作中，成為劇中部分重要角色的特質，kiaa甚至成為劇名，而「杜耳運動」的動作練習，最後也成為情節發展中與觀眾互動的戲劇場面，這都是在「閱讀」歷程中的期待與非預期的收穫。

　　當然，閱讀只是創作的開始或者說資料庫的儲備工作，我們開始進入創作的歷程之後，仍然便必須建構出一個可供發展的戲劇情境，並構思出戲劇中的主要人物，於是我們設計了一個與現實生活中名為「Book思議の店」的二手書店相對應的「Image米羅王國」奇幻世界，現實與奇幻世界兩者之間呈現一種相互映照的鏡像關係。兩個世界裡的人物，也呈現出一種對應關係[12]，現實環境中的主要人物是一位患有閱讀障礙，在學習上低成就感且在校被女同學霸凌的男學生，以及一位高學習成就但敏感而孤單、想念母親的單親家庭背景的女學生，這一男一女主要角色之外，便是與他們相關連的生活中人物；奇幻世界裡則設計出罹患閱讀障礙症的國王與王子，由於他們無法正確地閱讀而讓國家陷入了瀕臨崩解的危機。透過這樣的人物和情境發展出如下的故事大綱：

---

[12] 人物表及關係圖參見附錄三。

患有「閱讀障礙症」卻不明白原因的家豪，為了逃避欺負他的兩位女同學，躲進「BOOK思議」二手書店的化妝間，遇到因為肚子痛而急著上廁所的美麗，兩人擠在化妝間裡，意外地一起捲進了奇幻的「Image米羅王國」。他們在Image米羅王國裡，認識了不斷掉書頁的一本書艾柏、書精靈阿比和小翠、不斷看書的Smart國王和心有怨恨的Shadow女巫。他們憑著一張迷走地圖，穿越夜霧森林，面對了自己心中的牽掛；走過月之洞，經歷了面對自己恐懼的試煉，終於拯救被Shadow女巫擄走的米羅王國公主朵兒，最後更見到了隱藏著基因密碼的謎語蛛網。旅程中，家豪在美麗和蕾蕾的幫助下，開始能夠真正的閱讀書本，並且終於體會到什麼叫做「感動」而落淚。最後，他們解開了Image米羅王國聖城的蜘蛛網上的謎語，找到回家的密碼，同時挽救了Image米羅王國免於崩裂的危機。

　　之所以會構思出相互映照的現實世界與奇幻世界，當然有其內在主題意義的考量，但除了意義之外，就製作面的現實條件而言，也有著不得不然的必要性，那便是能夠使用的演員並不夠多，因此一個人扮演兩個角色成為必要，這本是現實考量下的權衡之計，但是當現實的人物跟想像的人物由同一個人扮演的時候，角色之間意外地又產生了一種若有似無的對照意義和人物關聯性，強化了人物的多面向、多角度觀看的可能性。與閱讀分不開的書店成為現實與幻想世界的轉換媒介，人物從現實逃離之後，在奇幻世界中認知了無法閱讀的祕密以及自身情感的脆弱，最後透過基因的解碼而找到了「回家」的路，便又回應到創作初始關於「英雄歷程」的母題概念。

　　基於教學的立場，儘管時間緊迫，最初仍希望學生嘗試自己寫劇本，因此規劃共同討論故事、分組進行分場內容撰寫，然後經過討論再整合出一個完整的故事大綱以及分場大綱，接著將有興趣寫作的同學分成四組，每一組負責編寫一場戲，希望最後將各組完成的內容加以整合成為排練的依據，之後再進行真正的排練。這樣一個高度理想性的規劃在實踐過程中遇到了劇本整合上的困難。主要的原因還是在於時間，當天馬行空的創作在字裡行間遊走，儘管大家都熟稔故事及人物，也都依循著同樣的一份分場大綱，卻也難免迷途難返或是語言和角色上難以統一，亟需時間加以磨合，但偏偏時間卻無法等待，排演場中的排練迫在眉梢，在這樣的情況下，創作教學中教師的位置似乎必須調整，「有教無類」在創作的歷程中該怎麼

做？「因材施教」又該如何實踐？由此，特別是從劇場教育的角度來看，教師親身參與劇本的創作成為一種必然與必要，除了負起整合的責任之外，更具備了創作示範意義。

因此，這一個以閱讀啟航的創作教學之旅中最重要的反思便是：整個創作過程中教師與所有學生是共同創作的，既不是一般的集體即興創作，也不是站在高處指點江山式地指導學生該如何創作，更不是推波助瀾式地放任學生的創意橫流，此時教師的身分毋寧是一種引導、陪伴與參與。師生之間是處於一種合作的平等地位，透過教師的親身參與，一方面在時間的限制下將創作的野馬拉回正軌，一方面也因為教師的創作示範而讓學生得以近距離真正認識創作的態度與方法，甚至創作歷程中的所思所想，多少都能夠讓學生有所體會而達到學習的真正目的。

閱讀，是這樣一個創作教學的旅程，既是目的也是創作的開始；閱讀，在過程中也逐漸成為導航的創作教學地圖，這一個從閱讀啟航的創作教學之旅，最後有了一個不錯的成果。

✦ 結語 ✦

繼臺南大學之後，作者於2012年轉任教於文化大學戲劇學系，在大學本科三年級一學年兩學期的「劇本創作」課程中，由於學生在第一學期原創作品的練習中有了初步劇本創作的能力，且這一班學生的創作力相當旺盛，創作企圖心也強，因此決定修改課程大綱，第二學期的課程便嘗試透過閱讀展開另一個創作之旅，同樣以青少年戲劇做為創作目標，而閱讀的書籍則全部以少年小說為主，要求學生在寒假中選擇一本少年小說為主要閱讀及改編的對象，開學後即依循相同的創作步驟進行小說的改編，最後完成一個三十分鐘左右的完整劇本。這一次的課程在學生先備經驗上有所差異，文大學生對劇場的經驗較多且已經具備獨立劇本創作的能力，但是對於兒少文學與文化的認識較淺。另一方面，課程目標亦不盡相同，南大以整合成為一個單一劇本，並以全劇演出為目標，文大則是獨立或小組創作出各自的作品，並以課堂讀劇為終點。但是在教學步驟上卻一樣從「閱讀」開始，主要希望透過閱讀，啟發學生對於青少年戲劇的內在想像與思考，並從完整度較高的小說中學習故事發展的技巧，進一步發揮剪輯故事的想像。這一次的創作教學之旅，教師的定位是以引導和陪伴為主，參與的部分則限於討論回饋而非創作上的直接參與。有趣

的是，這次課程的成效反而延續到第二年，該班在大四進行畢業公演的準備時，全班決定以當初劇本創作課程修課同學為主要編導群，改編了梅特靈克（Maurice Maeterlinck，1862-1949）的《青鳥》（*L'Oiseau Bleu*，1908），為音樂歌舞劇，展現出閱讀學習延伸的成果，進一步印證了「閱讀」在劇本創作教學上的導航特質。

✦ 附錄一：課程地圖 ✦

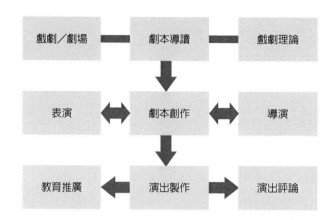

✦ 附錄二：戲劇製作演出閱讀參考書單 ✦

閱讀主題類

1. 莫提默・艾德勒（Mortimer J. Adler）、查理・范多倫（Charles Van Doren）著，郝明義、朱衣譯，《如何閱讀一本書》（*How to Read A Book*，臺北：臺灣商務，2007.5，二版一刷。
2. 齋藤孝（Takashi Saito）著，陳昭蓉譯，《讀書力》，臺北：臺灣商務，2006.12，初版二刷。
3. 馬格斯・朱薩克（Markus Zusak）著，呂玉嬋譯，《偷書賊》（*Book Thief*），臺北：木馬，2007.7，初版二刷。
4. A・愛德華・紐頓（A. Edward Newton）著，陳建銘編譯，《藏書之愛》（*The Amenities of Book-Collecting and Kindred Affections & other Papers*），臺北：麥田，2004.11，初版。
5. 馬修・史坎頓（Matthew Skelton）著、夏荷立譯，《隱字書》（*Endymion Spring*），臺北：高寶，2007.10，初版。

青少年心理類

1. 龍應台，《親愛的安德烈》，臺北：天下，2007.12.6，一版四印。
2. 謝琇玲，《青少年心理學》，高雄：麗文文化，2000.3，初版一刷。
3. 林崇德主編、鄭和鈞、鄧京華等，《高中生心理學》，臺北：五南，1997.10初版二刷（原為浙江教

育出版社出版）。

4. 榮總精神科主編，《青少年的激盪》，臺北：張老師，2003.4，初版十刷。

5. 唐子俊、黃詩殷、王慧瑛，《青少年心理障礙快速診斷手冊》，臺北：心理，2007.6，初版二刷。

6. 劉玉玲，《青少年發展——危機與轉機》，臺北：揚智，2005.3，初版一刷。

8. 陳幸蕙，《青少年的四個大夢1》，臺北：爾雅，2006.1.1，初版二十六印。

9. 陳幸蕙，《青少年的四個大夢2》，臺北：爾雅，2005.3.10，初版十八印。

10.陳幸蕙，《青少年的四個大夢3》，臺北：爾雅，2005.8.1，初版十一印。

11.陳幸蕙，《青少年的四個大夢4》，臺北：爾雅，2005.1.1，初版九印。

12.吳靜吉，《青年的四個大夢》，臺北：遠流，2006.5.16，四版四刷。

少年小說類

1. 凱薩琳・派特森（Katherine Paterson）著，穆卓芸譯，《織女力蒂》（*Lyddie*），臺北：宇宙光，2007.6，初版一刷。

2. 威兒瑪・瓦曆斯（Velma Wallis）著、王聖棻、魏婉琪譯，《星星婆婆的雪鞋》（*The Old Women*），臺北：野人，2007.9，初版三刷。

3. 魯瓦克（Robert c. Ruark）著，謝斌譯，《爺爺和我》（*The Old Man and The Boy*），臺北：如果、大雁，2007.10，初版。

4. 張友漁，《小頭目優瑪：迷霧幻想湖》，臺北：天下，2007.10，一版四印。

5. 張友漁，《小頭目優瑪2：小女巫鬧翻天》，臺北：天下，2007.8，一版一印。

6. 張友漁，《小頭目優瑪：那是誰的尾巴？》，臺北：天下，2006.8，一版一印。

7. 戴瓦・梭貝爾（Dava Sobel）著，莊安祺譯，《行星絮語》（*The Planets*），臺北：時報，2007.2.1，初版二刷。

8. 路易斯・薩奇爾（Louis Sachar）著，趙永芬譯，《洞》（*Holes*），臺北：小魯，2007.10，二版。

9. 布萊恩・賽茲尼克（Brian Selznick）著，宋佩譯，《雨果的秘密》（*The Invention of Hugo Cabret*），臺北：東方，2007.11，初版。

閱讀障礙症（dyslexia）

1. Dr. Abraham Schmitt口述，Mary Lou Hartzler Clemens整理，朱乃長翻譯，《聰明的笨蛋：一個閱讀障礙症患者的故事》（*Brilliant Idiot*），臺北：明田，1996。

2. 失讀症參考網站：http://www.dls.ym.edu.tw/neuroscience/edys_c.html，

3. 漢語閱讀障礙現狀：http://www.ruiwen.com/news/12227.htm

4. 杜耳運動計畫相關網站http://www.dore.com.tw/case-study/8
   基因姓名：kiaa0319（- Gene Symbol：KIAA0319基因符號： kiaa0319）

沒毛雞——無言童劇

✦ 序場 ✦

△觀眾入場坐定後，序場音樂進，黑衣人帶著《沒毛雞》繪本緩緩走出，將繪本展示給觀眾後離開。

✦ 第一場　廣場上的雞群 ✦

△六隻雞分別從四面八方隨音樂入場，在場中追逐戲耍，漸漸圍成一圈後，魚貫到圓圈的中央以自己的方式高聲啼叫，展現自己的魅力。

△六隻雞隨後散開，各自回到定位，或站或蹲或整理自己的羽毛。

✦ 第二場　無毛的闖入者 ✦

△沒毛雞闖入，他好奇而開心地一隻一隻巡禮。

△沒毛雞走到醉雞身邊，親暱地碰碰醉雞，醉雞一面打嗝一面不屑地以華語說：「沒毛」，便將沒毛雞撞開。

△沒毛雞撞到了神經雞，神經雞將沒毛雞撞到地上，並且發瘋似地圍著沒毛雞團團轉，沒毛雞嚇得抱住了頭。神經雞將沒毛雞踢開，並且用日語叫了一聲：「沒毛」，扭頭便回到自己的地盤，繼續整理自己的羽毛。

△蹲在地上的沒毛雞發現瑟縮的害羞雞，牠想跟害羞雞玩耍，害羞雞卻被牠弄哭了，邊哭邊用韓語說：「沒毛」。

△高貴雞哼著〈波麗露〉的曲調，一面優雅地跳著舞，沒毛雞立刻學著高貴雞，一樣地在高貴雞身邊團團轉，想學高貴雞並跟牠玩耍，但是高貴雞以華語嘲笑地說：「沒毛」，隨後便不再理會沒毛雞，沒毛雞不識相地繼續在高貴雞身邊磨蹭，高貴雞毫不客氣地一掌將沒毛雞推開。

△沒毛雞被推到功夫雞和戰鬥雞身邊，功夫雞和戰鬥雞瞪著沒毛雞，比出武打功夫姿勢，分別用臺語說：「沒毛」，將沒毛雞推倒在地。

△六隻雞群起圍繞著沒毛雞叫囂，害羞雞嚇得跑走，最後，五隻雞以各自的語言對著沒毛雞吼出：「沒毛」後，分別勝利地轉身離去，只留下身心受傷、孤孤單單的沒毛雞。

△孤單的靜默片刻，**沒毛雞**左觀右望，卻看不到任何雞，十分落寞地躺在地上。

✦ 第三場　沒毛雞的幻想 ✦

△音樂進，**沒毛雞**開始想像（或是進入夢境）群雞找牠一起玩耍。眾雞悄悄進場，
　拉著**沒毛雞**一起遊戲玩耍，**沒毛雞**先是害怕，隨即開心地和大家玩起來。

△**沒毛雞**當鬼，玩「一二三木頭人」的遊戲。

△**沒毛雞**當母雞，玩「老鷹抓小雞」的遊戲。

△**沒毛雞**和另外一隻雞當城門，開始玩「城門城門雞蛋高（幾丈高）」的遊戲，其
　他雞隨著音樂魚貫進出城門。

△雞群們玩「拔河」遊戲，拔著拔著，眾雞隨著音樂旋轉起來，在旋轉中，眾雞紛
　紛離開，只留下**沒毛雞**如癡如醉地獨自回味著。

✦ 第四場　沒毛雞的變身 ✦

△風，陸續吹過三次，**沒毛雞**彷彿被一陣陣強風吹得團團轉，身上陸續沾掛滿了各
　種漂亮的羽毛、樹葉或是金蔥條之類的裝飾物，變成一隻華麗的雞。

△**三姑雞**和**六婆雞**進場，發現華麗的**沒毛雞**，驚訝地嘰嘰喳喳，對著**沒毛雞**評頭品
　足，最後架著**沒毛雞**離去。

✦ 第五場　香雞城的舞會 ✦

△香雞城的舞會裡，眾雞華麗優雅地跳舞進場，當眾雞圍成一圈，**王子雞**隨後出
　現，向眾雞點頭示意。

△音樂轉變，眾雞突然竊竊私語，大家轉頭一看，原來是**三姑雞**和**六婆雞**將**沒毛雞**
　帶進場，立刻引起眾雞的轟動，**王子雞**也驚豔地上前邀舞，**沒毛雞**受寵若驚，便
　隨著**王子雞**共舞。

△眾雞陸續加入**王子雞**與**沒毛雞**的行列，翩翩起舞。

△舞畢，大家鼓掌，繼續對著**沒毛雞**評頭品足，有雞跟牠自拍，也有雞找牠簽名，
　大家沉浸在喜悅之中。

✦ 第六場　午夜鐘聲響起 ✦

△正在歡樂中，午夜鐘響聲，眾雞們驚慌失措，大家竄來竄去也互相撞來撞去，所
　有雞身上的羽毛或是裝飾全部撞掉，所有的雞都變成光禿禿的「沒毛雞」。

△在靜默的尷尬之後，大家發現自己和所有的雞都是一樣沒毛的，於是彼此又開始
　互相取笑，大家笑成了一團，之後紛紛離去。

✦ 第七場　沒毛雞戀愛了 ✦

△沒毛雞去而復返，發現只有一隻害羞雞蹲在地上，牠很傷心自己是一隻沒毛雞。

△沒毛雞溫柔地扶起害羞雞，逗著牠，展現自己的自信，並且要觀眾鼓勵害羞雞，
　害羞雞漸漸地破涕為笑，於是兩隻雞相擁而去。

✦ 第八場　幸福的一顆蛋 ✦

△沒毛雞和害羞雞在草叢中發現一顆大蛋，也許是害羞雞生的蛋，也許是一顆被遺
　棄的蛋，沒毛雞驚喜地高聲叫著。

△眾雞紛紛走出，大家圍繞著沒毛雞和害羞雞，興奮異常地看著蛋，沒毛雞將蛋高
　高地舉起，眾雞一聲長長的驚呼，畫面靜止停格。

△謝幕曲起，眾雞謝幕。

KIAA之謎——青少年戲劇

場景

序場：二手書店內外

一場：Image米羅王國

二場：夜霧森林

三場：月之洞內外

四場：謎語蛛網

尾聲：二手書店內外

人物

家　豪：十三歲，家庭幸福，父母都很疼愛，他也很聰明，但是不知道為什麼他總
　　　　是無法了解書中的內容，他有「閱讀障礙」，因此而常被同學嘲笑、欺
　　　　負；但是他總是壓抑他悲傷與不滿的情緒，他從來不會哭，因為「感動」
　　　　而落淚對他而言簡直是神話

美　麗：十二歲，單親家庭，想念已逝的母親，希望自己和母親一樣美麗，她看書
　　　　時，會大聲地「唸」出來，因為小時後媽媽總是唸書給她聽

辰　揚：美麗愛慕的男同學

曉　晴：美麗死黨女同學

芷　嫻：家豪的女同學，喜歡欺負家豪，其實內心暗自喜歡家豪

宇　真：家豪的女同學，芷嫻身邊的跟班

老　闆：書店老闆，美麗的忘年之交，也是美麗父親想要再婚的對象

書店中顧客們

Smart國王：太愛看書了，卻沒有想像力，使得Shadow女巫離他而去

Shadow女巫：本性善良的女巫，為了拯救王國卻做出可怕的事情

艾　柏：一本一直掉頁的書，Image米羅王國的落難王子

朵　兒：身體虛弱但想像力豐富，Image米羅王國的公主

蕾　蕾：家豪去世的朋友小龜，在想像世界中以蕾蕾的化身出現

阿　比：負向的書精靈

小　翠：正向書精靈

人面蜘蛛

米羅百姓、恐懼幻影、小蜘蛛等等

人物關係圖

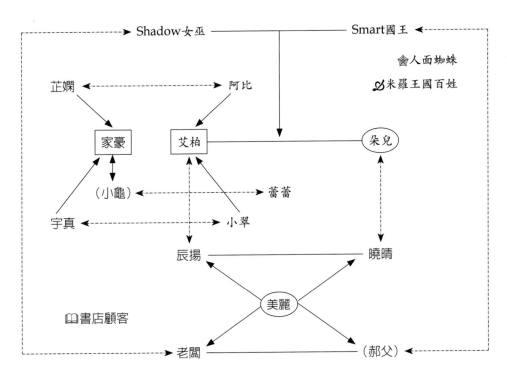

【Image米羅王國】

【Book思議の店】

◆ 序場 Book思議の店 ◆

時　間：黃昏時分
場　景：二手書店內／外
人　物：美麗、曉晴、辰揚、老闆、顧客甲、顧客乙、家豪、芷嫻、宇真

　　　（舞臺上的場景很簡單，約略可以看出來對開的兩扇大門內是一間二手書
　　　店，只是它和傳統布滿灰塵的二手舊書店不太一樣，店裡相當整齊乾淨，
　　　除了一些必要時可以旋轉的書架之外，書架上面的書籍也排列地非常整
　　　齊；在大門口的玻璃上寫著「Book思議の店」；比較特別的是書店內某
　　　處還有一個獨立的化妝間，它可以被推移轉動，在燈光的作用下也可以透
　　　視到內部，可看到裡面有一座馬桶）
　　　（戲開演前，場中播放著輕音樂，像是書店中播放的音樂，間或有車聲呼
　　　嘯而過；隱隱可以看見書店內只有老闆娘和一、兩位客人在看書）
　　　（美麗從觀眾席後方或左右側邊追逐同學辰揚、曉晴而出，辰揚和曉晴兩
　　　人因為跑太快，在書店門口前下舞臺區雙雙跌倒，辰揚壓在曉晴身上，就
　　　在瞬間，兩人都陷入沉默，只是很尷尬、帶著害羞的笑容看著對方，辰揚
　　　愣了一下才慢慢用手把自己撐起來）

美　麗：你們兩個在幹嘛啊？
辰　揚：妳幹嘛突然跌倒啊？
曉　晴：（突然回神）辰揚你很肥耶！我快被你壓成肉醬了啦──
辰　揚：還好吧？
曉　晴：沒事啦。

　　　（辰揚和曉晴各自爬起來，美麗用奇怪的眼神看著著辰揚，但是辰揚和曉
　　　情都沒注意到美麗的眼光；同時，辰揚和曉晴也看著彼此的眼睛。美麗輕
　　　咳兩下，喚起兩人的注意）

曉　晴：哦……美麗，妳真的不跟我們一起去嗎？

美　麗：不用了啦。這一次段考考太爛了，所以我想說，我要到書店用功一下。

辰　揚：哎喲！用功還需要到這種二手書店？妳騙誰啊？

美　麗：真的啦！……我想找一點資料啊。

辰　揚：什麼資料？有哪一科要做報告嗎？我怎麼不記得？

曉　晴：喂，你豬頭啦！管人家那麼多？

辰　揚：李曉晴！妳不覺得很奇怪嗎？她最近幾乎每個禮拜都要到這家二手書店
　　　　來，我實在是搞不懂這裡有什麼好玩的？

曉　晴：對耶！美麗，妳不是一到圖書館或是書店，肚子就會……

美　麗：曉晴……！

曉　晴：哦！對不起，差點說溜嘴。

辰　揚：什麼什麼？美麗的肚子怎麼樣？有什麼我不知道的大八卦嗎？（故意看著
　　　　美麗的肚子）……不會吧！

曉　晴：沒有啦……

美　麗：欸！（看著辰揚，辰揚有點不好意思地把視線移開）我會到這間書店，是
　　　　因為我之前曾經在這裡找到過一本書，上面竟然有我媽媽的簽名……

辰　揚：這麼巧？神奇耶！

曉　晴：哪有什麼神奇的，這裡是哪裡？二手書店耶！一定是美麗媽媽去世以後，
　　　　她爸把家裡的藏書都賣到這家店了……

辰　揚：為什麼？這樣可以賣很多錢嗎？

曉　晴：你豬頭啊！怕觸景傷情！

辰　揚：是哦……那我們要不要陪她進去，幫她找找看有沒有什麼藏寶圖之類的
　　　　啊……

曉　晴：你在作夢嗎！藏寶圖？我還基因密碼咧！

美　麗：哎喲……好啦……謝謝你們兩個陪我來這邊啦，其實，我……只是想要晚
　　　　一點回家而已……

辰　揚：為什麼？

曉　晴：哎喲！你這個男生很多嘴耶！一直問一直問，真是輸給你！欸，走了啦！
　　　　不然我們真的來不及了。

辰　揚：好啦！美麗，真的不用陪妳？

美　麗：不用！沒有關係。

辰　揚：那bye囉！

曉　晴：bye bye！

美　麗：明天見囉！bye Bye！

（辰揚與曉晴越走遠聲音越弱，直到消失）

辰　揚：美麗是怎麼樣了啊？我怎麼看不出來？

曉　晴：你真的很瞎耶！……美麗在有書架的地方，就會肚子痛，想上廁所……

辰　揚：這有什麼？很多人都會這樣啊！

曉　晴：你是怎樣啦！人家女孩子不好意思說咩。……

辰　揚：我還以為她是……（附耳）

曉　晴：你要死了哦！講這樣！

（曉晴嬌羞地打了辰揚一下，兩人笑著離去。美麗望著辰揚和曉晴互咬耳朵嘻嘻哈哈的背影，突然覺得有一種酸酸的感覺）

（在觀眾席某處，先後傳來兩個兇悍女生的吼聲）

芷　嫻：何家豪！你給我站住！

宇　真：是男人你就不要跑！

（美麗望向聲源，家豪忽然就跑了出來，往觀眾席鑽進去，隨便找了位子坐下來，或是躲在觀眾席內的走道中，他不斷比手勢要觀眾不要作聲）

（芷嫻和宇真從觀眾席後方出場，芷嫻跑到書店門口，書店門自動打開，傳來一聲「歡迎光臨！」；芷嫻很兇悍地四處張望，她走向美麗，書店大門又關起）

芷　嫻：妳有沒有看到一個皮膚白白的，然後髮型有點像「馬桶蓋」的男生經過這邊？

美　麗：（望著芷嫻）……

宇　真：（喘氣，追上）吼！他腿又不長！怎麼跑那麼快！

（美麗不作聲。芷嫻隨即拉著宇真跑開，她們邊跑邊說，聲音漸小）

芷　嫻：欸！這邊……走！

宇　真：欸！老大，他會不會跑進書店裡面去了啊？

芷　嫻：（邊走邊說）書店？妳用點腦袋好不好？他連課本上的字都不會唸，他進書店幹什麼啊？

宇　真：可是他很聰明耶！上次……欸，他該不會是裝的吧？

芷　嫻：我看妳才是裝的！妳笨喔！反正他白癡白癡的，看了就不順眼。走啦，快去追他，進去，不要讓他跑了，快點……

（美麗對著芷嫻和宇真的背影伸了伸舌，逕自轉身，書店的大門自動打開，美麗走進書店）

老　闆：歡迎光臨！嘿！美麗！

美　麗：嗨！老闆！

老　闆：哈囉，今天還是一樣嗎？

美　麗：（點頭）可以嗎？

老　闆：當然啊。妳自己找找看！

美　麗：嗯！好！

（大門關了起來，美麗走向一個書架，開始一本一本地翻找，書店其他的人則繼續她們的動作）

（家豪從觀眾席中試探地起身，跑上舞臺，一面看著芷嫻和宇真離去的方向，鬆了一口氣，他本想離開，書店的門又自動打開了，家豪好奇地往書店裡探看）

老　闆：歡迎光臨！隨便看看喔！

（隨著家豪走進書店的腳步，音樂起，舞臺景觀開始緩慢移動並轉動180度，入口的門變成在上舞臺，家豪正面對觀眾，他在書架旁聽見顧客甲的

唸書聲）

顧客甲：你在逃避什麼嗎？

家　　豪：我？

顧客甲：勇敢地去面對吧！

家　　豪：啊？

顧客甲：這把寶劍給你，記住，小不忍則亂大謀，不要輕易出手。

家　　豪：哦！

（家豪覺得怪異，正想走向門口出去，芷嫻和宇真出現，家豪嚇得往書店
裡鑽）

顧客們：於是，當天晚上，那人回到破廟，他決定留住一宿，希望養足精神之後，
再繼續尋訪智者的旅途。……勇者已經踏上旅途，無法回頭了……

（音樂響起；家豪在書店中閃躲，芷嫻和宇真也進入書店，整個場景開始
活動起來，她們彷彿走進迷宮之中，穿梭在不斷緩慢移動的書架之間，唸
書的聲音隨著場景的移動而出現）

嫻、真：何家豪…何家豪……奇怪，剛看到他在這裡啊……何家豪……何家豪……

（倉皇中，家豪躲進廁所之中；隨即美麗抱著肚子也跑向廁所，敲門聲）

美　　麗：誰在廁所裡面？我肚子很痛，快點出來啦！

（家豪不得已只好打開廁所門，美麗搶進，兩人錯身，美麗把家豪擠出廁
所，正想關門，不料此時芷嫻和宇真趕到，家豪立刻又推門擠回廁所內，
美麗尖叫，家豪不知所措，也尖叫，外面的芷嫻和宇真則不斷拍門、推
門；燈光閃爍，音樂高亢；所有店裡的人跑到廁所外，廁所開始隨著音樂
的旋律旋轉移位，燈光變化，場景逐漸改變，最後燈漸漸暗去，音樂也漸

漸消失，一切陷入沉靜的黑暗之中）

✦ 一場　迷走地圖 ✦

時　間：黃昏時分
場　景：Image米羅王國
人　物：美麗、家豪、艾柏、阿比、小翠、Smart國王、Shadow女巫影子

（燈漸亮，如同夕陽般的晚霞照映著舞臺，沉靜而神祕的音樂流洩而出，慢慢地我們可以看見黑色地板上殘留著部分不規則的白色區塊，整座廁所背對著觀眾，被放置在上舞臺中間的白色區塊中，廁所四圍的牆板已經開展，成為一個屏障，前場的書架也轉化成不同的視覺景觀）
（美麗和家豪分別呆立在舞臺中，似乎仍然陷在驚懼之中，美麗先回過神來，看著四周）

美　麗：發生什麼事了？
家　豪：（搖頭）……
美　麗：這裡是哪裡？
家　豪：（搖頭）……
美　麗：我為什麼會在這裡？
家　豪：（搖頭）……
美　麗：那你又是誰啊？
家　豪：（搖頭）我……我是何家豪啊……那妳又是誰啊？
美　麗：何家豪？……哦……我是郝美麗啦。……奇怪……剛剛下課以後……我和曉晴、辰揚一起走……然後，到Book思議の店……然後……然後……啊！我想起來了！（對家豪）你你你，都是你，你沒事幹嘛擠到廁所裡面來啊？你不知道我正在上廁所嗎？你不知道那裡的廁所很小嗎？
家　豪：是……是因為有人在追我啦！……可是……這裡很大啊！
美　麗：拜託！你是男生耶！怕那兩個女生幹嘛？沒見過這麼沒用的男生。
家　豪：好嘛！反正我本來就很沒用啊！

（家豪低頭就想要離開，可是走了兩、三步，環顧四周，停下腳步）

家　豪：對了……那妳知道這裡是哪裡嗎？
美　麗：我怎麼會知道啊。反正不是廁所就對了。
家　豪：也沒有這麼大的廁所好不好。
美　麗：廢話。
家　豪：那妳知道要怎麼回去嗎？
美　麗：你問我，我問誰啊？
家　豪：哦！

（家豪逕自走向下舞臺處，遠遠地看見艾柏走來，他伸手指著艾柏走來的
方向，因為看見「一本書」在移動而目瞪口呆）
（美麗發現家豪的特殊現象而隨著他的手指看向艾柏出現之處，美麗卻有
著不同的反應，她毋寧是覺得艾柏很滑稽而大笑）
（艾柏，化身為一本書的樣子，他身上的書頁隨著他的走動而不斷掉落）

艾　柏：（自言自語）唉唷……（低頭撿起一頁紙，走了幾步又掉了一張）一直掉
　　　　一直掉，我是要撿到什麼時候啊，真是氣死人了！
美　麗：OH My God！現在是什麼情況啊？我是不是眼花了（揉揉眼睛）……
　　　　喂！（對家豪）你看到的是不是跟我看到的一模一樣啊？……（家豪點
　　　　頭）……一本會走路的書？（家豪再點頭，美麗開始笑出來）而且……而
　　　　且還邊走邊講話！哈哈哈哈……
家　豪：妳笑什麼？
美　麗：你不覺得他撿書頁的樣子很好笑嗎？

（艾柏走到美麗和家豪身邊，將他手上亂七八糟的書頁遞給他們）

艾　柏：不好意思，幫個忙，拿一下。
美　麗：喔……（接過來，想想卻轉給家豪）你到底是誰啊？怎麼長得那麼奇怪？
　　　　明明是一本書，卻還會說話？

艾　柏：妳真是沒禮貌，好歹我也是我們Image米羅王國的王子耶！只是……

（艾柏又掉了幾頁書，才剛彎下腰撿了起來，又掉了幾頁，家豪默默幫艾
柏撿起書頁，撿起之後好奇地看著上面的圖文，書頁上的圖文彷彿是一張
一張的地圖，但事實上一頁上的一幅圖是一個英文字母）

美　麗：你怎麼一直掉一直掉啊？真奇怪！有這種王子哦？
艾　柏：這就是我的困擾啊！
美　麗：是哦……我也有困擾耶，好多好多……。
艾　柏：（上下來回看了看美麗）我看不出來啊！
美　麗：（突然有點害羞）要是看得出來，那就不叫作困擾了啊！
艾　柏：也對！要是我看得懂書上的字，或許就不會有這麼多的煩惱。
美　麗：你是說這上面寫的東西嗎？……是你寫的和畫的嗎？是作業還是日記啊？
艾　柏：妳誤會了，這不是我的作業也不是日記，這是……咦？妳看得到？
美　麗：你很奇怪耶！我眼睛好好的，為什麼會看不到？
艾　柏：不是啦！我的意思是說，妳竟然看得懂？
美　麗：我又不是文盲沒念書，當然看得懂啊！
艾　柏：不是啦……（對家豪）你呢？你是不是跟她一樣？上面寫什麼？
家　豪：我……我讀不出來？
艾　柏：你也讀不出來？你是不是覺得這上面寫的字，你好像看過、明明就認識，
　　　　可是字到嘴邊，卻說不出來？腦袋好像打結了一樣？
家　豪：（好像找到知音）對對！你怎麼會知道的？你也這樣嗎？
美　麗：有這麼難唸嗎？……在勇者的旅途中……寶劍並不是最強大的力量……
　　　　（換一張）最珍貴的東西不是手上握有的……（再換一張）最遙遠的距離
　　　　是……（自顧自地搖頭）這些都沒有編頁碼，不知道順序，也不知道是什
　　　　麼意思……
艾　柏：天哪！妳跟朵兒一樣——
美　麗：朵兒是誰？
艾　柏：她是我妹妹，以前我都是靠她告訴我書上寫了些什麼，然後我就可以知道
　　　　該怎麼辦，可是，她現在被Shadow女巫困在月之洞裡面。

家　豪：女巫？女巫長什麼樣子？她是不是很醜？

美　麗：欸！為什麼女巫就一定要長得很醜啊？（故意兇狠）你沒有見過很漂亮的女巫嗎？

艾　柏：沒有人見過她的真面目，Shadow女巫從來都沒有現身過，我們都只看過她的影子。

美　麗：難怪叫做Shadow。可是有影子就一定有實體啊，你只要朝著光亮的方向去找，就一定可以看到她的真面目的。

艾　柏：我聽我爸說過，Shadow女巫躲在夜霧森林後面的月之洞裡，那裡是我們Image米羅王國書精靈的墳墓，所有書裡的精靈死掉之後都會被送到那裡去。

家　豪：原來這裡叫做Image米羅王國。

美　麗：你不要插嘴！（對艾柏）書裡面真的有精靈嗎？是每一本都有嗎？

艾　柏：對啊！這裡是書本裡的想像力所建立起來的世界，但是當人類開始不讀書，會漸漸失去想像的能力，那時候書精靈就會被人類冷落，就會死掉。

美　麗：你還真是有想像力。

艾　柏：不是，想像力是你們人類的專利，我們這個世界就是因為有想像力才存在的。

美　麗：那請問一下……我們要怎麼回去？

艾　柏：我也不知道，我第一次看到人類來到我們的世界，不知道這代表了什麼意義？

美　麗：這下好了，沒有人知道怎麼回去！（狠狠地瞪了家豪一眼）都怪你！現在我們要困在這個很大的「廁所」裡了啦！

家　豪：是妳自己跟我說這裡不是廁所的。

美　麗：吼！你……真的很白……目欸！

艾　柏：（疑惑地）他長的很白有什麼不對嗎？

美　麗：是「白目」，不是「白」。

艾　柏：可是他眼睛是黑色和咖啡色的啊！

美　麗：哎喲！我的天，又是一個白目的男生。

（艾柏疑惑地望向家豪，家豪聳聳肩、搖搖頭）

家　豪：哎喲！這個時候，我們最好還是閉嘴。

（美麗正待發作，忽然傳來阿比和小翠的聲音，兩人隨即出現）

阿　比：不得了了！不得了了！

小　翠：了不得了！了不得了！

阿　比：小飛俠被綁架了！

小　翠：所以，溫蒂會和虎克船長結婚嗎？

阿　比：鐘樓怪人被抓去整形變成了型男！

小　翠：所以，吉普賽女郎會愛上鐘樓怪人，和他結婚嗎？

阿　比：還有更慘的，灰姑娘的玻璃鞋掉在森林裡，被小紅帽撿到了！

小　翠：所以，王子會和小紅帽結婚嗎？

阿　比：妳很煩耶！為什麼童話故事裡的每個人都要結婚呢？……哎喲！艾柏王
　　　　子，你怎麼還在這裡跟誰鬼混啊？……他們長得好奇怪喔……

小　翠：對啊！

阿　比：重點不在這裡……王子，國王一直在找你，因為你看這黑洞的勢力已經越
　　　　來越大了，我們國家已經快要被這黑洞勢力給吞沒了！王子，你要想辦法
　　　　阻止這個黑洞勢力，不然我們，不然我們，不然我們都會消失了啦！

家　豪：她們的問題好樣比我們還要嚴重！

美　麗：她們是誰啊？怎麼長得這麼奇怪，還講一堆奇怪的話。

艾　柏：（對美麗和家豪）她是小翠，那個是阿比，她們兩個就是我剛剛說的「書
　　　　精靈」，（小聲地）不過很兇！

家　豪：啊！（自言自語）她們長得好像……

（家豪發現阿比和小翠長得很像芷嫻和宇真，嚇得躲到艾柏的身後；阿比
發現家豪的怪異舉動，一面聽美麗說話，一面探看家豪在搞什麼鬼）

美　麗：可是我覺得妳剛剛說的童話故事結局很有創意欸！……那……西遊記裡面
　　　　的唐三藏到最後會變成什麼樣子啊？

小　翠：那妳想唐三藏最後會跟誰結婚呢？是蜘蛛精，還是白骨精……

阿　比：小──翠！

小　翠：哎喲！人家只是問問看嘛！

家　豪：（一面看著手中拿的艾柏的書頁，一面自言自語地念著）K⋯⋯

阿　比：哎喲！王子！不管你願意不願意，你是我們的王子，你要拯救我們的世界！

家　豪：I⋯⋯

艾　柏：（指著身上掉落的書頁）我連自己的問題都解決不了了，還要拯救世界哦？

家　豪：A⋯⋯A！

小　翠：可是你是我們的王子啊！你要對我⋯⋯們負責啊！

美　麗：這句話聽起來好像是在逼婚耶！

小　翠：妳好聰明喔！

美　麗：我是郝美麗！

小　翠：（看了看美麗）我看啊，妳還是改名叫作「好聰明」比較對。

美　麗：喂！妳說什麼？

家　豪：（自言自語）K-I-A-A⋯⋯是什麼意思啊？

艾　柏：不好意思！小翠是屬於正向精靈，說話不拐彎抹角！阿比就不一樣了，她是負向精靈，說話比較⋯⋯嗯嗯⋯⋯圓融！

阿　比：對啦對啦！好──美麗小姐！請讓我們高貴的艾柏王子去晉見我們的國王，可以嗎？這句話很圓融了吧？

艾　柏：走吧！我帶你們去找我爸爸，或許他會知道怎麼讓你們回去。

美　麗：那剛剛她說的童話故事的改變又是怎麼一回事呢？

（眾人開始行動，背景的屏障開始轉動，隨著眾人的腳步，Smart國王的寶座出現在我們眼前，Smart國王坐在馬桶上，手裡捧著一本大書，正皺著眉不斷翻著，像是在找什麼資料）

艾　柏：黑洞勢力不但讓我們國家慢慢崩解消失，也影響到童話故事的內容，故事在真實世界漸漸消失，就會漸漸被人們遺忘。

家　豪：黑洞勢力就是想用這種方式，讓世上所有偉大的文學作品都消失，讓人們都讀不到書，這樣想像的世界就會崩毀，對不對？

艾　柏：沒錯！──爸！

Smart ：怎麼辦？怎麼辦？黑洞越來越大！我的國土被侵蝕得越來越嚴重，誰能告訴我怎麼辦？到底該怎麼辦？……怎麼書上寫的，我都看不懂？

艾　柏：（對美麗和家豪解釋）我爸雖然名字叫做Smart，但是他也跟我有一樣的毛病，我們都沒辦法看懂書上的字。唉！要是朵兒沒被抓走就好了。

阿　比：啊──！完蛋！我知道問題出在哪裡了！

艾　柏：妳知道？

阿　比：一定是朵兒啊！這件事情跟朵兒被女巫拐走一定有關係！

小　翠：有什麼關係？她會被女巫逼著嫁給黑洞勢力嗎？

眾　人：小──翠！

小　翠：好嘛好嘛！……人家替她嫁總可以了吧！

美　麗：結婚又不是人生唯一的一條道路！

艾　柏：妳為什麼那麼生氣？

美　麗：我哪有？我只是說，人生還有很多事情可以做！又不一定都要結婚！

小　翠：（眼睛望著艾柏）可是……妳不覺得相愛的兩個人，可以共同組成一個溫暖的家庭，是件好美麗的事情嗎？

阿　比：人家在說什麼？妳在說什麼啦！……朵兒被抓走之後，國王和王子都看不懂書裡寫的東西，找不到解決問題的辦法，所以黑洞勢力才會這樣迅速地擴張……

家　豪：那就去把朵兒救出來啊？

阿　比：你去救啊？有這麼簡單就好了！

艾　柏：夜霧森林的路錯綜複雜，還會隨著人的情緒改變形狀，因此，在沒有找到「迷走地圖」以前，光靠我們的力量是沒辦法到達那裡的。

美　麗：難道妳們都不會閱讀書嗎？

比、翠：我們是精靈，精靈看不懂書上的字。

美　麗：可是……這上面有圖啊！……妳們國家的命運難道只依賴朵兒一個人的閱讀嗎？

Smart ：問題的癥結還是人類，人類喜愛閱讀的熱情匯聚成我們Image米羅王國的能量，可是現在人類漸漸遠離了書本，書精靈不斷因為被人類冷落而死亡……總有一天，我們國家的土地會完全地崩裂，Image米羅王國就會消失地無影無蹤，只能留在記憶之中。……唉！好悲慘哦！

艾　柏：爸，她是美麗，他是家豪。

Smart：家豪！美麗！……咦！……家豪美麗……怎麼好像聽過……我不知道在哪
　　　　本書裡看過……

美　麗：你看過我們的照片？

家　豪：還是畫像？

Smart：（搖頭）不可能……不可能！我們米羅王國的命運怎麼可能掌握在兩個小
　　　　孩身上。

美　麗：拜託！我已經不是小孩子了啦！……可是他……就不一定了。

家　豪：我至少比妳高啊！

美　麗：拜託！成熟是靠智慧，不是身高！

（家豪賭氣走到馬桶王座旁，盯著書上的圖案一直看）

小　翠：對呀！對呀！身高不是問題！身分當然也不是問題囉！

美　麗：啊？

小　翠：哎喲！我說的不是妳啦！

阿　比：小——翠啊！（小翠禁聲）妳真的很煩耶！國王，那現在到底該怎麼辦？

Smart：看起來，也只好試試看了。艾柏，你們必須幫助他們穿越夜霧森林，去到
　　　　月之洞裡找到朵兒，這一切的謎團才能夠解開，我們米羅王國也才能夠
　　　　獲救。

艾　柏：可是找不到迷走地圖，只會在夜霧森林裡白白犧牲的。

家　豪：什麼是迷走地圖？

Smart：就是……看了不會迷路的地圖。

美　麗：有了地圖當然就不會迷路啊！

Smart：那也不一定！看不懂一樣沒有用。

艾　柏：爸！你書上不是有線索嗎？

Smart：朵兒不在你又不是不知道……

艾　柏：可是美麗可以看懂書上的字，她看得懂我身上的字。

Smart：真的嗎？（美麗點頭）那妳看看這上面寫些什麼？（捧起他的大書）

美　麗：……這上面的確是像一張地圖沒有錯……可是看不出來有什麼字啊？

阿　比：完蛋，完蛋，這下真的完蛋了！

艾　柏：妳不要吵啦！

家　豪：等一下！這個還有這個……好像可以拼在一起看耶！

（家豪比對著手中的地圖、Smart國王手上的書和艾柏身上的書，如同點字一般地指示給美麗，讓美麗讀出來）

美　麗：勇者已經踏上了旅途……在一個充滿想像力的地方……歡笑的地方……感動的地方……匯聚在屬於0……3……1……9的祕密基地寶座底下，可以找到生命的指標，通往前方。

家　豪：什麼是充滿想像力的地方？又可以歡笑，又可以感動？……什麼是感動啊？

美　麗：你連感動都不知道哦？感動就是……就是……啊！我知道了！

（在眾人的疑惑下，美麗跑下舞臺，到觀眾席裡，在觀眾席的第三排第十九號座位底下，找到了一張地圖；美麗再度跑上舞臺）

家　豪：（疑惑）妳怎麼會知道在那裡？

艾　柏：對啊！妳怎麼會知道？

阿　比：一點線索也沒有，不是嗎？

小　翠：妳好奇怪喔！

美　麗：一點也不奇怪，只要有過一次的經驗，你就會永遠記得那個地方的！

小　翠：（尖叫）啊──！你們看你們看！黑洞勢力又擴大了，妳看妳看那邊，前面都是黑鴉鴉的一片！哎呀！怎麼辦哪！

Smart：黑洞勢力的擴張永遠比我們想像的快。我想……你們還是快點啟程吧，不然真的會來不及了。

阿　比：我們也要去嗎？

Smart：當然！

小　翠：可以不要嗎？

Smart：你們要記住，月之洞是書精靈的墳墓，因此，艾柏、阿比、小翠，你們要

幫助家豪和美麗找到月之洞，但是最好不要進去月之洞。

艾　柏：可是，只讓家豪和美麗進去月之洞，豈不是太危險了？

Smart：對我們米羅王國的人來說，是一個相當危險的地方，但是對人類的威脅，可能就沒有那麼大。

阿　比：喔！對啦對啦！國王說的一定沒有錯啦！

艾　柏：可是……

Smart：家豪、美麗，如果我的記憶沒有錯的話，這次恐怕只能拜託你們把朵兒救出來了。我們米羅國王的命運，就託付給你們了。我代表全體米羅王國的百姓們，先謝謝你們了！

美　麗：你放心，我們會盡力的。對不對，家豪？

家　豪：哦……對啦！

Smart：……路上小心了！

（音樂起，眾人手忙腳亂地展開她們的旅程，場景開始轉變，眾人離開；Shadow女巫的影子投射在舞臺某處）

Shadow：嘿嘿嘿嘿……來呀！你們快來呀！我等你們來呀……哈哈哈……

（燈暗）

✈　二場　說不出口的愛　✈

時　間：從黃昏進入夜晚

場　景：夜霧森林

人　物：美麗、家豪、艾柏、阿比、小翠、蕾蕾、樹之精靈們、Shadow女巫影子

（夜霧森林裡的樹木悄悄地移動著，匯集成一棵棵造型奇特的樹）

（場景轉變成夜霧森林裡的一角，滿天的紅霞漸漸罩上夜色，遠處不時傳來夜梟的叫聲，顯得有點冷清與陰森）

（眾人跨過重重障礙，走進了夜霧森林的深處，他們每經過一棵樹，樹就

　　　　會改變它的造型，彷彿變換了一個空間，但眾人並未發現）

阿　比：哎喲！怎麼越來越暗啊！我們還要繼續走嗎？

小　翠：會不會是黑洞勢力把陽光都吃掉了啊？

阿　比：嗯……對對對對……有這個可能哦！接下來就換……夜——霧——森——
　　　　林——把——妳——吞——掉！

小　翠：啊——！好恐怖喔！那怎麼辦？

艾　柏：阿比，妳不要再嚇她了啦！太陽下山了，當然天就黑了啊！

美　麗：你們這裡也跟我們那裡一樣哦？太陽升起就天亮、太陽下山就天黑嗎？

艾　柏：是啊！我們米羅王國就像是人類世界的倒影一樣，所以很多東西都是相同
　　　　的。

家　豪：越來越暗了，路都看不到了。

艾　柏：我們先休息一下，等月亮出來，再繼續走好了。

小　翠：可是，可是，可是這裡很恐怖耶！

　　　　（阿比故意出怪聲嚇小翠，把小翠嚇得一面哇哇叫，一面團團轉；美麗和
　　　　艾柏一副「真是小孩子！」的神情，家豪則始終與阿比和小翠保持距離，
　　　　不是躲在美麗身後，就是躲在艾柏身後）

艾　柏：你們不要再鬧了，本來沒事都被你們嚇出事情了啦！

阿　比：唉喲！人家王子說我們在鬧耶！我看我們兩個閃到那邊去好了！免得在這
　　　　裡討人厭！

小　翠：要到那邊去哦？可是這裡人多比較不怕耶！

阿　比：有我在，妳怕什麼？

　　　　（阿比使了個眼色，小翠張嘴「哦」一聲沒說出口就被阿比摀住嘴）

阿　比：報告艾柏王子，我們兩個先到那邊去探探路哦！……要是有什麼事情的
　　　　話，你們要記得大聲求救！我們一定會「馬上」趕來救你們！

（阿比和小翠不等艾柏回答就匆匆離去）

美　麗：她們兩個好奇怪，說害怕還要單獨行動。

家　豪：不會啊！這樣比較好。

美　麗：你幹嘛看到她們兩個就那麼緊張啊？

家　豪：我哪有！

美　麗：哦──，你是不是怕她們兩個欺負你，就跟你同學一樣？

艾　柏：哎呀，習慣就好了。她們兩個就是這樣啦！

家　豪：可是她們兩個……長得好像……。

艾　柏：誰長得很像？阿比和小翠嗎？……不會吧！完全不一樣耶！

美　麗：哦──！我知道了，難怪我老是覺得阿比和小翠長得有點面熟，好像在哪
　　　　裡看過。

艾　柏：在說什麼啊？我怎麼都聽不懂？

美　麗：阿比和小翠長得很像家豪的同學啦！那兩個同學老是在欺負家豪，難怪家
　　　　豪都要一直躲著她們。

艾　柏：習慣就好啦！像我也是啊！阿比有時候也是會欺負我啊！

家　豪：我是習慣了！可是……還是會想要躲開。

美　麗：齁！真是沒用！你應該當面拒絕她們對你的欺負啊！

艾　柏：對啊！你應該要當面拒絕她們不合理的要求。

家　豪：你是王子耶，我又不是。再說，她們兩個硬是要這樣，我要怎麼拒
　　　　絕？……會被K得很慘耶！

美　麗：對喔！……也不能去告訴老師。

家　豪：所以我很懷念我的同學小龜，以前都是她幫我的。

艾　柏：小龜？對嘛！還是男孩子比較講義氣。

家　豪：她也是女生！只是她跟其他同學不一樣，她不會嫌我笨，也不像芷嫻和宇
　　　　真那樣，常常嘲笑我、排擠我。所以我很想念她。

美　麗：為什麼你說「你很想念她」？難道……你們吵架了嗎？

家　豪：她已經過世了。……她在和父母回外婆家的路上，在高速公路出了車禍，
　　　　然後就……

美　麗：對不起，我不是要故意讓你傷心的。

家　豪：沒關係啦！妳又不知道，……只是，我覺得很想念她，覺得好像欠她一句話。

艾　柏：欠她什麼話？

（家豪沒有回答，沉默了片刻；樹葉沙沙作響）

美　麗：我也好想跟我媽媽說一句話……可是……已經來不及了。

艾　柏：妳媽媽她也……

美　麗：（點頭）媽媽她是生病過世的，媽媽走了以後，家裡就完全不一樣了。爸爸把媽媽的藏書都賣掉，所以我才會到二手書店去逛，想說看看能不能再找到一些跟我媽媽有關的東西。

家　豪：難怪會在那裡碰到妳。

艾　柏：大人真的很奇怪，有的人是不得已被迫分開，有的人卻是因為吵架自動分開。

家　豪：你在說誰啊？

艾　柏：哎喲！還不是我爸媽，一個是國王，一個是王后，本來都好好的，結果呢，我爸他雖然閱讀書本有問題，可是他很努力地想要從書本裡找到解救國家的方法，但我媽偏偏嫌他沒有想像力，只會死讀書，他們兩個常常吵架，我和朵兒都很害怕。後來媽媽說，她受不了爸爸死板板一成不變的樣子，就離開爸爸了！……要不是這樣，朵兒也不會不見了。

美　麗：所以，你也很久沒有看到你媽媽了嗎？

艾　柏：（點頭）可是我常常都覺得她在我身邊，睡覺的時候，她好像都會在我床邊唸故事書給我聽……

美　麗：你媽媽也會講故事書給你聽喔？……哦！好懷念哦！我超級想念我媽媽的，你會嗎？

（艾柏點點頭，三人又陷入沉默之中，夜梟的聲音和樹葉沙沙的聲音顯得格外刺耳）

美　麗：這裡真的有點恐怖！我們還是坐近一點比較保險。

（眾人彷彿陷入一種悲傷的情緒，夜霧森林裡的樹木在不知不覺中又開始移動，漸漸將三人團團圍住，三個悲傷的人都要被樹林吞噬了；另一方面，Shadow女巫的影子再度出現，彷彿凝視著陷入悲傷情緒的三人而邪惡地笑著；阿比和小翠則像躲藏的老鼠一樣，在樹林間指揮著樹精靈的移動，並窺視著一切而無聲地竊笑著）

（蕾蕾出現在森林中，她發現三人已經陷入不可自拔的悲傷之中，於是大叫家豪的名字而將家豪驚醒）

蕾　蕾：家豪！家豪！快點醒醒！家——豪！

（家豪沒有反應，蕾蕾著急，阿比和小翠發現了蕾蕾，便悄悄地靠近蕾蕾；正當阿比和小翠要撲上去抓住蕾蕾時，蕾蕾急中生智，開始反唸一段書中的故事，彷彿咒語一般，讓樹精靈暫時停住了；當家豪聽到蕾蕾的反說故事，他不由自主地一句一句地地唸出正確的故事，然後是整段整段地唸出來，兩人就這樣一唸一合，夜霧森林裡充滿了唸書的聲音）

蕾　蕾：……逝而閃一光微的慧智，色夜的暗黑滿充，失消方八面四從然突宙宇，現出前眼，渦漩河銀的輝光。
蕾　蕾：……逝而閃一光微的慧智……
家　豪：……智慧的微光一閃而逝……
蕾　蕾：……色夜的暗黑滿充……
家　豪：充滿黑暗的夜色……
蕾　蕾：失消方八面四從然突宙宇……
家　豪：宇宙突然從四面八方消失……
蕾　蕾：現出前眼……
家　豪：眼前出現……
蕾　蕾：渦漩河銀的輝光。
家　豪：光輝的銀河漩渦。
蕾　蕾：……了到候時的發出，前眼在現呈經已向方的運命，路時來迴迂溯回新重必不，路條一有只不並後背間空。

家　豪：……出發的時候到了，命運的方向已經呈現在眼前，不必重新回溯迂迴來時路，空間背後並不只有一條路。

　　　　（靠近蕾蕾身邊的阿比和小翠似乎也被故事迷住了，她們停在樹邊聽故事，而家豪終於在唸書的聲音中回過神來，發現了三人身陷危機之中，立刻起身搖醒仍然沉浸在悲傷中的美麗與艾柏）

家　豪：美麗！艾柏！……你們醒醒啊！阿比！小翠！快來幫忙啊！美麗！艾柏！你們快點醒醒！

　　　　（就當三人從悲傷的情緒中醒過來，樹林也逐漸後退，在月光籠罩下恢復了原樣）
　　　　（阿比和小翠發現危機已經解除，表現出十分扼腕的樣子，但隨即又裝著很驚慌的樣子從森林中跑出來）

阿　比：妳們怎麼了？發生了什麼事情？
艾　柏：幸虧妳們即時趕到，不然，要不然我們就要被這些夜霧森林的樹木給吞掉了。
阿　比：是啊！是啊！
小　翠：好險好險！
家　豪：不對！……不對！
阿　比：什麼不對？哪裡不對了？我們可是聽到妳們的求救就趕來救妳們的耶！
小　翠：對啊對啊！剛剛很驚險耶！

　　　　（家豪不理會阿比和小翠，他四處找尋，最後終於發現了躲在樹叢後面的蕾蕾）

家　豪：小龜？妳是小龜嗎？小龜——

　　　　（家豪上前擁抱蕾蕾，眾人不知道到底發生了什麼事情）

蕾　蕾：我……我……我……我……

阿　比：現在是什麼情況啊？……抱很緊哦！

小　翠：你們怎麼會認識的？你們會結婚嗎？

眾　人：小翠！

蕾　蕾：家豪！我叫蕾蕾！不是小龜。

家　豪：妳叫蕾蕾？……不是小龜？……可是妳如果不是小龜，妳怎麼會知道我叫家豪？

蕾　蕾：我是因為你的思念所以才出現的，但是我不是你思念的那個人。

美　麗：妳講得好玄哦！那妳也是書的精靈嗎？

蕾　蕾：是的！我是家豪最喜歡的一本書的精靈。

家　豪：原來是這樣！難怪我剛剛聽到了很熟悉的唸書的聲音……原來妳不是小龜啊。

蕾　蕾：沒關係啦！如果你要把我當作小龜也可以！只是，如果你叫我小龜的話，我是不會承認的哦！

阿　比：哎喲！我怎麼一點都聽不懂啊？妳有沒有聽懂啊？小翠！

小　翠：嗯……我都聽──不──懂耶！

艾　柏：不管怎麼樣，還是要謝謝妳蕾蕾！要不是妳的幫忙，我們恐怕都要陷在悲傷的情緒裡面，跑不出夜霧森林了。

美　麗：對啊！蕾蕾，謝謝妳哦！

蕾　蕾：不客氣啦！那我就多陪你們走一段路！

阿　比：這樣哦！……那樣我們就放心多了。對不對啊？小翠！

小　翠：對呀！對呀！人多好壯膽嘛。

艾　柏：家豪、美麗，要不要再看一下地圖，我們好像有點迷路了。

（音樂起，家豪和美麗合力再比對地圖，隨後他們再度出發，依然是艾柏在最前面帶路，家豪和蕾蕾隨後，接著是阿比和小翠，美麗走在最後，她不經意地停下了腳步，環顧著四周奇特的樹，有點好奇地看著樹；燈光閃爍了幾下，Shadow女巫的影子出現；阿比和小翠突然出現在美麗身邊）

家　豪：我知道了，路在那裡。

艾　柏：好。那我走前面，你們要跟上。

阿　比：美麗啊！妳在想什麼啊？

美　麗：沒有啊……我們快點跟上去吧！不然走丟就麻煩了。

阿　比：哎喲！迷走地圖在妳手上，我們一定沒問題的啦。

美　麗：哦！可是……

阿　比：啊對喔，為什麼剛剛我們在國王那邊的時候，小翠一說到結婚，妳就生氣啊？

美　麗：我沒有生氣啊！

阿　比：可是妳說「結婚又不是人生唯一的一條道路！」，而且妳說這句話的時候，連聲音都怪怪的！

美　麗：有嗎？……小翠，妳是這哪一本書的精靈啊？是《如何做一個好新娘》嗎？

小　翠：啊！不是耶！我是《新娘完全幸福手冊》的書精靈啦！不過，妳好聰明，猜得好接近囉。

（美麗笑了）

阿　比：妳是不是因為妳爸爸準備要再婚，所以妳不高興啊？

美　麗：我哪有！……我們快點跟上去啦！不然就真的會跟不上大家了。

阿　比：哦——！我好羨慕家豪哦！你看，他想念小龜，身旁就出現一個蕾蕾陪伴他。

小　翠：對啊！……咦！我們有六個人，家豪和小龜一對……這樣……我是不是要趕快去跟上去在艾柏王子身邊，我們就可以兩兩成雙了耶。

美　麗：好啊！那我們趕快跟上去吧！

阿　比：哎喲！等一下啦！妳難道不覺得很不公平嗎？為什麼妳想念媽媽，媽媽不會出現呢？

（美麗沉默了，停下腳步，沉思著；阿比和小翠使了個眼色，偷偷笑著；四周的樹又開始移動，逐漸要匯聚成一棵巨大的「神木」了）

美　麗：……媽媽已經過世了，當然不會出現啊。

阿　比：可是蕾蕾就是小龜啊！剛剛小翠才說妳聰明，妳怎麼就變得這麼笨呢？她不能承認這個祕密，不然她就不能夠繼續保護家豪了，這可是我們米羅王國的法律喔。

美　麗：是這樣子嗎？……真的是這樣子嗎？

小　翠：對啊！我們是好心告訴妳啦！

阿　比：我們是替妳打抱不平喔！妳難道不覺得很不公平嗎？為什麼妳想念媽媽，爸爸卻要找另外一個人來取代她？真是不公平喔。

　　　　（美麗陷入了迷惘之中，阿比和小翠竊喜地溜走；在巨大樹影下，美麗一個人顯得很孤單；Shadow女巫的影子又出現了，她的笑聲在遠處迴盪）

　　　　（正當巨樹就要吞沒美麗時，遠遠傳來艾柏的聲音）

艾柏（O.S.）：美麗！美麗！妳在哪裡？

　　　　（美麗仍然沒有聽到艾柏的呼喚，巨樹已經將美麗團團圍住，美麗則將自己縮進了樹的枝枒之中，就快要被吞沒了；艾柏回來了，他看到這個情形，著急叫喚著美麗）

艾　柏：美麗！美麗！妳醒一醒啊！美麗！

　　　　（美麗驚醒，在艾柏的鼓勵下，她經過幾次嘗試，終於從樹叢中掙脫；樹影消褪）

美　麗：啊！什麼東西？走開！走開！不要抓我！不要抓我！放開！不要抓我！好險！……我為什麼會在這裡？剛剛……阿比和小翠，她們……

艾　柏：不可能吧？她們兩個剛剛一直跟我們在一起啊！雖然她們有可能長得很像，但她們不可能是阿比和小翠。

美　麗：你怎麼會知道啊？

艾　柏：我想，那是妳如影隨形的痛苦。

美　麗：如影隨形的痛苦？

艾　柏：悲傷和痛苦會轉變成不同的面貌，在我們最脆弱的時候顯現出來。別人只能在旁邊陪伴妳、提醒妳，一切都要靠妳自己的力量，才能帶妳走出這種如影隨形的痛苦。

美　麗：要靠我自己的力量？

艾　柏：是啊！要妳自己願意走出來才走得出來。

（美麗望著艾柏，突然發現艾柏和辰揚長得很像，她有點驚訝，也有點害羞）

美　麗：艾柏！……你長得好像辰揚哦！……咦！我之前怎麼都沒有發現呢？

艾　柏：辰揚是誰啊？

美　麗：哦……沒有啦！那是我的同學啦。

艾　柏：妳同學啊？……我們快走吧！妳看月亮的方向，前面就是月之洞了。

（美麗點點頭，隨著艾柏離開；燈漸暗，場景開始轉換）

➤ 三場　看見自己的恐懼 ➤

時　　間：午夜時分

場　　景：月之洞外、內

人　　物：美麗、家豪、艾柏、阿比、小翠、蕾蕾、朵兒、Shadow女巫、恐懼幻影

（艾柏一行人經過夜霧森林之後，繼續緩慢地前進。途中，他們曾經跳過了一個一個的石礅，儘管艾柏身上的大書很是阻礙，但是他們靠著彼此的協助，最後終於來到月之洞的洞口）

艾　柏：前面就是月之洞了。我們快進去吧！

阿　比：艾柏王子，國王不是說過了，我們最好不要進去嗎？

小　翠：對啊！看裡面黑漆嘛烏的，搞不好黑洞勢力就在裡面耶！

家　豪：真的是這樣嗎？那……美麗……我們……

美　麗：我們還是要進去看看，不然，你要永遠留在米羅王國嗎？

家　豪：話是這樣說沒錯，可是要是我們進去了，被什麼黑洞勢力吃掉的話，還不是一樣回不去？

美　麗：我是女生都不怕了，你怕什麼？

家　豪：這不是怕不怕的問題！這是……謹慎……小心！

艾　柏：美麗和家豪他們完全不知道會遇到什麼樣的危險，我們怎麼可以丟下他們不管？

阿　比：你都不聽大人的話哦！難道你忘了，你是怎麼變成這樣一本書的嗎？

家　豪：對哦！為什麼艾柏會變成這樣？

小　翠：就是啊……我不知道耶！

美　麗：哎喲！到底是怎樣啦？

阿　比：……其實，我也不清楚耶！你問他自己好了。

艾　柏：原因是什麼沒有人知道，只是朵兒失蹤之後，我和爸爸都很著急，我每天努力想要看懂書上的字，想要找到一點線索，可是就是沒辦法，閱讀對我來說就是這麼困難。有一天早上我醒來，就發現自己變成了這樣一本書，更讓人煩惱的是書頁還一直掉……

美　麗：你沒說我們都還忘了呢，艾柏，你的書頁已經沒有再掉了。

艾　柏：咦！真的耶！……我是怎麼辦到的？

（大家又驚又喜，圍繞著艾柏）

小　翠：說不定啊，你很快就會變回原本英俊的樣子！那時候，我們就可以……

阿　比：小翠！妳——想——太——多！……啊！沒有啦！我當然也是希望艾柏王子能夠恢復以前的樣子。畢竟身上扛著一本書，是滿累的。

（一直都默默無言的蕾蕾突然說話了，大家都有點意外）

蕾　蕾：我想，你可能就跟有些人煩惱擔心的時候會掉頭髮一樣，身上的書頁也是因為煩惱所以才掉的。

美　麗：蕾蕾說的很有道理，所以艾柏，你不要太擔心，我們會幫你把朵兒找回來的，如果朵兒找回來了，說不定，你也可以找回原本的自己喔。

家　豪：我們又不知道朵兒長什麼樣子，再說，山洞裡面好像真的很黑耶！

美　麗：家豪，如果你不敢進去的話，那我就一個人進去囉！

艾　柏：不可以，連一個可以互相照顧的人都沒有，這樣太危險了。

蕾　蕾：那，家豪，我陪你們一起進去。

家　豪：蕾蕾，妳跟艾柏一樣，是屬於米羅王國的，恐怕進去會有危險。

蕾　蕾：不會啦，多一個人，總是有幫助吧。

阿　比：哎喲！你們都好像很講義氣啦！可是現在不是意氣用事的時候，要是我們都跟著進去了，然後真的發生危險了，那請問一下，誰來保護家豪和美麗？

小　翠：對啊！到時候啊，就沒有人可以救回朵兒公主了耶，這樣我們米羅王國就一定完蛋了。

阿　比：所以，請大家冷靜一點好不好？我知道你們會嫌我討厭嫌我多嘴，可是，國王明明很慎重地交代我們，我們難道不能相信國王的智慧嗎？他可是Smart國王耶！

家　豪：阿比說的沒錯。艾柏、蕾蕾，你們兩個就先留在外面等。美麗，我們一起進去！走！

（家豪拉著美麗就往洞裡走，大家先是被他的舉動嚇住了，隨即大聲叮嚀）

艾、蕾：你們要小心哦！

比、翠：有狀況隨時叫我們！

美　麗：沒問題！

（家豪和美麗的身影隱沒在石洞中；場景開始180度轉動，洞外的人隨著移動）

小　翠：哇！這個家豪變得好……MAN喔！

阿　比：小——翠！妳——又——想——太——多——了！

蕾　蕾：我想每一個人都有別人意想不到的潛能的。我對家豪有信心。

艾　柏：很不簡單哦！妳們有沒有發現，家豪已經慢慢地在改變，是什麼原因讓他變得這麼不一樣呢？……

（場景轉到了月之洞裡，家豪和美麗小心翼翼地往裡走，慢慢地發現神祕的月之洞究竟是什麼樣的一個地方）
（月之洞中有一排一排的書架，如同Book思議の店一樣，只是書架不規則地擺放著，甚至書架似乎還以一種極為緩慢的速度移動；Shadow女巫的影子又出現，隨即消失）

家　豪：這裡像迷宮一樣，真的滿恐怖的。
美　麗：你會不會覺得這個地方有點眼熟？好像在哪裡看過？
家　豪：有嗎？……嗯……有點像……那間書店，又有一點不像……怪怪的。
美　麗：不知道朵兒是不是真的在這裡？……朵──兒──……朵──兒──……妳──在──不──在──這──裡？

（他們聽到了月之洞中傳來空洞的回聲）
（書架巧妙地將家豪和美麗兩人隔開了，這時候，他們聽不到對方的聲音，也看不到對方的身影，單獨在一個空間裡的家豪緊張地看著四周）

家　豪：美麗？……美麗！……美麗妳在哪裡？……妳不要丟下我一個人！

（家豪沮喪地蹲坐下來）
（Shadow女巫和蕾蕾的身影交錯出現在家豪身邊）

Shadow：家豪，家豪，你怎麼了？
家　豪：蕾蕾？蕾蕾！……不對……美麗呢？
Shadow：有什麼不對啊？我不夠美麗嗎？哈哈哈哈……
家　豪：蕾蕾？妳怎麼會進來這裡？妳不是說，要在外面等我們的嗎？
Shadow：哦！我擔心你啊！怕你沒辦法一個人面對自己的恐懼啊？
家　豪：我是要來找朵兒的，為什麼要面對自己的恐懼？

Shadow：哎喲！口氣很大嘛！看看這些書，看看這些書裡面的字，是不是都在你眼前浮動啊？哎呀！真奇怪，怎麼總是不肯規規矩矩地讓你看清楚呢？

Shadow／蕾蕾：你是不是覺得你的心裡住著一個笨蛋（幻影回音）？總是讓你跟別人不一樣？讓你在大家的面前出糗？（幻影回音）

家　豪：蕾蕾，妳不是一直都很願意幫助我的嗎？妳不要丟下我一個人！
Shadow：投降吧！你沒有辦法對付它的，就投降吧！（幻影回音）相信你就是一個不如別人的人。
家　豪：我是一個不如別人的人？

Shadow／蕾蕾：是呀！你想唱歌，卻唱不出來！想哭，卻哭不出來！啊！多麼痛苦啊！（幻影回音）甚至連感動是什麼都不知道的人，是多麼孤單啊！（幻影回音）

家　豪：蕾蕾，我真的有這麼糟糕嗎？妳是不是也要和別人一樣，不再理我？
Shadow：哈哈哈哈！我有嗎？……你變聰明了耶！我離開你很久了，難道你都不記得了啊？
家　豪：我只記得和妳在一起的日子……我不願意忘記。
Shadow：哎喲！把我忘記（幻影回音），你會過得比較快樂。
家　豪：我不要，那樣的話，我就只剩下自己一個人了，我不要，這樣我就沒有朋友了，我不要沒有朋友！
蕾　蕾：家豪，有些事情不能忘記，有些事情必須忘記，但是有些事情是永遠也不會被忘記的。家豪，加油！
家　豪：蕾蕾，妳剛才在夜霧森林裡說過，妳是因為我的思念而出現的，我不會忘記小龜的，我也會一直記得妳！是妳給了我勇氣，是妳讓我可以面對自己的恐懼！所以不管妳是小龜還是蕾蕾，我……我都要跟妳說一聲「謝謝」！
Shadow：可惡，怎麼會變成這樣！氣死我了！

（場景轉換到美麗在的地方，蕾蕾消失；美麗也一樣在尋找家豪）

（一座如同「沉思者」的雕像隱藏在書架中間的高臺上，仔細看才會發現雕像其實很緩慢很緩慢地在變化著；美麗和家豪分別出現在高臺旁）

美　麗：家豪！

家　豪：美麗！

美、豪：真的是你／妳嗎？……我都一直在找你／妳耶……

美　麗：你剛剛跑到哪裡去了？

（兩人各自鬆了一口氣）

美　麗：還好我們都沒有事情。還好我們都沒有被Shadow女巫的魔法給騙了。

家　豪：可是，我覺得我們還是小心一點比較好……咦……妳看那裡，怎麼會有一座雕像啊？

（兩人走到雕像旁邊，仔細地觀察著雕像；家豪把美麗拉到一旁，小聲地說）

家　豪：而且，雕像好像會動耶！

美　麗：真的嗎？……有嗎？……你眼睛花了吧？雕像怎麼可能會動啊？該不會又是Shadow女巫在搞鬼吧？

家　豪：不是啦，雕像真的在動。妳看，她真的在動！相信我！

（恐懼幻影紛紛出現，將美麗和家豪團團圍住，把他們二人逼上了高臺；Shadow女巫的影子出現在他們身後，她的笑聲變成了哭聲，迴盪著）

Shadow：哈哈哈哈……嗚嗚嗚嗚……來不及了！朵兒她已經變成一座雕像了！我的朵兒她已經變成了一座雕像了！

美　麗：是Shadow女巫！可是她為什麼在哭？難道她不願意朵兒變成雕像嗎？……Shadow女巫！妳是不是又在作弄我們了？

Shadow：想像力已經僵化，米羅王國沒有救了！都已經沒有救了！嗚嗚嗚嗚……
　　　　黑洞勢力已經征服了米羅王國了！

（Shadow女巫消失；天崩地裂的聲音傳來，月之洞開始搖晃，美麗和家
豪站不穩，幾乎要從高臺上摔下去了；遠處傳來艾柏、阿比、小翠和蕾蕾
呼叫的聲音；月之洞沖進了大量的水，慢慢地就要淹到了高臺）

艾柏（O.S.）：大地震了！家—豪——！美—麗——！你們快出來啊！
眾人（O.S.）：家—豪——！美—麗——！
家　豪：我想，我們還是趕快逃出去才好！
美　麗：可是這裡就跟迷宮一樣，我根本不記得怎麼走了。
家　豪：妳放心，我只要走過一次，就不會忘記路的，我不會迷路的，妳跟我走就
　　　　對了！

（家豪牽著美麗的手，就要往下跳，美麗拉住他）

美　麗：那朵兒怎麼辦？我們總不能把她丟在這裡吧！
家　豪：說得對，更何況，我相信她並不是真的變成雕像，只是動作變慢了，變得
　　　　很慢很慢。
美　麗：她這樣還是不能像我們正常的活動啊！有什麼辦法可以帶她走呢？

（月之洞裡的書架紛紛在潮水中被沖走）

美　麗：啊！我知道怎麼辦了……迷走地圖！我們一起合作！你指給我看！

（美麗打開了迷走地圖，家豪用一隻手牽著朵兒，另一隻手則是快速地指
出地圖上的標記，美麗大聲朗讀）

美　麗：……他毫不猶豫地帶著大家走向峽谷，旅程怪異而夢幻，奔騰怒吼的溪
　　　　流，穿過濕濕的灰色草地，通往懸崖山壁的路，漫長且曲折，月亮就掛在

峽谷上方。……傾聽自己的恐懼，看見自己的恐懼，就會忘記那些恐懼，找回原本的勇敢。……一…二…三！跳！

（在過程中，身上的書已經不見了的艾柏、蕾蕾、阿比和小翠也游了進來，和家豪、美麗以及朵兒被漩渦捲在一起，眾人呼叫著彼此的名字）

艾　柏：大家把手牽起來，千萬不要放開！

（燈漸漸暗去，水流聲持續著，直到全部陷入黑暗之中）

✦ 四場　KIAA0319 ✦

時　　間：天將亮
場　　景：謎語蛛網
人　　物：美麗、家豪、艾柏、阿比、小翠、蕾蕾、朵兒、人面蜘蛛、Smart國王、
　　　　　Shadow女巫

（月之洞不見了，取而代之的是夜幕上的謎語蛛網，像是滿天星斗一般高掛著，KIAA0319、dyslexia以及h6c3399等密碼符號不規則地一閃即滅，像霓虹燈的閃爍一般；眾人仍然緊緊地手牽著手，他們身處在一個很像Smart國王寶座所在的廣場，只是，似乎轉了個角度，寶座的位置並不在正中央，國王也不在寶座上，彷彿他們根本沒有離開過這個地方）
（燈光如同晨光一般漸漸亮了，朵兒突然腿軟，將要倒下去，她身邊的人趕緊把她扶到國王寶座，讓她坐下）

艾　柏：朵兒！朵兒！妳還好吧？
蕾　蕾：她現在很虛弱，我們讓她休息一下。
美　麗：可是至少她能動了，比剛才好太多了。
蕾　蕾：別擔心，她一定會慢慢恢復的。
艾　柏：也對！我們等她恢復之後，再慢慢問她好了。

小　翠：現在這又是什麼情況？

阿　比：你們會不會覺得這個地方很眼熟？

家　豪：這裡就是我們剛出發的地方！

阿　比：不會吧？難道剛剛發生的那麼多事情都是在……作夢？

艾　柏：怎麼可能這麼多人都作同樣的夢呢？再說，剛剛蕾蕾和朵兒並不在這裡啊！

小　翠：是很像啦，可是這裡為什麼會有這些蜘蛛網啊？上面的字又是寫什麼呢？

美　麗：dyslexia、h6c3399，這些是什麼啊？真的是密碼嗎？還有KIAA0319……

家　豪：KIAA0319？艾柏之前身上掉下了書頁，好像也有這個。

美　麗：哇！家豪，你真是不簡單耶！你看過的都能記得嗎？

家　豪：可能是我認識的字不多吧。

蕾　蕾：不會啦！不要這樣想，你要對自己有信心啊！

家　豪：蕾蕾！可以再見到妳真好。

（小翠又是大驚小怪地大聲叫著）

小　翠：艾柏王子……你身上的書不見了耶！

（大家七嘴八舌，又興奮又疑惑）

艾　柏：真的耶！……怎麼會這樣？……真是太好了！……朵兒，妳真是我的幸運
　　　　星，妳一回來，我的魔咒就好像解除了一樣，真是太神奇了。

朵　兒：是他們兩位救了我。

艾　柏：對對對，還沒跟謝謝你們兩位呢！你們真是勇敢！謝謝你們！

美　麗：這次還是靠家豪哦！是他看出了迷走地圖上面的暗號，我才能夠順利地讀
　　　　出那些神奇的密碼的。

艾　柏：爸爸呢！爸爸怎麼不在這裡，真應該快點告訴爸爸這個好消息。

家　豪：可是我還是搞不清楚，到底發生了什麼事？……我只記得在月之洞的時
　　　　候，聽到了美麗唸書的聲音，我覺得好美，腦袋裡好像出現了清晰的影
　　　　像，我覺得自己好像變成了一頭獅子，要去尋找一個美麗的新世界。

艾　柏：真希望我也可以感受到你感受到的那種感受。

阿　比：吼！艾柏王子，你在繞口令哦！

蕾　蕾：其實，在夜霧森林的時候，也是靠家豪對書本的記憶才救了大家。

艾　柏：是這樣哦！可是那時候阿比和小翠說……

阿　比：不重要，不重要，最重要的是如果艾柏王子你也可以閱讀，那就可以了解書本裡的內容了，就像朵兒公主一樣。

艾　柏：有可能嗎？

阿　比：有。

艾　柏：家豪，你是怎麼做到的？

（朵兒很快地恢復了體力，她站了起來，走到艾柏身邊；美麗發現朵兒長得很像曉晴，不禁睜大了眼睛，說不出話來）

美　麗：妳是……朵兒……？

朵　兒：美麗，妳怎麼這樣看我？

艾　柏：對啊！美麗，妳怎麼了？是不是肚子痛啊？

美　麗：不是……一個人長得像就算了，怎麼兩個人都長得這麼像啊？

家　豪：哦……妳跟我有一樣的感覺對不對？是不是很像，對不對？

（美麗左看看艾柏，右看看朵兒，再看看阿比和小翠，然後和家豪一起點頭）

阿　比：你們兩個之間有什麼祕密嗎？

小　翠：咦！……難道你們……

眾　人：小──翠──！

小　翠：哎喲！人家都還沒有說耶！你們都知道了哦？未卜先知哦！跟朵兒公主好像哦！

朵　兒：我不是未卜先知啦！很多時候我只是想起書本上所寫的，然後印證到身邊的事情而已呀。

艾　柏：唉！能閱讀書本真好！……對了！朵兒，妳有沒有看到Shadow女巫的真面目啊？她為什麼要把妳抓走啊？

朵　兒：Shadow女巫，她……她……她其實就是媽媽！

（大家目瞪口呆，說不出話來）

眾　人：怎麼可能？……為什麼媽媽要把妳帶走？……不可能啦！妳是不是弄錯了？

朵　兒：我也不明白為什麼，除非，那個人變成媽媽的樣子。

美　麗：有可能哦！之前在夜霧森林，我最後要跟上大家的時候，就有一個阿比和小翠出現在我身邊，還害我傷心得不得了，差點就被樹精靈給吞掉了。艾柏說那是我如影隨形的痛苦變成的，朵兒，妳會不會也是這樣啊？

朵　兒：不管是不是媽媽，她說，她是為了要拯救漸漸崩潰的米羅王國，所以一定要保護我，把我帶走是唯一的方法，可是，我離開之後，身體卻漸漸僵硬，好像漸凍人一樣，差點就變成了一座雕像了。好可怕哦！

（正當眾人七嘴八舌地討論著時，蕾蕾悄悄地離開了）

家　豪：不對哦！我在月之洞裡面，遇到過蕾蕾，好像是女巫變的，可是，我感覺到有兩個不一樣的蕾蕾在跟我說話，蕾蕾，是不是……蕾蕾？

（眾人找尋蕾蕾，遍尋不著，家豪很失望）

家　豪：怎麼又是不告而別呢？蕾蕾！

（空氣中傳來蕾蕾的聲音）

蕾　蕾：智慧的微光一閃而逝，充滿黑暗的夜色，宇宙突然從四面八方消失，眼前出現，光輝的銀河漩渦。……出發的時候到了，命運的方向已經呈現在眼前，不必重新回溯迂迴來時路，空間的背後並不只有一條路。

（聽著蕾蕾唸書的聲音，家豪覺得感動，他含淚對著天空大聲地說）

家　豪：蕾蕾！謝謝妳！

　　　　（另一個聲音傳來，是人面蜘蛛）

蜘　蛛：呵呵呵呵！真好真好，真是令人感動啊！
家　豪：（自言自語）原來，這就是「感動」啊？

　　　　（人面蜘蛛出現在眾人眼前，大家有點緊張而害怕）

蜘　蛛：別怕別怕，我不過就是隻會說話的蜘蛛嘛！你們哪一個比較聰明，可以解
　　　　得出來我蛛網上的謎語嗎？
美／朵：dyslexia、h6c3399，還有KIAA0319。這些都代表了什麼啊？
阿　比：好像又走回頭路了，什麼也不懂！
小　翠：對啊！美麗在0319找到了迷走地圖，結果走到這裡，還不是一個謎。
蜘　蛛：說得好！說得好！這是一個謎！好的也許是壞的，壞的也許是好的，全看
　　　　你們自己如何去面對囉。
美　麗：你的意思是說，事情沒有絕對的好和壞？一切都是靠我們自己把它變成好
　　　　或者是壞，是這樣子嗎？
蜘　蛛：哎呀呀！聰明聰明，果然美麗很聰明，聰明很美麗！
艾　柏：可是這跟吞噬米羅王國的黑洞勢力有什麼關係啊？還有，為什麼我和爸爸
　　　　還有家豪，就是沒有辦法正常的閱讀、唸書呢？還有，媽媽為什麼一定要
　　　　把朵兒帶走……
蜘　蛛：為什麼……為什麼……為什麼……為什麼……為什麼……！你好多的為什
　　　　麼呀！你怎麼不自己好好想一想呢？
艾　柏：我就是不知道才問的啊！
小　翠：我也不懂啊！
阿　比：我想我們都不懂！
蜘　蛛：哎呀……別急別急……我們的身體裡都有某一種缺陷，而這個世界上的每
　　　　一個人也都會有那麼一個缺陷，就像是我們每一個人的外表都和別人不一
　　　　樣，所以呢，我們必須接受自己和別人不一樣，同時也要讓別人接受我們

和他不一樣，這是一個事實！

阿　比：吼！好無聊喔！我覺得我們在上課！在上繞口令的說話課！

小　翠：超級無聊！

蜘　蛛：不無聊不無聊，無聊就來動一動！

（音樂起，在人面蜘蛛的招呼下，出現了幾個黑衣蜘蛛，她們手中都拿著
一個白球，眾人跟著她們做著協調運動，在旋律的配合下，形成了美麗的
畫面。臺上的演員們開始帶動臺下的觀眾）

（正當大家做運動做得開心時，Smart國王的寶座開始移動，轉了半圈之
後，出現了Smart國王和Shadow女巫，他們兩人手牽手，狀似甜蜜）

艾／朵：爸！媽！你們合好了哦！

Smart　：哈哈哈！不好意思！讓你們受苦了！

Shadow：都是我不好，我以為破壞了現實就可以拯救我們Image米羅王國，沒想
　　　　到適得其反，差點就失去了朵兒，也差點讓黑洞勢力把我們米羅王國給
　　　　吞沒了。

Smart　：所以家豪、美麗，你們要給我們米羅王國力量啊！我們的生存可是依賴
　　　　你們對書本的喜愛呢！

家　豪：可是我又不能閱讀，雖然我很想要閱讀！

蜘　蛛：誰說你不能閱讀？你要不要試試看啊？

（Smart國王讓阿比和小翠將自己的大書拿給家豪，家豪看了看，眼中出
現一種興奮）

家　豪：我看懂了！這次我靠自己看懂了！再也不是笨蛋了！我知道什麼是
　　　　KIAA0319了。

蜘　蛛：你懂了？說說看？快點！

家　豪：這是我的基因密碼，它管理閱讀的能力，我就是因為這個基因出了錯誤，
　　　　所以才沒辦法正常的閱讀，那艾柏和國王一定也是這樣！

蜘　蛛：答對了！哈哈哈哈！

美　麗：你怎麼會知道的？家豪！

家　豪：因為這本書上就這麼寫的啊！

（眾人大笑）

蜘　蛛：哎喲！大家好開心，以後每天都要持續做這樣的運動，一定可以改善你的
　　　　基因缺陷哦！呵呵呵呵……那我要去睡覺囉！明天我還要織一個漂亮的大
　　　　網，你們再來猜猜謎語哦！

（人面蜘蛛離開；美麗有點失望地獨自一個人走到一旁）

艾　柏：美麗，妳怎麼了？

美　麗：我想回家了。可是，如果KIAA0319是閱讀障礙的基因密碼，我們又要在
　　　　哪裡才能找到回家的方法呢？難道還要等到人面蜘蛛織出新的謎語嗎？

家　豪：美麗，妳不用擔心，我知道要怎麼帶妳回家了。

美　麗：你？你要帶我回家？

家　豪：是啊！

眾　人：怎麼回去？

家　豪：裂縫！

眾　人：裂縫？

家　豪：沒錯。我們之所以會到米羅王國是因為我們通過了時間的裂縫，現在，只
　　　　要我們再通過時間的裂縫就可以回去我們原來的世界了。

美　麗：我還是不懂耶！

家　豪：不管了，妳跟我走就對了！……大家再見了！

（音樂起，家豪拉著美麗站上國王寶座，屏風闔起，世界旋轉，燈光漸漸
　暗去）

➤ 尾聲 重新開始 ➤

時 間：黃昏時分
場 景：二手書店
人 物：美麗、家豪、老闆、顧客們、芷嫻、宇真

（一切回到了芷嫻、宇真追逐家豪的那一刻的書店裡）

芷 嫻：何家豪，你別想跑！

（家豪停住，轉身，看著芷嫻和宇真，大聲地說）

家 豪：妳們兩個幹嘛一直追我啦！

（芷嫻和宇真對看一眼，不敢置信）

芷 嫻：你今天吃錯藥了哦！這麼大聲。
家 豪：是妳們兩個講話幹嘛那麼大聲啊？
宇 真：那我們是不是應該要lady一點。
芷 嫻：不管！你跑我就追！
家 豪：那我就不跑！
宇 真：那……那我們怎麼辦？

（芷嫻拿出藏在身上的白色紙球，丟向家豪，突然間，書店成了丟球的戰
場，所有的顧客都加入了戰局；美麗看著家豪，慢慢走到書店門外；美麗
的手機鈴聲響）

美 麗：喂！……爸……哦！我要回去了啦！……你再等我一下……你要來接
我？……哦！好，那我要在哪裡等你？……榮譽街67號？哦！……好！我
知道了……阿姨也會在那邊等你哦？……哦！那等會見！嗯！bye bye！

美　麗：（嘆了口氣）不管怎樣，還是要面對的吧！……也許……新阿姨說不定也很有趣啊！……像書店老闆娘就很有趣嘛！

（老闆為了聽手機，走到店門外）

老　闆：喂……有了，現在聽到了，好，……我在店門口等你……對，榮譽街67號。OK！bye bye！……咦！美麗，妳還沒走啊？
美　麗：我要等我爸爸來接我啊。老闆妳要出門啊？
老　闆：對啊！……我要去約會！
美　麗：真好！那我下次再來妳店裡玩囉！
老　闆：嗯！妳路上小心喔！
美　麗：嗯！好！bye bye！

（兩人揮揮手，美麗走了幾步，突然停下腳步）

美　麗：榮譽街67號？（轉身，看店門口，再看老闆）不會吧？有這麼巧嗎？

（畫面停格，音樂揚起，燈漸暗、幕落）

後記

又一個二十年。

在電腦前，一頁一頁校對著二十年來創作的劇本，字裡行間有些段落、有些場景，如今重讀，依然有所觸動；那些劇本裡所書寫的語言念白或歌詞曲文，依然繞梁不絕地在腦海中迴盪。每一齣戲在劇場裡演出的情景，依然歷歷在目，甚至每一個演員所扮演的角色面容、每一個劇場工作夥伴所付出的心血結晶，甚或一直隱藏在漆黑臺下的觀眾形影，依然清晰如昔。即使都早已逐漸離開青春歲月，那些無邊想像與舞臺視象，涓匯成回憶之河；戲，也是我們曾經的生命，彷彿都定格在劇場幕啟燈亮的時刻；所有戲裡的畫面情境，一如生生世世的輪迴印記，深植於記憶的深處，抹不去也忘不了，或者應該是：總以為忘記，其實一直記得。

創作迷人如此，又豈能忘懷？劇場迷人如此，又如何能割捨？

每一個創作的歷程，總敘說著自己的故事，我亦在故事裡，一次再一次地編織著故事，想說的話、想表的情，盡在字裡行間。從未滿二十歲的青春年少，到人生已過一甲子的此刻，與劇場、與創作的牽連，早已超過了此生的三分之二時間，而每一個創作時的孤獨夜晚，儘管不免仍然寂寞，卻總能在哭與笑之間，體驗著真真切切的生命悸動。此生何其有幸能寫？何其有幸，能將所寫搬演於劇場？又是何其有幸，能將所寫彙集成書？那些曾經因劇本演出所得到的讚美與批評，始終銘記在心！也依然是自己在下一次書寫時的陪伴、惕勵與提醒。

想感謝的人太多，容我將感恩之情珍藏於心。

最後，謹以此書，紀念姚師一葦先生百年冥誕，願不負先生教誨與期許，下一個二十年，還要繼續創作。

新美學65　PH0265

新銳文創
INDEPENDENT & UNIQUE

安平追想曲
──王友輝劇作選輯

作　　者	王友輝
責任編輯	尹懷君
圖文排版	陳彥妏
封面設計	吳咏潔

出版策劃	新銳文創
發 行 人	宋政坤
法律顧問	毛國樑　律師
製作發行	秀威資訊科技股份有限公司
	114 台北市內湖區瑞光路76巷65號1樓
	電話：+886-2-2796-3638　傳真：+886-2-2796-1377
	服務信箱：service@showwe.com.tw
	http://www.showwe.com.tw
郵政劃撥	19563868　戶名：秀威資訊科技股份有限公司
展售門市	國家書店【松江門市】
	104 台北市中山區松江路209號1樓
	電話：+886-2-2518-0207　傳真：+886-2-2518-0778
網路訂購	秀威網路書店：https://store.showwe.tw
	國家網路書店：https://www.govbooks.com.tw

| 出版日期 | 2022年9月　BOD一版 |
| 定　　價 | 600元 |

國家圖書館出版品預行編目

安平追想曲：王友輝劇作選輯 / 王友輝著. --
一版. -- 臺北市：新銳文創, 2022.09
面；　公分. -- (新美學；65)
BOD版
ISBN 978-626-7128-44-2(平裝)

863.54   111012655